GULLIVER

1043

Ilka Sokolowski

Die Zeitreisenden

Band 2

Der Drache von Shaolin

Roman

EIN **GULLIVER** VON **BELTZ & GELBERG**

www.gulliver-welten.de
Gulliver 1043
Originalausgabe

Lektorat: Silvia Bartholl
Neue Rechtschreibung
Markenkonzept: Groothuis, Lohfert, Consorten, Hamburg
Einbandgestaltung: Max Bartholl
Einbandbild: Felix Eckardt
Gesamtherstellung: Druck Partner Rübelmann, Hemsbach
Printed in Germany
ISBN 978-3-407-74043-4
1 2 3 4 5 11 10 09 08 07

Inhalt

Drachenträume

Die Türglocke bimmelte leise. »Es geht ganz schnell«, sagte Nikolas, der an seiner Krücke vorausinkte. »Ich muss nur eben meinen Schlafsack abholen.«

Ben spähte an ihm vorbei in den dämmrigen Laden, der Nikolas' Mutter gehörte. *Antonia Wolf, Antiquitäten aus aller Welt* stand in geschwungener Schrift auf der Schaufensterscheibe. Frau Wolf telefonierte gerade und machte ihnen Zeichen, einen Augenblick zu warten.

»Von wegen schnell«, grummelte Ben und musterte finster eine Ritterrüstung, die in einer Ecke hinter einem Stützpfeiler stand. Hatte er dafür vielleicht seine Freitags-Flötenstunde bei Frau Schönbein geschwänzt?

Lucienne seufzte. Seit einiger Zeit war Ben einfach unerträglich. Genau genommen seit fünf Wochen. So lange lag das Abenteuer zurück, an dem sie und ihre Freunde Ben, Ole und Nikolas immer noch zu knabbern hatten: Durch ein altes Amulett waren die Vier unbegreiflicherweise und ziemlich unfreiwillig in das Jahr 1262 katapultiert worden. Mit knapper Not hatten sie die Rückkehr in die Jetztzeit geschafft – und mit ihnen Aphra, das Gauklermädchen, das ihnen bei der Flucht geholfen hatte. Von Aphra fehlte seitdem jede Spur. Alle waren traurig und in Sorge, aber Ben machte Aphras Verschwinden am meisten zu schaffen, seine Laune rutschte mit jedem Tag tiefer in den Keller.

Na ja, es war vermutlich auch nicht ganz unkompliziert, sich ausgerechnet in ein Mädchen aus dem Mittelalter zu vergucken, dachte Lucienne. Noch dazu, wenn dieses Mädchen plötzlich wie vom Erdboden verschluckt war. Wo hielt Aphra sich versteckt? Sie hatten das wieder und wieder durchgekaut, in jeder Pause, wann immer sie sicher sein konnten, dass niemand sie belauschte. Denn natürlich konnten sie die Sache nicht an die große Glocke hängen. Eine Sitzung beim Schulpsychologen oder ein Drogentest wären noch das Harmloseste, was sie erwartete, wenn sie auspackten. Lucienne konnte sich die mitleidig-besorgten Mienen und das Getuschel lebhaft vorstellen. Sie mussten ihren Mittelaltertrip geheim halten. Wäre da bloß nicht die Geschichte mit Aphra gewesen!

Aphra streunte vermutlich durch die Wälder der Umgebung und verbarg sich dort vor neugierigen Blicken. Das Gauklermädchen hatte Erfahrung darin, sich irgendwie durchzuschlagen. Vielleicht stahl sie hier und da, was sie zum Essen brauchte. Aber es war schon November, wie sollte Aphra den nahenden Winter da draußen überstehen?

Es war Oles Idee gewesen, eine Suchaktion zu starten. An diesem Wochenende wollten sie jeden Quadratkilometer Wald durchkämmen. Die offizielle Version für Elternohren klang natürlich harmloser: Sie würden zusammen Französisch pauken und dann alle bei Ole übernachten.

Lucienne fragte sich, wie es weitergehen sollte, wenn sie Aphra tatsächlich fanden. Konnte sich ein Mädchen aus dem Mittelalter in der Neuzeit zurechtfinden? Was würde sie zum Beispiel von Frau Wolfs Antiquitätengeschäft halten? Lucienne sah sich um. Jede Menge Regale und Vitrinen, vollgestopft mit alten Dingen, die scheußlich und ziemlich teuer aussahen: Angelaufene Silberlöffel, Tänzerinnen aus Porzellan, prunkvoll geschliffene Gläser, Ölbilder von sinkenden Schiffen. Aber auf einem kleinen Wandbrett entdeckte Lucienne ein schönes chinesisches Teeservice. Für alles Chinesische besaß sie eine heimliche Schwäche, seit sie sich mit Kung Fu beschäftigte. Auf dem Boden unter dem Wandbrett stand eine geöffnete Kiste, aus der Holzwolle quoll. Neugierig steuerte Lucienne darauf zu.

Nikolas wartete immer noch, dass seine Mutter aufhörte zu telefonieren. Ben verzog genervt das Gesicht, während er sich bemühte, mit seinem Rucksack und dem sperrigen Kasten mit der Querflöte darin nirgends anzustoßen. Überall standen Tischchen und Lampenschirme im Weg.

»Guck dir bloß diesen Krempel an«, flüsterte er Lucienne zu. »Wer kauft denn so was?«

Lucienne antwortete nicht. Sie stand vor der Kiste mit den chinesischen Schriftzeichen, die Frau Wolf offenbar noch nicht ausgepackt hatte. Zwischen Holzwolle und Papier lagen blauweiße Porzellanschälchen, Fingerhüte, bunte Fächer und etwas Grünes, das sofort ihre Neugier weckte. Ohne zu überlegen, griff sie nach der kleinen Figur.

Seltsam. Wieso wurde es auf einmal dunkler im Raum? Was geschah mit Frau Wolf? Ihre Stimme wurde leiser, immer leiser, und verschwamm. In Luciennes Ohren begann es zu rauschen. Und dann, ganz allmählich, schien sich die Luft vor ihr zu verdichten … Lucienne brach der Schweiß aus. Was ging hier vor?

Ben stieß Nikolas in die Seite. »Guck mal Lucienne an.« Stocksteif und mit weit aufgerissenen Augen starrte sie auf einen Punkt irgendwo in der Luft.

Lucienne träumte. Es musste ein Traum sein! Allerdings ein Albtraum übelster Sorte. Angst. Sie hatte Angst! Vor ihr bäumte sich ein leibhaftiger Drache auf, riesengroß und fauchend, das Maul aufgerissen, als wollte er sie verschlingen. Sie konnte jede einzelne der unzähligen Schuppen erkennen, die seinen Körper wie ein Panzer bedeckten. Auf der Brust waren die Schuppen in einer Art Zickzacklinie angeordnet. Lucienne glaubte flüchtig einen goldenen Schimmer aufblitzen zu sehen, der jedoch sofort von dem schmutzig stumpfen Grün des restlichen Drachenkörpers ausgelöscht wurde. An den erhobenen Tatzen saßen fingerlange Krallen, schwarz und scharf wie kleine Dolche. Drohend beugte sich der Drache über sie, und Lucienne sah deutlich die zusammengefalteten Hautlappen auf seinem Rücken, die er bestimmt zu riesigen Flügeln aufspannen konnte. Sie öffnete den Mund, um zu schreien, doch zu ihrem Entsetzen kam nur ein jämmerliches Gurgeln heraus. Sie war nicht einmal in der Lage, ihre Augen von dem schrecklichen Wesen abzuwenden.

Ich will aufwachen, dachte sie verzweifelt, ich will sofort aufwachen!

»Lucienne! Hallo!«

Wer rief da nach ihr?

Der Drache stieß ein dumpfes Grollen aus, das tief aus seinem Bauch zu kommen schien.

»Was hast du, ist dir schlecht?« Wie aus weiter Ferne drang Nikolas' Stimme an ihr Ohr. Lucienne konnte sich noch immer nicht von dem Anblick des Drachens losreißen, doch allmählich verblasste das Bild. Das Grün der

Schuppen wurde heller, die Umrisse lösten sich auf. Verschwommen erkannte Lucienne die Gesichter von Nikolas und Ben.

Frau Wolf hatte ihr Telefonat beendet und kam eilig herbeigelaufen. Sie drückte Lucienne auf einen samtbezogenen Hocker, auf dem wahrscheinlich schon irgendein Zar gesessen hatte. »Mädchen, du bist ja schneeweiß im Gesicht. Möchtest du ein Glas Wasser?«

»*Merci, Madame,* es ... es geht schon wieder.«

Ben sah sie skeptisch an. »Na ja, ich weiß nicht. Ehrlich gesagt siehst du aus, als wäre dir gerade ein Monster begegnet.«

Lucienne wurde noch eine Spur bleicher. Was hatten die anderen gesehen? Etwas schnitt schmerzhaft in ihre Handfläche. Sie öffnete die verkrampften Finger und sah den kleinen Drachen aus grüner Jade an. Für einen Moment schien der Albtraum zurückzukehren. Lucienne atmete tief durch und hielt Frau Wolf die Figur hin.

»*Pardon, Madame,* ich wollte das nicht für mich, ich habe nur ...«

»Ach das«, sagte Frau Wolf mit einer wegwerfenden Handbewegung. »Bloß Ramsch. Ich hatte eine Lieferung chinesischer Kunstgegenstände erwartet, und was bekomme ich? Billigen Touristenkitsch! Wenn ihr wollt, könnt ihr das Zeug irgendwann auf dem Flohmarkt verscherbeln.«

Der Drache schien auf Luciennes Handfläche festzukleben.

»Behalt ihn«, sagte Frau Wolf. »Vielleicht bringt er dir Glück, damit deine Zeit bei uns richtig gut wird. Ich habe gehört, dass du hierbleibst und bei Ole und seiner Familie wohnst?«

Nach dem ersten Besuch mit ihrer französischen Klasse hatte Lucienne sich als Austauschschülerin für ein ganzes Jahr angemeldet. Sie freute sich wahnsinnig, dass es geklappt hatte, trotzdem brachte sie jetzt bloß ein lahmes Nicken zustande. Nikolas und Ben sahen sie immer noch an, als hätte sie soeben auf einem der kostbaren antiken Tischchen Kopfstand gemacht.

Zum Glück tat Frau Wolf sehr geschäftig und überspielte die verwirrende Stille.

»Nett von dir, dass du deinen Freunden Französischnachhilfe gibst. Ihr wollt das ganze Wochenende bei Ole verbringen? Nikolas, deinen alten Schlafsack haben leider die Motten zerfressen, ich habe dir einen neuen gekauft. Hier! Sogar arktistauglich«, sagte sie stolz.

Nikolas grinste. Vor noch nicht allzu langer Zeit hatte seine Mutter ihn kaum aus den Augen gelassen und immer ein Riesentheater wegen seines steifen Beins veranstaltet. Jetzt war selbst die Übernachtung bei Freunden kein Problem mehr. Sie machte wirklich Fortschritte.

In diesem Moment klingelte Nikolas' Fotohandy und zeigte das Gesicht eines pummeligen Jungen auf dem Display.

»Hallo, Ole, wir haben gerade von dir … Was?! Im Ernst?« Nikolas verstummte. »O nein. Das gibt's doch wohl nicht!«, brachte er schließlich hervor. »Halt sie auf, wir sind schon unterwegs.«

Alle sahen ihn erstaunt an, doch statt einer Erklärung

gab er seiner Mutter nur einen raschen Kuss auf die Wange. »Sorry, Mama, wir müssen los, Ole wartet schon.« Er scheuchte Ben und Lucienne vor sich her. In der Tür drehte er sich noch einmal um. »Danke für den Schlafsack, der ist toll!« Schon waren sie draußen. Leise bimmelte die Türglocke.

»Jetzt mal Klartext«, sagte Ben, sobald sie ein paar Schritte entfernt waren. »Was wollte Ole wirklich? Er wird es ja wohl aushalten, bis wir … «

»Aphra ist wieder da!«, fiel ihm Nikolas ins Wort. Bens Mund blieb offen stehen.

Lucienne vergaß für einen Moment den Drachen, der jetzt in ihrer Hosentasche steckte. »Aphra? Oh, das ist wunderbar!«

»Ja«, sagte Nikolas, »aber sie will offenbar auf der Stelle zurück ins Mittelalter reisen und ist nur gekommen, um sich zu verabschieden. Ole versucht, sie hinzuhalten und – he, Ben, warte!«

Ben stürmte bereits die Straße hinunter. »Nun kommt endlich, ihr Schnecken!«

Nikolas und Lucienne eilten ihm nach. Lucienne staunte, wie schnell Nikolas war. Sie wusste, dass er in fast jeder freien Minute trainiert hatte. Früher war er kaum aus seinem Rollstuhl herausgekommen, jetzt schien er nicht einmal die Krücke wirklich zu benötigen. Aber sie bemerkte noch etwas anderes.

»Nikolas«, flüsterte sie, »siehst du sie auch?«

Nikolas nickte grimmig. »Die Jensens. Sie verfolgen uns schon seit der Schule.«

Lutz und Lothar Jensen waren die Erzfeinde von Ole

und so unangenehm wie Eiterpickel. Inzwischen hatten sie ihren Hass großzügig auch auf Oles Freunde ausgeweitet und nutzten jede Gelegenheit, ihnen das Leben schwer zu machen. Ole hatte Lucienne gefragt, ob sie die beiden nicht mal so richtig durchprügeln könnte. Er kannte kein anderes Mädchen, das Kung Fu beherrschte. Eigentlich kannte er niemanden, der das konnte. Aber Lucienne hatte natürlich abgelehnt, obwohl es ihr insgeheim in den Fingern juckte.

»Wir haben keine Zeit, uns um die Typen zu kümmern«, keuchte Nikolas, den das forsche Tempo inzwischen doch anstrengte. Ole hatte ziemlich verzweifelt geklungen. Wenn sie sich nicht beeilten, verschwand Aphra möglicherweise für immer.

Am Himmel hatten sich dunkle Wolken zusammengeballt und ein kalter Wind fegte welkes Laub durch die Straßen. Es begann zu regnen. Erst fielen nur ein paar Tropfen, doch bald stürzte der Regen wie aus Kübeln herunter, und als sie den Bauernhof erreichten, auf dem Oles Familie lebte, waren sie nass bis auf die Haut.

Lucienne warf immer wieder rasche Blicke über die Schulter, während sie unablässig den kleinen Drachen in ihrer Tasche befingerte. Irgendetwas war eigentümlich an dem Ding. Sie verstand nicht, was vorhin im Geschäft mit ihr passiert war, und hatte Mühe, einen klaren Gedanken zu fassen. Ärger mit den Jensens fehlte ihr jetzt gerade noch …

»Sie sind da noch immer«, stellte sie fest.

Ihre Verfolger duckten sich hinter das große Tor. Auf den Hof trauten sie sich offenbar nicht. Ben läutete an der

Haustür Sturm, aber außer Oles Bruder Lasse war niemand zu Hause.

»Kann mir einer von euch mal erklären, was hier los ist?«, erkundigte er sich amüsiert. »Erst steht dieses komische Mädchen mit einem Riesengaul und einem kläffenden Köter vor der Tür, mein kleiner Bruder dreht fast durch vor Begeisterung, aber dann kriegen die beiden sich plötzlich so in die Haare, dass die Fetzen fliegen!«

»Und jetzt?«, fragte Ben hastig. »Wo sind sie jetzt?«

»Auf und davon, zu dieser Höhle am Schattenberg. Ihr wisst schon, die, die man wegen der Einsturzgefahr NICHT BETRETEN darf!«, rief er Ben hinterher, der bereits kehrtgemacht hatte.

»Wir müssen ihm nach«, meinte Nikolas und drückte Lasse seinen Schlafsack in die Hand. »Legst du den bitte für mich weg? Danke!«

Lasse ließ das Bündel hinter der Tür zu Boden fallen. Zu Lucienne sagte er: »Pass bloß auf, dass mein kleiner Bruder nichts Dummes anstellt. Und euer dussliger Freund da hinten auch nicht. Der ist ja völlig durch den Wind! Hier, nimm meinen Schlüssel, falls du vor Ole zurückkommst.«

»Und du?«, fragte Lucienne überrascht.

»Bin verabredet. Ihr habt sturmfreie Bude, das ganze Wochenende. Unser Nachbar kümmert sich um die Tiere.« Er zwinkerte ihr zu und zog die Tür ins Schloss. Dann startete er sein Mofa und fuhr mit Vollgas durch die Schlammpfütze beim Tor. Als die Köpfe von Lothar und Lutz wieder auftauchten, sahen sie aus wie gesprenkelte Vogeleier.

»Wieso ein Höhle in die Wald?«, fragte Lucienne ratlos, während sie Ben nacheilten.

»Da sollen sich im Mittelalter Hexen versteckt haben«, erwiderte Nikolas, der es aufgegeben hatte, den Pfützen und Schlammlöchern auf dem Weg auszuweichen. Seine Hose war bis zu den Knien matschbraun. »Hat Hausmann im Unterricht doch mal erzählt, weißt du nicht mehr? Vielleicht ist es einer dieser magischen Orte, an dem der Schleier zwischen den Zeiten besonders dünn ist.«

Die Höhle

»Wenn du jetzt verschwindest, brauchst du überhaupt nie mehr wiederzukommen!« Oles Stimme überschlug sich vor Zorn und Verzweiflung. Sein Gesicht war nicht nur vom Regen nass.

»Das habe ich auch nicht vor, mein Wort darauf!«, giftete Aphra zurück. »Eure Welt ist fürchterlich! Diese grauenvollen Ungeheuer, die über die Straßen rasen, der Lärm und der Gestank, und nirgends eine Burg, auf der unsereins Obdach findet, keine Gaukler, denen ich mich anschließen könnte. Fürwahr, mir reicht es! Ich will nach Hause, ich will zu Marthe!«

Die alte Marthe war eine weise Frau aus dem Mittelalter, die Ole und seinen Freunden bei ihrer Reise in die Vergangenheit sehr geholfen hatte. Auf geheimnisvolle Weise vermochte sie durch die Zeiten zu reisen. Vermutlich hockte sie inzwischen wieder in ihrem schummrigen

Wahrsagerinnenzelt auf einem mittelalterlichen Jahrmarkt.

Hilflos sah Ole auf seine Uhr. Wo blieben die anderen nur! Aphra saß bereits auf Feuersterns Rücken, ihr Hündchen Pao-Pao auf dem Schoß, und machte sich bereit für ihre Reise. Das mächtige Schlachtross scharrte nervös mit den Hufen, während Pao-Pao unablässig Oles Hund Bossi ankläffte, der verwirrt neben Ole stand und nicht im mindesten kapierte, was los war.

Ole verlegte sich aufs Bitten.

»Warte wenigstens, bis die anderen da sind! Ben bringt mich um, wenn ich dich einfach so gehen lasse. Ich denke, du wolltest dich verabschieden!« Er hätte schwören können, dass ein Lächeln über Aphras Gesicht huschte. Trotzdem blieb sie unerbittlich.

»Nein, ich kam, um euch Marthes Worte zu überbringen. Es ist ein magisches Geschenk für die Zeitreisenden. Hast du dir den Spruch gemerkt? Sag ihn mir noch einmal auf!«, forderte sie streng und hielt Pao-Pao die Schnauze zu. Endlich herrschte Ruhe und nicht nur Bossi wirkte erleichtert.

Frustriert wiederholte Ole die komischen Worte, die für ihn überhaupt keinen Sinn ergaben. Was für ein Geschenk sollte das schon sein?

»Lingua nova … lingua mystica …«, begann er gehorsam und leierte dann den langen, unverständlichen Vers herunter.

»Sehr gut«, lobte Aphra. »Und der zweite Teil?«

Der war noch komplizierter.

»Tempus … äh … tempus fugit … and those who are …

who are as old as earth … äh …« Ole stockte. Dieses Kauderwelsch würde er sich nie merken. Und wie sein Magen knurrte! Er konnte sich wirklich nicht konzentrieren, wenn er Hunger hatte. Vielleicht ließ Aphra sich ja auch noch ein Weilchen hinhalten, wenn er sich blöd stellte.

Aber das war gar nicht nötig, denn da kam Ben den Waldweg entlanggejagt. Nikolas und Lucienne folgten ihm völlig außer Atem.

»Ich glaub's nicht, sie ist es wirklich!«, japste Nikolas. Aphras braunes Haar kringelte sich zu feuchten Locken und auch der rote Rock war dunkel vor Nässe. Um den Hals hatte sie ein grünes Tuch geknotet, das neu zu sein schien. Aber sonst sah sie genauso aus, wie die Freunde sie in Erinnerung hatten, nur ein bisschen dünner war sie geworden.

»Na endlich!«, stieß Ole mit einem erleichterten Seufzer hervor. »Ich dachte schon, ihr lasst mich hängen.«

Aphras Gesicht hellte sich auf. Sie wollte gerade von Feuersterns Rücken gleiten und die Freunde begrüßen, als ein greller Blitz die Regenschleier durchzuckte, gefolgt von einem gewaltigen Krachen. Unvermittelt tauchten die Jensen-Brüder im Unterholz auf: »He, Olli-Molli, wetten, du hast uns schon vermisst!«

Sie mussten eine Abkürzung genommen haben und bewarfen die Freunde mit selbst gebastelten Feuerwerkskörpern. Chemie war so ziemlich das einzige Fach, in dem die Brüder nicht völlig versagten. Ihre Knaller explodierten mit beängstigender Wucht. Feuerstern wieherte panisch. Die gleißenden Blitze trieben ihn gegen alle seine Instinkte auf den Höhleneingang zu.

»Ihr verdammten Idioten!«, brüllte Ben, während

Aphra versuchte, das Pferd zu beruhigen. Vergebens – Feuerstern bäumte sich auf und durchbrach die Absperrung vor der Höhle.

Ole vergaß seine Angst vor Lutz und Lothar und warf sich mit einem Wutschrei in das Unterholz. Bossi stürzte bellend hinterher.

»Auuaaa!«, kreischte es schrill aus dem Gebüsch. »Die Bestie frisst mich auf!«

Feuerstern war in der Höhle verschwunden.

»Aphra! Bleib hier!« Ben hastete hinterher. »Worauf wartet ihr denn noch?«, rief er Nikolas und Lucienne zu. »Gleich ist sie weg!«

Lucienne verpasste Lothar Jensen einen gut gezielten Tritt, packte Bossi am Halsband und zerrte Ole von Lutz weg. »Bossi, Ole, *vite, vite*! Wir müssen bleiben zusammen!« Ole klaubte noch rasch ein paar von den kleinen Sprengkörpern auf, die Lothar aus der Tasche gefallen waren. Am liebsten hätte er sie diesem Mistkerl und seinem Bruder in die Kragen ihrer Jeansjacken gestopft – mit brennender Zündschnur natürlich, aber Lucienne ließ ihm dazu keine Gelegenheit.

»Ich mach euch fertig!«, brüllte Lothar.

Ein weiterer Blitz folgte ihnen, als die Höhle sie verschluckte. Die Explosion war heftiger als alle zuvor. Grelles Licht blendete die Freunde und dann schien auf einmal die Welt unterzugehen. Mit einem gewaltigen Donner krachte hinter den Kindern ein Teil der Höhlendecke ein. Die Sprengkörper und der sintflutartige Regen hatten einen Erdrutsch ausgelöst. Bossi winselte.

Lucienne hörte jemanden schreien. War es Aphra? Oder

sie selbst? Sie wusste nicht, warum sie unwillkürlich die Jadefigur in ihrer Tasche umklammerte. Einen flüchtigen Moment lang glaubte sie den riesigen Drachen erneut vor sich zu sehen, die Flügel weit gespreizt, doch das Bild verschwand hinter einem Vorhang von herabprasselnden Steinen und Erdklumpen.

»Lebt wohl!«, erklang Aphras Stimme wie aus weiter Ferne. Feuerstern wieherte leise, dann war es still.

Etwas hatte sich verändert. Hustend rieben sie sich den Staub aus den Augen. Ole, den ein Stein im Rücken getroffen hatte, rappelte sich verstört auf.

»Seid ihr noch da?«, keuchte Nikolas, der zitternd an einem Fels lehnte.

»Alles okay«, antwortete Lucienne. »Niemand verletzt.«

Allmählich legte sich der Staub und die Sicht wurde klarer. Von irgendwoher sickerte schwaches Tageslicht herein. Bossi wedelte optimistisch mit dem Schwanz.

Ben sah sich um. »Aphra? Feuerstern! Pao-Pao! Wo seid ihr?« Der Raum, in dem sie sich befanden, war winzig, nicht viel mehr als eine Ausbuchtung im Fels. Ein Wall aus Erde und Geröll türmte sich fast bis zur Höhlendecke vor ihnen auf.

»Wir müssen da rüber, los! Sie sind bestimmt auf der anderen Seite.« Ben begann bereits zu klettern.

»Sind wir wieder im Mittelalter?«, fragte Ole und kraulte nervös Bossis Ohren.

»Keine Ahnung«, sagte Nikolas und musterte den Erdwall. »Der vordere Teil der Höhle liegt auf der anderen Seite. Hilft nichts, wir müssen da rüber.«

Auf allen vieren überwanden sie das Hindernis, und Nikolas schaffte es ganz ohne Hilfe. Stolz sah er sich um.

»Himmel, seht nur!«, entfuhr es ihm. In die Wand vor ihnen war ein Schatten eingebrannt. »Was ist das?«

»Sieht aus wie ein kniender Mensch«, meinte Ole beklommen. »Was macht der da? Ich meine, wie kommt der dahin?«

Lucienne sagte gar nichts. Sie betrachtete die dünnen Kerzen, die vor dem Schatten in den Höhlenboden gesteckt waren, und die kleinen Messingschalen mit Weihrauch, wie Opfergaben davor aufgebaut. In ihrem Bauch breitete sich ein flaues Gefühl aus.

Ben stand am Ausgang und rief immer noch nach Aphra, Pao-Pao und Feuerstern.

Nikolas hinkte zu ihm. »Sie sind weg«, sagte er leise.

»Das kann nicht sein«, beharrte Ben, »wir waren doch alle zusammen, also müssen wir nur aus dieser Höhle raus und dann …«

Lucienne trat zu ihnen. Ein Blick ins Freie genügte, dann drohten ihre Knie nachzugeben.

»Ben. Sieh doch. Das ist nicht … Wir sind nicht …«

»Was?«

Lucienne holte tief Luft. »Wir sind nicht in die Mittelalter. Wir sind nicht mal in Deutschland. Das da ist China.«

Lutz Jensen zweifelte an seinem Verstand. Hatte er eben wirklich einen Drachen gesehen? Da war ein Blitz gewesen, ein gewaltiger Donner, und dann waren Erde und Felsbrocken herabgestürzt und hatten den hinteren Teil der Höhle verschüttet. Und für den Bruchteil einer Sekunde, vielleicht auch ein wenig länger, war ein Drache am Himmel erschienen. Lutz wischte sich den Regen aus den Augen. Er war schließlich nicht blöd, er wusste, wie ein Drache aussah! Ein grünes, schuppiges Monster, ein bisschen so wie Tyrannosaurus Rex, nur eben drachenartiger. Aber so wie Dinosaurier durfte es auch Drachen nicht geben, jedenfalls nicht hier und jetzt, im 21. Jahrhundert.

Diese verdammte Bande! Das war doch irgendein mieser Trick! Sie hatten ihn reingelegt, ihn und seinen Bruder Lothar.

Wo steckte der überhaupt? Ratlos stand Lutz im Höhleneingang. Lothar und die anderen waren da drin! Ob sie noch lebten?

»Lothar!!«, heulte er los. Er musste Hilfe holen. Aber wie sollte er die ganze Geschichte erklären? Wenn es verboten war, die Höhle zu betreten, weil bei starkem Regen Erdrutschgefahr bestand, dann war es vermutlich auch keine gute Idee gewesen, Feuerwerkskörper hineinzuwerfen. Lutz steckte gewaltig in der Klemme. Man würde ihm die Hölle heiß machen!

Über seinem Kopf begann es unheilvoll zu knirschen. Lutz blickte nach oben und wich entsetzt zurück. Ein riesiger Felsbrocken löste sich aus der Decke und verfehlte ihn nur um Haaresbreite. Der Boden unter seinen Füßen bebte, als der Koloss herunterdonnerte und den Höhlenausgang fast völlig versperrte. Lutz fluchte so laut und gotteslästerlich wie noch nie in seinem Leben, aber das half ihm jetzt auch nicht.

Shaolin

Stumm starrten die Freunde auf die fremdartige Landschaft, die unter ihnen lag. Ein Bergwald zog sich die Hänge des breiten Tales hinauf. Nikolas erkannte Kastanien, Ulmen, Maulbeerbäume und einige Kiefern, dazwischen aber auch Bäume, die er noch nie gesehen hatte. Weiter unten begannen in Terrassen angelegte Felder. In der Ferne erhoben sich schroffe Gipfel. Bergkette um Bergkette verschwand in blauem Dunst.

Es musste sehr früh am Tag sein, die Sonne war noch nicht hinter den Bergen hervorgeklettert. Immerhin war das Wetter besser als zu Hause, es regnete nicht.

Nikolas' Blick fiel auf einen hohen Turm aus Ziegelsteinen, der sich etwas weiter westlich spiralförmig zwischen den Bäumen in die Höhe schraubte und von einer Steinkugel gekrönt war.

»Ein heilige Ort«, sagte Lucienne, die seinem Blick gefolgt war. »Für Buddha. Ich weiß nicht, wie heißt das in Deutsch?«

»Pagode«, kam es automatisch von Nikolas.

»*Oui, une pagode.*« Wie gerne sie da mal hingehen würde! Aber das behielt sie vorsichtshalber für sich. Lucienne hatte nicht das Gefühl, dass die anderen ihre Begeisterung teilten. »Schön, nicht?«, war alles, was sie sich zu sagen traute.

Nikolas nickte bedächtig. Klar, eine Pagode, was sonst. Standen in China alle naselang herum, die Dinger.

China. Es war unfassbar. Nicht nur die Tageszeit hatte

sich verschoben – wie konnte es sein, dass sie sogar auf einem anderen Kontinent gelandet waren?

»Lucienne«, sagte er und zog fröstelnd die Schultern hoch. Seine nassen Sachen klebten ihm unangenehm am Körper. »Erklär mir das mal: Aphra hat magische Tricks drauf, die kann reisen, wohin sie möchte. Aber wir, wir brauchen doch einen Gegenstand aus der Zeit, in die wir wollen. Wer oder was hat uns also unterwegs von Aphra getrennt?«

Verlegen zog Lucienne die Jadefigur hervor und legte sie auf ihre Handfläche, so dass alle sie sehen konnten.

»*Le dragon*«, sagte sie. »Der Drache hat uns hierhergebracht.«

Für einen Moment herrschte fassungslose Stille. Dann brach es aus Ben heraus: »Das hast du mit Absicht gemacht! Du wusstest genau, was passieren würde, als du das Ding eingesteckt hast!« Er war so wütend, dass er sich auf sie stürzen wollte.

»Ben, lass den Quatsch!« Nikolas trat eilig dazwischen. »Denk doch mal nach! Keiner von uns konnte das ahnen. Wenn wir uns jetzt gegenseitig zerfleischen, kommen wir auch nicht wieder zurück.« Insgeheim war er sich allerdings gar nicht so sicher, ob er sofort wieder nach Hause wollte. Wenn das hier wirklich China war – was für ein Wahnsinn! Nikolas fühlte sich trotz seiner nassen Kleider wie unter Strom.

Ole kicherte hysterisch, doch dann verstummte er, als hätte ihm jemand einen Schlag versetzt. Seine Stimme klang sehr gequetscht, als er endlich etwas sagte. »Bist du dir sicher, dass es China ist?«

Lucienne winkte sie aus der Höhle heraus und lenkte ihren Blick nach links. »Schaut da runter.«

Eine steile Treppe aus natürlichen Steinstufen und Trittmulden führte hinunter in das Tal. Dort lag ein großes Anwesen, das sie von der Höhle aus nicht hatten sehen können. Um einen Innenhof mit einem riesigen Baum standen niedrige Gebäude. Sie waren rot angemalt, ihre aufwärtsgeschwungenen Dächer schienen mit Holzschindeln gedeckt zu sein. Die zwei hohen Türme dagegen, die den Eingang zu der Anlage bewachten, trugen auffällig grüne Dächer. Sie sahen ein bisschen so aus, als hätte man fünf Stockwerke mit Dächern aufeinandergeschichtet. Der ganze Komplex war von einer hohen Mauer umgeben. Dahinter schloss sich ein Wäldchen aus jungen Bäumen an, noch ein Stück weiter entfernt begannen die Felder.

»Was ist das?«, fragte Ole.

»Die berühmte Shaolin-Kloster«, sagte Lucienne ehrfürchtig. »Ich würde es erkennen mit verbundene Augen.« Und das war die Wahrheit, obwohl sie es noch nie leibhaftig gesehen hatte. In seiner mehr als tausendfünfhundertjährigen Geschichte war Shaolin mehrere Male völlig zerstört und wieder aufgebaut worden. Lucienne kannte zwar nur Bilder aus der Neuzeit, dennoch wusste etwas in ihr ganz sicher, dass sie das sagenumwobene Kloster der Shaolin-Mönche vor sich hatten.

»Shaolin?«, wiederholte Ole, bibbernd vor Kälte, und schlang die Arme um sich. Musste er das kennen?

»Hier ist Kung Fu erfunden worden«, erklärte ihm Lucienne.

Ben schnaubte nur. »Dann hast du ja erreicht, was du

schon immer wolltest, einmal bei echten Shaolin-Mönchen in die Lehre gehen.«

Unten im Kloster wurde ein Gong geschlagen. Der dunkle Ton hallte von den Bergwänden wider und füllte das morgenstille Tal.

Oles Knie fingen so an zu zittern, dass er sich auf den Boden setzen musste. »China«, murmelte er. »Wir sind wirklich in China. Und wir haben nicht mal was zu essen mitgenommen!«

Ein zweites Mal erklang der Gong. Lucienne zeigte auf den Schatten an der Höhlenwand hinter ihnen und die Kerzen und Opferschalen. »Das hier muss sein ein Heiligtum von die Kloster.«

»Na, die werden sich bestimmt freuen, wenn Wildfremde in ihrer heiligen Höhle rumspuken«, bemerkte Ben, der aufmerksam ins Tal schaute.

»Was meinst du damit?« Nikolas, der sich den unheimlichen Schatten noch einmal angesehen hatte, hinkte alarmiert zu ihm hin. »O nein!«

Die Klosterpforte hatte sich geöffnet. In langer Reihe stieg eine Prozession von Mönchen zur Höhle hinauf. An die zwanzig mussten es sein, die meisten halbwüchsig, fast noch Knaben, aber auch einige ältere waren darunter. Alle trugen leuchtend gelbe und orangefarbene Gewänder, die bis auf den Boden reichten. Die Mönche waren kahlgeschoren und hielten ihre Köpfe demütig gesenkt.

Der leichte Wind wehte Gesangsfetzen zu den Kindern herauf, die in die Höhle zurückwichen.

»Was machen wir?«, flüsterte Nikolas. »Wir müssen hier weg!«

»Es gibt kein andere Weg als über die Treppe«, sagte Lucienne.

»Vielleicht doch.« Alle sahen verblüfft zu Ole. Er hatte sich aufgerappelt und rieb sich nervös die Hände. »Mir ist da gerade was eingefallen. Dieser komische Spruch von Aphra, wisst ihr, sie wollte, dass ich ihn auswendig lerne, und vielleicht …«

»Was für ein Spruch?«, unterbrach ihn Ben.

»Ihr wart noch nicht da, als sie ihn mir vorgesagt hat. Es sollte ein Abschiedsgeschenk sein, von Marthe für uns alle, *für die Zeitreisenden*, hat sie gesagt, und …«

Ben wurde immer ungeduldiger. »Nun sag schon!«

»Könnte doch sein, dass es so eine Art Reiseformel ist«, schloss Ole verwegen. »Ich meine, was sollte sie uns sonst schenken?«

Lucienne runzelte skeptisch die Brauen. »Das wäre ja …«

»Großartig!«, fiel Nikolas ihr ins Wort. »Wie geht der Spruch?«

Ole krauste die Stirn. »Irgendwas mit Lingua und Tempus. Was Lateinisches. Ich muss nachdenken.«

»Mensch, Ole, dafür haben wir keine Zeit!«, drängte Nikolas. Die Mönche hatten bestimmt schon den halben Weg zur Höhle zurückgelegt.

»Lingua, äh … «, sagte Ole. »Lingua nova … Tempus … nee, zuerst kam Lingua …«

Ben ballte die Fäuste. »Sagst du jetzt endlich den verflixten Spruch auf oder muss ich ihn aus dir rausschütteln?«

Ole spulte hastig ab, woran er sich noch erinnerte.

Alle hielten die Luft an, doch nichts passierte.

»Tolles Geschenk«, murmelte Lucienne.

»Vielleicht müssen wir ihn zusammen aufsagen«, schlug Ole vor.

Ihre Stimmen mischten sich mit dem Gesang der Mönche, der jetzt ganz nah war. Nikolas hatte die Augen zugekniffen. Er blinzelte. Sie befanden sich immer noch in der Höhle.

»Die Spruch wirkt nicht«, stellte Lucienne fest.

»Es gibt noch einen zweiten Teil«, gestand Ole, »aber ...«

Im Eingang tauchte der Glatzkopf eines Mönches auf.

»Mensch, Ole«, stöhnte Nikolas, »warum kannst du dir nicht *einmal* was merken!«

Zusammengedrängt sahen sie zu, wie der Mann die Höhle betrat.

Seltsam, dachte Nikolas. Der Mönch wirkte überhaupt nicht überrascht, als er sie sah. Er lächelte sie sogar an! Bossi begrüßte ihn mit einem freundlichen Schwanzwedeln. Die anderen Mönche warteten in respektvollem Abstand draußen auf den Stufen.

»Und was nun?«, wisperte Nikolas Lucienne zu. Bevor jemand etwas sagen konnte, tauchte aus dem Gestrüpp neben der Höhle eine zerlumpte Gestalt auf. Ein magerer kleiner Junge warf sich dem Mönch vor die Füße.

»Ich werd verrückt«, murmelte Ben. »War der die ganze Zeit schon da?«

Unter verzweifeltem Schluchzen brach eine Sturzflut von Worten aus dem Jungen heraus. Es dauerte lange, bis er fertig war und der Mönch ihn wieder auf die Füße gestellt hatte.

Nikolas und Ben tauschten verstörte Blicke, auch Lucienne wirkte völlig verwirrt. Das war ja unglaublich! Sensationell! Einfach irre!

»Seit wann können wir Chinesisch?«, brachte Ole schließlich hervor.

Sie hatten jedes Wort verstanden.

Das Auge des Wassers

Großmeister Hú saß im Lotussitz vor einer Buddha-Statue und meditierte. Diese Haltung – die Beine gekreuzt, den linken Fuß auf dem Knie des rechten Beins, den rechten Fuß auf dem linken Knie – hatte er schon als kleiner Junge gelernt und er beherrschte sie immer noch.

Vor ihm stand eine große Bronzeschale mit Wasser, die drei Kerzen davor waren längst niedergebrannt. Hú hatte die ganze Nacht durchwacht und seinen Geist geöffnet für die Bilder, die sich auf der stillen Wasseroberfläche zeigten. Jetzt schmerzten seine Glieder von der unbeweglichen Haltung. Sein Alter machte sich allmählich bemerkbar, trotzdem rührte er sich nicht.

Hú war der Abt von Shaolin und der älteste Mönch des Klosters. Seit dem letzten Frühlingsvollmond spürte er, dass seine Zeit sich dem Ende zuneigte. Ausgerechnet jetzt, wo Shaolin in Gefahr war! General Léi rückte mit seinen Truppen näher. Hú wusste, dass Léi schon zwei der kleineren und unbedeutenderen Wushu-Klöster im Süden zerstört hatte. Auf der Suche nach etwas, das er unbedingt in seinen Besitz bringen wollte … Shaolin war bislang verschont geblieben, weil es unter dem Schutz von Kaiser Taizong persönlich stand. Und weil es Großmeister Hú gab, der klug dafür gesorgt hatte, dass Shaolin längst über die Grenzen seiner Provinz hinaus berühmt war. Nirgends wurden so viele Kriegermönche ausgebildet wie hier, nirgends lebten so viele wehrhafte Kämpfer.

Doch Hú konnte nicht ewig über die Geschicke des Klosters wachen. Lange hatte er auf ein Zeichen gewartet, wie es nach ihm mit Shaolin weitergehen sollte. In dieser Nacht hatte er es endlich bekommen. Vier fremde Kinder konnten unter Umständen die Antwort auf Hús Frage sein. Das Wasser hatte sie dem Großmeister gezeigt.

Aber woher kamen sie? Weshalb hatte das Schicksal ausgerechnet sie ausgewählt? Nicht alle Bilder waren deutlich und gut zu verstehen gewesen. Hú fasste sich in Geduld. Das gehörte zu den ersten Lektionen, die jeder Mönch lernen und immer wieder üben musste: mit Ruhe und Geduld im Herzen nachzudenken und zu warten, bis sich die Antwort auf eine Frage zeigte.

Das Auge des Wassers hatte noch mehr gesehen als die vier Fremdlinge: Es wusste, dass sich bei der heiligen Höhle am Berg Song Shan ein weiterer Junge befand.

Fünf Kinder. Fünf war eine gute Zahl. Sie hatte einen ähnlichen Klang wie das Wort Glück. Hú lächelte und ein Netz von feinen Runzeln legte sich über sein weises Gesicht.

Aus der Übungshalle drang das Scharren und Stampfen von hundert Füßen. Die Schüler waren bei ihrer ersten Morgenlektion. Ihr Schultag begann bei Tagesanbruch, gleich nachdem im Klosterhof der große hölzerne Gong, der aussah wie ein Fisch, das dritte Mal geschlagen worden war. Der Fisch, so hieß es, schlief nie, er war ein Symbol für Wachheit und Wachsamkeit.

Auch Hú war wachsam. Noch wusste er nicht, ob die Fremdlinge wirklich die von ihm Erwarteten waren. Er hatte fast alle seine Kriegermönche geschickt, um sie ins Kloster holen zu lassen. Keiner hatte Fragen gestellt, so gehörte es sich für disziplinierte Mönche. Außerdem verirrten sich öfter Fremdlinge zum Song Shan, meist Händler und Reisende aus fernen Ländern, die auf der großen Handelsroute nach Changan gekommen waren. Hú selbst hatte, was die Kinder anging, einen anderen Verdacht. Aber es war besser, im Kloster keine Gerüchte aufkommen zu lassen.

Hú strich mit dem Finger über die Wasseroberfläche, bis sie sich kräuselte. Dann verbeugte er sich vor dem kleinen Buddha, erhob sich und zog mit einer geübten Bewegung sein Gewand zurecht.

Auf dem rechten der beiden Türme am Klostereingang schlug ein Mönch einmal die große Trommel. Sie kamen.

Xiè, kleine Krabbe

Benommen standen Ben, Ole, Nikolas und Lucienne unter einem riesigen Ginkgobaum, dessen Blätter sich bereits herbstlich zu verfärben begannen. Neben ihnen hing in einem überdachten Gestell ein merkwürdiger Holzgong in

Form eines Fisches. Eine schlichte Steinbank stand gleich daneben. Nikolas' Beine fühlten sich nach dem steilen Abstieg an, als würden sie ihn nicht mehr lange tragen, aber er wagte nicht, sich einfach hinzusetzen.

Sie waren umgeben von orangegelben Gewändern. Vor ihnen, neben ihnen und auch hinter ihnen standen Shaolin-Mönche. Aus einer Halle, aus der zunächst noch Stimmen und Kampfgeräusche gedrungen waren, hatten sich Kinder und Jugendliche zu ihnen gesellt.

»Das müssen Schüler sein«, flüsterte Lucienne ihren Gefährten zu. Sie trugen Baumwollhosen und Kittel in unauffälligen Braun-, Grau- und Senftönen. Die Schüler tuschelten aufgeregt miteinander, einige zeigten kichernd auf Luciennes goldblonde Haare. Mit einer Handbewegung brachte ein älterer Mönch sie zum Schweigen. Auf dem Platz wurde es mucksmäuschenstill.

Sie befanden sich in dem großen Klosterhof, der von zahlreichen kleinen Gebäuden und zwei großen Hallen eingefasst war. Die roten Mauern der Häuser leuchteten in der Morgensonne um die Wette. Über den Hauseingängen befanden sich schwarze Balken mit goldenen Schriftzeichen. Von irgendwoher erklang der eintönige Sprechgesang rauer Männerstimmen, sie schienen immer die gleichen Verse zu wiederholen.

Wie in Trance hatten die Kinder das Tor mit den beiden hohen Türmen passiert, nachdem die Mönche sie den steilen Hang hinuntergeleitet hatten, sie und diesen chinesischen Jungen, der urplötzlich aufgetaucht war. Keiner von ihnen hatte sich widersetzt, warum auch? Die Mönche waren von äußerster Freundlichkeit gewesen, sie schienen sich auch überhaupt nicht über die Fremdlinge zu wundern. Einer hatte sich sogar erboten, Nikolas auf seinem Rücken hinunterzutragen, was dieser ablehnte. Dadurch zog sich der Abstieg lange hin. Um sich zu beruhigen, hatte Nikolas die Stufen und Trittmulden gezählt. Tausendzweihundertfünfundsechzig waren es.

Trotz der misslichen Situation war er stolz. Vor nicht allzu langer Zeit hätte er das mit seinem steifen Bein nie geschafft.

Ole klammerte sich an Bossis Halsband fest. Die Mönche hielten sich in respektvollem Abstand von dem großen, struppigen Hund, der dem Jungen bis an die Hüfte reichte. Ohne Bossi an seiner Seite, das wusste Ole, wäre er nur noch ein armseliges Häufchen Wackelpudding. Seine Knie schlotterten so sehr, dass es bestimmt alle sahen. Ab und zu blickte Bossi mit seinen bernsteinfarbenen Augen zu ihm auf, als wenn er sagen wollte: Nur Mut! Du passt auf mich auf, ich pass auf dich auf.

»In Ordnung«, murmelte Ole. »Wir schaffen das.«

»Was bitte?«, fragte Ben halblaut. »Was schaffen wir? Wenn du dir bloß diesen Spruch richtig gemerkt hättest! Was wollen diese Leute überhaupt von uns?« Er rückte näher an die anderen heran.

»Keine Ahnung«, wisperte Nikolas. »Geredet hat ja eigentlich nur der da.« Er machte eine Kopfbewegung zu dem fremden Jungen hin, der neben ihnen wartete und die Mönche oben bei der Höhle verzweifelt beschworen hatte, ihn zu ihrem ehrwürdigen Meister zu führen.

»Scheint ein ziemlicher Frischling zu sein«, murmelte Ben. »Neun oder zehn vielleicht, was meinst du? Und noch ein Stück kleiner als Ole. Der hat ja vielleicht eine irre Geschichte erzählt! Und wir haben tatsächlich jedes Wort verstanden.« Er schüttelte immer noch ungläubig den Kopf.

»Tja, sei froh, dass Ole sich wenigstens den ersten Teil von Marthes Spruch gemerkt hat«, meinte Nikolas. »Muss so eine Art Sprachzauber sein.«

»Super, dann können wir immerhin um unser Leben flehen«, knurrte Ben.

»Sie werden uns nichts tun«, sagte Lucienne leise. »Schließlich es sind Mönche. Die in die gelben Kleider sind Meister, die andere ihre Schüler.« Damit kannte sie sich aus. Denn was Ben in der Höhle gesagt hatte, stimmte. Seit Jahren lernte Lucienne Kung Fu, und insgeheim träumte sie davon, Schülerin im berühmten Shaolin-Kloster zu werden.

Luciennes Kleider klebten nass und dreckig auf ihrer Haut, und doch gab es einen Punkt, der ganz warm war: Da, wo der Drache in ihrer Hosentasche steckte. Das Ding schien förmlich zu pulsieren, als ob es lebendig wäre. Unheimlich. Sie traute sich nicht, es hervorzuholen und anzusehen.

Plötzlich ging eine Bewegung durch die Reihe der Mönche, die vor ihnen standen. Ein orangeroter Rücken nach dem anderen beugte sich in ehrerbietiger Verneigung, die Schüler vor der Halle knieten sogar nieder. Dann teilte sich die Menge und gab den Blick auf einen uralten Mann frei. Er hielt sich sehr gerade und strahlte trotz seiner scheinbaren Zerbrechlichkeit eine große Würde und Gelassenheit aus. Sein Gewand war von einem so hellen

Gelb, dass es fast weiß wirkte. An den Füßen trug er schlichte Strohsandalen. Als er die Hände aus den Falten seiner Kleider zog, um sie gegeneinanderzulegen und sich vor den Kindern zu verbeugen, erhaschte Lucienne einen flüchtigen Blick auf eine Tätowierung auf seinem rechten Unterarm: Ein grüner Tiger streckte sich im Sprung. Das sah so fremdartig aus und zugleich so ehrfurchtgebietend, dass Luciennes Herz unwillkürlich schneller klopfte.

Die Freunde rückten noch enger zusammen. Bossi wedelte unsicher mit dem Schwanz.

»Das ist Großmeister Hú«, erklärte der Mönch neben ihnen. Es war der, der als Erster in der Höhle erschienen war. »Der ehrwürdige Meister heißt euch willkommen und ist bereit, euch anzuhören.«

Großmeister Hú lächelte den Kindern freundlich zu. Wenn er sich darüber wunderte, dass sie so nass wie Ratten nach einem Monsunregen waren, obwohl es doch seit Tagen nicht geregnet hatte, so ließ er es sich nicht anmerken. Interessiert musterte er die Fremdlinge.

Der große Junge mit dem rotbraunen Haar und dem verschlossenen Gesicht hatte das *Qi* – die Lebensenergie – eines Büffels, das spürte Hú sofort. Stark und leicht reizbar, aber ein guter Kämpfer.

Der zweite Junge stützte sich auf eine Krücke und hielt sich dabei betont gerade, während seine Augen unerschrocken alles in sich aufnahmen. Auch ihn erkannte Großmeister Hú sofort: Der mit dem lahmen Bein war ein kluger Kopf und beobachtete, bevor er handelte; ein starker Geist in einem schwachen Körper.

Und der kleine Dicke mit dem Hund – über Großmeister Hús Gesicht huschte erneut ein Lächeln. Wie laut sein Magen knurrte und wie verlegen er deswegen die Augen gesenkt hielt! Der Bursche erinnerte Hú daran, wie er selbst als kleiner Junge gewesen war. Immer hungrig, immer ängstlich, doch zugleich viel mutiger, als er es je geahnt hätte.

Schließlich wanderte Hús Blick weiter zu dem Mädchen. Was für ungewöhnliches Haar! Es leuchtete wie goldenes Korn und war so kurz geringelt wie das Fell eines Lämmchens. Das Mädchen hielt eine Hand in der Tasche ihrer seltsamen Hose verborgen. Hú spürte ein starkes *Qi* und wäre vor Überraschung beinahe zurückgezuckt. Von ihr ging eine Energie aus, die er nicht einordnen konnte.

»Ich grüße euch, kleine Brüder« – der Großmeister deutete eine kleine Verneigung an – »und kleine Schwester.«

Bossi bellte einmal kurz auf. Es klang so einschüchternd, dass die Mönche neben ihm ein Stück zur Seite wichen.

»Psst!«, zischte Ole. »Benimm dich.«

Hú verbeugte sich auch vor Bossi: »Auch du bist willkommen, verehrter Wächter.« Er wandte sich wieder an die Kinder. »Ihr habt eine weite Reise hinter euch und gewiss viel zu berichten, doch erlaubt, dass ich zuerst die Geschichte unseres jungen Freundes hier anhöre.«

Wie auf ein Kommando warf sich der fremde Junge erneut zu Boden.

»Haben die hier ein Problem mit der Schwerkraft, oder was? Andauernd schmeißen sich alle auf die Erde!« Ben schaffte es einfach nicht, seiner Anspannung anders als mit flapsigen Sprüchen Luft zu machen. Lucienne bedachte ihn mit einem vorwurfsvollen Blick und Nikolas versetzte ihm einen Stoß mit seiner Krücke: »Halt bloß die Klappe!«

»Schon gut, war nicht so gemeint. Aber woher weiß der alte Mann von unserer Reise?«

Neben Ben stand ein jüngerer Mönch in einer grauen Kutte mit einer gelben Schärpe um die Taille. Er legte missbilligend den Finger an seine Lippen. »Es ist unhöflich zu reden, wenn der Großmeister euch nicht dazu auffordert«, sagte er tadelnd.

Hú hatte dem fremden Jungen inzwischen auf die Füße geholfen.

»Wie ist dein Name?«, fragte er.

»Xiè, ehrwürdiger Meister.«

»Nun, Xiè, kleine Krabbe, was hast du mir zu sagen?«

Krabbe! Ben erstickte fast vor unterdrücktem Lachen. Krabbe hieß der Kleine! Nicht zu glauben.

»Mein Meister ist entführt worden«, sprudelte es aus Xiè heraus. »Ihr müsst ihn befreien, nur ihr könnt ihn noch retten, ich bitte euch, helft mir! Bitte! Der furchtbare General Léi mit seinen Truppen hat unser Dorf überfallen, und er …« Allmählich entwirrten sich Xiès Sätze; was er sagte, wurde immer klarer – und schrecklicher.

Nikolas und Lucienne tauschten erschrockene Blicke. Was für eine furchtbare Geschichte! Ole zerfloss fast vor Mitgefühl, und selbst Ben schien das, was sie da hörten, an die Nieren zu gehen:

Xiè war der Gehilfe eines Arztes und Gelehrten namens

Yù. Stolz berichtete Xiè von der Mildtätigkeit und dem großen Heilwissen seines Herrn, der auch den Ärmsten der Armen unentgeltlich half und von denen, die es sich leisten konnten, höchstens eine Schale Reis als Bezahlung nahm. Meister Yù kannte aber nicht nur alle Heilpflanzen, sondern erforschte auch die geheimnisvollen Kräfte des Universums. Und seitdem er die Schriften des weisen Gelehrten Ge Hong gelesen hatte, suchte Yù nach dem geheimnisvollen Mittel, das Unsterblichkeit verleihen sollte.

»Mein Meister hat wundersame Entdeckungen gemacht!«, brüstete sich Xiè. »Er ist vielleicht schon im Besitz dieses Elixiers!«

Das war leider auch General Léi zu Ohren gekommen. Der General, der beim großen Kaiser wegen seiner Machtgier in Ungnade gefallen war und seitdem plündernd und brandschatzend durch das Land zog, hatte Yù entführen lassen.

»Mein Meister hatte mich mit Besorgungen auf den Markt geschickt, und als ich wiederkam, war sein Haus niedergebrannt und alle seine Arzneien und Schriften waren zerstört, der Hof war voller Hufabdrücke und auf der Erde lag ein zerfetztes Banner des Generals«, schluchzte Xiè. »Alle Nachbarn haben gesehen, wie Soldaten den Meister davonschleppten. Sie haben sich ängstlich in ihren Häusern versteckt und einfach zugesehen!« Wütend ballte Xiè die Fäuste. »Oh, wäre ich doch nur da gewesen, ich hätte gekämpft wie … wie …«

»Wie eine kleine Krabbe?«, unterbrach ihn der Großmeister. Seine Miene war ernst.

Xiè senkte beschämt den Blick. »Verzeiht. Ihr habt recht. Was könnte ich schon ausrichten?«, sagte er bitter.

Hú legte ihm einen Finger unter das Kinn. »Sieh mich an, kleine Krabbe. Du kannst mehr, als du denkst. Aber du musst dein Maß kennen. Wer Hirsche jagen will, darf sich nicht mit Hasen aufhalten.«

Ben, der aufmerksam zugehört hatte, runzelte die Stirn. Ohne sich um die missbilligenden Blicke des grauen Mönches mit der gelben Schärpe zu kümmern, beugte er sich zu Nikolas: »Was soll das denn heißen?«

»Keine Ahnung«, gab der leise zurück. »Vielleicht soll er seine Kraft nicht mit den Soldaten verschwenden?«

Ben schüttelte verständnislos den Kopf. »Soldaten sind ja wohl nicht gerade Hasen.«

»Zügelt endlich euer Mundwerk und seid still!«, zischte der Mönch.

Großmeister Hú war unterdessen in Schweigen versunken. Nun strich er Xiè über das struppige Haar und sagte: »Ich werde nachdenken, kleiner Bruder. Du und unsere anderen Besucher hier«, er machte eine Geste, die alle Kinder einschloss, »seid unsere Gäste. Man soll euch Speisen und trockene Kleidung bringen. Esst, trinkt und ruht euch aus. Älterer Bruder Lóng, bitte kümmere dich um alles.« Er nickte dem Mönch mit der gelben Schärpe zu, der von seiner Aufgabe nicht gerade begeistert zu sein schien.

Hú schickte sich an zu gehen. Nikolas wagte sich einen Schritt vor. »Entschuldigung, äh … ehrwürdiger Meister. Wolltet ihr nicht auch mit uns sprechen?«

Der graue Mönch mit der gelben Schärpe sah aus, als

würde er ihn am liebsten zu Boden stoßen: »Du bist unverschämt!«, zischte er.

Aber Großmeister Hú wandte sich noch einmal um. »Du bist doch klug, Junge mit dem lahmen Bein. Und manchmal ist es klug, einen Schritt zurückzuweichen, um dann voranzugehen. Lernt zu warten.«

Mehr als eine Lektion

»Das zieh ich nicht an. Auf keinen Fall.« Entschlossen warf Ben die graue Kutte samt Hosen, die der Mönch ihm gereicht hatte, zurück in die Holztruhe. »Meine Sachen sind bald trocken.«

»Ben, sei vernünftig«, mahnte Nikolas und schlüpfte in die Strohsandalen, die vor ihm standen. »Willst du dir den Tod holen in den nassen Klamotten?« Er band die schmalen Bändchen an seinem sandfarbenen Überwurf zusammen, die Knöpfe und Reißverschluss ersetzten. Fühlte sich ganz angenehm an, diese Kleidung. Auf jeden Fall bequem. Seine Sachen hingen neben denen von Lucienne und Ole auf einem Gestell zum Trocknen.

Murrend setzte Ben seinen Rucksack ab. Das Regenwasser tropfte unten heraus. Verflixt! Hoffentlich war seine Flöte nicht nass geworden. »Ich brauche aber auch einen trockenen Beutel für den anderen Kram«, maulte er.

Lóng kochte vor Wut. Undankbare kleine Kröten! Er hatte absolut keine Lust, ihr Kindermädchen zu spielen. Eine demütigende Aufgabe war das für einen Mönch, der bereits alle Prüfungen abgelegt hatte und selbst ein Meister war, der Respekt und Demut erwarten konnte. Mit zusammengebissenen Zähnen nahm er aus einer anderen Truhe einen Leinenbeutel, den man sich umhängen konnte.

»Ach bitte, könnten wir wohl alle so einen Beutel bekommen?«, fragte Lucienne höflich. Weder die Baumwollhosen noch die Kutte hatten eine Tasche. Ihre Finger ballten sich um die kleine Jadefigur, die immer noch pochte und sich so warm anfühlte, als würde echtes Blut in ihr pulsieren.

Lóng warf ihnen die Beutel vor die Füße. Er hatte schon eine scharfe Entgegnung auf den Lippen, als ein hagerer Mönch in der Tür zur Kleiderkammer erschien. »Bist du fertig, Bruder? Das Essen wird nicht besser, wenn es noch Stunden auf dem Feuer steht.«

Lóng schäumte. Er musste dringend hier raus und seinen Geist zur Ruhe bringen. Außerdem warteten seine Schüler darauf, dass er den unterbrochenen Unterricht fortsetzte. »Nimm sie mit, Bruder Küchenmeister, stopf sie voll, mach mit ihnen, was du willst!«, schnaubte er und rauschte hinaus.

Ben hängte sich seinen Beutel mit der Flöte um. Seine Uhr hatte er mit hineingepackt, denn sie war längst stehengeblieben. Uhren und Handys funktionierten in anderen Zeiten nicht, das hatten die Freunde schon bei ihrem letzten Abenteuer festgestellt. Ben fühlte ein leises Ziehen in der Brust, als er an ihre Reise ins Mittelalter und an Aphra dachte. Er musste sich zusammenreißen. Jetzt war er in China und hatte andere Probleme. Wenigstens war er nicht allein. Er würde es nicht unbedingt zugeben, aber froh war er doch, dass Nikolas, Lucienne und Ole mit dabei waren.

»Na, Bruder Ole, bist du fertig verpackt?«, fragte Ben.

Ole sah unglücklich an sich hinab. Die blaugraue Kutte reichte ihm bis auf die Zehen, und die Hose darunter musste er fünfmal umkrempeln, damit er nicht dauernd drauftrat. Nikolas konnte sich ein Grinsen nicht verkneifen, während er das Fotohandy, ein kleines Notizbuch und einen Kuli aus seiner Hose nahm. Bevor er alles im Umhängebeutel verstaute, schoss er unauffällig ein paar Bilder von ihnen, denn die kleine eingebaute Kamera funktionierte. »Als Erinnerung! Wir sehen echt ziemlich schräg aus. Geradezu Kung-Fu-mäßig. – Hu! – Ha!« Er fuchtelte mit dem freien Arm herum und versetzte der Luft einen Handkantenschlag.

»Nikolas, du bist peinlich.« Lucienne schüttelte den Kopf. »Und wenn schon, dann sag Wushu-mäßig. Die alten Kampfkünste sind Wushu. Kung Fu heißt es erst später, wir sagen das heute auch. – Ich meine, in unsere Zeit. – Na, du weißt schon.« Sie sah plötzlich verwirrt aus.

Der hagere Mönch an der Tür, der ihnen bis jetzt taktvoll den Rücken zugewandt hatte, lächelte. »Wollt ihr mir nun bitte zum Küchenhaus folgen? Die Speisen sind bereitet.«

Na endlich! Bossi erhob sich. »Küche« klang vielversprechend, das verstand Bossi in jeder Sprache. Schwanzwedelnd folgte er dem kleinen Trupp.

Der Küchenmeister führte sie auf einen schmalen Weg aus bemoosten Steinplatten, der sich an der hohen Klostermauer entlangschlängelte. Fremdartige Nadelbäume ließen ihre bizarr geformten Zweige über die Mauer hängen. In den Ritzen zwischen den feuchten Steinen wuchsen Farne und Efeu, die auch einen kleinen Wasserspeier in Form eines Drachenkopfes umrankten, der in die Mauer eingelassen war. Unter einem Tulpenbaum kniete ein Mönch und pinselte mit Wasser Schriftzeichen auf einen hellen Stein, wo sie fast sofort wieder verblassten.

»Was macht der da?«, wunderte sich Ole.

Der Küchenmeister wandte sich zu ihm um. »Bruder Xing übt Schönschrift und meditiert dabei.«

Lucienne hätte sich am liebsten dazugesellt und dem Mönch bei seiner wunderbar beruhigenden Arbeit einfach zugesehen, aber der Küchenmeister führte sie zügig weiter.

Sie kamen an einem Teich vorbei, an dessen Ufer ein Dutzend Jungen mit untergeschlagenen Beinen saß. Die Hände hatten sie im Schoß gefaltet und die Augen geschlossen. Sie meditierten. Hinter ihnen ging ein Meister mit einem Stock in der Hand auf und ab.

Ben blieb irritiert stehen und beobachtete, wie der Mönch einem Schüler, der eingenickt war, ein paar kräftige Hiebe verpasste. Zu Bens Verblüffung protestierte der Geschlagene nicht einmal, im Gegenteil, er bedankte sich noch für die Schläge. Dann nahm er wieder seine Meditationshaltung ein und der Meister schritt weiter kontrollierend auf und ab.

»Hast du das gesehen?« Ben war empört. »Der prügelt einfach los, nur weil der Junge mal kurz …«

»Psst, sei still!« Lucienne zog ihn rasch weiter. »Das ist normal. Gehört zu die Ausbildung. Sie müssen lernen, immer wach und konzentriert zu sein.«

Bens Laune wurde immer finsterer. An was für einem grässlichen Ort waren sie hier bloß gelandet! Da hatte ihnen Lucienne ganz schön was eingebrockt. Und diese Stille machte ihn nervös. Das leise Plätschern des Wassers war neben Lóngs gereizter Stimme, die vom Übungsplatz herüberdrang, das einzige Geräusch.

Lucienne dagegen sog mit allen Sinnen die fremde Umgebung in sich auf. Sie befand sich wahrhaftig im heiligen Refugium der Shaolin-Mönche! Es war wie ein Traum. Sie ignorierte Lóng, der seinen Schülern auf dem Platz vor der Übungshalle Befehle zurief, und konzentrierte sich auf all die fremdartigen Dinge, von denen sie gehört und gelesen hatte und die sie jetzt mit eigenen Augen sehen konnte.

Die meisten Gebäude waren aus Ziegelsteinen gemauert und rot gestrichen. Es gab aber auch Holzhäuser mit kunstvoll geschnitzten Wänden und sogar eine Halle, die ganz aus kostbar verziertem Holz war. Das Portal wurde von zwei bronzenen Drachenköpfen bewacht. Die dunkle Tür mit den schweren Eisenbeschlägen stand offen, und im Vorbeigehen erhaschte Lucienne einen Blick in das Innere, wo im Licht unzähliger Kerzen eine riesige goldene Buddha-Statue glänzte. Blumen waren zu ihren Füßen ausgestreut und Mönche knieten in Reihen auf dem Boden.

Der freundliche Führer bemerkte ihr Interesse und erläuterte, was sie da sahen: »Dies ist unsere große Andachtshalle, in der wir uns zum Gebet versammeln. Dort hinten, wo Meister Lóng seine Schüler unterrichtet, befindet sich die Übungshalle. In den niedrigen Gebäuden daneben liegen unsere Schlafräume. Der ehrwürdige Großmeister bewohnt ein eigenes kleines Häuschen, das könnt ihr von hier aus nicht sehen, es steht ein Stück den Hang hinauf.« Er hielt inne und überlegte einen Moment. »Hm, was gibt es noch? Die Kleiderkammer kennt ihr ja schon. Wir haben außerdem eine Waffenkammer und eine Badehütte. Und hier ist das Küchenhaus. Wartet hier, ich bringe euch euer Essen.«

Xiè war schon da. »Mögen die Götter euren Tag segnen«, grüßte er mit einer schüchternen Verbeugung.

»Äh … ja, danke gleichfalls«, antwortete Nikolas. Sie standen eine Weile verlegen herum, bis der Küchenmeister mit einem großen Tablett kam und sie erlöste. Er reichte ihnen Schälchen mit einem gelblichen Brei, dazu ein unbekanntes grünes Gemüse.

»Den Hirsebrei habe ich ganz frisch gekocht!«, betonte er, als sei das etwas, worüber sie sich freuen müssten. Zum Schluss händigte er jedem noch ein Paar hölzerne Essstäbchen aus.

Lucienne bedankte sich höflich. Xiè fing heißhungrig an, die Mahlzeit in sich hineinzuschaufeln, während Ben noch ratlos die Stäbchen beäugte. Ole untersuchte das grüne Gemüse, das sich in langen Streifen über die Hirsekörnchen kringelte, und Nikolas versuchte sich zu erinnern, was er heute gefrühstückt hatte. Toast, Rührei, Milchkaffee, ein Marmeladenbrötchen. Ob er je wieder so etwas Gutes zwischen die Zähne bekam? Zwar hatte er sich seit ihrer Rückkehr aus dem Mittelalter eine neue Zeitreise gewünscht. Und wie aufgeregt er gewesen war, als sie von der Höhle aus den ersten Blick in dieses fremde Land geworfen hatten! Doch jetzt überfiel ihn urplötzlich die Angst, sie könnten es diesmal nicht zurück nach Hause schaffen. Lustlos betrachtete er sein Essen. Er hatte keinen Appetit mehr.

Bossi bekam eine Schüssel mit in Wasser eingeweichtem Getreide hingestellt.

»Ich habe leider nichts Blutiges für dich, wir essen kein Fleisch«, entschuldigte sich der Koch, aber Bossi machte sich ohne zu zögern über den Napf her.

»Ein vegetarischer Hund!«, bemerkte der Küchenmeister erfreut.

»Nö, eigentlich nur ein Vielfraß«, meinte Ole. »Darf ich Euch etwas fragen, ähm … Meister?«

Der Mönch lachte. »Ich bin zwar Meister der Küche, aber kein Wushu-Mönch. Nicht alle in diesem Kloster sind Krieger, es gibt auch gewöhnliche Mönche wie mich. Sag einfach Bruder Koch zu mir.«

»Also gut, Bruder Koch.« Ole stocherte in seiner Hirse herum und hob einen Streifen Gemüse an, der wie ein glibbriger grüner Faden vom Stäbchen hing. »Isst man bei euch denn keinen Reis?«

Der Küchenmeister schüttelte den Kopf. »Nur selten, kleiner Bruder. Reis wächst hier im Norden nicht, er wird weiter im Süden angebaut. Es ist teuer, ihn zu kaufen. Wir essen vor allem Weizen, Gerste und Hirse.«

Weizen, Gerste und Hirse, na toll. Ole probierte den Brei. »Habt Ihr schon mal daran gedacht, die Hirse mit

Milch zu kochen? Und sie mit Honig und Zimt zu servieren, so ähnlich wie Milchreis?«

»Honig? Milchreis?«

»Ja, und vielleicht noch mit ein paar Rosinen. Ihr wisst schon, getrocknete Trauben«, sagte Ole eifrig.

»Du machst Scherze, kleiner Bruder. Iss, bevor dein Brei kalt wird.« Kopfschüttelnd verschwand der Koch im Küchenhaus. Reis mit Honig und Zimt, in Milch gekocht. Tsss, was für verrückte Ideen diese Reisenden mitbrachten! Für den Küchenmeister wie für seine Mitbrüder stand es außer Frage, dass die Kinder sich von der großen Handelsroute irgendwie in die Berge verirrt haben mussten; so etwas kam öfter vor. Und Großmeister Hú hatte in seiner meditativen Versenkung eine Vision gehabt und gewusst, dass die Kinder in die heilige Höhle gelangt waren. Der Küchenmeister fand die Fremdlinge allerdings ganz schön anspruchsvoll. Er zuckte die knochigen Schultern und widmete sich wieder seinen Töpfen.

Nikolas hielt ratlos seine Schale in der einen und die Krücke in der anderen Hand. So konnte er nicht essen. Er verspürte zwar noch immer keinen Hunger, aber sein Verstand sagte ihm, dass es vernünftig war, wenigstens ein paar Bissen hinunterzuwürgen. »Los, wir setzen uns auf die kleine Steinbank da unter dem Ginkgobaum. – Kommst du mit?«, fragte er Xiè, der seine Portion schon fast vertilgt hatte. Der Junge nickte.

Bossi lungerte noch ein Weilchen vor dem Kücheneingang herum. Vielleicht füllte sich seine Schüssel ja wunderbarerweise ein zweites Mal? Aber der dünne Mann tauchte nicht wieder auf. Mit einem Seufzer trottete Bossi den anderen hinterher und legte sich vor Oles Füßen in den Staub.

Nebeneinander hockten die Freunde im Schatten des Ginkgos auf der niedrigen Steinbank und aßen. Lucienne konnte mühelos mit den Stäbchen umgehen, und auch die anderen hatten bald heraus, dass der Trick in einer Art Schaufeltechnik bestand, man musste die Schale dazu nur dicht genug an den Mund halten.

»Schmeckt gar nicht schlecht«, sagte Ben mit vollem Mund. »Schön scharf gewürzt. Und das grüne Zeug flutscht wie von allein durch die Kehle.«

Ole würgte krampfhaft, während Nikolas ihm aufmunternd den Rücken klopfte.

»So eine gute Mahlzeit habe ich schon lange nicht mehr bekommen«, sagte Xiè zufrieden und wischte sich den Mund mit seinem zerrissenen Kittelärmel ab.

Nikolas musterte den mageren kleinen Jungen. »Hat dein Meister nicht gut für dich gesorgt?«

Xiè zuckte gleichmütig die Schultern. »Er hat mich nicht geschlagen, wenn du das meinst. Aber ich bin nur ein unwürdiger kleiner Diener, mein Platz ist bei den Hühnern und Schweinen.«

So roch er auch, der Typ. Nikolas stellte seine Schüssel ab. »Dann müsstest du doch froh sein, wenn dein Meister fort ist. Du bist frei!« Xiè sah ihn ungläubig an. »Froh? Du weißt ja nicht, was du sagst! Was soll ich denn tun ohne meinen Herrn? Für wen soll ich arbeiten? Wer sorgt für mich?« Er schüttelte entschieden den strubbeligen Kopf.

»Wie wär's mit deiner Familie?«, erkundigte Ole sich vorsichtig.

»Ich wurde verkauft, als ich noch ganz klein war«, sagte Xiè. »Kurz nach meinem dritten Geburtstag. Die Leute nehmen gern kleine Kinder«, fügte er hinzu, als ob das die selbstverständlichste Sache der Welt wäre.

»Verkauft?«, echote Ole ungläubig.

»Meine große Schwester auch.« Xiè senkte den Kopf. »Ich weiß nicht, wo sie ist und wie es ihr geht.«

Ole verschlug es die Sprache.

»Im Ernst? Die haben euch einfach weggegeben?«, fragte Ben fassungslos.

Xiè nickte. »Wer arm ist, muss sehen, wie er seine Kinder am Leben erhält. Mit Geld bist du ein Drache, ohne Geld ein Wurm, sagt man.« Er zeichnete mit seinen nackten Zehen Muster in den Staub.

»Oder eine Krabbe, wie?« Empört knallte Ben seine Holzschale auf den Boden. »Tolle Eltern sind das! Verpassen ihrem Sohn erst so einen Namen – nichts für ungut, aber Krabbe, also, das ist doch echt albern! – und dann verscherbeln sie ihren Sprössling auch noch. Das ist Kinderhandel!«

»Du findest meinen Namen vielleicht lächerlich«, bemerkte Xiè nach einer Pause, in der sich betretenes Schweigen ausbreitete. »Aber für mich ist er ein Zeichen, dass sich meine Eltern um mich gesorgt haben.« Xiè sah von seinen Zehen auf. »Wer seine Kinder liebt, ruft sie nicht bei ihrem wahren Namen, sondern denkt sich möglichst hässliche Rufnamen für sie aus, um nicht die Eifersucht der Götter zu wecken.«

Bevor Ben etwas erwidern konnte, sagte Ole versöhnlich: »Völlig einleuchtend. Welcher Gott will schon

Krabbe heißen. Ich bin übrigens Ole. Das da sind Ben, Lucienne und Nikolas.«

Nun war es an Xiè, sich über die Namen zu wundern. Lu Si-Yen und Ni Ko-Las, was das wohl bedeuten sollte? Der Junge mit dem lahmen Bein benutzte eine Krücke, wie Xiè sie noch nie gesehen hatte. Hier hatten die meisten Lahmen einfach eine mit Lumpen umwickelte Holzgabel.

Xiè kämpfte ein Weilchen mit sich, dann traute er sich zu fragen, was mit dem Bein von Ni Ko-Las geschehen war.

»Meine Mutter ist bei der Besichtigung unserer alten Familienburg gestürzt, als ich noch ein Baby war. Sie hatte mich auf dem Arm und dabei ist es passiert.« Nikolas biss sich auf die Lippen, kaum dass er es gesagt hatte. Alte Familienburg, so was Blödes, das musste er jetzt bestimmt erklären.

»So was Ähnliches wie eine Festung«, fügte er schnell hinzu.

Xiè sah ihn respektvoll an.

»Wohnen die Menschen in eurem Land alle in Festungen?«, fragte er.

»Äh, nein … Eigentlich sind es meist nur noch Ruinen … Unsere jedenfalls.« Nikolas begann zu schwitzen.

Xiè musterte die Fremdlinge mit großen Augen. Bestimmt waren sie mit einer der großen Handelskarawanen hierhergereist. Aber was hatte sie ausgerechnet nach Shaolin verschlagen? Auf Xiès Zunge kribbelten die Fragen wie vergorener Reiswein. Er hätte gern gefragt, aus welchem Land die vier kamen, aber nicht nur das Mädchen war inzwischen völlig gefesselt von den Aktivitäten auf dem Übungsplatz. Keiner von ihnen hatte Augen oder Ohren für ihre Umgebung.

Die Schlange

Noch jemand beobachtete aufmerksam, was auf dem Übungsplatz vor sich ging. In der Krone eines alten Maulbeerbaumes vor den Klostermauern raschelte es leise. Die dunklen Blätter verbargen den dicht an einen starken Ast geschmiegten Körper eines Kriegers. Geschmeidig schob er sich ein Stück weiter vor und bog dabei seinen Leib um den Ast, als steckten keine Knochen darin. Nicht umsonst war sein Name Shé, die Schlange. Schlangen können nicht besonders gut hören, deshalb musste Shé sich so gefährlich nah an das Kloster heranwagen. Aber sie haben andere Qualitäten. Shés Mund öffnete sich zu einem Schlitz, aus dem eine gespaltene Zunge hervorschnellte. Fast sah es aus, als würde er lächeln.

Auf dem Übungsplatz wurde ein neues Kommando gebellt. Da unten stand er, der verhasste Bruder, und führte seine Schüler in die Künste der Shaolin-Kämpfer ein. Shés gelbe Augen mit den fast senkrechten Pupillen verengten sich. Auch er selbst hatte alles darüber gelernt, was man nur lernen konnte, bis er schließlich seinen alten Namen abgelegt hatte und zur Schlange geworden war. Eine Schlange ist klug und voller List. Schnell und lautlos greift sie an. Mit einem einzigen Biss bringt sie den Tod.

Shé züngelte. Wäre es nach ihm gegangen, hätte er sich schon längst seinen Weg durch die Klostermauern und zu Lóng gesucht. Aber Großmeister Hú hatte schließlich auch ihm die Tugend der Geduld eingeschärft. Die Stunde der Abrechnung würde noch kommen. Allein beim Gedanken daran lief ein wohliges Zittern durch Shés Körper, so dass der Ast unter ihm leise schwankte. Aber nicht heute. Heute war er als Späher hier. Der General wartete auf seine Meldung.

Shé wandte seine Aufmerksamkeit den Fremden zu, die am Rande des Übungsplatzes saßen. Vor allem das Mädchen mit dem korngelben Haar ließ er nicht aus dem Blick. Shés Zunge schoss hervor. Es war etwas Besonderes an dem Mädchen, ein starkes *Qi*. Stammte es von ihr selbst oder lag die Quelle woanders? Er wusste es nicht, konnte es aber deutlich spüren. Das würde den General gewiss interessieren.

Lóng hatte sich vor seinen Schülern aufgebaut. Shé ahnte, was der Meister ihnen nun erzählte. Er hatte die Geschichte des Wushu selbst oft genug gehört: Wie sich die ersten Mönche Übungen ausdachten, die ihren Körper nach dem stundenlangen Stillsitzen beim Meditieren in Form halten sollten. Wie sie die Tiere in ihrer Umgebung beobachteten und deren Bewegungen und Verhaltensweisen nachzuahmen begannen. Und wie sie daraus schließlich die meisterhaften Techniken ihrer Kampfkunst entwickelten:

Der Tiger besitzt die größte Kraft. Er kämpft zielgenau und kraftvoll, schlägt, stößt, umklammert seinen Gegner oder schmettert ihn einfach mit einem gewaltigen Hieb zu Boden. Ein Tigermönch ist nahezu unbesiegbar.

Die mächtigste Waffe des Adlers dagegen sind seine scharfen Augen und die mächtigen Fänge. Ein Meister, der wie ein Adler kämpft, lässt seine Glieder zu todbringenden Krallen werden.

Ganz anders der Kranich: Still und beobachtend steht er da, den ganzen Körper aufrecht, im Gleichgewicht. Im entscheidenden Moment stößt er zu, wobei er auf die verletzliche Körpermitte des Gegners zielt.

Shé auf seinem Ast züngelte erneut. Kranich und Schlange waren einander in ihrer Kampftechnik gar nicht so unähnlich. Auch die Schlange verharrt regungslos. Wenn sie sich bewegt, dann langsam und geschmeidig. Nachdem sie ihren Gegner durch Scheinattacken erschöpft hat, greift sie unvermutet an. Shé fand, dass kein anderes Tier es mit der klugen und gefährlichen Schlange aufnehmen konnte.

Lóng war da natürlich anderer Meinung. Shé wusste, dass sich der Wushu-Meister bei seinem Unterricht ein Tier bis zuletzt aufsparte: den Drachen, dessen Namen Lóng trug, seit er selbst zum Drachenkämpfer geworden war. Nun war es offenbar soweit.

Während Lóng unten auf dem Platz die ersten Bewegungen demonstrierte, wurde Shé für einen Moment von einem winzigen Vogel abgelenkt, der aufgeregt in den Zweigen über seinem Kopf herumflatterte. Das Gezeter war bestimmt noch im Klosterhof zu hören. Ohne sich zu bewegen, folgte Shé dem Vogel mit den Augen, der angstvoll kreischte und sein Nest verteidigen wollte. Aber der Schlangenkämpfer scherte sich nicht um die drei braunen Eier, die darin lagen. Shés großer Zeh zuckte wie eine

Schwanzspitze. Er hob den Kopf und stieß zu. Blättergeraschel, ein letztes Flügelschlagen. Eine Feder segelte zu Boden, während Shé schluckte. Endlich Ruhe.

Er wandte seine Aufmerksamkeit wieder dem Übungsplatz zu und stellte verärgert fest, dass er etwas verpasst hatte. Offenbar hatte Lóng einen der fortgeschritteneren Schüler hinzugerufen, um seinen Bewunderern einen Zweikampf zwischen Drache und Adler zu demonstrieren. Sicher hatte er zuvor erzählt, in welch hohem Ansehen der Drache seit Anbeginn der Zeit stand. Von Drachen waren alle Menschen wie besessen, auch der General, in dessen Auftrag Shé als Späher unterwegs war. Der Drache symbolisierte nicht nur geistige und körperliche Stärke, sondern galt als Inbegriff von Weisheit, Glück und Fruchtbarkeit. Im Wesen des Drachens waren Yin und Yang, die beiden Energien, die alles durchströmten, im Gleichgewicht.

Shé lächelte spöttisch. Wenn sich nicht inzwischen ein Wunder ereignet hatte und Bruder Lóng ein anderer geworden war, dann befand sich bei diesem Mönch gar nichts im Gleichgewicht. Shé erinnerte sich nur zu gut, dass Lóng zum Jähzorn neigte. Sein geschultes Kämpferauge erkannte allerdings auch, dass Lóng sich in diesem Moment zurückhielt, um seinen Schüler nicht ernsthaft zu gefährden. Dennoch dauerte es nicht länger, als ein Reiskorn braucht, um zur Erde zu fallen, bis der Adler flügellahm am Boden lag.

Was geschah jetzt? Shé verharrte in gespannter Aufmerksamkeit.

Das Mädchen war gestikulierend aufgesprungen. Sie

schien außer sich zu sein. Zwei ihrer Freunde versuchten sie festzuhalten, aber sie machte sich los. Forderte sie etwa den Meister heraus? Shé zischte ungläubig. Regungslos beobachtete er, was sich auf dem Platz vor den Augen aller Schüler zutrug.

Noch eine Lehre

»Himmel noch mal, haltet sie zurück!« Ben umklammerte Luciennes linken Arm, während Ole versuchte, sie an ihrem Baumwollkittel zu erwischen. Auch Bossi war aufgesprungen. Die Luft vibrierte vor lauter Spannung.

»Lucienne, beruhige dich!«, mahnte Nikolas. »Zettel hier bloß keinen Ärger an! Es ist doch nichts passiert.« Er stellte sich zwischen den grauen Mönch und das vor Wut schäumende Mädchen, aber sie schüttelte alle Hände ab und schubste ihn einfach beiseite.

»Nichts passiert, *non?*«, stieß sie hervor. »Das war unfair! Eine Wushu-Lehrer darf das nicht tun.«

»Über die Hiebe für die Schüler hast du dich doch auch nicht aufgeregt«, erinnerte Ben sie.

»Das hier ist etwas anderes!«

Der Schüler, der die Rolle des Adlers übernommen hatte, lag immer noch im Staub und rang nach Luft. Hustend rappelte er sich auf. Luciennes Empörung schien ihm unangenehm zu sein. »Es ist gut, dass mein Meister mir eine Lektion erteilt hat«, sagte er demütig und verbeugte sich vor Lóng, der ihm mit einer Kopfbewegung befahl, sich zurück in die Reihen der Schüler zu begeben. Alle duckten sich ängstlich. Einen Meister des Wushu zu kritisieren war ungeheuerlich!

Der graue Mönch stand mit verschränkten Armen und drohend zusammengezogenen Augenbrauen da. »Du meinst also zu wissen, was ein Meister zu tun hat?«, fragte er.

»›Wenn du Macht hast, schöpfe sie niemals aus‹«, gab Lucienne zur Antwort. »›Und wenn du Kraft hast, verausgabe sie nie völlig.‹ Das hat *mein* Meister mir beigebracht.«

Lóng wirkte überrascht. »Sieh an, sieh an. Die kleine Katze brüllt wie ein Tiger. Am Ende bist du gar in der Kampfkunst bewandert?«

Lucienne spürte ein Kribbeln am ganzen Körper und ein sehr flaues Gefühl in der Magengrube, aber sie nickte tapfer. »*Oui, un peu.* Ein wenig«, fügte sie rasch auf Chinesisch hinzu.

Lóng lächelte milde. »Nun, wenn das so ist – vielleicht möchtest du mir zeigen, was du kannst.« Er nahm eine abwartende Position ein – die Beine leicht eingeknickt, die Schultern locker hängend – und erinnerte plötzlich an ein Raubtier, das völlig entspannt und doch zugleich wachsam ist.

Lucienne legte ihren Beutel ab und atmete tief durch. Sie sah blass aus, fühlte sich aber auf einmal völlig ruhig. Sie war bereit.

Ole umklammerte Bossis Halsband, um nicht vor Schreck umzufallen, und auch Xiè war bleich wie eine Gespensterkrabbe geworden. Niemand forderte einfach so einen Meister heraus!

Nikolas und Ben warfen sich besorgte Blicke zu. Wenn das bloß gutging!

Auch die Schüler warteten gespannt. Nicht das leiseste Geräusch war zu hören, nur ein leichtes Scharren im Sand, als die beiden Kämpfer begannen, einander langsam zu umkreisen.

Auf einmal wandte Lóng irritiert den Kopf. Hatte er eben das Zischen einer Schlange gehört? Er suchte den Boden ab, ohne das Mädchen aus den Augen zu lassen, aber da war nichts. Das Zischen schien von oben zu kommen. Aus den Zweigen eines großen Maulbeerbaumes auf der anderen Seite der Klostermauer.

Der winzige Moment der Unachtsamkeit genügte: Lucienne erkannte ihren Vorteil sofort. Mit einem Sprung gegen Lóngs Oberschenkel brachte sie den Mönch aus dem Gleichgewicht, griff gleichzeitig nach seinem Arm und nutzte den Schwung seines um Balance bemühten Körpers, um ihn über ihre Schulter fliegen zu lassen. Ihre Reaktion war gut, aber längst nicht gut genug, um es mit einem Meister aufzunehmen: Noch im Fallen holte Lóng sie von den Beinen, rollte sich auf sie und drückte ihr mit einem Arm die Luftröhre zu.

Luciennes Herz raste. Für den Bruchteil einer Sekunde schien alles aus. Er konnte sie töten. Sie hörte die Freunde aufschreien und Bossi bellen. Doch noch bevor jemand eingreifen konnte, ließ Lóng von ihr ab. Als sei er einem bösen Traum entflohen, sprang er mit einem einzigen Satz auf die Füße und beugte sich über Lucienne, um ihr aufzuhelfen.

Lucienne ignorierte die Hand, die er ihr hinhielt, und

rappelte sich alleine auf. Lóng verbeugte sich vor ihr, wie sich zuvor sein Schüler vor ihm verneigt hatte. »Ich danke dir für die Lektion, die du mir erteilt hast«, sagte er steif. »Ich war unachtsam. Das hätte mir nicht passieren dürfen.« Dann wandte er sich an seine Schüler, die aufgeregt miteinander tuschelten und das fremde Mädchen mit großen Augen musterten.

»Merkt euch, was ihr gesehen habt. Heute habt ihr gelernt, wie wichtig es ist, mit innerer Ruhe zu kämpfen. Jetzt geht. Der Unterricht ist beendet.«

Während die Schüler sich zerstreuten, warf der Mönch Lucienne einen wider Willen anerkennenden Blick zu. »Du hast einen guten Lehrer gehabt.« Er trat einen Schritt zurück, ohne zu sehen, dass Bossi hinter ihm stand. Ole öffnete den Mund, um einen Warnruf auszustoßen, doch da lag Lóng bereits zum zweiten Mal im Staub.

Zuerst kicherte Ben. Xiè traute sich nicht. Aber dann fielen Nikolas und Ole ein, und schließlich machte sich auch Luciennes Anspannung in einem lauten Lachen Luft. Bossi kapierte wieder mal nichts und versuchte, Lóngs Gesicht abzuschlecken, Ole schaffte es nur mit Mühe, ihn wegzuzerren.

Lóng rappelte sich auf. Niemand, der den grauen Mönch jetzt sah, hätte sagen können, was in ihm vorging. Seine Miene war spiegelglatt wie Wasser, als er ruhig davonschritt. Doch wer wusste schon, was in der Tiefe lauerte?

»Jeder Narr kann über andere lachen, nur ein Weiser über sich selbst«, ertönte plötzlich eine Stimme. Schlagartig wurde es still. Hinter dem breiten Stamm des Ginkgos trat Großmeister Hú hervor. Lucienne fühlte, wie ihr Gesicht rot anlief. Beschämt senkte sie den Kopf. Wie lange hatte der alte Mann dort schon gestanden?

Der Abt musterte die Fremdlinge. Er war sich jetzt sicher, dass die Vorsehung sie aus einem besonderen Grund hierhergeschickt hatte, vor allem das Mädchen. Wie ungewöhnlich, dass ein Fremder, noch dazu ein halbwüchsiges Mädchen, die Kampfkunst beherrschte! Mit Erstaunen hatte Hú ihre blitzschnelle Reaktion und ihre Technik gesehen. Auch wenn ihr Eintreten für den besiegten Schüler absolut unangemessen gewesen war. Im Shaolin-Kloster herrschten strenge Regeln, andere Wushu-Schulen mochten da vielleicht nachsichtiger sein.

Dennoch war Hú erleichtert, dass Lóng von allein zur Besinnung gekommen war. Sein Verhalten war eines Meisters nicht würdig gewesen – er hatte sein Gesicht verloren. Der Großmeister seufzte. Der junge Mönch musste noch einen weiten Weg zurücklegen, aber Hú setzte große Hoffnungen in ihn. Er wollte ihn und die Kinder mit einer Mission betrauen, die ihm die endgültige Reife verleihen würde.

»Ich erwarte euch morgen bei Sonnenaufgang in der heiligen Höhle.« Mit diesen Worten überließ Hú die Kinder sich selbst und zog sich zurück, um zu meditieren.

Im Laub des Maulbeerbaumes raschelte es leise. Shé hatte genug gehört und gesehen. Lautlos glitt er den Stamm hinab und verschwand zwischen den Felsen des Song Shan.

Nächtliche Gespräche

»Was plant Hú bloß? Der heckt doch was aus!« Bens Stimme zerschnitt die schwarze Stille. In der Gästehütte war es stockfinster, nur durch eine kleine Fensteröffnung fiel schwaches Mondlicht.

Seit Einbruch der Dunkelheit hockten sie fröstelnd in dem kleinen Raum, der ihnen zugewiesen worden war, und zerbrachen sich den Kopf, wie es weitergehen sollte. Wenigstens hatte jeder eine Baumwolldecke bekommen. Nikolas zog den dünnen Stoff höher über die Schultern. Hätte er bloß seinen Schlafsack nicht bei Lasse deponiert!

»Zeig mehr Respekt, wenn du redest von Großmeister Hú«, schalt Lucienne. Sie hockte im Schneidersitz auf ihrer Strohmatte, die auf dem blanken Boden lag. Betten oder Pritschen gab es nicht, nicht einmal einen Tisch.

»Ausgerechnet du musst von Respekt reden!«, gab Ben hitzig zurück. »Und was war das für eine Show, die du heute Nachmittag abgezogen hast? Dieser graue Mönch sah aus, als würde er uns am liebsten in der Luft zerreißen, nachdem du ihn so blamiert hast. Herzlichen Dank auch!«

»Ist es nicht ziemlich egal, was sie mit uns vorhaben?«, fragte Ole mutlos und kraulte Bossi, der dicht neben ihm lag. »Wir können ja doch nichts machen.«

»He, Ole, du wirst doch jetzt nicht die Ohren hängen lassen!«, versuchte Nikolas ihn aufzumuntern.

»Aber es ist meine Schuld!«, brach es aus Ole heraus. »Wenn ich mir den Spruch richtig gemerkt hätte, säßen wir jetzt nicht in der Patsche.« Tränen rollten über seine Wangen.

»Unsinn! Nicht der Spruch hat uns hergebracht, sondern diese Drachenfigur«, sagte Nikolas.

Lucienne zuckte zusammen. »Nein, nicht nur die Drache«, verteidigte sie sich. »Denk an Aphra und was sie …«

»Egal«, unterbrach Nikolas sie. Auch er klang jetzt müde und frustriert. »Tatsache ist doch: Wir haben keine Ahnung, wie und warum wir durch die Zeiten gereist sind. Wahrscheinlich ist die Höhle einer dieser Orte, wo der Schleier zwischen den Zeiten besonders dünn ist. Der Erdrutsch hat noch ein bisschen dazu beigetragen. Und Aphra hat als Marthes Schützling bestimmt schon einiges gelernt und uns dann mit ihrer Magie ein Stück mitgenommen. Dein Drache« – Nikolas nickte in Luciennes Richtung – »muss irgendwie dazwischengefunkt haben. Vielleicht hat er die Weichen in eine andere Zeit gestellt. Okay, okay!« Er hob abwehrend die Hände, als Lucienne etwas sagen wollte. »Ich gebe zu, es ist nur Spekulation. Wie das alles genau funktioniert, wissen wir nicht. Und das ist nicht gerade vorteilhaft.«

Ben war aufgestanden und tigerte nervös auf und ab. Nun blieb er vor Nikolas stehen: »Macht es dir eigentlich Spaß, schwierige Situationen so lange zu zerpflücken, bis sie richtig schlimm aussehen?«

»Es könnte noch sehr viel schlimmer sein«, entgegnete Nikolas. »Immerhin verstehen wir die Sprache. Das verdanken wir vermutlich dem ersten Teil des Spruchs. So wie ich das sehe, haben wir keine Wahl: Wir müssen abwarten, was der Abt mit uns vorhat, und hoffen, dass Ole sich doch noch an den Rest der Worte erinnert, die Marthe uns geschenkt hat. Dann können wir vielleicht auch ohne weitere Hilfsmittel reisen.«

Alle Blicke richteten sich auf Oles zusammengesunkene Gestalt.

Ole hörte vor Schreck auf zu schluchzen. »A-aber ich weiß doch gar nicht, was ... wie ... ob das überhaupt ein Reisezauber war!«

»Tja, es gibt nur eine Möglichkeit, das herauszufinden«, sagte Ben.

»Ich kann mich wirklich nicht erinnern!«, rief Ole verzweifelt.

»Von was für einem Spruch redet ihr? Meint ihr einen Reisesegen?«, meldete sich Xiè plötzlich zu Wort.

Alle fuhren herum. Die kleine Krabbe hatten sie völlig vergessen.

»Äh, ja. So was in der Art«, sagte Nikolas vorsichtig.

»Ach, ihr müsst euch nicht sorgen. Wohin auch immer euer Weg noch führt, der Großmeister wird eine weise Entscheidung treffen.«

Ben starrte den zerlumpten Jungen an. Wie konnte der so gelassen und zuversichtlich sein? »Ich treffe meine Entscheidungen lieber selbst«, sagte er.

»Wer nicht auf das Wort der Alten hört, wird es bereuen«, sagte Xiè ungerührt. »Es ist sinnlos, sich heute über den morgigen Tag den Kopf zu zerbrechen, hat mein Meister immer gesagt.«

»Und weißt du, was ich dir gleich sage?«, schnappte Ben. Mann, wie die ihm auf den Geist gingen mit ihren schlauen Sprüchen!

»Hört endlich auf, euch zu benehmen wie kleine Kinder!«, fuhr Lucienne dazwischen. »Wir dürfen jetzt nicht die Nerven verlieren. Lieber wir sollten versuchen zu schlafen. Morgen früh bei Sonnenaufgang, hat Hú gesagt.«

Ben ließ sich widerwillig auf seine Matte plumpsen. »Okay. Hoffen wir mal, dass Bruder Ole im Traum eine Erleuchtung hat.«

Stille kehrte ein. Xiè war überzeugt, dass er nie im Leben Schlaf finden würde. Zu viele Fragen kreisten in seinem Kopf. Er fand die Fremdlinge immer noch höchst sonderbar, aber nach dem heutigen Nachmittag schluckte er seine Fragen lieber hinunter. Was sich das Mädchen da erlaubt hatte! Einen Kriegermönch herauszufordern! Xiè waren Schauer des Entsetzens über den Rücken gelaufen. Er hatte die Erfahrung gemacht, dass es meist schmerzhaft endete, wenn man zu sehr auffiel. Und wer durchblicken ließ, mehr zu wissen als gut war, bekam irgendwann Schwierigkeiten.

Xiè gähnte. Nein, es war besser, sich nicht den Kopf zu zerbrechen über Dinge, die man sowieso nicht begreifen konnte. Er hatte irgendwas von einer Zeitreise aufgeschnappt, als die Fremdlinge miteinander redeten. Aber das wollte er lieber nicht genauer ergründen. Die Kinder kamen aus einem fernen Land, mehr musste eine kleine Krabbe nicht wissen.

Lucienne lauschte Xiès ruhigen Atemzügen. Auch aus Oles und Bossis Ecke drang ein leises Schnarchen. Ob Ben und Nikolas noch wach lagen? Sie selbst fürchtete sich vor dem Schlaf und vor den Träumen, die er bringen würde. In ihrem Beutel pulsierte und pochte es mehr denn je. Der Drache machte ihr Angst.

Lucienne wusste nicht, wie lange sie schon den Mondstrahl anstarrte, der wie eine silbrige Schneckenspur von einem Ende der Wand zum anderen wanderte. Bald würde er verschwunden sein. Waren zwei Stunden vergangen oder erst eine? Sie seufzte leise. Geräuschlos stand sie auf.

Auf Bens Lager rührte sich nichts und auch Nikolas schien zu schlafen. Auf Zehenspitzen verließ Lucienne die Hütte. Nur Bossi hob kurz den Kopf und folgte ihr mit seinen großen Augen.

Tiefes Schweigen umfing sie, als sie auf den Hof trat. Es war eine kalte Nacht. Lucienne legte fröstelnd die Arme um sich und sah in den funkelnden Sternenhimmel. So unendlich viele Lichtpunkte im fernen All! Sie kam sich auf einmal sehr klein und verloren vor.

Langsam suchte sie sich einen Weg durch das Klostergelände, immer bemüht, kein Geräusch zu machen. Doch nicht alle schliefen: Ein Nachttier huschte auf schnellen Pfoten davon, in den Bergen rief klagend ein fremdartiger Vogel und irgendwo in einem der Gebäude wurde eine Klangschale angeschlagen. Der feine Ton legte sich wie ein beruhigender Schleier auf Luciennes angespannte Sinne. Plötzlich erkannte sie den Weg wieder, den sie mit dem Küchenmeister gegangen waren. Da vorn lag der Stein, auf dem der Mönch mit Pinsel und Wasser Schönschrift geübt hatte. Sie ging weiter und gelangte zu dem kleinen Brunnen an der Mauer. Leise plätscherte der dünne Wasserstrahl aus dem Drachenmaul in einen Steintrog. Ob hinter der Mauer eine Quelle aus dem Fels sprang? Oder besaßen die Mönche bereits so etwas wie eine Pumpe? Nikolas hätte das vermutlich sofort untersucht. Lucienne setzte sich auf den Brunnenrand. Das friedvolle Geräusch des Wassers beruhigte sie. Sie zog die Figur hervor, um sie im Mondlicht zu betrachten – und sog überrascht die Luft ein.

Der Jadedrache hatte sich verändert! War die Figur zuvor von einem eher stumpfen, milchigen Grün gewesen, schien sie nun fast so durchsichtig wie Flaschenglas. Lucienne kam es vor, als hätte sie noch nie eine so intensive Farbe gesehen. Behutsam fuhr sie mit dem Finger über die goldene Zickzacklinie auf der Drachenbrust, die mit einer sehr feinen Nadel eingraviert worden sein musste. Lucienne spürte ein leises Pochen unter ihrer Fingerspitze.

»Kannst du nicht schlafen, kleine Schwester?«, erklang plötzlich eine Stimme hinter ihr. Lucienne fuhr zusammen. Der Drache entglitt ihren Fingern und wäre um ein Haar im Brunnen versunken, doch eine Hand schoss vor und fing ihn auf.

»Großmeister Hú!«

Der Abt lächelte und hielt ihr die Figur hin, aber Lucienne starrte nur auf seine Hand. Das Licht des Jadedrachens rann wie eine Flüssigkeit über Hús Handfläche. Lucienne konnte ihren Blick nicht davon lösen. Hú schien den Gegenstand, den er vor dem Sturz in den Brunnen bewahrt hatte, erst jetzt richtig wahrzunehmen. Seine Hand begann zu zittern.

»Einer der heiligen Drachen …«, flüsterte der Großmeister ehrfürchtig. »Ich hätte nie geglaubt, dass ich ihn jemals sehen würde.« Seine Beine schienen ihn auf einmal nicht mehr zuverlässig zu tragen. Er musste sich neben Lucienne auf den Rand des Brunnens setzen.

»Aber … Woher wisst Ihr …?« Lucienne musste sich räuspern, bevor sie weiterreden konnte. »Kennt Ihr die Figur, ehrwürdiger Großmeister? Gehört sie Euch?«

Hú schloss die Finger über dem Drachen, dessen Strahlkraft allmählich nachließ. Das Licht zog sich zurück wie ein Tier, das seinen Unterschlupf gefunden hat und sich zur Ruhe begibt. Tatsächlich kam es Lucienne so vor, als würde der Drache sich in Hús Hand behaglich zusammenrollen.

Hú hatte die Augen geschlossen.

»Nein«, sagte er, »der Drache gehört mir nicht. Er ist niemandes Eigentum, so wie auch die Sonne oder das Feuer keinem Menschen allein gehören kann.« Er schlug die Augen auf und sah Lucienne aufmerksam an. »Kleine Schwester, verrätst du mir, woher du ihn hast?«

Unbehaglich rutschte Lucienne auf dem Brunnenrand herum. Was nun? Sie brachte es nicht fertig, den alten Shaolin-Mönch anzulügen. Aber dann musste sie ihm offenbaren, dass sie aus einer anderen Zeit stammte. Lucienne beschloss, es zu riskieren.

Hú hörte ihr zu, ohne sie zu unterbrechen. Als sie geendet hatte, öffnete er die Augen und lächelte sie an. »Die Zeichen haben mich also nicht getrogen. Ich wusste, dass ihr von weit her kommt.«

»Ihr wundert Euch gar nicht, *non*?«, fragte Lucienne unsicher.

Hú schmunzelte. »Kleine Schwester, die Welt ist voller

Wunder. Auf eines mehr oder weniger kommt es nicht an. Nur darauf, was wir damit tun.« Er reichte Lucienne den Drachen zurück. »Er sollte also verkauft werden, hast du gesagt?«

»*Oui*, im Geschäft von Nikolas' Mutter. Das ist mein Freund mit dem lahmen Bein, wisst Ihr?«

Der alte Mönch nickte.

»Madame Wolf verkauft wertvolle alte Sachen, *antiquités*, aber ich glaube, sie hat gar nicht gewusst, was das hier ist.« Lucienne betrachtete den Jadedrachen. »Er lag in einer Kiste mit anderen Sachen aus China, und ich …«

»Du hast etwas sehr Kostbares gefunden«, sagte Hú. »Gib gut darauf Acht.«

»Aber ich fürchte mich vor ihm«, sagte Lucienne und hätte sich im selben Moment am liebsten die Zunge abgebissen.

Hú sah sie überrascht an. »Warum denn? Wie kannst du vor einem Drachen Angst haben? Drachen sind die machtvollsten Glücksbringer, die es gibt! Sie sind das heilige Symbol des Ostens, wo die Sonne aufgeht. Sie sind die Sammler der Wolken, sie bringen den Regen, sie machen die Erde fruchtbar, sie sorgen für gute Ernten, für Wohlstand und Frieden unter den Menschen.«

»Ich träume schlecht, seit ich den Drachen habe«, gestand Lucienne. »Es ist immer der gleiche Traum: Der Drache bäumt sich groß, oh, riesengroß vor mir auf und er will mich verschlingen!« Sie schauderte.

Hú sah sie nachdenklich an. »Kleine Schwester, das ist ein furchtbarer Traum. Aber ich glaube, der Drache will dir nichts antun. Er hat eine Botschaft für dich.« Der

Großmeister überlegte einen Moment, dann erhob er sich. »Ich möchte dir etwas zeigen. Folge mir.«

Lucienne kam es vor, als sei sie erneut in einem Traum gefangen, als der Mönch sie durch die Nacht führte. Das hier war alles absolut unwirklich und zugleich völlig real. Sie hörte die Kieselsteine unter ihren Füßen knirschen, sie fühlte mit der Hand den rauen Stein der Mauern und das eisenbeschlagene Holz der schweren Tür, durch die Hú ihr in ein flaches Gebäude vorausging. Drinnen brannte ein kleines Öllämpchen auf einem Stein, der wie ein Hocker vor einer Wand mit vielen gemauerten Nischen stand. Darin lagen dicke und dünne Schriftrollen. Einige waren aus Papier, viele dagegen aus Seide. Manche waren von einer dicken Staubschicht bedeckt, andere schienen häufiger in die Hand genommen zu werden.

»Unsere Bibliothek«, erklärte Hú. »Hier bewahren wir die heiligen Schriften auf, in denen die alte Kunst des Wushu und das Geheimwissen der Shaolin-Mönche festgehalten ist.«

Die Geheimnisse der Meister! Lucienne überlief ein Schauer. So viel hatte sie darüber schon gehört und gelesen, doch die meisten modernen Bücher taten die alten Überlieferungen als Legenden ab, zum Beispiel die angebliche Fähigkeit der Shaolin-Mönche, sich unsichtbar zu machen oder einen Gegner allein durch einen gezielten Griff auf sein Nervenzentrum zu lähmen oder gar zu töten. Auch von geheimen Medizinrezepten und Gifttränken war die Rede und von Praktiken, die es den Mönchen ermöglichten, lange Zeit ohne Luft, Wasser und Nahrung auszukommen. Lauter sagenhafte Geheimnisse! Luciennes Augen huschten begierig über die Schriftrollen. Der Großmeister erriet, was in ihr vorging.

»Nein«, sagte er freundlich, »ich kann dir nicht gestatten, sie anzusehen. Das ist allein den Kriegermönchen vorbehalten, die den letzten Grad ihrer Ausbildung erreicht haben. Shaolin-Schüler werden mit großer Sorgfalt ausgewählt, sie müssen einen makellosen Charakter und eine hohe Moral besitzen. Erst wenn sie sich während der langen und harten Ausbildungszeit bewährt haben, sind sie würdig, in die Geheimnisse eingeweiht zu werden. Nur so können wir das heilige Wissen vor Missbrauch schützen.«

Lucienne nickte widerstrebend. Das sah sie ein. »Aber warum habt Ihr mich dann hierhergebracht, ehrwürdiger Meister?«

»Weil ich dir etwas anderes zeigen möchte«, antwortete Hú. Er leuchtete mit der Öllampe in die Nischen. »Ah, hier ist es«, sagte er. Die Schriftrolle, die er herauszog, war dünn und brüchig. Hú stellte die Lampe ab, blies den Staub von dem alten Dokument und entrollte es. Die untere Hälfte des Papiers war abgerissen worden, und eine hässliche Zackenlinie verriet, dass jemand sehr grob damit umgegangen war. Der obere Teil zeigte ein Bild. Im gelblichen Licht des Flämmchens erblickte Lucienne die kunstvolle Tuschezeichnung von zwei ineinander verschlungenen Drachen. Der eine war kleiner und dunkler als sein Gegenstück und wirkte auch zierlicher. Den anderen erkannte sie sofort: Ein goldener Blitz lief über seine Brust.

»Das ist mein Drache«, sagte Lucienne und streichelte die Jadefigur in ihrer Hand. »Wenn er auf dieser alten

Schriftrolle abgebildet ist, muss er sehr alt sein, nicht wahr?«

Der Abt nickte. »Älter als die Zeit. Diese Schriftrolle hier«, er strich behutsam über das beschädigte Papier, »erzählt von der Macht der beiden Drachen und vom Segen, den sie demjenigen bringen, in dessen Obhut sie sich befinden. Niemand weiß mehr, woher die Drachen stammen oder wer sie einst gefunden hat. Sie waren in unserem Kloster, seit es Shaolin-Mönche gibt.«

Seltsam. Noch vor wenigen Augenblicken wäre Lucienne die Jadefigur am liebsten los gewesen. Nun kostete es sie Überwindung, es auszusprechen: »Dann wollt Ihr den Drachen doch gewiss wiederhaben!«

Aber Hú beachtete Luciennes ausgestreckte Hand gar nicht. »Warte. Du musst die ganze Geschichte erfahren. Ich bin der älteste Mönch hier im Kloster, und solange ich denken kann, hat nur noch einer der beiden Drachen über Shaolin gewacht. Der kleine Dunkle, das Drachenweibchen. Dein Drache jedoch, der mit der goldenen Schicksalslinie, war verschollen. Niemand weiß, wohin die Götter ihn geführt haben.«

In ein Antiquitätengeschäft in Deutschland, dachte Lucienne. Aber wie? Und warum? Das alles klang total verrückt.

»Großmeister Hú, wie kommt es, dass die beiden Drachen getrennt sind? Auf dem Bild, das Ihr mir gezeigt habt, sehen sie aus, als wären sie für immer miteinander verbunden.«

Der alte Mönch schüttelte traurig den Kopf.

»Ich weiß es nicht, kleine Schwester. Wie ich dir bereits

sagte: Hier in Shaolin befand sich zuletzt nur das Drachenweibchen.«

»Und was ist mit ihm geschehen?«, fragte Lucienne.

»Es wurde gestohlen.« Ein Schatten legte sich auf Hús Gesicht. »Vor einigen Jahren verschwand es über Nacht aus dem Kloster. Und nicht nur das, der Dieb wollte auch diese Schriftrolle entwenden. Er wurde gestört und konnte nur einen Teil der Schrift an sich bringen. Der Mönch, der ihn aufzuhalten versuchte, wurde dabei getötet.«

Lucienne schluckte.

»Doch nur gemeinsam«, fuhr Hú fort, »können die beiden Drachen ihre ganze Kraft entfalten und Segen bringen. Ich glaube, dass das Schicksal dich für diese Aufgabe auserwählt hat. Das wollte der Drache in deinen Träumen dir die ganze Zeit sagen. Er wird erst wieder ruhig sein, wenn er mit seinem Weibchen vereint ist.«

Lucienne wusste nicht, was sie sagen sollte. Fassungslos starrte sie den Großmeister an.

»Ich weiß, dass das ziemlich überraschend für dich kommt. Und dass du verwirrt bist, vielleicht auch ängstlich«, meinte Hú begütigend. »Vertrau deinem Drachen-*Qi*. Alles, was du brauchst, trägst du in dir.«

»Aber …«, begann Lucienne, doch der Großmeister schnitt ihr das Wort ab.

»Es ist genug für diese Nacht, kleine Schwester. In einer Stunde wird die Sonne aufgehen. Geh zu deinen Freunden. Bereitet euch vor.«

Der Auftrag

»Ganz schön schlau, dieser Hú«, schnaufte Ben, als sie zur Höhle hinaufstiegen und immer wieder stehen blieben, um auf Nikolas zu warten. »Das ist doch ein Trick. Der benutzt uns, um den geklauten Drachen wiederzukriegen. Am Ende hat er beide und wir werden abserviert.«

Der Mönch am Eingangstor hatte ihnen schweigend geöffnet und sie hinausgelassen, noch bevor der große Holzfisch im Hof das erste Mal angeschlagen worden war. Luciennes Bericht von ihrem nächtlichen Gespräch mit dem Großmeister sickerte erst allmählich in ihre schlaftrunkenen Köpfe, während sie müde durch den Morgendunst trotteten.

»Was genau stellst du dir unter *abservieren* vor?«, erkundigte sich Nikolas schließlich, nachdem er zu ihnen aufgeschlossen hatte. Es war kurz vor Sonnenaufgang und bitterkalt. Im Osten rötete sich der Himmel ganz leicht, aber das Tal lag noch in völliger Dunkelheit. Nikolas blickte die Treppe hinauf, die in Dunstschwaden verschwand. Noch 898 Stufen. Trotz der Kälte war er bereits schweißgebadet. Hoffentlich schaffte er das.

»Weiß ich doch nicht«, entgegnete Ben gereizt. »Ich schätze mal, dass jeder einzelne dieser Wushu-Typen mehr Arten kennt, einen Menschen um die Ecke zu bringen, als Klappen an meiner Querflöte sind.«

»Jetzt hör aber auf«, empörte sich Lucienne. »Großmeister Hú ist eine gute und ehrliche Mensch! Ich denke, er will nur das Beste.«

»Und du, Ole? An was denkst du gerade?«, fragte Nikolas und puffte seinen Freund, der mit leerem Blick neben ihnen stand, freundschaftlich in die Seite.

Heißer Kakao. Rosinenbrötchen mit Butter. Aber Ole straffte sich und antwortete: »Ich kann mir ehrlich gesagt auch nicht vorstellen, dass der Abt etwas Fieses vorhat. Er war nett zu Bossi. Er hat sich kein einziges Mal über meinen knurrenden Magen lustig gemacht. Und bevor du fragst«, sagte er mit Blick zu Ben, »nein, der Rest von diesem Spruch ist mir immer noch nicht eingefallen. Solange ich hungrig bin, ist Nachdenken überhaupt eine ganz schwierige Aufgabe, also lass mich in Ruhe, ja?« Ole wunderte sich selbst, wo seine Angriffslust auf einmal herkam. Er wollte nach Hause in sein Bett, oder noch besser: in die Küche, wo die ganze Familie beim Frühstück saß. Dann fiel ihm ein, dass ja keiner da war – Lasse irgendwo bei einer Verabredung, die Eltern verreist. Auf einmal war Ole zum Heulen zumute.

»He, du kannst ja richtig giftig werden!« Versöhnlich legte Ben ihm einen Arm um die Schultern. »Ich hab übrigens auch Hunger. Wir sollten zusehen, dass wir dieses Höhlentreffen schnell hinter uns bringen, vielleicht kriegen wir anschließend so was wie ein Frühstück. – Xiè, was ist? Was glotzt du so in die Botanik?«

Der Junge zuckte unsicher die Achseln. »Das raschelt die ganze Zeit so komisch«, sagte er. Bossi stand neben ihm und knurrte das Gebüsch an.

»Irgendein Tier«, vermutete Nikolas. »Vielleicht eine Schlange.« Hastig ergriff Ole den Hund am Halsband und ließ ihn nicht mehr los.

Nikolas streckte sich. »Kommt, wir müssen weiter. Bei Sonnenaufgang, hat Hú gesagt, nicht nach Sonnenuntergang.«

Ben sah, dass er sich immer wieder verstohlen sein schmerzendes Bein massierte. »He, Superhirn, ich mach dir einen Vorschlag. Ich trag dich ein Stück huckepack.«

Nikolas schüttelte den Kopf. »Geht schon.«

»Sei nicht blöd«, sagte Lucienne. »Diese Berg ist schrecklich. Wer weiß, wofür du dein Kraft noch brauchst.«

Nikolas zögerte immer noch.

»Jetzt stell dich nicht so an«, meinte Ben und bückte sich. »Ich setz dich ab, bevor wir oben sind, dann kannst du den Rest selber gehen.«

Schweigend bewältigten sie die vielen Stufen und erreichten gleichzeitig mit den ersten Sonnenstrahlen den Höhleneingang.

Doch was für eine Überraschung: Der Abt war schon da. Neben ihm kniete Lóng, diesmal nicht in seinem grauen Trainingsgewand, sondern wie Hú ganz im Orange der Meister gekleidet. Beide schienen vor dem Schatten auf der Höhlenwand zu meditieren.

»Wie zum Teufel sind die hier heraufgekommen?«, flüsterte Ben Lucienne zu. »Die können uns doch nicht überholt haben. Ich denke, Hú hat erst vorhin noch mit dir gesprochen?«

Bevor Lucienne antworten konnte, machte Nikolas sie mit einem Kopfnicken auf etwas anderes aufmerksam: Von dem Wall aus Steinen und Erde, den sie bei ihrer Ankunft überwunden hatten, war nichts mehr zu sehen. Flüchtig hatte er sich schon gefragt, was passieren würde, wenn sie einfach wieder auf die andere Seite kletterten. Nun konnten sie es nicht mehr ausprobieren.

Hú verbeugte sich vor dem Schattenbild und wandte sich dann den Kindern zu.

»Ich habe einige Mönche angewiesen, die Spuren des Erdrutsches zu beseitigen«, sagte er, als hätte er ihre Gedanken gelesen. »Seid willkommen, meine Freunde. Möge das segensreiche Morgenlicht eure Gedanken und Taten begleiten. Dies ist ein wichtiger Tag für euch, denn heute beginnt euer Weg.«

»Da bin ich aber mal gespannt, wohin der führen soll«, murmelte Ben.

»Ich weiß, dass ihr viele Fragen habt«, fuhr Hú fort. »Ich werde mich bemühen, sie zu eurer Zufriedenheit zu beantworten. Zuerst zu dir, kleine Krabbe.«

Xiè schoss vor Aufregung das Blut in den Kopf und er verneigte sich tief.

»Meine Antwort lautet: Nein«, sagte der Großmeister.

Xiè blinzelte verständnislos.

»Ich werde keine Kriegermönche zur Befreiung deines Meisters aussenden«, erklärte Hú.

»A-aber …« Xiès Stimme versagte.

Hú hob beschwichtigend die Hände. »Für meine Entscheidung gibt es drei Gründe. Ich kann hier keine Mönche entbehren. Du hast gewiss davon gehört, dass schon mehrere Klöster von General Léi und seinen Schergen angegriffen wurden. Die Zeichen mehren sich, dass auch Shaolin ein solcher Überfall bevorsteht. Das ist der erste, der gewichtigste Grund.«

»Und der zweite?«, wagte Nikolas zu fragen.

»Xiès Meister ist sehr wahrscheinlich gar nicht mehr am Leben«, sagte Hú geradeheraus. Der Junge schluchzte auf.

»Es steht dir frei, das selbst herauszufinden«, fuhr der Abt fort.

»Ja, wie denn?«, mischte Ben sich ein. »Soll er einfach bei diesem Léi an die Tür klopfen und sich nach seinem Meister erkundigen?«

»Nicht beim General, bei Taizong.«

Die Freunde tauschten entgeisterte Blicke. Xiè sah aus, als würde er jeden Moment in Ohnmacht fallen. Lucienne kamen auf einmal Zweifel, ob der Großmeister noch ganz bei Trost war. Sie sollten zum Kaiserhof reisen? Den mächtigen Herrscher des chinesischen Reiches aufsuchen?

»Mit einer Abordnung von Shaolin-Kämpfern hättet ihr Schwierigkeiten, bis zum Kaiser vorzudringen oder überhaupt an seinen Hof zu gelangen«, sagte Hú. »Ihr müsst so unauffällig sein wie ein klarer Wassertropfen. Es liegt also in eurem eigenen Interesse, wenn ich euch keine Mönche mitgebe.«

Luciennes Schultern wurden so steif, als lastete ein unsichtbares Gewicht auf ihnen. Oh, warum hatte sie nur diesen dummen Drachen in Frau Wolfs Geschäft entdecken müssen! Er war schuld an dem ganzen Durcheinander. Sie hörte nur mit halbem Ohr zu, wie Hú weitersprach.

»Léi stand lange Zeit in den Diensten des Kaisers. Aber dann wurde er abtrünnig. Die Gier nach Macht und Geld hat ihn auf seinen jetzigen Weg getrieben. Aber diese Gier macht ihn auch berechenbar. Ich bin sicher, dass er versucht hat, Meister Yù das Rezept seines Lebenselixiers abzupressen – oder ihn mitsamt seinem Wissen dem Kaiser zum Kauf anzubieten, denn auch der Kaiser strebt nach Unsterblichkeit. Taizong würde allerdings nie so weit gehen, deshalb jemanden entführen zu lassen. Ich kenne ihn, er ist ein ehrenwerter Mann. Aber möglicherweise hat er eine Belohnung aussetzen lassen für denjenigen, der ihm das Lebenselixier verschaffen kann. Wenn Yù tatsächlich noch am Leben ist – was ich kaum zu hoffen wage –, dann nur am Hof Taizongs.«

»Und woher kennt Ihr den Kaiser?«, wollte Ben wissen. Jetzt war auch Luciennes Aufmerksamkeit wieder voll da.

»Ich hatte die große Ehre, ihm einmal einen Gefallen erweisen zu können«, antwortete Hú bescheiden.

Nikolas räusperte sich. »Ihr habt uns erst zwei Gründe genannt. Welches ist der dritte?«

»Eure Freundin hat euch gewiss davon berichtet. Ihr seid auserwählt, den zweiten heiligen Drachen zu finden«, antwortete Hú.

»Ich hab's doch geahnt«, murmelte Ben.

»Es gibt nur zwei Männer im ganzen Reich, in dessen Händen sich der Drache befinden könnte, der aus unserem Kloster gestohlen wurde: General Léi oder – wiederum der große Kaiser. Ihr seht also, ihr müsst nach Changan, in die Kaiserstadt und zum heiligen Palast auf dem Drachenhügel.«

Nicht nur Lucienne überlief bei diesen Worten ein Schauer. Der Drache in ihrem Beutel schickte warme Energieströme aus, als wolle er sie beruhigen.

»Ihr reist nicht allein. Lóng wird euch begleiten«, fügte der Abt hinzu.

O nein! Nicht ausgerechnet der! Lucienne blieb vor Schreck der Mund offen stehen. Ole bekam einen Hustenanfall. Die anderen warfen dem Mönch unsichere Blicke zu. Lóng dagegen verzog keine Miene. Offenbar hatte der Großmeister ihn bereits in seine Pläne eingeweiht. Was er davon hielt, war ihm nicht anzusehen.

Hú hatte alles gesagt, was wichtig war. Das *I Ging*, das uralte Orakelbuch, das er in der Nacht befragt hatte, hatte ihn in seinen Überlegungen noch einmal bestätigt. Aber die Kinder sahen aus, als wären sie soeben zu zehn Jahren Straflager verurteilt worden. Sie brauchten dringend etwas Aufmunterung. Hú lächelte ihnen beruhigend zu.

»Sorgt euch nicht, gemeinsam seid ihr stark. Wenn auch nur zwei Menschen eines Sinnes sind, vermag ihr Wille Eisen zu durchschneiden«, versicherte er.

»Und zu fünft lösen wir dann ein Erdbeben aus, oder wie?«, fragte Ben.

»Sechs«, sagte Lóng. »Wir sind sechs, vergiss das nicht.«

»Wie könnte ich«, murmelte Ben.

»Wir lassen euch jetzt allein«, verkündete Hú. »Sicher habt ihr viel zu besprechen. Ihr könntet auch versuchen, ein wenig zu meditieren und euren Geist zu sammeln. Dieser Ort eignet sich ganz hervorragend dazu.«

»Da Mos Schatten«, sagte Lucienne leise.

Hú nickte überrascht. »Kleine Schwester, du weißt noch mehr, als ich dachte.«

Weil die anderen sie fragend ansahen, erklärte Lucienne auf Chinesisch, so dass auch die Mönche sie verstehen konnten: »Da Mo war ein indischer Prinz, der seine Macht und seinen Reichtum aufgab, um Mönch zu werden. Eigentlich hieß er Bodhidharma, aber die Chinesen nennen ihn Da Mo. Als er nach China kam, war er bereits ein Meister. Er kam auch zu diesem Shaolin-Kloster – *non*«, korrigierte sie sich, »es war ja damals noch kein Kloster, nur ein Tempel. Er ging also in diese Höhle, um zu meditieren, und blieb dort neun Jahre. Immer mit dem Gesicht zur Wand. In dieser Zeit soll sich sein Schatten in den Fels eingebrannt haben.« Und irgendwann in ferner Zukunft wird sich diese Mauer als Gedenkstätte im Kloster befinden, und Touristen werden euch hier die Tür einrennen, schoss es Lucienne durch den Kopf. Aber das verschwieg sie lieber.

In Lóngs Augen blitzte Verwunderung auf, dann Anerkennung. Ben sah Nikolas mit hochgezogenen Augenbrauen an: »Sieht aus, als ob dir hier jemand deinen Job als unser wandelndes Lexikon streitig macht.«

Großmeister Hú verbeugte sich vor Lucienne. »Kleine Schwester, mir bleibt nichts hinzuzufügen. Im Kloster wird alles vorbereitet sein für euren Aufbruch.« Dann verließ er mit Lóng die Höhle.

»Neun Jahre? Echt?«, fragte Ole, als sie allein waren. »Ohne was zu essen? Glaub ich nicht.«

»Hab ich auch nicht gesagt«, gab Lucienne zurück.

Ben musterte den Schatten an der Höhlenwand. »Also deshalb hast du gleich gewusst, wo wir gelandet sind. Was machen wir jetzt?«

»Wir reisen nach Changan, wie Hú vorschlägt.« Nikolas

rieb sich die Stirn. »Überlegt mal: Wenn wir beide Drachen haben, kommen wir vielleicht auch wieder nach Hause.«

Die anderen sahen ihn skeptisch an.

Nikolas hob die Schultern: »Wenn sie wirklich solche magischen Kräfte besitzen, dann sind sie unsere Chance. Ich schätze, eine andere Möglichkeit haben wir nicht. Jedenfalls nicht, solange Ole der Rest des Zauberspruches nicht einfällt. – Ja, schon gut«, beschwichtigte er, als er Oles Gesicht sah. »Wir wissen ja nicht mal, ob das überhaupt so eine Art Reisezauber ist.«

»Also schauen wir mal eben in dieser Kaiserstadt vorbei, mischen den Hofstaat auf, finden Meister Yù und möglichst auch den Drachen, schaffen alle beide irgendwie hierher, und dann nichts wie nach Hause«, fasste Ben zusammen. »Super Plan.«

»Hast du ein bessere?«, fragte Lucienne.

Ben schwieg.

»Na also.«

»Hoffentlich dauert das alles nicht zu lange«, meinte Ole besorgt. »Wir haben nur ein Wochenende. Zu Hause, meine ich, in der richtigen Zeit – ach, ihr wisst schon. Irgendwann werden sie uns suchen und dann haben wir einen Haufen Ärger am Hals! Meine Eltern sind seit dem letzten Mal total misstrauisch.«

»Ja«, sagte Nikolas, »meine auch. Aber als wir im Mittelalter waren, verging die Zeit auch nicht im gleichen Maß wie zu Hause. Was uns vorkam wie eine Ewigkeit, war in unserer Zeit nur ein Tag. Vielleicht ist es diesmal genauso.«

»Warum hängen wir dann noch hier oben rum?«, fragte Ben. »Je eher wir die Sache erledigen, desto besser. Ich hock mich jedenfalls nicht neun Jahre vor diese Wand.«

»Ich auch nicht«, sagte Ole. »Ich will frühstücken.«

Ben schlug ihm auf die Schulter. »Da sind wir ausnahmsweise einer Meinung, ehrenwerter Bruder. Vielleicht fällt dir nebenbei endlich der Spruch ein. Ich verlass mich nur ungern auf Wunderdrachen.«

Der Spion

So schnell und lautlos, wie es nur eine Schlange vermag, glitt der Späher davon. Sein Weg war weit und er hatte es eilig. Zielstrebig bewegte er sich zwischen Schirmkiefern und Gesteinsbrocken hindurch, immer höher in die Berge hinauf. Einmal war er gezwungen, ein Versteck aufzusuchen, als der Schatten eines riesigen Adlers über die Felsen glitt. Aus seinem Felsspalt heraus beobachtete Shé mit gelben Augen, wie der große Greifvogel am Himmel seine Kreise zog und nach Beute suchte. Mit einem Schrei stieß der Adler herab. Eine junge Bergziege zappelte in seinen Fängen. Shé züngelte zufrieden. Gut so. Der Feind war beschäftigt und er konnte seinen Weg unbehelligt fortsetzen.

Schließlich erreichte er einen Bergpass, der so hoch oben lag, dass hier der Schnee niemals wegtaute. Die weißen Kristalle knirschten leise unter Shés Füßen. Jetzt musste er sich noch mehr beeilen, denn die Kälte drohte ihn zu lähmen; er spürte schon, wie seine Muskeln steif und träge wurden. Wie sehr er sich nach einer Rast auf einem sonnendurchglühten Stein sehnte!

Endlich öffnete sich vor ihm das verborgene Hochtal. Shé hielt inne und prüfte mit der Zunge die Luft. Keine Gefahr. Er schmeckte den Rauch der Feuerstellen und den Geruch der Soldaten. Einige übten mit ihren Waffen, andere versorgten die Pferde, wieder andere waren damit beschäftigt, die Streitwagen zu putzen. Mehr als hundert Zelte standen in militärischer Ordnung in Viererreihen hintereinander. Das Zelt des Generals befand sich auf einem freien Platz in der Mitte.

Doch etwas war anders als beim letzten Mal. Shé bemerkte den Bambuskäfig neben dem Generalszelt – er war leer. Die Augen des Spähers glitten über das Lager hinweg. Vielleicht einen *Lí* von den hintersten Zelten entfernt war ein Steinhaufen aufgeschichtet. Den hatte es bei seinem letzten Besuch noch nicht gegeben.

Am Eingang des großes Zeltes wurde soeben eine Bahn zurückgeschlagen und ein unglaublich dicker Mann trat heraus.

General Léi war so rund wie eine Kugel und hochrot im Gesicht. Das war er immer, die Ärzte behaupteten, die Säfte in seinem Körper seien nicht im Gleichgewicht und das Blut flösse zu schnell durch seine Adern. Er sah aus, als könnte er jeden Moment mit einem lauten Knall platzen.

Léi trug keinerlei Abzeichen, die seinen besonderen Rang symbolisierten, sondern hüllte sich in die gleiche Kleidung, die auch seine Soldaten trugen: eine langärmlige, wattierte Baumwolltunika, darunter eine eng anliegende, ebenfalls wattierte Hose. Der massige Oberkörper steckte in einer Lederrüstung, auf die rechteckige Metallplättchen aufgenäht waren. Beim bloßen Anblick dieser Panzerung begann Shés schuppige Haut zu brennen. Auch der General sah aus, als würde er sich am liebsten den Schal herunterreißen, der in den Ausschnitt der Tunika gestopft war und in dem sein kurzer Hals völlig verschwand. Aber Disziplin gehörte zu einem Soldaten wie das Schwert in seinem Gürtel. Auch Léis Frisur entsprach der Form: Die schwarzen Haare waren oben auf dem Kopf zu einem straffen Knoten gedreht und mit einem Tuch zusammengebunden. In seinem teigigen Mondgesicht waren die Augen unter den schwarzen Balken der Augenbrauen nur als schmale Schlitze zu erkennen.

Wer den General nicht kannte, mochte ihn vielleicht für eine Witzfigur halten. Doch Shé und alle Krieger in Léis Diensten wussten, was für ein intelligenter und zugleich skrupelloser Geist sich in diesem lächerlichen Körper verbarg. Sein Name ließ alle Feinde erzittern: Léi, Donner.

»Nun? Was hast du mir zu sagen?« Der General klang ungeduldig.

Shé verbeugte sich. Zu voller Größe aufgerichtet, überragte er den General fast um zwei Köpfe. Mit heiserer Stimme und etwas undeutlich – denn mit der gespaltenen Zunge konnte er nicht gut sprechen – begann er seinen Bericht.

Als Shé geendet hatte, lachte der General kurz auf. Es hörte sich an wie Donnergrollen.

»Ein schlauer Bursche, dieser Abt. Vielleicht hätte ich

wirklich versuchen sollen, den alten Yù an den Kaiser zu verkaufen. Zu dumm, dass dieser mickrige Gelehrte so ein Schwächling war. Einmal ein wenig zu hart angefasst, schon krepiert er mir.« Léi sah zu dem leeren Bambuskäfig.

»Der Steinhügel?«, fragte Shé gleichmütig.

»Sein Grab«, antwortete Léi.

Eine Eidechse huschte vor den Füßen des Generals vorbei und erinnerte Shé daran, dass er lange nichts mehr gegessen hatte. Aber die Unterhaltung mit Léi war noch nicht beendet.

»Habt Ihr von Yù erfahren, was Ihr wissen wolltet?«, fragte Shé.

Der General schüttelte den Kopf. »Der Alte hat das Geheimnis des Lebenselixiers nicht herausgerückt. Viel kann es offensichtlich nicht getaugt haben, sonst wäre er nicht tot.« Léis Donnerlachen ertönte erneut. »Doch wie es scheint, sind die Götter auf meiner Seite und bieten mir ein wirklich kostbares Geschenk.« Sein rotes Gesicht glänzte bei diesen Worten vor Schweiß und Vorfreude.

»Das Mädchen hat den anderen Drachen, sagst du?«

Shé nickte.

»Und sie sind auf dem Weg nach Changan? Das ist gut! Ich werde ihnen mit meinen Soldaten folgen. Von mir aus kann Hú in seinem Kloster hocken und auf einen Überfall warten, bis der Gelbe Fluss klar geworden ist.«

Léis Lachen verursachte Shé ein körperliches Unwohlsein, aber er ließ sich nichts anmerken.

»Und welche Pläne habt Ihr mit mir, General?«, fragte er.

»Du, meine liebe Schlange, wirst mir weiterhin wertvolle Späherdienste leisten. Ich muss mich mit meinen Männern in sicherer Entfernung halten, aber du kommst nahe genug an die Fremdlinge heran und wirst mir von jedem Atemzug berichten, den sie tun. Hast du verstanden?«

Shé nickte.

»Noch etwas«, sagte der General. »Du brauchst ein Pferd.«

»Ich bin eine Schlange«, sagte Shé verächtlich. »Ich reite nicht.«

»O doch, das tust du. Deine Fähigkeiten in allen Ehren, aber wenn die Fremdlinge erst unterwegs sind, brauchst du ein Pferd, um ihnen schnell genug folgen zu können. Sie werden mit einem Pferdewagen reisen, du wirst sehen. Wie heißt es: ›Eine Fliege kommt kaum zehn Schritte weit, doch setzt sie sich auf einen Pferderücken, legt sie tausend *Lí* zurück.‹ Das gilt auch für Schlangen.«

Shé schluckte die Entgegnung hinunter, die ihm auf der Zunge lag, und tat, als würde er sich fügen. Schlangen waren Meister im regungslosen Ausharren. Er konnte warten. Eines Tages würde er in dieses lächerliche Mondgesicht blicken und sich an der nackten Angst darin weiden. Ja, eines Tages würde Shé, die Schlange, das mächtigste Wesen im Reich sein. Bis dahin sollte Léi ruhig glauben, er würde ihn als Späher benutzen. In Wahrheit war es umgekehrt: Léi arbeitete für ihn, für Shé.

»Lass dir vom Koch etwas zu essen geben oder … such dir, was immer du so verschlingst«, sagte der General angewidert. »Und dann will ich dich davonreiten sehen.«

Mit diesen Worten ließ er Shé stehen. Léi gestand es nicht einmal vor sich selbst ein, aber er konnte die Gegenwart dieser Kreatur nur kurze Zeit ertragen. Er wusste nicht viel von Shé. Eines Tages war der Schlangenkämpfer im Lager aufgetaucht und hatte ihm seine Dienste angeboten. Der General hatte sofort erkannt, dass er einen ausgebildeten Kriegermönch vor sich hatte. Shaolin-Mönche waren ein merkwürdiges Volk, aber die Abtrünnigen musste man mit besonderer Vorsicht behandeln. Nichts band sie mehr an ihr Gelübde, ihre Fähigkeiten nur zum Guten einzusetzen. Léi schauderte, wenn er daran dachte, wie perfekt Shé eine Schlange nachzuahmen gelernt hatte. Es grenzte an Besessenheit. Der Kerl war nicht einmal davor zurückgeschreckt, seine Zunge zu spalten.

Noch war er nützlich, der Späher. Aber Léi dachte bereits mit Erleichterung an den Tag, an dem er sich seiner entledigen konnte.

Der weite Weg

Der Großmeister hatte dafür gesorgt, dass ein Wagen mit zwei Pferden bereitstand. Auf der Ladefläche lagerten Tonkrüge mit Hirse, Mungobohnen und Weizenmehl, außerdem ein Topf mit kleinen Käselaiben aus Sojaquark, die einzeln in feuchte Tücher eingeschlagen waren. Dann gab es eine Kiste mit Birnen und eine weitere mit seltsamem Kohl, dessen lange grüne Blätter wie Hasenohren aussahen. Der Koch steuerte als besonderes Geschenk ein

Körbchen mit Hirseküchlein bei, die vor Honig nur so troffen, und Hú hatte einen kleinen Sack von dem besten grünen Tee für die Reisenden abfüllen lassen. Aus der Kleiderkammer hatten sie außerdem wattierte Jacken zum Schutz gegen die Herbstkälte bekommen.

Trotz des Gepäcks war auf dem Wagen noch so viel Platz, dass die Freunde auf ihren zusammengerollten Schlafmatten und Decken sitzen konnten. Normalerweise gingen Mönche zu Fuß, aber diese Situation erforderte eine Ausnahme. Eigentlich, so dachte Lóng, der bereits auf dem Wagen saß und die Pferde lenken sollte, befand sich sein ganzes Leben auf einmal in einem Ausnahmezustand. Er war nicht mehr er selbst, seit diese fremden Kinder hier herumgeisterten. Im Grunde seines Herzens und nach einem langen Gespräch mit dem Großmeister wusste er aber, dass das nicht stimmte. Die Wahrheit lautete: Die Fremdlinge, allen voran dieses Mädchen, konfrontierten ihn mit seiner eigenen Unzulänglichkeit. Lóng schämte sich noch immer seines Verhaltens auf dem Übungsplatz. Nur einen Seidenfaden war er davon entfernt gewesen, die Kontrolle über sich zu verlieren. Das durfte einem Shaolin-Mönch nie passieren, einem Meister erst recht nicht. Tief drinnen, in seinem Herzen, quälte Lóng außerdem die Angst, dass er sich als unwürdig erweisen und den Großmeister enttäuschen würde, so wie es schon einmal ein Mitglied seiner Familie getan hatte.

Hú hatte lange mit ihm geredet, und Lóng wusste, dass diese Mission, gegen die er sich innerlich noch immer sträubte, seine Bewährungsprobe war. Ein Meister des Wushu musste als Kindermädchen und Leibwächter eine

Gruppe von halbwüchsigen Fremdlingen nach Changan bringen! Wahrlich eine bittere Wurzel, die er da zu kauen hatte.

»Auf einem weiten Weg gibt es keine leichten Lasten.« Das waren die Worte des ehrwürdigen Großmeisters gewesen. Lóng hatte das bedrückende Gefühl, dass der Weg noch sehr weit sein würde.

Hinter ihm stiegen jetzt die Kinder auf den Wagen. Der braunhaarige Junge mit dem Verhalten eines nervösen Wasserbüffels und das Mädchen sprangen mit einem Satz hinauf. Lu Si-Yen. Ein merkwürdiger Name, dachte Lóng. Aber weitaus bemerkenswerter war, wie viel sie wusste und welche Kampftechnik sie beherrschte. Ansatzweise hatte er den Tierstil darin wiedererkannt, den auch die Shaolin-Mönche übten. Aber Lu Si-Yens Stil schien noch weiter entwickelt und verfeinert.

Sie und der Büffel halfen gerade dem Jungen mit dem steifen Bein auf den Karren. Xiè kletterte flink wie ein Eichhörnchen hinterher. Auch der kleine Dicke schlug sich wacker und schaffte es über Deichsel und Rad auf die Ladefläche. Mit vor Anstrengung hochrotem Gesicht plumpste er auf seine Decke.

Der Großmeister trat an den Wagen heran. Ein paar Mönche standen in respektvoller Entfernung, hinter ihnen kicherten und tuschelten die Schüler, die sich freuten, den strengen Lóng für eine Weile los zu sein. Das Mädchen mit den blonden Haaren, das es gewagt hatte, den Meister herauszufordern, beäugten sie mit misstrauischem Respekt.

»Fürchtet nicht den Tiger in den Bergen, der die Menschen reißt. Fürchtet nur die Menschen, die zweischneidigen Dolchen gleichen«, sagte Hú zum Abschied.

»Tiger? Was für Tiger?«, fragte Ole alarmiert. »Bossi, komm sofort auf den Wagen! Los, hopp!« Der große Hund gehorchte. Ben dagegen sah aus, als wollte er sofort wieder absteigen.

Hú lächelte. »Ich denke, ihr versteht das Bild. Traut niemandem! Aber lasst auch nicht zu, dass die Angst euch schwächt. Mit Meister Lóng habt ihr einen starken und furchtlosen Drachenkämpfer an eurer Seite, er wird euch beschützen.«

»Lóng heißt doch Drache. Ob Hú ihn deshalb für diese Mission ausgewählt hat?«, wisperte Nikolas Lucienne zu.

»Gut möglich«, gab sie ebenso leise zurück. Sie dachte daran, was der alte Mönch ihr bei dem nächtlichen Gespräch gesagt hatte: Auch sie trug angeblich das Drachen-*Qi* in sich. Doch alles, was sie im Moment fühlte, war eine Mischung aus Aufregung und Sorge.

»Möge Guanyin, die Göttin der Barmherzigkeit, mit euch sein!«, sagte Großmeister Hú und hob die Hand, als sie zum Klostertor hinausrumpelten. Auch die Mönche grüßten zum Abschied.

»Du, Lucienne? Warum winken die immer so komisch?« Ben war schon vor einiger Zeit aufgefallen, dass sich die Mönche, die einander auf dem Klostergelände begegneten, auf ganz besondere Weise und nur mit einer Hand grüßten. Die Handfläche zeigte auf Höhe des Herzens nach vorn, die Fingerspitzen in den Himmel.

»Das ist die Shaolin-Gruß«, erklärte Lucienne. Das wusste sie von ihrem Kung-Fu-Lehrer in Paris. »Mit diese

Gruß erinnern sich die Mönche an Shin Huang. Das war eine besonders große Verehrer von Da Mo, dem Gründer von Shaolin.«

»Aha. Und was war so besonders an Shin Dingsbums?«

»Dreizehn Jahre lang er hat versucht, von Da Mo als Schüler aufgenommen zu werden. Eines Tages im Winter er wollte wissen, wann es endlich so weit ist, aber Da Mo antwortete nur: Wenn der Schnee rot sein wird.«

»Und dann?«, fragten Nikolas und Ben fast gleichzeitig. Lucienne zuckte die Achseln.

»Shin Huang hat seine Schwert genommen und sich die linke Arm abgehauen.«

»Iiiih!«, entfuhr es Ole.

»Sein Blut tropfte in die Schnee und färbte es rot, und Da Mo war endlich bereit, Shin Huang zu unterrichten. Als Erinnerung an sein Opfer grüßen sich die Mönche auch heute nur mit eine Hand«, schloss Lucienne.

Ben betrachtete seine eigenen Hände und schüttelte wortlos den Kopf.

Nikolas versuchte, sich bequemer hinzusetzen. Der Weg führte durch einen jungen Wald mit spindeldürren kleinen Bäumen. Er schien nur aus Schlaglöchern zu bestehen und Lóng ratterte durch jedes hindurch. Kaum hatten sie die Klostermauern hinter sich gelassen, waren die Pferde in einen stürmischen Galopp gefallen. Entweder hatte Lóng nicht die geringste Ahnung, wie er sie lenken sollte, oder er wollte unbedingt einen Rekord im Wagenrennen aufstellen.

»Weiß der Drache da vorn eigentlich, was er tut?«, ächzte Ben.

»Von Pferden versteht er jedenfalls nicht viel«, stellte Ole stirnrunzelnd fest. Es waren zwei schöne Tiere, stämmige mongolische Ponys mit dunkelbraunem Fell und wuscheliger schwarzer Mähne. Doch der Mönch ging so grob mit ihnen um, als wären sie aus Holz geschnitzt. Das konnte er nicht länger mit ansehen.

Zum Erstaunen aller kletterte Ole schwankend nach vorn, um sich neben Lóng niederzulassen. Der Mönch zerrte nervös an der Leine herum. Schweißperlen standen auf seiner Oberlippe, während die beiden Pferde immer schneller durch den Staub preschten. Ole erkannte sofort, dass nur noch eine Kleinigkeit fehlte, ein aufflatternder Vogel oder ein wehendes Blatt, um die Tiere so zu erschrecken, dass sie durchgehen würden.

»Entschuldigung, ehrwürdiger Meister«, begann Ole vorsichtig. »Habt Ihr schon oft einen Wagen gelenkt?«

»Noch nie«, stieß Lóng verbissen hervor.

»Dachte ich mir. So geht das nicht, wisst Ihr? Ihr macht den Pferden Angst. Es tut ihnen gemein weh, wenn Ihr so an der Leine zerrt.«

Lóngs Kiefer mahlten. »Aber ausgerechnet du weißt, wie man es richtig macht, ja?«

»Ein bisschen jedenfalls«, sagte Ole. »Mein Vater hat einen Bauernhof und wir haben auch Pferde, und …« Ich bin sogar mit dem Schlachtross eines Ritters klargekommen, obwohl ich damals noch gar nicht reiten konnte, wäre es ihm beinahe herausgerutscht. »Wenn Ihr mich einfach mal lassen würdet?«

»Und wenn nicht?«, fragte Lóng aufsässig.

»Dann kommen wir wahrscheinlich nie nach Changan,

weil der Karren schon vorher in tausend Stücke bricht«, rief Ben von hinten, während er versuchte, den jaulenden Bossi am Abspringen zu hindern. Am liebsten hätte er allerdings dasselbe getan.

Die Pferde schienen müde zu werden. Ole kam es vor, als verlangsamten sie das Tempo etwas. Wenn er jetzt die Leine nehmen würde … Aber um Himmels willen, was war das? Für den Bruchteil einer Sekunde tauchte ein Wesen aus dem Gestrüpp am Wegrand auf, bevor es wie ein Spuk wieder verschwand. Ole hätte geschworen, eine riesige gelbe Schlange gesehen zu haben. Das Pferd außen wieherte schrill. Wie ein Pfeil schoss es davon und riss das zweite Tier mit. Lucienne schrie auf, Bossi jaulte durchdringend, Nikolas und Xiè klammerten sich aneinander fest und Ben wurde ganz blass.

Ole riss Lóng die Leine aus den Händen. »Festhalten!«, brüllte er.

Vor ihnen öffnete sich der Weg, Bäume und Büsche machten einem Flickenteppich aus Äckern und Wiesen Platz. Ole griff die Leine fester. Ein freies Feld, das war seine Chance! Hoffentlich waren die Pferde noch nicht so von Sinnen, dass sie nicht mehr auf die Leine ansprachen. Jetzt galoppierten sie über ein fast abgeerntetes Kohlfeld. Zwei barfüßige Bauern in abgerissenen Kleidern und mit Strohhüten auf dem Kopf standen wie zu Salzsäulen erstarrt, als der Wagen auf sie zuraste.

»Aus dem Weg!«, schrie Ole. Die Bauern sprangen zur Seite, einer ließ das scharfe Messer fallen, mit dem er gerade Kohlköpfe geschnitten hatte. Entschlossen zwang Ole die Tiere zu einer großen Volte. Er lenkte den Wagen in immer enger werdenden Zirkeln, bis die Pferde gar nicht mehr anders konnten, als ihr Tempo zu verlangsamen.

»Ho«, rief er, »ruhig, ihr beiden, ganz ruhig.« Endlich fielen die beiden Braunen in einen erschöpften Schritt.

»Ich glaub, mir wird schlecht«, stöhnte Ben.

»Mir auch«, flüsterte Xiè.

»Nicht in die Karren!«, sagte Lucienne streng. Einen Augenblick später hingen beide über den Seitenbrettern des Wagens.

Schweißnass und schwer atmend zockelten die Pferde dahin.

»Ich lass sie lieber weiterlaufen, damit sie ganz zur Ruhe kommen und …« Ole versagte die Stimme. Auf einmal merkte er, wie seine Zähne klapperten. Das Herz raste und die Arme zitterten, aber er hatte es geschafft, er hatte es tatsächlich geschafft!

Irgendjemand klopfte ihm auf die Schulter. Es war Ben.

»Mensch, Ole, du bist einfach unglaublich!« Die anderen nickten erschöpft.

Ole riskierte einen Blick zu dem Mönch, der mit zusammengekniffenen Augen und kreidebleichem Gesicht neben ihm saß. »Meister Lóng? Meister Lóng! Alles in Ordnung?«

Lóng nickte. Dann öffnete er die Augen.

»Wie konnte das passieren?«, wollte er wissen. »Womit habe ich die Pferde so erschreckt?«

Ole schüttelte den Kopf, während er den Wagen zurück zum Weg lenkte. »Das wart nicht Ihr. Das war diese … Schlange.«

Ole schauderte bei der bloßen Erinnerung an den gelben, schuppigen Körper.

»Was für eine Schlange?«, fragte Nikolas überrascht.

»Na, da hinten auf dem Weg.« Ole sah sich zu den anderen um. »Habt ihr das Riesenvieh nicht gesehen?« Als er in ihre ratlosen Mienen blickte, fügte er unsicher hinzu: »Ich glaube zumindest, dass es eine Schlange war. Oder, äh, etwas Schlangenartiges.«

Ben machte sich an einem der Proviantkörbe zu schaffen und hielt ihm dann ein Hirse-Honig-Küchlein hin: »Hier, iss. Du hast ja schon Halluzinationen vor Hunger.« Ausnahmsweise lag kein Spott in seiner Stimme.

»Hört ihr das?«, fragte Nikolas plötzlich. Auch die anderen lauschten.

»Pferdegetrappel«, sagte Xiè. »Da ist irgendwo noch ein Reiter unterwegs.«

Das Geräusch entfernte sich rasch, bald war nur noch das gleichmäßige Trap-Trap-Trap der Ponyhufe zu hören. Ole schluckte den letzten süßen Bissen hinunter und leckte sich genüsslich über die Lippen. Er bemerkte, dass Lóng ihn von der Seite musterte.

»Etwas Schlangenartiges war da, sagst du?«, fragte der Mönch so leise, dass ihn die anderen nicht hören konnten. Ole nickte verlegen. Hätte er bloß nichts gesagt! Dieses Kampf-Ass hielt ihn jetzt bestimmt für völlig durchgeknallt. Aber Lóng starrte nur nachdenklich vor sich hin.

Ein Albtraum um Mitternacht

Die Dunkelheit brach früh herein. Lóng, dem Ole geduldig gezeigt hatte, wie er die Leine zu führen hatte, ließ die Pferde unter ein paar alten Weiden in der Nähe eines Baches anhalten.

»Ein guter Platz für unser Nachtlager«, verkündete er.

Alle waren froh, endlich absteigen und die verspannten Glieder strecken zu können. Nikolas massierte sich das Bein. »Ich fühl mich, als wär ich den ganzen Weg gelaufen«, murmelte er. »Wie weit ist es eigentlich bis Changan?«

»Gut siebenhundert *Lí*«, antwortete Lóng, der mit Oles Hilfe bereits die Pferde abschirrte.

Lucienne, die sich mit den alten chinesischen Längenmaßen am besten auskannte, rechnete im Kopf. »Aber das sind mehr als vierhundert Kilometer!«

Nikolas ließ vor Schreck beinahe seine Krücke fallen. »O nein! Dann sind wir ja …« Erst in ein paar Monaten wieder zu Hause, hatte er sagen wollen.

»Was?«, fragte Lóng.

»Ewig unterwegs«, schloss Nikolas lahm.

»Heute haben wir vierzig *Lí* hinter uns gebracht, aber sobald wir dieses Tal durchquert haben, kommen wir wieder in die Song-Shan-Berge und dort wird es langsamer gehen«, meinte der Mönch, der schon dabei war, Steine für eine Feuerstelle zusammenzulegen, und dann mit Flintsteinen und Zunder ein Feuer entfachte. Xiè lief zum Bach, um Wasser zu holen.

»Und dann noch mal die gleiche Strecke zurück plus die Tage in Changan.« Ole tauschte einen entsetzten Blick mit Nikolas. »Zu Hause werden sie durchdrehen vor Sorge!«

Allerdings. Nikolas bekam einen Knoten im Hals, wenn er sich das Drama vorstellte. Ben dagegen dachte an seinen Vater und die vielen leeren Bierflaschen. Eigentlich wollte er gar nicht so schnell wieder zurück. Andererseits – wenn er nun den Rest seines Lebens im alten China verbringen musste? Er spürte, wie die Angst in ihm hochkroch.

»Wir können es ändern sowieso nicht«, sagte Lucienne leise.

In bedrückter Stimmung schlugen sie unter einer alten Weide ihr Lager auf und halfen Lóng, eine einfache Mahlzeit aus gebratenem, scharf gewürztem Kohl und dünnen Teigfladen vorzubereiten. Xiè kam mit dem Wasser zurück. Bald dampfte ein starker Tee in ihren Tonschalen und wärmte sie.

Als die Sonne unterging, wurde es empfindlich kalt. Nikolas wickelte sich fester in seine Decke. Zwischen den Weidenzweigen über seinem Kopf funkelte ein unbekannter Sternenhimmel. Die Sternbilder waren ganz andere als die, die er von zu Hause kannte und oft mit dem Teleskop vom Fenster seines Zimmers aus beobachtet hatte. Er war wahrhaftig in China! Einfach unglaublich. Trotz allem begann er das Abenteuer bereits wieder zu genießen.

»Meister Lóng«, sagte Lucienne, »was für einen Gefallen hat Großmeister Hú dem Kaiser denn eigentlich getan?«

»Der Himmelssohn hat ihn einmal zu Hilfe gerufen«, antwortete der Mönch.

»Der was?«, fragte Ben.

»Der Himmelssohn. Das ist ein Beiname des Kaisers«, gab Lóng zur Antwort. »Damals hieß er noch Li Shimin und musste um den Thron kämpfen, den sein Vater als erster Tang-Kaiser bestiegen hatte. Eine andere mächtige Familie, die Dynastie der Sui, versuchte ihm die Herrschaft streitig zu machen. Li Shimin und seine Soldaten wurden in die Enge getrieben. Li Shimin hatte von den geheimen Kampfkünsten der Shaolin-Mönche gehört und bat sie um Hilfe. Dreizehn von ihnen willigten ein, auch der ehrwürdige Abt, der damals noch ein einfacher Meister war. Sie eilten zu Li Shimin und schlugen seine Feinde in die Flucht. Zum Dank dafür erhielt das Kloster große Ländereien geschenkt, vierzig *gongqing*.«

Nikolas überschlug im Kopf, wie viel das war. Vierhunderttausend Quadratmeter. »Ganz schön viel.«

»Ja«, bestätigte Lóng, »und die Erlaubnis zur Ausbildung von Kriegermönchen erteilte der Kaiser noch dazu. Seitdem steht Shaolin unter dem Schutz Taizongs, wie sich der Himmelssohn seit seiner Thronbesteigung nennt.«

Lucienne hatte während Lóngs Erzählung immer wieder genickt. Sie erinnerte sich, das alles gelesen zu haben. Nikolas, der sie beobachtet hatte, schaltete blitzschnell und fragte: »Wie lange ist das schon her, Meister?«

»Siebzehn Sommer«, antwortete Lóng. »Ich war damals noch ein dummer Schüler.« Er erhob sich, um etwas Holz aufzusammeln und das Feuer damit zu füttern. Xiè half ihm dabei.

Ben nutzte den Umstand, dass sie für einen Moment unter sich waren.

»Nun sag schon, Lucienne!«, wisperte er. »Ich seh dir doch an, dass du weißt, wann die sich gekloppt haben.«

»In die Jahr 621«, flüsterte Lucienne zurück.

Ole rechnete. »Plus siebzehn Sommer, macht …«

»638«, sagte Nikolas. »Jetzt wissen wir immerhin, in welcher Zeit wir stecken.«

»Na prima. Und gab es 638 in China irgendwelche Seuchen, Kriege, Feuersbrünste oder sonstige Katastrophen, auf die wir uns vorbereiten sollten?«, erkundigte sich Ben. »Nur so für alle Fälle, damit es uns nicht völlig kalt erwischt?«

Lucienne hob ratlos die Hände. Auch Nikolas musste passen.

»Also wirklich, du warst auch schon mal schlauer, Superhirn«, konnte Ben ihm gerade noch zuwerfen, bevor Lóng und Xiè sich wieder am Feuer niederließen.

Ben dachte an Aphra. In welchem Jahr die sich wohl gerade befand?

Schweigend schlürften sie ihren Tee, lauschten den Geräuschen der Nacht und dem gemütlichen Prasseln des Feuers und hingen ihren Gedanken nach.

»Lu Si-Yen?«, meldete sich Xiè leise. »Darf ich deinen Drachen mal sehen? Es wäre eine große Ehre für mich.«

Lucienne öffnete ihren Beutel, wickelte die Jadefigur aus den Stofflappen, die der Großmeister ihr gegeben hatte, und reichte sie Xiè.

Hastig wischte sich Xiè die Finger an seinem Kittel ab, bevor er den Drachen nahm und ihn betrachtete. Im Widerschein des Feuers schimmerte der grüne Stein geheimnisvoll.

Mit einem fragenden Blick zu Lucienne streckte Lóng die Hand aus. »Erlaubst du?«

Lucienne nickte. Ehrfürchtig nahm der Mönch den Drachen in die Hand. Seine sehnigen Finger zeichneten langsam die goldene Schicksalslinie nach.

»Er ist es wirklich«, murmelte er und schloss für einen Augenblick die Finger über der Jadefigur. Seine Augen weiteten sich überrascht.

»Wie warm er sich anfühlt! Ganz lebendig! Ich kannte bisher nur sein Bild aus der alten Schrift.«

Lóng spürte die magische Kraft also auch! Lucienne war enttäuscht. Sie hatte geglaubt, das wäre etwas ganz Besonderes und nur ihr vorbehalten. Aber Lóng war ein Drachenkämpfer. Vielleicht bestand deshalb eine Art Verbindung zwischen ihm und der heiligen Figur.

Der Shaolin-Mönch sah Lucienne nachdenklich an. »Ich frage mich, auf welchen verschlungenen Pfaden der Drache bis in deine Hände gelangt ist.«

Lucienne zögerte. Sie hatte Hú alles erzählt, aber was wusste Lóng? Wie viel durfte er überhaupt wissen? Ahnte er, dass die Kinder aus einer anderen Zeit stammten?

»Ich habe ihn in einem kleinen Geschäft entdeckt«, sagte Lucienne schließlich. »Die Besitzerin wusste nicht, dass er etwas Besonderes ist.«

Lóng reichte ihr die Jadefigur zurück. »Du hast etwas unendlich Wertvolles in deiner Obhut«, sagte er. »Gib gut darauf Acht.«

»Was passiert eigentlich, falls wir nicht nur Xiès Meister, sondern auch noch den anderen Drachen finden sollten?« Ben schlug sich schon so lange mit dieser Frage herum, dass er nicht länger den Mund halten konnte. »Ihr wollt doch bestimmt beide Drachen wieder in Eurem Kloster haben. Wenn uns das gelingt, wie geht's dann weiter?«

»Ich kenne den Weg genauso wenig wie du«, antwortete Lóng überraschend freundlich. »Ich weiß nur, dass es eine große Ehre ist, vom Schicksal für eine solche Aufgabe auserwählt zu werden.«

»Oder von Großmeister Hú«, murmelte Ben so leise, dass es außer Ole, der dicht neben ihm saß, niemand hören konnte.

»Meister, wisst Ihr auch, warum der Gefährte dieses Drachens gestohlen wurde? Und von wem?«, fragte Nikolas.

Lóngs Gesicht verschloss sich. Er schüttete seinen letzten Schluck Tee in die Glut und erhob sich abrupt. »Welchen Nutzen hat es, die Vergangenheit hinter sich herzuzerren wie eine tote Ziege?«, sagte er. »Was tot ist, lässt sich nicht wieder beleben, was geschehen ist, ist längst vorüber.«

Nikolas sah ihn aufmerksam an. Du verheimlichst uns etwas, dachte er. Aber er behielt seinen Verdacht für sich.

Ben bibberte inzwischen vor Kälte. Er rückte noch dichter an Ole heran, der ebenfalls fast ganz unter seiner Decke verschwunden war und außerdem noch Bossi wie eine Wärmflasche auf den Beinen liegen hatte.

»Dann verratet uns wenigstens etwas anderes, ähm … Meister.« Diese dämliche Anrede ging Ben immer noch schwer über die Lippen. »Wieso friert Ihr überhaupt nicht? Wir werden trotz unserer wattierten Jacken und Decken so langsam zu Eiswürfeln, aber Ihr …«

Lóng trug tatsächlich nichts weiter als seinen grauen Mönchskittel und Baumwollhosen. Das leuchtend orangefarbene Gewand hatte er weggepackt, um unterwegs nicht unnötig aufzufallen. Die nackten Füße steckten in geflochtenen Strohsandalen. Lóng lächelte und es wirkte nur ein ganz kleines bisschen herablassend.

»Den Drachen wärmt sein inneres Feuer«, sagte er. Weil er an Bens Miene sah, dass der Junge sich auf den Arm genommen fühlte, fügte er hinzu: »Ein Shaolin härtet sich durch jahrelanges Training, strenge Disziplin und geistige Stärke ab. Wir lernen, Schmerzen, Hunger und Kälte besser zu ertragen als andere Menschen. Dabei hilft uns die Entwicklung unserer inneren Energie.«

»Das *Qi*«, sagte Nikolas, der sich an das Wort erinnerte.

»Ach bitte, könntet Ihr uns das auch beibringen?«, fragte Ole, der gerade darüber nachgedacht hatte, wie praktisch es wäre, nicht dauernd so einen Kohldampf zu haben.

»Das Wissen des Wushu darf nur an ausgewählte Schüler weitergegeben werden«, sagte Lóng. »Unsere Kunst dient allein der Selbstverteidigung. Einem Wushu-Mönch ist es verboten, sein Können unnötig in der Öffentlichkeit zu demonstrieren.«

»Auch einem Meister?«, wagte Xiè zu fragen.

»Ja, auch einem Meister. Und nun schließt alle Fragen, die euch noch bedrängen mögen, in euch ein. Auch die Nachtvögel schweigen längst. Es wird Zeit, Körper und Geist ihre wohlverdiente Ruhe zu gönnen. Ich schlage vor, dass ihr euch auf den Wagen begebt, der Platz dürfte reichen. Ich lege mich darunter.«

Irgendwann in der Nacht schreckte Xiè hoch. Was hatte ihn geweckt? Neben sich hörte er den kleinen Dicken, der O-Lee hieß, leise schnarchen. Oder war es sein Hund? Die beiden lagen eng aneinandergeschmiegt da. Auch die anderen schliefen tief und fest. Unter dem Karren atmete Lóng so ruhig und regelmäßig, wie es nur im entspannten Schlaf möglich ist. Selbst die Pferde, die unter einer der alten Weiden angebunden waren, dösten vor sich hin.

Xiè gähnte. Er hatte Durst. Es half nichts, er musste aufstehen und etwas trinken, sonst würde er nicht wieder einschlafen können. So leise wie möglich schälte er sich aus seiner Decke und kletterte vom Wagen. O-Lees riesiger Hund hob den Kopf, blieb aber still liegen.

Zu dumm, der Kessel, in dem sie den Tee gekocht hatten, war leer. Schlaftrunken tappte Xiè in Richtung Bach. Das leise Plätschern wies ihm den Weg.

War da noch ein anderes Geräusch? Xiè lauschte. Es musste wohl der Nachtwind sein, der an den Blättern der Weiden zupfte und sie geheimnisvoll rascheln ließ. Aber sonst herrschte im Bambuswald eine tiefe Ruhe. Xiè trottete weiter. Da war ja schon der Bach. Der Junge kniete sich hin, um Wasser zu schöpfen.

Plötzlich legte sich von hinten eine raue Hand auf seinen Mund und ein starker Arm riss ihn in die Höhe.

Xiè zappelte vor Entsetzen wie ein aufgespießter Fisch, doch es nützte ihm nichts – er steckte in der Umklammerung so fest wie in einer Eisenzwinge.

»Wenn du ruhig bist, wird dir nichts geschehen«, zischte eine leise Stimme an seinem Ohr. Xiès Muskeln erschlafften, er konnte nichts dagegen tun. Die fremde

Hand löste sich von seinem Mund. Willenlos ließ Xiè es geschehen, dass sein Widersacher ihn zu sich umdrehte.

Beinahe hätte er aufgeschrien, doch sofort lag wieder die eklige Hand über seinem Mund. Xiè hatte das Gefühl, ohnmächtig zu werden. So ein grässliches Wesen hatte er noch nie gesehen!

Gelbe Reptilienaugen starrten ihn an, die Pupillen nicht mehr als senkrechte Schlitze. Aber das konnte doch gar nicht sein, denn das Wesen da vor ihm war ein Mensch. Oder nicht? Zwei tätowierte Linien zogen sich wie die Zeichnung auf einem Schlangenkopf von den Mundwinkeln über die Wangen bis zu den Schläfen und weiter über den glattrasierten Schädel.

Wie hypnotisiert verfolgte Xiè die gespaltene Zunge, die jetzt über die trockenen, beinah farblosen Lippen der Kreatur fuhr. Sie öffneten sich und gaben den Blick auf zwei spitz zugefeilte Eckzähne frei.

Xiè begann zu würgen. Da endlich nahm sein Fänger die Hand fort.

»Wer … wer seid Ihr?«, stieß Xiè keuchend hervor. Wie eigentümlich die Haut des Mannes im Mondlicht schimmerte! Der Fremde trug bei dieser Kälte wahrhaftig nichts als einen Lendenschurz.

Keine Antwort, stattdessen ein leises Zischen: »Einer von euch hat den Schicksalsdrachen. Wer?«

Xiè glaubte, sich verhört zu haben. Was wusste der Fremde von Lu Si-Yens heiliger Jadefigur?

Der hypnotische Blick der gelben Augen hielt ihn gefangen, das unheimliche Gesicht kam immer näher. Wenn die grässliche Zunge jetzt in seine Richtung leckte, würde Xiè ganz sicher den Verstand verlieren.

»Das Mädchen«, stieß er hastig hervor. »Der Drache gehört ihr.«

Das Schlangengesicht verzog sich zu einer Fratze. Es lächelte!

»O nein. Da irrst du dich.« Blitzschnell schoss die Hand vor und drückte auf einen Punkt auf Xiès Brust. Xiè blieb die Luft weg, dann wurde ihm schwarz vor Augen. Er spürte nicht mehr, wie er zu Boden sank.

Es war noch dunkel, als er wieder zu sich kam. Mühsam rappelte er sich auf. Oh, wie er fror! Er schlang die Arme um sich. Was für ein grauenvoller Albtraum! Aber wieso war er nicht bei den anderen, was war geschehen? Ein unerklärlicher Schmerz wühlte in seiner Brust und seinem Kopf. Ganz allmählich kehrte die Erinnerung zurück.

Zitternd vor Angst stolperte Xiè zum Lagerplatz zurück. Was hatte er bloß getan? Wenn die Begegnung heute Nacht kein Traum gewesen war, dann hatte er Lu Si-Yen einem Monster ausgeliefert! Völlig willenlos und ohne überhaupt nur zu versuchen, um Hilfe zu rufen. Aber es konnte kein Traum gewesen sein, dazu schmerzte sein Körper viel zu sehr.

Xiès Scham war grenzenlos. Feige Krabbe! Nie im Leben würde er es fertigbringen, jemandem davon zu erzählen.

Die anderen schliefen noch. Xiè schaffte es, zurück unter seine Decke zu kriechen, ohne jemanden zu wecken. Er presste die Zähne zusammen, damit sie nicht so laut aufeinanderschlugen. Und wenn er den anderen doch erzählte, was geschehen war? Dann würde das Monster gewiss kommen und ihn holen. Auf einmal wünschte er sich, er wäre bei dem Überfall auf seinen Meister getötet worden.

Böse Überraschungen

Am nächsten Tag entdeckten sie, dass eines der Pferde lahmte. »Das Sprunggelenk ist geschwollen«, stellte Lóng fest, nachdem er das Tier untersucht hatte.

Ole zerschmolz vor Mitgefühl. »Armes Ding«, murmelte er und strich dem Pferd über die Nüstern. »Das ist bestimmt bei der wilden Fahrt über die Felder passiert! Was machen wir jetzt? Wir können auf keinen Fall weiterfahren.«

»So schlimm ist es nicht«, meinte Lóng. »Ein wenig Ruhe und ein paar heilkräftige Umschläge, dann wird es wieder gehen.«

»Ich dachte, mit Pferden kennt Ihr Euch nicht aus?« Ben konnte sich die Bemerkung nicht verkneifen.

»Aber mit Menschen«, gab Lóng zurück. »Wenn ein Mensch sich den Knöchel verstaucht, schwillt er an. Warum sollte das bei einem Pferd anders sein? Pferde und Menschen sind sich ähnlicher, als du denkst. Menschen und Esel übrigens auch.«

Ben grinste. »Schon gut, hab verstanden. Aber womit sollen wir Umschläge machen?«

»Mit einem Kräuteraufguss«, schlug Xiè vor und zog unauffällig seinen Kittel enger um den Hals, damit niemand die vier blauen Fingerabdrücke sah, die sich in einer Linie auf seiner Brust abzeichneten. Er versuchte, sich so nützlich wie möglich zu machen, um die Nacht schnell vergessen zu können.

Lóng, der als Mönch auch in der Heilkunst bewandert war, nickte.

»Krabbe weiß Bescheid. Such die Kräuter, die wir benötigen, und bring auch Wegerich und Mutterkraut mit.«

»Ich helfe dir«, bot Lucienne an, die bemerkte, dass Xiè plötzlich zögerte. Auf einmal fand er seine Idee gar nicht mehr gut. Ängstlich musterte er die Umgebung. Er sollte weg vom Lager und raus in die Wildnis, wo das Monster lauerte? Und ausgerechnet mit Lu Si-Yen, die er verraten hatte?

»Was ist? Wollt ihr warten, bis die Kräuter direkt vor euren Füßen aus der Erde sprießen?«, fragte Lóng.

»Wir sind schon weg«, sagte Lucienne und zog Xiè mit sich. Bei ihrer Berührung zuckte er zusammen. *Mon dieu*, war der Kleine nervös! Und es wurde immer schlimmer, je weiter sie sich von den anderen entfernten.

»Sag mir, was ich pflücken soll. Das hier? Oder dieses Kraut?« Für Lucienne sah eins aus wie das andere. Xiè warf hastige Blicke über seine Schultern, während er sich bückte, um ein paar Pflanzen aus der Erde zu zupfen. Seine Hände zitterten.

»Lu Si-Yen?«

»Hm.« Sie war gerade damit beschäftigt, die Kräuter, die Xiè ihr reichte, in ihrem Leinenbeutel zu verstauen.

»Hast du den Drachen da drin?«, fragte Xiè geradeheraus.

»Wieso?«

»Ich dachte nur … Du könntest ihn leicht verlieren. Wäre es nicht sicherer, wenn du ihn im Wagen lassen würdest? Oder noch besser, du gibst ihn mir, ich bewahre ihn für dich auf«, schloss Xiè waghalsig. Er beglückwünschte sich zu seinem Geistesblitz. Wenn das Monster wiederkommen würde, wäre Lu Si-Yen nicht in Gefahr, denn sie hätte den Drachen ja nicht mehr, und er … Weshalb sah sie ihn so merkwürdig an?

Lucienne hatte den Kopf schräg gelegt und die Augen zusammengekniffen. »Du willst auf meinen Drachen aufpassen«, sagte sie gedehnt.

Xiè nickte eifrig.

»Nein. Kommt nicht in Frage«, beschied ihn Lucienne knapp. »Das kann ich selbst. – Hast du genug gepflückt? Dann lass uns zurückgehen.«

Geknickt schlich Xiè hinter ihr her.

Lóng sortierte die Kräuter in zwei Haufen. Den einen ließ er von Xiè mit kochendem Wasser übergießen, so dass ein würzig duftender Sud entstand. Den anderen, kleineren Teil zerrieb er in dem Mörser, der sich unter ihren Küchengeräten befand, zu einem dicken, grünen Brei.

Ole hielt das Pony am Halfter, während der Mönch behutsam die Paste auftrug. Es schien zu spüren, dass sie ihm helfen wollten, und stand ganz still.

Lucienne sah zu, wie Xiè ein Tuch in Streifen riss und mit dem Kräutersud tränkte, bevor er den Verband um das

Pferdebein wickelte. Er war ganz konzentriert bei der Arbeit und sichtlich bemüht, sich an alles zu erinnern, was er bei seinem Meister, dem Arzt, gelernt hatte.

Lucienne nagte an ihrer Unterlippe. Konnte sie dem chinesischen Jungen trauen? Es war doch merkwürdig, dass er sich plötzlich so für ihren Drachen interessierte.

Ihr Blick schweifte zu den anderen. Ole war noch immer mit dem Pony beschäftigt. Nikolas stellte irgendwelche Berechnungen zur Route und voraussichtlichen Dauer ihrer Reise an. Bossi hatte sich zu Ben getrollt, der im Schneidersitz unter einer der Weiden hockte. Lucienne hätte wetten können, dass er an Aphra dachte und vermutlich gerne ein wenig auf seiner Flöte gespielt hätte. Den Flötenkasten trug er ständig in seinem Leinenbeutel mit sich herum.

Lucienne schlenderte zu ihm hinüber. »Ben, ich muss was mit dir besprechen.«

Am Nachmittag ging es dem Pony bereits besser. Ole schüttelte verwundert den Kopf. »So etwas habe ich noch nie gesehen! Es lahmt nicht mehr und auch die Schwellung ist verschwunden. Mit diesen Kräutern könntet Ihr einen Haufen Geld verdienen!«

»Wir reisen weiter«, gab Lóng gleichmütig zur Antwort. Sie hatten mehr als einen halben Tag verloren und einen weiten Weg vor sich. Solange es hell war, wollte er wenigstens noch ein paar *Li* zurücklegen.

»Aber Dschingis wird nicht vor den Wagen gespannt«, sagte Ole bestimmt.

»Dschingis?« Ben klang spöttisch.

»Ich habe ihnen Namen gegeben«, sagte Ole trotzig. »Das hier ist Dschingis, weil er so eine verwegene Mähne hat, und der andere ist, ähm, Nosie.«

»Nosie? Nein, wie niedlich!« Jetzt grinste auch Nikolas. Es war nicht schwer zu erraten, wie Ole auf den Namen gekommen war: Das zweite Pony hatte einen zartrosa Fleck direkt auf der Nase. Es sah zum Knutschen aus.

Lóng unterbrach das Geplänkel, indem er ihnen ihre zusammengerollten Gepäckstücke reichte.

»Eure Matten und Decken sind zwar nicht schwer, trotzdem werdet ihr sie heute selber tragen. Auf den Wagen darf nur Ni Ko-Las. Alle anderen laufen, denn No-Si muss den Wagen alleine ziehen. Das andere Pferd binden wir hinten an.«

»Ich muss nicht fahren«, sagte Nikolas und richtete sich auf. »Ich kann auch laufen!«

»Sei nicht blöd.« Lucienne schüttelte den Kopf. »Ruh dich aus. Wer weiß, was noch auf uns zukommt.«

Xiès Magen krampfte sich zusammen. Warum sagte sie das? Und war es wirklich eine gute Idee, jetzt noch aufzubrechen, wo es in ein paar Stunden dunkel wurde? Ihr Weg führte sie nun in die Berge, da gab es Tiger! Nur die Götter wussten, welche Gefahren dort sonst noch lauern mochten, schlangenartige Monster mit gelben Augen womöglich. Xiè wäre lieber noch eine Nacht an ihrem mittlerweile vertrauten Lagerplatz geblieben. Aber Ni Ko-Las kletterte bereits auf den Wagen; Lóngs Hilfe lehnte er stolz ab.

Alle bis auf den Mönch zogen ihre wattierten Jacken an und schnürten sich die Deckenrollen auf den Rücken. Ole lief besorgt neben Dschingis her, Lóng führte Nosie, Ben und Xiè folgten. Lucienne gesellte sich zu Ole und Bossi. Irgendwie war ihr wohler, wenn sie Xiè vor sich hatte und ihn im Auge behalten konnte.

Sie kamen zügig voran, Dschingis hielt willig mit ihnen Schritt, und Nosie zockelte so munter voran, als wäre der Wagen aus Pappe.

Das Gelände wurde bergiger. Immer wieder stießen sie an auffällig geformten Felsen oder uralten Bäumen auf kleine Pagoden und Schreine, vor denen Blumen und Feldfrüchte lagen. Es waren heilige Orte, erklärte ihnen Lóng, zu denen die Menschen kamen, um zu beten und Opfer zu bringen.

Vereinzelt sahen sie Gehöfte in der Ferne, einfache Lehmhäuser mit Strohdächern. Der Weg führte jetzt stetig bergauf, vorbei an Feldern, die in Terrassen angelegt waren. Hier und dort arbeiteten noch Bauern und hackten die Erde zwischen dichten Reihen von Kohlköpfen, Zwiebeln und Rettichen, doch die meisten hatten ihr Tagwerk bereits beendet. Der kleine Trupp fiel niemandem besonders auf, denn aufgrund ihrer Kleidung hielt man sie für Einheimische und nickte ihnen freundlich zu.

Ole war froh, dass sie ihre Turnschuhe behalten hatten und nicht wie Lóng in Strohsandalen über Stock und Stein laufen mussten. Hoffentlich war Dschingis am nächsten Tag so weit hergestellt, dass sie alle wieder auf den Wagen konnten.

Mit der tief stehenden Sonne im Rücken zogen sie immer höher in die Song-Shan-Berge hinauf.

»Wie riesig!«, sagte Nikolas beeindruckt, als die verwitterten grauen Felsmassen sich vor ihnen auftürmten.

»Es sind mehr als siebzig Gipfel, die zum heiligen Song Shan gehören«, sagte Lóng. »Habt keine Angst«, fügte er angesichts der erschrockenen Mienen der Kinder hinzu, »wir müssen nur einen kleinen Zipfel des Gebirges durchqueren.«

»Wird vermutlich bitter genug«, murmelte Ben.

Das Abendlicht färbte die Felsen mit ihren Kerben, Rissen und vorspringenden Klippen glutrot. Aus den Spalten wuchsen niedrige Sträucher und seltsame Zwergbäume. Die Berghänge sahen aus, als wüchse ihnen ein grünes Fell. An vielen Stellen schimmerte jedoch der nackte Fels durch. Vereinzelt spannten uralte Schirmkiefern ihre Baldachine aus Zweigen auf.

»Nehmt euch vor den Dornenkirschen in Acht«, warnte Lóng und zeigte auf einige Sträucher, die gefährlich dicht am Weg wuchsen. An ihren Zweigen saßen lange Dornen.

Lucienne beobachtete schon seit einer Weile ihren Schatten, der, ins Endlose verlängert, vor ihr her lief. Da war sie, dort trabte Bossi, daneben wanderten die Schatten von Dschingis und Ole.

Wieso war da noch einer?

Sie warf einen Blick zurück. Nichts. Da war niemand. Lucienne sah wieder auf die Schatten. Alles normal. Nur die, die auch da zu sein hatten. Eine Sinnestäuschung, beruhigte sie sich selbst.

Unvermittelt hielt Lóng den Wagen an. Vor ihnen stürzte ein Bergbach über die Felsen und lief fast einen *Zhang* breit mitten über den Weg. Nikolas sah einige Felsbrocken als Trittsteine im Wasser liegen, doch wie sollten sie mit dem Wagen daran vorbeikommen?

»Wir müssen ein Stück nach links ausweichen«, sagte Lóng, »da ist das Wasser zwar etwas tiefer, aber es gibt keine Hindernisse. O-Lee, du achtest auf Dschingis. Ben hilft mir, No-Si zu führen. Lu Si-Yen und Xiè, verteilt euch auf beide Seiten und passt auf, dass der Wagen nicht umkippt.«

»Zu Befehl, Meister.« Ben salutierte hinter Lóngs Rücken. »Der könnte glatt einen Trupp Soldaten schikanieren«, flüsterte er Lucienne zu, bevor er sich vorne zu dem Mönch gesellte. Als ihm das eiskalte Gebirgswasser um die Knöchel schwappte, blieb ihm schier die Luft weg. Den anderen ging es nicht besser. Mit zusammengebissenen Zähnen wateten sie durch die Furt.

»Bossi, du Feigling!«, schimpfte Ole, als er seinen Hund plötzlich neben Nikolas auf dem Wagen sitzen sah.

Selbst den Pferden schien die Kälte nicht zu gefallen. Nosie wollte das Wassertreten so rasch wie möglich hinter sich bringen und zog das Tempo an. Lóng und Ben hingen förmlich an ihrem Hals, doch sie ließ sich nicht bremsen. Es krachte bedrohlich, als der Wagen durch das mit grobem Schotter gefüllte Bachbett rumpelte. Lucienne, Xiè und Ole stolperten hinterher.

Nikolas, der seinen Freunden gerne geholfen hätte, drehte sich zu ihnen um. Was er sah, ließ sein Herz stocken. Er stieß einen Warnruf aus, doch es war zu spät.

Ein unheimliches Wesen, halb Mensch, halb Schlange, glitt auf Lucienne zu, umfing sie und riss sie vom Wagen fort. Luciennes entsetzter Schrei gellte zwischen den Felswänden. Lóng schnellte herum.

»Shé!«

Es war ein Laut so voller Wut und Hass, dass allen das Blut in den Adern gefror. Nosie machte einen Satz vorwärts und riss Lóng mit sich, noch bevor er Lucienne zu Hilfe eilen konnte. Der Mönch rutschte aus und fiel der Länge nach hin. Nikolas wusste, er würde diesen qualvollen Schrei nie vergessen, den Lóng ausstieß, als sein rechter Arm unter eines der großen, eisenbeschlagenen Räder geriet. Ben versuchte verzweifelt, den Wagen wegzulenken, doch, wie vom Blitz getroffen, rührte sich Nosie plötzlich nicht mehr von der Stelle. Auch Xiè und Ole erstarrten vor Schreck.

Ein Schwall französischer Flüche mischte sich mit Bossis wütendem Bellen. Mit einem gewaltigen Satz sprang der riesige Hund über Xiès und Oles Köpfe hinweg und jagte hinter Lucienne und ihrem Entführer her. Shé hatte sein sich heftig sträubendes Opfer zwischen die Felsen gezerrt. Lucienne kämpfte mit allen Tricks, die sie kannte, doch ihr Feind wehrte sie mühelos ab, er lachte sogar! Unheimlich klang das, wie ein Zischen. Bossi hatte ihn jetzt fast erreicht. Doch bevor er seine Zähne in das schuppige Fleisch des Fremden schlagen konnte, traf ihn ein Fußtritt mit solcher Wucht, dass er durch die Luft flog und benommen liegen blieb.

»Bossiiii!« Endlich kam wieder Leben in Ole. Er stolperte durch die Furt und blieb auf halbem Weg stehen, weil er nicht wusste, was er zuerst tun sollte. Lóng war immer noch unter dem Rad eingeklemmt und stöhnte, Bossi lag unbeweglich am Boden und Lucienne wurde gerade davongeschleppt! Vor Wut und Verzweiflung kamen Ole die Tränen.

Shé zerrte seine Beute weiter. Luciennes Schreie erklangen jetzt nur noch gedämpft, weil eine Hand ihren Mund zupresste. Sie biss hinein, so fest sie konnte, aber das machte alles nur noch schlimmer. Lucienne schmeckte Blut, doch die Hand löste sich nicht. Der Ekel war beinahe noch schlimmer als die Angst. Wo blieben die anderen, warum halfen sie ihr nicht?

Xiè schlotterte am ganzen Körper, als würden seine Gliedmaßen ein Eigenleben führen. Der Albtraum war soeben Wirklichkeit geworden: Das Monster war zurückgekehrt und hatte sich Lucienne geschnappt, und er, Xiè, trug die Schuld!

»Worauf wartest du noch?«, brüllte Nikolas ihm zu, während er unbeholfen versuchte, vom Wagen zu klettern. »Verfolg den Mistkerl!«

»NEIN.« Lóng keuchte nur, doch es war ein unmissverständlicher Befehl. »Ihr bleibt alle hier.«

Xiè sah verzweifelt von einem zum anderen. Dann half er Ole, den taumelnden Hund durch die Furt zu geleiten. Bossis Nase blutete heftig, aber ansonsten schien ihm nichts Ernstes passiert zu sein. Nur sein Selbstbewusstsein war sichtbar erschüttert.

»Das ist doch wohl nicht Euer Ernst!«, empörte sich Nikolas, der es endlich vom Wagen herunter geschafft hatte und sich nun gemeinsam mit Ben abmühte, das Rad von der Stelle zu bekommen. »Er hat Lucienne, wir müssen sie befreien!«

»Ihr würdet es nicht überleben«, stieß Lóng zwischen zusammengebissenen Zähnen hervor. Er sog scharf die Luft ein, als Nosie sich endlich in Bewegung setzte und das Rad seinen Arm freigab. Schnell war der Mönch wieder auf den Füßen. Mit schmerzverzerrtem Gesicht umklammerte er seinen Arm, der leblos herabhing.

»Glaubt mir, er würde euch töten.«

»Ach ja? Weshalb seid Ihr da so sicher?«, fragte Ben, der alle Hände voll zu tun hatte, Nosie festzuhalten.

»Weil ich ihn kenne«, sagte Lóng. »Er ist mein Bruder.«

Schlange und Drache

Lucienne gab es auf, sich zu wehren. Sie wusste, wann es sinnvoll war, die Kräfte zu schonen und auf einen günstigeren Moment zu warten. Wenn dieser widerwärtige Kerl nur endlich seine Hand von ihrem Mund nehmen würde! Halb zog, halb trug er sie mit sich fort und er schien dabei überhaupt nicht müde zu werden.

Die Dunkelheit brach mit rasender Geschwindigkeit herein, als hätte die Nacht schon die ganze Zeit zwischen den Felsvorsprüngen und Klüften gelauert.

Lucienne versuchte sich so schwer wie möglich zu machen. Sollte ihr Entführer ruhig ins Schwitzen kommen! Während sie sich wie ein nasser Sack über Stock und Stein schleppen ließ, arbeitete ihr Verstand auf Hochtouren. Irgendetwas musste mit den anderen passiert sein; etwas, das die Freunde ernsthaft daran hinderte, ihnen zu folgen. Sie erinnerte sich an Lóngs entsetzten Ausruf. Shé bedeutete Schlange. Wieso kannte er den Mann? Und dann war Lóng gestürzt, sie hatte seinen schrecklichen Schrei gehört. Ob er verletzt war? Sie fand keine andere Erklärung dafür, warum er ihr nicht zu Hilfe geeilt war. Ein Wushu-Kämpfer wie Lóng wäre mit ihrem Entführer doch spielend fertig geworden. Oder etwa nicht? Lucienne hatte den Mann, in dessen Gewalt sie sich befand, noch nicht richtig sehen können, aber sie spürte, dass er erstaunliche Kräfte besaß. Etwas Unheimliches umgab ihn.

Was wollte der Kerl von ihr? Warum hatte er ausgerechnet sie ergriffen?

Xiès besorgte Fragen nach dem Drachen fielen ihr ein. Und auf einmal ahnte Lucienne die Antwort. »*Quelle surprise*«, murmelte sie, als die Hand endlich ihren Mund freigab. Was für eine Überraschung. Er hatte es auf die Jadefigur abgesehen. Aber dieser miese Kidnapper würde sich noch wundern.

Mit Genugtuung stellte sie fest, dass er leicht außer Atem war, als er sie endlich absetzte und losließ. Neben einem dornigen Gestrüpp war ein Pferd angebunden. Lucienne erinnerte sich an das Wiehern und Hufgetrappel, das sie ein paar Mal in der Ferne gehört hatten. Als sich der Mann dem Tier näherte, rollte es die Augen, bis das Weiße darin zu sehen war. Das Pferd schien eine panische Angst vor dem Kerl zu haben. Plötzlich stieg es auf, schlug mit den Vorderbeinen in die Luft und riss sich laut wiehernd los. Lucienne hatte kaum Zeit, zur Seite zu springen, da galoppierte das Pferd schon an ihr vorüber. Hoffentlich brach es sich auf dem felsigen Pfad nicht alle Knochen!

Shé stieß einen Fluch aus. Er hatte dieses lästige Tier von Anfang an gehasst, aber für den Transport seiner Gefangenen wäre es durchaus nützlich gewesen. Langsam drehte er sich zu ihr um.

Lucienne zwang sich, nicht zurückzuzucken. Im Mondlicht sah sie ihm nun das erste Mal ins Gesicht. Was für ein grausiger Anblick! Kein Wunder, dass das Pferd so außer sich gewesen war. So wie Lóng ein Drachenkämpfer war, so hatte dieser Mann sich die Eigenschaften einer Schlange angeeignet. Doch nie hätte Lucienne es für möglich gehalten, dass dies bis zu einem solchen Grad möglich war. Es war ein fast nackter Mensch mit einem tätowierten Gesicht, der da vor ihr stand, und zugleich ein riesiges Reptil mit schuppiger Haut und unheimlichen gelben Augen.

Scheinbar ruhig beobachtete er sie. Aber Lucienne ahnte: eine falsche Bewegung, ein Fluchtversuch, und er würde zustoßen wie eine Schlange. Mit einer Mischung aus Faszination und Grauen starrte sie auf die gespaltene Zunge, die für einen Moment aus dem Mund schlüpfte.

»Was wollt Ihr von mir?«, fragte Lucienne so gelassen wie möglich, obwohl ihr Herz sich aufführte wie ein Presslufthammer.

Shés Zunge schnellte wieder hervor, doch er antwortete nicht. Stattdessen packte er sie und tastete mit raschen Bewegungen ihre Kleider ab. Lucienne biss die Zähne zusammen, so widerwärtig war ihr seine Berührung. Es hätte keinen Sinn gehabt, sich zu wehren. Und sie wusste, wonach er suchte.

»Gebt Euch keine Mühe«, brachte sie schließlich hervor, als er sie losließ. »Ich habe den Drachen nicht.«

Wieder erschien die unheimliche Zunge und die Augen wurden zu Schlitzen. »Wo ist er?«

Lucienne hatte Mühe, die gezischten Worte zu verstehen. Sie zuckte die Schultern. »Beim Gepäck auf unserem Wagen.«

»Du lügst. Auf dem Wagen war kein Gepäck, nur der Junge mit dem lahmen Bein. Eure Sachen habt ihr selbst getragen.«

Lucienne erschrak. Wie lange hatte dieses Wesen sie schon beobachtet?

Betont gleichmütig antwortete sie: »Glaubt, was Ihr wollt. Der Drache ist in einem Tontopf auf dem Wagen.« Sie zwang sich, seinem Blick standzuhalten. Was würde er jetzt tun? Umkehren und ihre Freunde angreifen?

Er packte sie und stieß sie vor sich her, weiter in die Berge hinauf.

»Vorwärts. Und denk nicht daran zu fliehen.«

Lucienne stolperte los. Sie hatte Angst, aber sie war nicht verzweifelt. Tief in ihrem Inneren lebte wie eine kleine wärmende Flamme die Gewissheit, dass sie stark war und dass es einen Ausweg aus dieser Situation geben musste. Die Angst war ihr Freund. Die Angst half ihr, wach zu bleiben und auf der Hut zu sein. Mochte sie sich auch in der Gewalt eines unheimlichen Schlangenkämpfers befinden, sie würde sich nicht aufgeben. Jetzt wusste sie ja, warum der Drache sie ausgesucht hatte – denn so war es gewesen, sie hatte ihn nicht zufällig gefunden, und auch Hú hatte es sofort erkannt: Tief in Lucienne brannte ein Drachenfeuer.

Schlange und Drache. Man würde ja sehen, wer stärker war.

Enthüllungen

Versteinerte Gesichter starrten Lóng schweigend an. Seine Offenbarung hatte die Freunde fast umgehauen.

»Dieser Typ ist mit Euch verwandt?« Ben spuckte es förmlich aus.

»Ich werde es euch erklären«, antwortete Lóng. »Aber zunächst müssen wir von hier weg und eine günstigere Stelle für unser Lager finden.«

»Spinnt Ihr?«, explodierte Ben. »Wie könnt Ihr überhaupt nur daran denken? Dieses … dieses Biest hat Lucienne verschleppt, und wir sollen uns gemütlich für die Nacht einrichten?«

»Es wird dunkel, kleiner Bruder. In der Nacht kannst du in diesen Bergen niemanden verfolgen«, sagte Lóng erschöpft. Der zerquetschte Arm schmerzte grausam, und es kostete den Mönch fast all seine Kraft, einen Ort tief in sich drinnen zu finden, an dem ihn der Schmerz nicht erreichen konnte.

»Er hat recht, Ben«, sagte Nikolas leise. »Im Moment können wir nicht viel tun.«

Schweigend und wie betäubt vom Schrecken, führten sie die Pferde und den Wagen ein Stück weiter in die zunehmende Dunkelheit. Vor einer Bergwand verbreiterte sich der Weg zu einem halbrunden Plateau. Mit dem schützenden Fels im Rücken und dem Blick auf das Tal war das ein guter Lagerplatz. Zu ihrer Überraschung hatte bereits jemand hierhergefunden: Eine zierliche Fuchsstute knabberte an den spärlichen Kräutern, die an vereinzelten Stellen sprossen. Bei ihrem Näherkommen hob sie nervös den Kopf. Ole sah, dass ihr Fell dunkel von Schweiß war. Begütigend redete er auf das Tier ein. Es lief nicht weg, sondern ließ sich bereitwillig am Zaumzeug fassen.

»Schaut euch das an!«, sagte Ole. »Wo kommst du denn her?«

Lóng trat hinzu und strich der Stute mit seiner unverletzten Hand über die Flanke. »Das Brandzeichen hier bedeutet, dass sie General Léi gehört«, sagte er.

»Dann ist sie wohl weggelaufen«, meinte Ben.

»Ja«, sagte Lóng mehr zu sich selbst. »Vermutlich vor einer Schlange.«

Ole kümmerte sich um die Pferde, während die anderen das Lager aufschlugen. Schließlich hockten sie in ihre Jacken und Decken gehüllt am Feuer, die nassen Kleider lagen zum Trocknen ausgebreitet auf den Felsen. Xiè hatte Tee zubereitet. An eine Mahlzeit mochte niemand denken, selbst Ole verspürte keinen Appetit. Bossi lag schnaufend und immer noch zitternd neben ihm, aber wenigstens blutete seine Nase nicht mehr. Lóng saß unbeweglich wie eine Buddha-Statue auf dem Boden, den rechten Arm unter seinem Kittel verborgen. Nur die Schweißperlen auf seiner Oberlippe verrieten, wie sehr er gegen die Schmerzen ankämpfte.

»Also?«, begann Nikolas. »Wir sind gespannt, was Ihr uns zu sagen habt.«

Lóng nickte. Er war sehr blass und schien sich zum Reden zwingen zu müssen.

»Shé und ich sind Brüder. Nach dem Tod unserer Eltern

wurden wir beide im Kloster erzogen und zu Shaolin-Mönchen ausgebildet. Für mich war das ein Geschenk der Götter, das Beste, was mir passieren konnte. Mein kleiner Bruder aber fühlte sich unglücklich. Shé war ein einsamer goldener Baum in einem Bambuswald. Er hätte an einen anderen Ort gehört, auch wenn ich nicht weiß, ob es den überhaupt gibt. Vielleicht hätte er auch in eine andere Familie hineingeboren werden müssen, in ein Adelsgeschlecht mit Macht und Einfluss. Ja«, sagte Lóng nachdenklich, »ich glaube, das war es, was Shé sich immer wünschte.« Er machte eine Pause und zog seinen Arm mit einem unterdrückten Stöhnen in eine etwas bequemere Lage, bevor er weiterredete.

»Ein Shaolin-Mönch muss Demut und Unterordnung lernen. Shé konnte das nicht, er konnte es auch vorher nie. Im Kloster verstellte er sich nur. Und eines Tages, wir hatten beide schon die letzte Prüfung abgelegt, erreichte uns die Kunde von General Léis Überfällen auf andere Klöster. Léi plünderte und brandschatzte auf der Suche nach dem letzten heiligen Drachen. Alle fürchteten sich vor ihm. Der abtrünnige General war bereits so mächtig, dass selbst der Kaiser ihn gewähren ließ.«

Lóng stockte und schloss für einen Moment die Augen. Die Schmerzen in seinem Arm nahmen ihm fast den Atem, doch es war vor allem die Erinnerung, die ihn beinahe überwältigte.

»Macht hat Shé schon immer fasziniert«, fuhr Lóng schließlich fort. »Und was dann geschah – ich hätte es ahnen und verhindern müssen!«, brach es aus ihm hervor. »Der heilige Drache wurde in der Klosterbibliothek aufbewahrt. Es war nie nötig gewesen, ihn besonders zu bewachen, aber als Léi immer näher an Shaolin heranrückte, ließ Hú Tag und Nacht einen Kriegermönch in der Bibliothek. Doch das hielt meinen Bruder nicht davon ab, den Drachen zu stehlen. So wie ich die Techniken und Tugenden eines Drachens erlernte, war mein Bruder der geborene Schlangenkämpfer. Der Mönch, der den Drachen bewachen sollte, war dagegen nur ein einfacher Shaolin-Krieger, eine leichte Beute für Shé.«

Nikolas atmete tief durch. »Er hat ...«

» ... den anderen Mönch getötet, ja«, bestätigte Lóng gequält. »Shé verließ das Kloster noch in derselben Nacht, schloss sich General Léi an und stellte sein Wushu-Wissen in dessen Dienste. Seitdem lastet unsere gemeinsame Vergangenheit wie ein Fluch auf mir. Ich soll sie loslassen und Shé vergeben, sagt der ehrwürdige Hú. In seiner Großmut sprach er mich von jeder Verantwortung für meinen missratenen Bruder frei. Ich strengte mich umso mehr an, ein vorbildlicher Mönch zu werden, und ich hoffte wirklich, Shé eines Tages verzeihen zu können. Aber ich bin voller Fehler. Als mein Bruder heute wieder vor mir stand ...« Lóng verstummte.

»Ihr seid bestimmt nicht wie er«, versuchte Ole ihn zu trösten.

»Nur manchmal ein bisschen eingebildet und aufbrausend«, meinte Ben, »vielleicht auch etwas dickköpfig und ziemlich herrisch, aber ansonsten eigentlich ganz nett.« Er grinste. Lóng lächelte schwach.

Nikolas hatte nachgedacht. »Meister Lóng, habe ich das richtig verstanden? Ursprünglich gab es zwei heilige Drachen. Einer davon – der, den Lucienne entdeckt hat – verschwand schon vor so langer Zeit, dass sich niemand mehr daran erinnern kann. So ungefähr hat Hú es jedenfalls erklärt. Aber da ist ja noch dieser zweite Drache, den euer Bruder gestohlen hat. Was ist damit passiert?«

Lóng schüttelte erschöpft den Kopf. »Ich weiß es nicht.«

»Ist doch klar«, meinte Ben. »Den hat er an diesen General verschachert, um in dessen Dienste aufgenommen zu werden.«

Nikolas schüttelte ungeduldig den Kopf. »Das kann nicht sein. Erinnert euch, was Hú gesagt hat: Ein Angriff des Generals auf Shaolin könnte unmittelbar bevorstehen. Warum sollte Léi das Kloster überfallen, wenn er den Drachen schon hätte? Nein, Shé muss etwas anderes damit gemacht haben.«

In Lóngs Augen glomm ein kleiner Funke auf, aber die Schmerzen hatten ihn zu sehr erschöpft, als dass er noch klar denken konnte. »Ich verstehe es nicht«, sagte er müde. »Aber Shaolin besitzt auch noch andere Schätze, die so manch einer gerne hätte. Das gesamte Wissen der ersten Wushu-Meister ist in den alten Schriftrollen niedergelegt.«

»Sollten wir nicht erst einmal Eure Wunde versorgen, Meister?«, meldete sich schüchtern Xiè, der bislang sehr schweigsam gewesen war. Der Schock über die Folgen seines Verrats saß so tief, dass er ein paar Mal kurz davor gewesen war, alles zu beichten. Er wusste nicht, was er tun sollte. Aber jetzt gab es eine Chance, sich nützlich zu machen.

»Verzeiht, Meister, ich weiß, dass Ihr als Shaolin-Mönch selbst über ein großes Heilwissen verfügt«, sagte Xiè, als Lóng ihn abwehren wollte. »Aber wie wollt Ihr Euch mit Eurem verletzten Arm selbst behandeln? Lasst mich Euch helfen.«

Vorsichtig öffnete er Lóngs Kittel. Der Arm sah schlimm aus, er war über und über blau verfärbt, an manchen Stellen war die Haut aufgeplatzt und blutete. Flink tasteten Xiès Hände alles ab. »Ihr habt Glück, es ist nichts gebrochen. Vielleicht sind einige Muskeln verletzt und die Nerven vorübergehend gelähmt, aber das heilt wieder.« Mit einem besorgten Blick auf Lóngs blau angelaufene Finger fügte er hinzu: »Ich hoffe nur, dass das Blut ungehindert fließen kann. Ich bereite Euch einen Tee aus Weidenrinde gegen die Schmerzen und die Entzündung und mache Euch dann auch einen Kräuterumschlag.«

»So ein Spezialding für Pferde?«, erkundigte sich Ben. »Na, dann gute Besserung, Meister.«

»Dschingis hat es immerhin geholfen«, sagte Ole und sah interessiert zu, wie Xiè die Kräuter, die er auf Vorrat gesammelt hatte, zubereitete.

Lóng hatte sich vollkommen in der Gewalt und hielt still, während der Junge so behutsam wie möglich seinen Arm umwickelte. Völlig in seine Arbeit vertieft, bemerkte Xiè nicht, wie sein Kittel verrutschte und die blauen Flecke freigab.

Lóng hielt Xiè mit seiner gesunden Hand fest. »Woher hast du das?«

Vor Schreck ließ Xiè die Schale mit dem Weidenrindentee fallen, die er Lóng eben reichen wollte.

»Was … was meint Ihr?«, stotterte er.

Lóng ließ ihn nicht aus seinem eisenharten Griff. »*Dianxue*. Solche Male hinterlässt nur ein Shaolin-Kämpfer, der die Kunst der tödlichen Berührung beherrscht.«

»Tödliche Berührung?«, wiederholte Ben. »Wenn Ihr mich fragt, sieht Xiè ziemlich lebendig aus, mal abgesehen davon, dass Ihr ihm gerade aus Versehen die Hand zerquetscht.«

»Du weißt nicht, wovon du redest«, erwiderte Lóng barsch.

»Dann habt die Güte und klärt mich auf«, schnappte Ben zurück.

Lóng holte Luft. »*Dianxue* sind bestimmte Körperpunkte, an denen die Lebensenergie eines Menschen gebündelt ist«, sagte er, ohne Xiè loszulassen. Er sah ihn durchdringend an. »Wer dich berührt hat, muss ein Meister gewesen sein. Hätte er seine Kraft nicht so genau dosiert, wärest du tot. Wer war es? Rede!«

»Ich bin ohnmächtig geworden«, schluchzte Xiè. »Er hat mich angefasst, und danach weiß ich nichts mehr!«

Nikolas beugte sich gespannt vor. »Aber wer war es? Und vorher, was geschah da?«, fragte er.

»Shé hat mir aufgelauert«, stieß Xiè hervor. »Letzte Nacht am Fluss.« Und schließlich kam die ganze Geschichte aus ihm heraus.

»Du hast Lucienne verraten?« Oles Stimme quietschte vor Empörung. Bossi hob beunruhigt den Kopf und knurrte.

»Jeder von euch hätte das getan«, murmelte Lóng erschöpft und gab Xiè endlich frei. »Glaubt mir, nur ein

Ebenbürtiger kann sich gegen Shé wehren. Aber du, Krabbe, hättest uns trotzdem sagen müssen, was geschehen ist. Ich hätte das Schlimmste verhindern können.«

Xiè war nur noch ein Häufchen Elend. Er konnte nicht einmal mehr schluchzen, so sehr schämte er sich. Jetzt tat er Ole schon wieder leid.

Auch Nikolas spürte Mitgefühl. Aber noch mehr beschäftigte ihn, was Lóng eben von diesen rätselhaften Körperpunkten erzählt hatte.

»Und das funktioniert wirklich?«, wollte er wissen und drückte versuchsweise auf seiner eigenen Schulter herum. »Habe ich diese Punkte auch?«

»Jeder hat sie«, bestätigte Lóng. »Sie lassen sich positiv anregen oder ausschalten. Das klingt einfacher, als es ist. Mehr als fünfzehn Frühlingsmonde vergehen, bis ein Meister dieses Geheimwissen erlernt hat. Aber dann kann es in seinen Händen zu einer tödlichen Waffe werden. Ein gezielter Stoß oder Druck auf einen solchen Punkt, und das Opfer ist gelähmt oder erstickt.«

»Wahnsinn.« Nikolas war beeindruckt. »Ich nehme an, Ihr seid nicht bereit, uns ein paar davon zu zeigen? Nur für alle Fälle? – Schon gut, vergesst die Frage.« Lóngs Miene sagte genug.

»Wenigstens wissen wir, warum Shé Lucienne entführt hat«, stellte Nikolas fest. »Euer Bruder hat es auf den Drachen abgesehen.«

Ben, der seit Xiès Geständnis ungewöhnlich schweigsam in die Flammen gestarrt hatte, sah auf.

»Da hat er Pech gehabt«, sagte er grimmig und zog seinen Leinenbeutel hervor.

Unter dem Stoff zeichnete sich der Umriss einer kleinen Figur ab.

»Der Drache ist hier. Lucienne hat geahnt, dass etwas nicht stimmt. Sie hat ihn mir anvertraut.«

Ein Drache im Käfig

Wie unheimlich, dachte Lucienne. Der Kerl bewegte sich tatsächlich wie eine Schlange. Lucienne schauderte. Die ganze Nacht lang hatte Shé sie durch die Berge getrieben, bis sie nur noch wie ein Automat einen Fuß vor den anderen gesetzt hatte. Sie wunderte sich selbst, dass sie nicht längst zusammengebrochen war. Jetzt hatten sie einen weiteren von ungezählten Bergkämmen erreicht. Die Sonne war gerade aufgegangen und übergoss die Welt mit einem trügerisch goldenen Licht.

Shé kundschaftete etwas aus. Aber nicht wie normale Menschen, die sich vielleicht vorsichtig von Deckung zu Deckung bewegen. Nein, Shé hatte sich auf den Bauch gelegt und schob seinen Körper in Schlangenlinien voran, so flink, dass man meinen konnte, er hätte seit seiner Geburt nichts anderes getan. Dicht an den Boden gepresst, glitt er zwischen Steinen und Erdhaufen hindurch, während Lucienne hinter einem Felsen warten musste. Sie war zu müde, um über eine Flucht auch nur nachzudenken. Außerdem wäre Fliehen sinnlos gewesen. In Sekundenschnelle hätte er sie wieder eingeholt. Was er dann mit ihr machen würde, mochte Lucienne sich lieber nicht vorstellen. Überhaupt – was tat er da vorn so lange? Regungslos lag Shé auf der Erde und schaute, wobei er den Kopf hin und her wendete und unablässig züngelte. Lucienne fuhr zusammen, als er unvermittelt auf die Füße sprang. Offenbar war die Überprüfung des Geländes zu seiner Zufriedenheit ausgefallen. Er winkte Lucienne heran.

Vor ihnen öffnete sich ein Hochtal, und in diesem Tal, Lucienne traute ihren Augen kaum, war ein großes Lager aus Rundzelten aufgeschlagen. Männer liefen geschäftig herum, der Rauch von Feuern stieg in den Morgenhimmel und auf einer Koppel grasten Pferde. Ein Heerlager mitten im heiligen Gebirge des Song Shan! Schlagartig begriff Lucienne, dass Shé sie zu General Léi brachte, dem berüchtigten Schlächter. Ihr Magen krampfte sich schmerzhaft zusammen.

Unsanft wurde sie den schmalen Pfad hinuntergestoßen, der zwischen Dornenkirschen und krüppeligen Kiefern zum Lager führte. Lucienne stolperte vor Shé her und kam schließlich in einer Staubwolke neben einem Steinhaufen zum Stehen. Zwei Soldaten mit Speeren und Hakenschwertern in ihren Gürteln erwarteten sie bereits. Während die Männer von Shé Abstand hielten, nahmen sie Lucienne neugierig in Augenschein. Ihre kurzen blonden Haare boten reichlich Anlass zu Getuschel und unterdrücktem Gelächter, das jedoch sofort verstummte, als wie aus dem Boden gewachsen ein unglaublich dicker Mann vor ihnen stand. In seiner Lederrüstung sah er aus wie eine fette Schildkröte. Sein Gesicht glänzte feucht, selbst in den dichten schwarzen Augenbrauen hingen Schweißtropfen. Die Soldaten salutierten und machten, dass sie wegkamen.

Shé züngelte. »General.«

Die Schildkröte war General Léi? Lucienne konnte es kaum glauben.

Der General deutete ein Nicken an. »Du bist schon zurück, Späher. Und mit Beute, wie ich sehe. Was hast du uns denn da gefangen, ein goldenes Schaf?«

Lucienne zitterte vor Angst und Erschöpfung, aber sie gestattete sich für einen Moment die befriedigende Vorstellung, wie sie der Schildkröte an den stämmigen Hals ging. Was bildete der Kerl sich ein? Sie war stolz auf ihre Locken, die gerade wieder zu wachsen begonnen hatten! Erst vor ein paar Monaten hatte sie sich eine Glatze geschoren, um eine blöde Wette zu gewinnen. Und um den echten Shaolin-Mönchen ähnlicher zu sein. Nun war sie tatsächlich im alten China, aber so hatte sie sich das wahrhaftig nicht vorgestellt. Irgendwie lief die Geschichte ganz falsch. Was hatte man mit ihr vor?

Shé erstattete dem General Bericht. Während Lucienne sich bemühte, ihr Zittern unter Kontrolle zu bekommen, prüfte sie unter halb geschlossenen Lidern hervor ihre Umgebung. In der grasbewachsenen Talsenke waren mindestens hundertzwanzig runde Zelte aufgeschlagen. Lucienne schätzte, dass in jedem Zelt drei bis vier Mann hausten – ungefähr vierhundert bis an die Zähne bewaffnete Krieger. *Merde.* Das waren nicht gerade gute Voraussetzungen für eine Flucht.

Ein alter Maulbeerbaum in der Mitte des Lagers spendete den einzigen Schatten weit und breit. Unter seinen Zweigen stand ein einzelnes großes Zelt. Prächtige Fahnen flatterten davor, bunte Wimpel spannten sich von

Zeltstange zu Zeltstange. Lucienne bemerkte auch den leeren Bambuskäfig im Schatten neben dem Zelt. Vielleicht eine Art Arrestzelle für Soldaten, die gegen irgendwelche Befehle verstoßen hatten.

Lucienne schreckte aus ihren Überlegungen auf, als der General ihr einen fetten Finger unter das Kinn legte, um ihr ins Gesicht zu sehen. Unwillkürlich machte sie einen Schritt zurück und wäre um ein Haar in den Steinhaufen gefallen, der hinter ihr aufgetürmt war.

»Vorsicht, mein Schäfchen, oder willst du unserem ehrenwerten Meister Yù Gesellschaft leisten?« Léi lachte bellend. Ein eiskalter Schauer überlief Lucienne. Sie begriff sofort, was Léis Worte bedeuteten. Der Steinhaufen neben ihr war ein Grab! Der Schlächter hatte Xiès Meister ermordet, genau wie der Abt von Shaolin es befürchtet hatte.

»Du hast uns also keinen Drachen mitgebracht. Überaus schade.« Das glänzende Gesicht kam so nah, dass Lucienne jede einzelne Pore darin erkennen konnte. Und wie der General stank! *Mon Dieu*, der war ja fast noch widerlicher als die Schlange.

»Du hast Shé erzählt, dass die Jadefigur in einem Tontopf versteckt ist«, säuselte Léi. »Ist das auch die Wahrheit, Schäfchen? Sonst müssten wir uns nämlich bemühen, sie aus dir herauszubekommen.«

Er gluckste vor Vergnügen.

»Aber ich bin ja kein Unmensch. Goldene Schafe schlachte ich nicht. Jedenfalls nicht sofort. Sollte mein Späher jedoch nichts finden und ein zweites Mal unverrichteter Dinge zurückkommen …«

Der General ließ den Satz in der Luft hängen. Shé bewegte leicht den Kopf.

Auf einen Wink von Léi stürzten zwei Soldaten herbei. »Bringt den Käfig«, befahl er ihnen.

Lucienne zwang sich, ihre aufkommende Panik nicht zu zeigen. Der Käfig war für sie bestimmt! Sie wehrte sich nicht, als die Soldaten sie grob hineinstopften. Das Letzte, was sie jetzt riskieren durfte, wäre irgendeine dumme Verletzung. Sie musste nicht nur ihren Verstand, sondern auch ihren Körper einsatzbereit halten. Immerhin ließ Léi sie vorläufig am Leben. Sie hatte Zeit, sich etwas einfallen zu lassen.

Zum Glück war der Käfig so hoch, dass sie darin stehen konnte. Lucienne umklammerte die Bambusstäbe, als die Käfigtür mit Schwung geschlossen und verriegelt wurde.

»Einen schönen Tag noch, mein Schäfchen!« Spöttisch deutete der General eine Verbeugung an, bevor er sich mit Shé entfernte und die Soldaten zurück ins Lager schickte.

Wie bitte, die ließen sie einfach hier stehen? Ungläubig sah Lucienne den Männern nach und wünschte, sie hätten den Käfig wieder unter den Maulbeerbaum getragen. Oder wenigstens ein Stückchen von dem Grab weggerückt. Sie war nicht besonders scharf darauf, einen Toten als Nachbarn zu haben, auch wenn sie sich selbst ganz vernünftig sagte, dass es dringendere Probleme gab. Mit einem bangen Gefühl blickte Lucienne in den tiefblauen Himmel. Noch war es früher Morgen, doch in Kürze würde die Sonne senkrecht auf sie herabbrennen und die Talsenke würde vor Hitze flirren. Luciennes Kehle fühlte sich jetzt schon völlig ausgedorrt an. Wenn ihr nicht rasch etwas einfiel, um aus diesem Käfig herauszukommen, konnten Léis Männer bald einen zweiten Steinhaufen aufschichten.

Hú und der Tiger

In der heiligen Höhle von Shaolin brannte ein einziges Öllämpchen und warf ein zuckendes Licht auf die Wand mit dem dunklen Umriss. Großmeister Hú hatte jedoch keine Augen für den Schatten des verehrten Da Mo. Er befand sich in einer ähnlich tiefen inneren Versenkung wie einst der große Mönch. Hús Sinne waren hellwach, während sein Geist die Grenzen seines Körpers verlassen hatte. Seine Augen waren auf das Licht der kleinen Öllampe gerichtet, doch die Bilder, die sie sahen, kamen von weit her.

Dem Kloster drohte von General Léi keine unmittelbare Gefahr mehr. Der Schlächter war mit seinem Heer weitergezogen. Doch während der langen Stunden der Nacht erschienen vor Hús Geist andere, beunruhigende Bilder. Erneut hatte die Schlange, die Shaolin verraten hatte, zugeschlagen, und diesmal war eines der Kinder in Gefahr.

Hú hörte Lóngs Schrei und spürte seinen Schmerz. Er fühlte Luciennes Angst, aber auch das Drachen-*Qi* in ihr. Er sah die Talsenke und Léis Heerlager.

Hú gestattete sich einen flüchtigen Moment von Ungeduld. Wenn er doch selbst dort sein könnte!

Die Zeit verstrich. Hús Geist leerte sich und kam zur Ruhe. Aus der Tiefe tauchte ein letztes Bild auf.

Dann begann die Tiger-Tätowierung auf Hús Arm zu brennen. Über das Gesicht des Abtes glitt ein Lächeln. Als die Sonne über den Gipfeln des Song Shan aufging, verließ Großmeister Hú die heilige Höhle von Shaolin. Der Tiger war auf dem Weg.

Die Tricks der kleinen Affen

Keiner konnte in dieser Nacht richtig schlafen. Lóng wurde von den Schmerzen in seinem Arm wach gehalten und Xiè quälte sich mit Selbstvorwürfen herum. Ole fürchtete, das Feuer könne verlöschen, und wachte unablässig darüber, damit keine Schlangen oder andere Untiere auf die Idee kamen, sich in der Dunkelheit anzuschleichen. Jeder zerbrach sich im Stillen den Kopf darüber, was sie tun sollten.

Nikolas wurde immer unruhiger, weil ihm einfach nichts einfallen wollte. Er hatte sonst immer eine Idee. Sie mussten etwas unternehmen, irgendetwas ... Kurz vor Sonnenaufgang erhob sich Nikolas von seinem unbequemen Lager.

»Wir werden Lucienne finden«, verkündete er.

»So? Was wollt ihr denn tun? Im Vergleich mit Shé seid ihr harmlose Äffchen, die versuchen, es mit einem Ungeheuer aufzunehmen!« Lóng sagte es ohne Spott, sie spürten, dass es keine Beleidigung sein sollte.

»Tja, Affen sind ziemlich intelligent«, erwiderte Nikolas, der ungeduldig auf und ab humpelte. Ben und Ole sahen ihn erwartungsvoll an. Auf das Superhirn konnte man sich im Notfall immer verlassen. Was hatte er ausgetüftelt, um Lucienne zu finden?

»Es ist ganz einfach. Bossi wird uns zu ihr führen«, sagte Nikolas, als verkünde er eine wirklich umwerfende Neuigkeit. »Ole und ich machen uns am besten sofort auf den Weg.«

»Oh«, sagte Ole. Lóng sagte gar nichts.

»Und wenn wir sie gefunden haben, peilen wir erst mal die Lage.« Nikolas schien sehr optimistisch. »Mir fällt dann schon was ein.«

»Das ist alles?«, fragte Ben zweifelnd. »Keine tollen Tricks, keine überraschenden Manöver?«

»Bin ich James Bond?«

»Nee. Ist mir jedenfalls bisher nicht aufgefallen.« Ben kratzte sich am Kopf. »Deine Ideen waren trotzdem schon genialer. Hingehen und einfach mal sehen, was läuft – wieso habe ich das Gefühl, dass das nur schiefgehen kann? Und dann noch mit Ole! Nichts für ungut, aber ein unschlagbares Team seid ihr nicht gerade.« Was wahrscheinlich die Untertreibung des Jahrhunderts war, dachte Ben. »Nimm lieber mich mit!«

Nikolas blieb vor ihm stehen. »Das geht nicht, weil du hier gebraucht wirst, solange Meister Lóng noch nicht wieder richtig fit ist. Du bist der Stärkste von uns allen, du kannst anpacken und im Notfall auch kämpfen. Und Ole kommt nun mal am besten mit Bossi klar. Ohne Bossi finden wir Luciennes Spur nie im Leben.«

»Aber …«

»Jetzt hör einfach mal zu. Was ist besser – sich das Schlimmste vorzustellen und alles Mögliche zu tun, um es zu vermeiden, oder sich das Allerbeste auszumalen und alles daranzusetzen, dass es eintritt?«

Ben verdrehte die Augen. »Meditierst du neuerdings auch? Du hörst dich schon an wie einer dieser Mönche.«

»Aber er hat recht«, sagte Lóng zu ihrer aller Überraschung. »Versucht es. Kundschaftet aus, wohin das Mädchen verschleppt wurde. Doch begebt euch nicht unnötig in Gefahr. Kommt zurück, sobald ihr etwas herausgefunden habt, und dann überlegen wir gemeinsam, was zu tun ist.«

Nikolas versprach es bereitwillig. Nur Bossi sah die gekreuzten Finger hinter seinem Rücken.

Der Abschied war kurz. Alle taten so, als wäre es die normalste Sache der Welt, dass zwei Kinder in die Wildnis des Song Shan aufbrachen, um einen Mörder und Kidnapper zu verfolgen. Xiè hatte wortlos auf einem heißen Stein einen Stapel Weizenmehlfladen gebacken und in einer ledernen Provianttasche verstaut.

Nikolas sollte auf der kräftigen Nosie reiten, die zugelaufene Fuchsstute würde bei Ben, Lóng und Xiè bleiben und den Karren ziehen. Lóng hatte Ni Ko-Las die Strecke erklärt und sich dessen Berechnungen angesehen. Ohne Zweifel war Ni Ko-Las ein heller Kopf. Aber würde er es wirklich schaffen, sich in unbekanntem Gelände zu orientieren und auf den Weg zurück zu finden, auf dem Lóng mit Ben und Xiè langsam weiterziehen wollte? Großmeister Hú hatte ihm, Lóng, die Kinder anvertraut. Er durfte nicht versagen! Aber der Mönch behielt seine Sorgen für sich.

»Seid vorsichtig mit Dschingis«, mahnte Ole, »er muss noch geschont werden!«

»Wir werden ihn tragen«, sagte Ben. »Und jetzt ab mit euch. Kommt gefälligst vollzählig wieder.«

Nikolas grinste. »Keine Sorge, wir lassen dich hier nicht zurück. Könnte ja sein, dass Ole unterwegs der geheimnisvolle Spruch einfällt«, sagte er.

Ben seufzte. »Ich kann Xiè ja mal löchern, ob er nicht auch irgendeinen Trank gegen Gedächtnisschwund kennt. Den flöße ich Ole höchstpersönlich ein, sobald ihr wieder hier seid.«

Ole machte ein Gesicht, als ob er es sich noch sehr überlegen müsste, überhaupt wiederzukommen. Aber dann konzentrierte er sich darauf, Bossi einzuweisen. Lóng reichte ihm die Decke, die Lucienne bei Shés Angriff verloren hatte. Zum Glück war sie nicht ins Wasser gefallen, so dass Bossi Witterung aufnehmen konnte. Aufgeregt schnüffelte der Hund daran herum. Er schien genau zu wissen, was man von ihm erwartete, und drängte ungeduldig vorwärts.

Nikolas nutzte den günstigen Moment und zog sein Fotohandy hervor.

»Ben, schnell, zeig mal den Drachen. Ich mach ein paar Fotos.«

»Wozu das denn?«, fragte Ben.

»Weiß ich noch nicht. Vielleicht können wir die gebrauchen. Nun mach schon!«

Als Lóng sich zu ihnen umdrehte, war der Drache wieder verschwunden und das Handy verstaut.

»Wir sehen uns dann spätestens in Changan«, erklärte Nikolas betont munter. »Gibt's da einen guten Treffpunkt?«

»Du hast versprochen, nur die Lage auszukundschaften«, erinnerte ihn Lóng. »Keine Unternehmungen auf eigene Faust. Ich erwarte eigentlich, euch heute Abend schon wiederzusehen.«

»Ja, natürlich«, antwortete Nikolas beflissen, »ich mein ja auch nur so, für alle Fälle, falls wir uns irgendwie verpassen.«

Lóng überlegte. »Das Tor der Leuchtenden Tugend«, sagte er schließlich widerwillig. »Im Süden der Stadt. Fremde dürfen Changan nur von Süden betreten, aus der heiligen Richtung.«

»Alles klar. Tor der Leuchtenden Tugend. Ole merkt sich ›Tor‹, ich ›leuchtende Tugend‹.« Nikolas schaffte es, ein Grinsen zu unterdrücken.

»Seid auf der Hut«, gab der Mönch ihnen zum Abschied mit auf den Weg. »Das Auge eines Feindes sieht besonders scharf.«

Samara

Irgendwie wurde Ole das Gefühl nicht los, mal wieder die Verlierer-Karte gezogen zu haben. Atemlos und klitschnass geschwitzt hetzte er hinter Bossi her, über Stock und Stein und zwischen dornigen Büschen hindurch. Ständig ging es rauf und wieder runter, es war wirklich nicht zu fassen, wie viele zerklüftete Täler es in diesem Gebirge gab. Man musste mühsam hinabsteigen, auf der anderen Seite wieder hochklettern und dabei noch die ganze Gegend im Auge behalten, von wegen Tigern und Schlangen und anderem Gesindel.

Oles Magen knurrte mittlerweile so laut, dass er bestimmt sämtliche Raubtiere des Song Shan auf ihre Spur lockte. Wie viele Stunden waren sie jetzt schon unterwegs? Die Sonne hatte den Zenit längst überschritten, und sie hatten nur einmal an einem plätschernden Rinnsal angehalten, um ihren Durst zu stillen.

Bossi hatte ein paar Mal gezögert, aber dann zog und zerrte er wieder unermüdlich an dem Seil, das Ole vorsichtshalber an seinem Halsband befestigt hatte. Oles Arme fühlten sich mittlerweile dreimal so lang an wie sonst. Nikolas dagegen saß bequem auf dem breiten Rücken von Nosie, die sich trittsicher ihren Weg suchte, und sprühte vor guter Laune. Fehlte nur noch, dass er anfing, ein munteres Liedchen zu pfeifen.

Schnaufend blieb Ole stehen. »Ich kann nicht mehr.«

»Jetzt schon?«, fragte Nikolas erstaunt. »Wir sind doch erst ein paar Stunden unterwegs.«

»Stimmt«, erwiderte Ole erschöpft. »Nur dass ich laufe, schon gemerkt?«

Über Nikolas' Gesicht flog ein Schatten. »Tut mir leid«, sagte er betreten. »Komm, wir tauschen.« Er rutschte unbeholfen von Nosies Rücken herunter.

»Tun wir nicht«, sagte Ole und wunderte sich selbst, woher er die Bestimmtheit nahm. »Jedenfalls nicht sofort. Nosie und Bossi brauchen eine Pause. Und ich hab Hunger.«

Während sie von den Teigfladen aßen, die ziemlich zäh waren und nach nichts schmeckten, versuchte Nikolas abzuschätzen, wie weit sie sich vom eigentlichen Weg nach Changan entfernt hatten. Ole beobachtete ihn eine Weile schweigend. Wie konnte Nikolas nur so zuversichtlich sein? Er biss sogar mit Appetit in die langweiligen Fladen.

»Glaubst du wirklich, dass wir Lucienne finden?«, fragte Ole.

Nikolas hob kaum den Kopf. »Bestimmt. So wie Bossi abzischt!«, antwortete er mit vollem Mund.

Ole mochte ihm nicht sagen, welche Befürchtungen ihn schon seit mindestens zwei Stunden quälten: dass Bossi längst die Spur verloren hatte und nur noch aus reiner Begeisterung am Herumschnüffeln durch die Gegend tobte.

»Und was tun wir, wenn wir wissen, wo dieser Shé sie gefangen hält?« Je länger Ole über das ganze Unternehmen nachdachte, desto mehr verließ ihn der Mut.

Aber Nikolas zuckte nur gelassen die Schultern. »Wird sich finden.«

Ausnahmsweise war Ole mal mit Ben einer Meinung,

was die Planung dieses Unternehmens anging: Schlappes Drehbuch, schwache Besetzung. Das hier war wirklich nicht sein Film, aber er steckte mittendrin.

»Nikolas?«

»Hm.«

»Kann es sein, dass du diesen Irrsinn auch noch toll findest?«

Nikolas sah wie ertappt von seinem Notizbuch auf. Er wurde rot und zog den Kopf ein, als Ole den Rest seines Fladenbrotes auf den Boden pfefferte. So kannte er seinen Freund gar nicht. Ole musste wirklich sehr sauer sein. Noch ungewöhnlicher war allerdings, dass Bossi die Gelegenheit nicht nutzte, um einen Extrabissen zu ergattern. Der Hund knurrte leise, aber niemand beachtete ihn.

»Ich fass es nicht!«, jammerte Ole. »Warum muss immer *mir* so was passieren? Ich will nicht durch eine fremde Zeit und durch ein fremdes Land stolpern! Ich will mich mit Lasse streiten, wer die Kaninchenställe saubermacht, und Eierpfannkuchen mit Sirup essen! Ich will einfach nur nach Hause!«

Bossi knurrte lauter.

»Ole, beruhige dich«, bat Nikolas. »Okay, ich find's aufregend, dass wir hier sind. Mein Leben war noch nie so spannend. Wäre es nicht großartig, wenn wir es schaffen würden, Lucienne zu befreien? Bevor wir unverrichteter Dinge wieder abhauen und den großen Meister Lóng holen, sollten wir es doch wenigstens probieren. Erst mal gucken, ja? Deswegen bringe ich mich noch lange nicht leichtsinnig in Gefahr und meine Freunde auch nicht!«

Ole schniefte. Nikolas wedelte mit dem schlabbrigen

Teigfladen, als wäre er eine Friedensfahne. »Na komm, lass uns mal in der Provianttasche nachsehen, ob Xiè nicht auch etwas Zimt eingepackt hat. Der würde die Dinger hier entschieden aufpeppen.«

»Mit Zimt könnte ich dienen«, sagte eine Frauenstimme und ließ sie beide herumfahren.

Bossis Bellen war jetzt wirklich nicht mehr zu überhören, allerdings war nicht ganz klar, wen er meinte: die von Kopf bis Fuß in ein dunkelblaues Gewand gehüllte Frau, die wie aus dem Nichts hinter einem Felsen erschienen war, oder das vierbeinige Ungetüm, auf dem sie saß. Es hatte ein schokoladenfarbenes zottiges Fell, unglaublich knochige Beine, einen langen Hals und auf dem Rücken zwei Höcker, zwischen denen seine Reiterin es sich bequem gemacht hatte. Vom Zaumzeug hingen dicke rote Troddeln herab.

In seinem ganzen Hundeleben war Bossi noch nie einem Kamel begegnet, er bellte hysterisch. Nur Nosie begutachtete den Neuzugang gelassen.

»Ole, sag mir, dass ich halluziniere«, flüsterte Nikolas. »Sag, dass das nur eine Fata Morgana ist.«

Aber die Erscheinung sprach mit ihnen.

»Verzeihung, habe ich euch erschreckt? Das war nicht meine Absicht. Ich dachte, ihr hättet mein Kommen gehört.« Die Frau gab ein Kommando, das klang wie Ab!, nur mit sehr viel mehr Ausrufezeichen dahinter. Gehorsam knickte das Kamel die Beine ein und kniete sich auf den Boden, so dass seine Reiterin absteigen konnte. Die Wolltroddeln am Zaumzeug baumelten dabei munter hin und her.

»Wer … Was ….«, stammelte Ole. »Oh, Bossi, sei endlich still, man versteht ja sein eigenes Wort nicht mehr!«

»Wer ich bin? Mein Name ist Samara«, antwortete die Frau freundlich. »Ich bin auf der Durchreise.«

Nikolas musterte sie misstrauisch. Die Fremde war klein und zierlich. Ihr Gesicht mit den mandelförmigen Augen wirkte offen und friedfertig, doch die beiden Krummdolche in ihrem Gürtel sahen ganz schön gefährlich aus. Der Himmel mochte wissen, welche anderen Waffen sich noch unter ihrem Gewand verbargen. Kaftan hieß diese Art Kleidung, fiel ihm ein. Trugen nicht Araber so etwas? Aber wenn er es recht bedachte, sah die Frau nicht wie eine Araberin aus, sondern wie eine Chinesin, die sich verkleidet hatte. Sehr merkwürdig.

»So, auf der Durchreise«, wiederholte Nikolas gedehnt. »Wo wollt Ihr denn hin? Ich kann mir nicht vorstellen, dass es irgendjemanden freiwillig in diese Einöde treibt.«

»Ihr seid doch auch hier«, bemerkte Samara spöttisch und zog den blauen Stoff über ihrem Haar zurecht. Ein leises Klimpern begleitete jede ihrer Handbewegungen, denn beide Handgelenke waren mit unzähligen dünnen Silberreifen geschmückt.

»Stimmt«, sagte Ole. »Bloß nicht freiwillig. – Aua! Nimm deine Krücke von meinem Fuß!« Als Nikolas ihm einen warnenden Blick zuwarf, verstummte Ole.

Samara lachte und zeigte dabei eine Zahnlücke in ihrem Oberkiefer. »Recht habt ihr, ich würde Fremden auch nicht gleich alles verraten. Vielleicht sollte eher ich mich fürchten. Ihr könntet zu einer Bande von Strauchdieben gehören. Für den Fall sage ich euch gleich, dass meine anderen Kamele mit den Waren an einer sicheren Stelle versteckt sind.«

»Ihr seid Händlerin?«, fragte Nikolas erstaunt. Das erklärte vielleicht Samaras Aufmachung. Wenn er sich richtig erinnerte an das, was er über die Seidenstraße gelesen hatte, dann bestand sie aus mehreren großen Handelsrouten. Eine davon führte quer durch Asien und Arabien bis zum Mittelmeer.

Samara nickte stolz. »Weihrauch und Gewürze, Ingwer, Tee, manchmal auch Seide. Mit zwei Kamelen habe ich angefangen, nach nur zwei Jahren kann ich mir bereits fünf leisten, meine Ware ist von bester Qualität. Feineren Zimt als bei mir findet ihr gewiss nirgendwo.«

Nikolas war immer noch nicht überzeugt. »Und da schleppt Ihr Eure kostbaren Güter ausgerechnet durch das Song-Shan-Gebirge? Warum folgt Ihr nicht dem hiesigen Teil der Karawanenstraße? Das ist meines Wissens die Route, auf der alle Händler reisen.«

»Kluger Junge. Da will ich auch hin. Ich komme gerade aus dem Südosten, wo ich neue Ware eingekauft habe. Es gibt eine Abkürzung über einen Gebirgspass, die ich im letzten Jahr schon einmal genommen habe. Doch General Léi hat mir den Weg versperrt.«

»Der Schlächter?«, entfuhr es Ole. Entsetzt hielt er sich die Hand vor den Mund.

»Kein Unbekannter für euch, wie ich sehe«, stellte Samara fest. Sie deutete hinter sich. »Falls ihr vorhaben solltet, in dieser Richtung weiter aufzusteigen, rate ich dringend davon ab. Léi und seine Armee lagern höchstens zwei *Lí* entfernt in einem Hochtal.«

Ole und Nikolas tauschten einen erschrockenen Blick.

»Verflixt. Und was jetzt?«, sagte Nikolas mehr zu sich selbst.

Samara hatte inzwischen einen kleinen Lederbeutel aus ihrem sorgfältig verschnürten Gepäck gezogen und geöffnet. Sie hielt ihn Ole unter die Nase: »Hier, Kleiner, schnupper mal.«

Der Duft fuhr Ole direkt in den Magen und ließ ihn für einen Moment seine Furcht vergessen.

»Karamellisierter und zu Kügelchen gedrehter Honig mit Zimtpulver. Halt die Hand auf.« Samara schüttete Ole ein paar Honigklümpchen auf die Handfläche. »Süßes ist gut gegen Angst. Ich seh dir doch an, dass dir innerlich ganz kalt ist.«

»Warum tut Ihr das?« Nikolas war immer noch auf der Hut. »Wir haben kein Geld, um Euch zu bezahlen.«

»Nehmt es als Geschenk«, sagte Samara und verstaute den Beutel wieder in ihrem Gepäck. Ihr Kamel sah unterdessen mit gleichmütigem Ausdruck in die Luft. Seine Unterlippe hing leicht herab, und es hielt die schwarzen Augen halb geschlossen, fast so, als wolle es die albernen Troddeln nicht zur Kenntnis nehmen, die ständig um seinen Kopf herumtanzten.

»Dein Freund erinnert mich an meinen kleinen Bruder«, erklärte Samara mit belegter Stimme. »Ich habe ihn schon so lange nicht mehr gesehen.«

»Ihr seid wohl viel unterwegs?«, fragte Ole. Er traute sich nicht, von den Klümpchen zu kosten, wenn Nikolas so misstrauisch war. Er selbst fand Samara eigentlich ganz nett.

Die Händlerin nickte. »Ich komme mit Weihrauch aus Persien, den verkaufe ich mit großem Gewinn an die Priester und die kaiserlichen Kunsthandwerker in Changan. Dann reise ich weiter in den Südosten, kaufe Zimt, Ingwer, Pfeffer und manchmal auch feine Schminke: Zinnober für die Lippen, Reispuder für das Gesicht, edel schimmerndes Auripigment für die Stirn und grüne oder schwarze Fettschminke für die Augenbrauen. Das ist bei den Damen in Changan sehr beliebt. Dann geht die Reise zurück in die Kaiserstadt. Einen Teil der Ware setze ich wieder um und erstehe dafür ein paar Ballen Rohseide. Die und den Rest der Waren nehme ich mit nach Hause.«

»Und wo ist das?«, fragte Ole.

Samara zögerte kurz, bevor sie antwortete. »Eine kleine Stadt am Fluss Tigris, ihr kennt sie bestimmt nicht.«

»Diese weite Reise macht Ihr ganz allein?« Nikolas war gegen seinen Willen völlig fasziniert. »Ist das nicht sehr gefährlich?«

Samara lachte. »Das Gefährlichste sind andere Händler, die versuchen, mich übers Ohr zu hauen. Aber ich weiß, was ich will, und im Zweifel verzichte ich lieber auf ein Geschäft. – Aber was ist mit euch? Was hat euch hierherverschlagen?«

Sie musterte die beiden.

»Ihr seid jedenfalls auch nicht von hier, so viel ist sicher. Habt ihr eure Leute verloren? Ihr seht aus, als könntet ihr zu einer der Karawanen gehören, die aus dem Westen kommen.«

»Wir, ähm, suchen jemanden«, sagte Nikolas, ohne auf ihre Vermutung einzugehen.

»Ja, vielleicht ist er Euch sogar begegnet?«, fiel Ole eifrig ein. »So ein halbnackter, unheimlicher Typ mit einer Tätowierung im Gesicht und einer komischen Art, sich zu bewegen.«

»Wie eine Schlange?«, fragte Samara mit gerunzelter Stirn.

»Ihr kennt ihn!« Nikolas war sofort wieder misstrauisch.

Ole sprach aufgeregt weiter. »Er heißt Shé. Habt Ihr ihn gesehen? Hatte er eine Gefangene bei sich, ein Mädchen mit blonden Haaren?«

Samara schüttelte den Kopf. »Dieser Mann ist mir in letzter Zeit nicht begegnet. Ihr seid die Ersten, die ich auf meinem Weg durch die Berge getroffen habe. Bis auf Léi und seine Soldaten in der Ferne. Aber was habt Ihr mit Shé zu schaffen?«

»Und Ihr?«, fragte Nikolas zurück.

»Ich habe einmal ein Geschäft mit ihm gemacht«, seufzte Samara, »aber ich wünschte, ich hätte es nicht getan. Er sprach mich vor den Toren von Changan an und fragte, ob ich am Kaiserhof einen Gegenstand für ihn verkaufen könnte, so einen kleinen Drachen. Ein hübsches Stück, kunstvoll aus Jade gearbeitet. So, wie Shé aussieht, hätte man ihn wahrscheinlich gar nicht erst in die Kaiserstadt gelassen. Kennt ihr Changan? Nein? Der kaiserliche Bezirk ist wie eine Festung in der Stadt. Also kamen wir ins Geschäft. Einen Teil des Erlöses sollte ich als Lohn behalten. Aber der Schuft hat mich hereingelegt!« Aus Samaras Augen blitzte die Wut.

»Was ist passiert?«, fragte Nikolas.

»Shé blieb die ganze Zeit unauffällig in meiner Nähe, als

wollte er kontrollieren, dass ich nichts für mich abzweige. Und als ich ihm den Erlös aushändigte, habe ich nicht eine einzige Lochmünze gesehen. Der Kerl hat mich um meinen Anteil geprellt! Doch das Schlimmste war die Angst, die er mir eingejagt hat. Ich traute mich nicht, ihn zur Rede zu stellen.« Samara schauderte bei der Erinnerung. »Um auch noch eure erste Frage zu beantworten: Ich bin froh, dass ich ihm nie wieder begegnet bin. Und mit Leuten, die nach ihm fragen, will ich lieber nichts zu tun haben. Habt ihr verstanden? – Bei allen Göttern, was ist denn auf einmal los mit euch?«

Ole und Nikolas standen da wie vom Donner gerührt.

»Habt ihr überhaupt etwas von dem verstanden, was ich euch gerade erzählt habe?«, fragte Samara spitz.

»Hrmm, ja«, räusperte sich Nikolas. »Drache. Ihr sagtet Drache.«

»Unter anderem erwähnte ich einen Drachen, jawohl«, erwiderte Samara.

»Shé hat einen Drachen an den Kaiserhof verkauft?« Nikolas wollte ganz sichergehen.

Samara trat einen Schritt auf ihn zu und nahm seinen Kopf in beide Hände. »Lass mich deine Ohren anschauen, Junge.« Energisch wendete sie Nikolas' Kopf hin und her. »Hm. Sehen ganz in Ordnung aus. Warum verstehst du dann nichts?«

Verärgert machte Nikolas sich los. »Ich habe Euch sehr wohl verstanden. Beantwortet mir nur noch eine Frage.« Er zog den Beutel unter seinem Kittel hervor und nahm das Handy heraus. Es piepste leise, dann leuchtete das Display auf.

Auf Samaras Miene spiegelte sich zuerst wachsames Interesse, dann Verblüffung.

Nikolas schaltete sich durch die Bilderliste, bis er gefunden hatte, was er suchte. Er hielt Samara das Foto von Luciennes Drachen hin: »Sah Euer Drache in etwa so aus?«

»Nun … er war vielleicht etwas kleiner und von dunklerem Grün und insgesamt zierlicher, glaube ich. Aber so ungefähr sah er aus, ja. – Was ist das für ein erstaunliches Gerät? Wo hast du es gekauft?« Samara streckte neugierig die Hand aus, doch Nikolas trat rasch einen Schritt zurück.

»In einem Land sehr weit von hier, Ihr würdet es nicht glauben.« Er verstaute das Handy wieder in seinem Beutel.

»Wie ist der Drache dort hineingekommen?«

»Ach, das, äh … ist schwierig zu erklären. Man kann eben Bilder damit machen.«

Samaras Augen glänzten. »Und hast du noch mehr Bilder da drin?«, fragte sie fasziniert. »Könnte man Handel damit treiben?«

Mist, Mist, Mist. Hätte er das Handy doch bloß nicht gezeigt, dachte Nikolas. Diese Fragerei wurde allmählich heikel. Voller Unbehagen trat er noch weiter zurück.

»Es ist wirklich nichts Besonderes, nur ein Spielzeug«, behauptete er.

Samara nickte. »Ich verstehe. Du willst es mir nicht sagen. Hast wohl selber vor, damit zu handeln. Also dann, Junge mit dem lahmen Bein: Viel Erfolg. Aber vielleicht steckst du ja auch mit dieser Schlange unter einer Decke?« Ihre Augen verengten sich misstrauisch. Sie machte Anstalten, wieder auf ihr Kamel zu steigen.

»Bitte wartet einen Moment! Es ist nicht so, wie Ihr vielleicht denkt.« Ole hatte endlich die Sprache wiedergefunden. »Shé hat unsere Freundin entführt. Wir sind auf der Suche nach ihr.«

Samara hielt inne. »Das Mädchen mit den blonden Haaren, nach dem ihr fragtet?«

»Genau!«

Samara spielte nachdenklich mit den roten Troddeln am Zaumzeug ihres Kamels. »Vielleicht … Aber nein, das kann nicht sein.«

»Was kann nicht sein? So redet doch!« Ungeduldig hieb Nikolas mit seiner Krücke auf den Boden.

»Ich habe den Talkessel, in dem General Léi sein Lager aufgeschlagen hat, von meinem Versteck aus beobachtet. Ich wollte sehen, ob es vielleicht einen Weg außen herum gibt, den ich nehmen könnte, ohne gesehen zu werden. Dabei fiel mir ein Käfig am Rand des Lagers auf. Ziemlich groß, man könnte wohl einen Tiger darin halten. Das, was drin war, kam mir aber eher wie ein Affe vor. Die Sonne blendete mich und ich war ziemlich weit entfernt, also …«

»Heißt das, es könnte auch ein Mensch gewesen sein?«, fragte Ole atemlos.

»Vielleicht ja, vielleicht auch nicht.« Samara wollte sich nicht festlegen, aber Ole und Nikolas sahen einander entsetzt an. Lucienne in der Gewalt des Schlächters! Was nun?

Samara schien ihre Gedanken zu lesen. »Vergesst eure Freundin«, sagte sie. »Falls sie wirklich in diesem Käfig steckt, könnt ihr nichts tun. Das Lager ist voll mit bewaffneten Soldaten. Wenn Shé das Mädchen dorthin geschleppt hat, dürfte er ebenfalls noch im Lager sein.« Samara schüttelte sich. »Ich bleibe jedenfalls nicht länger hier.«

Mit einem Satz war sie im Sattel und schnalzte mit der Zunge. Gemächlich erhob sich das Kamel zuerst auf die Hinterbeine, dann auf die Vorderbeine. Samara wurde ordentlich durchgeschüttelt, bis das Tier sicher stand.

»Hört auf meinen Rat«, rief sie zum Abschied, »bringt euch in Sicherheit!« Die Händlerin wendete das Kamel, dessen große Füße mit den schwieligen Sohlen fast lautlos auf dem Boden aufsetzten, und ritt davon. Unschlüssig sahen Nikolas und Ole zu, wie das Kamel mit wiegenden Schritten hinter einer Felswand verschwand.

»Glaubst du ihr?«, fragte Ole mit kleiner Stimme.

»Ich weiß nicht«, antwortete Nikolas. »Wir sollten …«

Ole seufzte. »Schon klar. Hingehen und selber nachsehen, richtig?«

»Richtig.«

»O Mann.« Entschlossen warf sich Ole die ganze Hand voll Honigkügelchen in den Mund. Vielleicht half das Zeug ja wirklich gegen Angst.

Der Tiger

Lucienne kauerte erschöpft am Boden des Käfigs. Die Nacht brachte endlich etwas Erleichterung, denn mit ihr kam ein kühler Wind aus Osten, der dicke Wolken vor sich her blies. Die Luft roch nach Regen. Lucienne hatte am Morgen ihre wattierte Jacke zwischen die Bambusstäbe über ihrem Kopf gestopft, damit sie Schatten hatte. Jetzt schlüpfte sie dankbar wieder hinein. Diese Temperaturunterschiede waren unglaublich, nachts wurde es so kalt, als könnte es jeden Moment anfangen zu schneien.

Dunkle Wolken jagten über den Nachthimmel und verdeckten immer wieder den Mond. Sehnsüchtig sah Lucienne zu ihnen auf. Wenn es doch nur regnen würde! Vielleicht könnte sie die Tropfen mit der Zunge auffangen. Oben in den Bergen goss es bestimmt schon in Strömen, bereits am späten Nachmittag hatte sie in der Ferne den Donner grollen gehört. Ein unbarmherziger Durst quälte sie, denn man hatte ihr den ganzen Tag nichts zu trinken gebracht. Ihr Bewacher war am frühen Abend abgezogen worden. Offenbar rechnete niemand ernsthaft damit, dass die Gefangene einen Fluchtversuch unternehmen würde.

Frustriert steckte Lucienne ihre Hände unter die Achseln, um sie zu wärmen. Wie sollte sie bloß aus diesem Käfig herauskommen?

Im Lager war es ruhig. Einige Soldaten saßen an kleinen Feuern vor ihren Zelten, polierten ihre Waffen, würfelten, redeten und lachten leise. General Léi war nach ihrer Begegnung in seinem Zelt verschwunden und seitdem nicht wieder aufgetaucht. Und Shé? Auch den hatte Lucienne nicht mehr zu Gesicht bekommen. Sie wusste nicht einmal, ob er sich überhaupt noch im Lager befand. Womöglich war er längst unterwegs, um Nikolas und den anderen aufzulauern!

Lucienne vermisste ihren Drachen, seine Wärme und geheimnisvolle Magie. Hoffentlich passte Ben gut auf ihn auf. Voller Unruhe stand sie auf. Den ganzen Tag hatte sie unbeweglich im spärlichen Schatten ihrer Jacke gehockt und so getan, als würde ihr das alles nichts ausmachen. Nur keine Schwäche zeigen! Jetzt hielt sie es nicht mehr länger aus. Vier Schritte konnte sie in ihrem Käfig machen, bevor sie umkehren und in die andere Richtung gehen musste. Vier Schritte – wenden – vier Schritte – wenden. Es war zum Wahnsinnigwerden! Wütend stampfte sie mit dem Fuß auf.

Was war das? Lucienne hielt inne. Prüfend tappte ihr Fuß hin und her. Da, in der rechten hinteren Käfigecke … Noch einmal trat sie auf, jetzt vorsichtiger, damit niemand auf sie aufmerksam wurde. Dicke Bambusstäbe, mit starken Lederriemen festgezurrt, bildeten Seiten und Decke des Käfigs. Der Käfigboden jedoch bestand aus einer Holzplatte. Und die begann sich in einer Ecke zu lockern.

Nicht zu fassen! Hatte sie etwa die ganze Zeit auf der Lösung ihres Problems gesessen wie die Henne auf ihrem Nest?

Lucienne ließ sich vorsichtig auf die Knie nieder und untersuchte die Bodenplatte. Pech gehabt. Sie saß doch noch ziemlich fest. Vor allem lag sie fast direkt auf der Erde. So ließ sie sich niemals lösen.

Ein Blick zum Lager verriet Lucienne, dass es nicht ratsam war, jetzt mit aller Kraft auf die Platte einzudreschen. Es waren noch viel zu viele Soldaten draußen und bestimmt hatte Léi Wachen rund um das Lager verteilt. Sie musste warten. Oh, wie schwer ihr das fiel!

Atme tief ein, ermahnte sie sich. Beruhige dich. Lass mit jedem Atemzug die Zeit verstreichen …

Irgendetwas war plötzlich anders. Lucienne spannte sich an. Sie spürte deutlich ein Prickeln zwischen ihren Schulterblättern. Jemand beobachtete sie. Ganz langsam drehte sie sich um – und hätte beinahe aufgeschrien, als sie direkt in zwei funkelnde Tigeraugen blickte.

Die große Raubkatze stand vielleicht zwei Meter entfernt neben dem Steingrab von Meister Yù. Gelassen schien sie zu warten. Aber worauf?

Lucienne wagte kaum zu atmen. Wie groß das Tier war! Bestimmt länger als zwei Meter. Unter dem dichten Fell spielten die Muskeln, als der Tiger ein paar Schritte näher kam. Seine Bewegungen waren geschmeidig und voller Schönheit. Jetzt erregte etwas im Lager seine Aufmerksamkeit. Er lauschte. Dann stand er wieder unbeweglich, nur die Schwanzspitze zuckte.

Lucienne sah die starken Pranken, die ihren Käfig mühelos zertrümmern konnten. Für eine hungrige Raubkatze wäre sie garantiert eine leichte Beute. Das Tier wandte Lucienne erneut den mächtigen Kopf zu, noch einmal begegneten sich ihre Blicke, und seltsamerweise löste sich Luciennes Furcht auf wie der Dunst, der jeden Morgen über den Bergen lag. Der Tiger würde ihr nichts tun, sie wusste es einfach.

Dann sprang er los, ohne Vorwarnung und pfeilschnell. Mit gewaltigen Sätzen jagte er auf die Zelte zu, mitten hinein in das Lager und unter die entsetzten Soldaten.

Sofort erhob sich ein wildes Geschrei. »Ein Tiger!«, gellte es an Luciennes Ohr. – »Hilfe!« – »Zu den Waffen!« – »Tötet die Bestie!«

Aufgeregt rannten die Männer hin und her, die feigsten

flüchteten in ihre Zelte, andere eilten zu ihren Waffen und standen sich dabei gegenseitig im Weg.

Wie gebannt verfolgte Lucienne das Durcheinander. Sie konnte den Tiger nicht mehr sehen, wo war er? Jetzt stürzte der Schlächter aus seinem Zelt und bellte unverständliche Befehle. Die allgemeine Panik steigerte sich noch, als der Tiger wie ein gelber Blitz aus dem Nichts auftauchte und in einem unglaublichen Sprung direkt über Léis Kopf hinwegsetzte.

Lucienne zögerte nicht länger. Der Tiger war ihre Chance! Wenn sie fliehen wollte, durfte sie keinen Moment länger warten. Entschlossen warf sie sich gegen die Seitenwand ihres Käfigs. Sie musste das Ding zum Umstürzen bringen, und wenn sie sich dabei alle Knochen brach. Im Liegen konnte sie es schaffen, die Bodenplatte loszutreten. Noch einmal warf Lucienne sich gegen die Bambusstäbe. Aua, tat das weh! Sie biss die Zähne zusammen. Beim dritten Sprung schwankte der Käfig. Lucienne half mit dem ganzen Körpergewicht nach und endlich, wie in Zeitlupe, kippte die Welt vor ihren Augen zur Seite. Hart krachte Lucienne auf die steinige Erde und schrie vor Schmerz beinahe auf. Es fühlte sich an, als hätten die Bambusstäbe ihr das Kreuz entzweigeschlagen. Konnte sie sich überhaupt noch bewegen? Vorsichtig … ganz vorsichtig … Gott sei Dank, es ging. Aber die Stäbe hatten gehalten. Lucienne erlaubte sich noch einen schmerzhaften Atemzug, um wieder Luft zu bekommen, dann begann sie mit aller Kraft auf die Bodenplatte einzutreten. Knirschend lockerte sich die Befestigung. Lucienne zog ihre Beine an, so weit sie konnte, sammelte alle Energie in ihren Muskeln

– und stieß zu. Das Holz splitterte, doch die elende Platte löste sich nicht. Erbittert bearbeitete Lucienne die Öffnung, bis das Loch endlich groß genug war, und kroch hinaus, ohne sich darum zu kümmern, dass sie sich die Hände an Holzsplittern blutig riss.

Als sie sich aufrappeln wollte, griffen ihr Hände unter die Arme.

»*Non!*«, schrie Lucienne und schlug blindlings zu. Sie war so weit gekommen, da würde sie sich doch nicht wieder gefangen nehmen lassen!

»Aua! Bist du verrückt geworden?« Verdutzt hielt Lucienne inne. Das war Oles Stimme. »Hör auf, mich zu treten!«, jaulte er.

»Beruhige dich, Lucienne, wir sind's doch!«

»Nikolas!« Vor Erleichterung wusste Lucienne nicht, ob sie lachen oder weinen sollte. »Wo sind die anderen?«, stieß sie hervor.

»Später, wir müssen hier weg, solange alle abgelenkt sind. Beeilt euch!«, drängte Nikolas.

Da ließ sie ein markerschütterndes Brüllen herumwirbeln.

»*Le tigre!*«, flüsterte Lucienne. »Er ist verletzt!«

Einem der Soldaten war es gelungen, seinen Speer auf das Tier zu schleudern. Die Raubkatze schüttelte die Waffe ab, doch aus ihrer Flanke troff dunkles Blut.

Ole tastete unwillkürlich nach dem Steinhaufen – besser ein Stein als gar keine Waffe. Ein verletzter Tiger konnte blindwütig jeden angreifen, der ihm in die Quere kam.

Doch Lucienne schlug ihm den Stein aus der Hand. »*Non*, Finger weg von die Haufen!«

»Aber …«

»Lass die Stein liegen!«

»O nein! Seht nur, da ist Shé!« Mit zitternder Hand deutete Nikolas auf den Schlangenkrieger, der unvermittelt vor dem Tiger aufgetaucht war. Fauchend bewegte sich die Raubkatze auf ihn zu. Shé schien nicht zu wissen, was er tun sollte. Und dann … Lucienne, Nikolas und Ole trauten ihren Augen nicht: Die Schlange wich tatsächlich zurück!

Mit ein paar langen Sätzen verschwand der Tiger in der Nacht.

Um Haaresbreite

»Weiter, nur noch ein kleines Stück, dann sind wir da«, feuerte Nikolas die anderen beiden an. Obwohl er mit seiner Krücke nicht so schnell vorankam, lief er voraus. Er hatte den besten Orientierungssinn von allen und wusste zumindest ungefähr, wo sie Nosie und Bossi zurückgelassen hatten, als Ole und er beschlossen, das Lager auszuspionieren. In der Finsternis konnte jeder Irrtum verhängnisvoll sein.

Stolpernd und rutschend hasteten sie einen kaum sichtbaren Pfad hinauf, getrieben von der Angst, dass Shé oder Léis Soldaten ihnen bereits auf den Fersen sein könnten. Der Wind hatte noch an Kraft zugelegt, sein unheimliches Heulen ließ Ole die Haare zu Berge stehen.

Bossi begrüßte sie mit einem leisen Wuff. Außer sich vor

Freude sprang er abwechselnd an allen dreien hoch und riss Nikolas dabei fast um.

»Ja doch, ich liebe dich auch, du wunderbarer, dusseliger Hund, aber jetzt müssen wir erst mal zusehen, dass wir wegkommen«, wehrte Nikolas ihn ab. »Ole, warum dauert das denn so lange?«

Ole fingerte mit einer Hand an dem Strick herum, mit dem er Nosie an einem toten Baum festgebunden hatte. Die andere hielt er auf sein linkes Auge gepresst. Er würde ein perfektes Veilchen bekommen!

»Weil ich nichts sehen kann«, gab er zurück.

»Oh, *je regrette*«, entschuldigte sich Lucienne kleinlaut. »Ich wollte dir nicht wehtun, weißt du? Aber ich dachte, Léis Soldaten würden mich schnappen und sperren wieder in die Käfig.«

Ole brummte etwas Unverständliches, bevor er auf Nosies Rücken kletterte. Sehr praktisch, dass diese mongolischen Ponys so klein waren. Da kam selbst er hinauf, ohne sich zu blamieren. Er half Nikolas, hinter ihm aufzusitzen. Lucienne wartete nicht weiter ab, sondern ging mit Bossi dicht an ihrer Seite voran. Unsicher tasteten sie sich durch die rabenschwarze Nacht. Zwar hatten sich ihre Augen allmählich an die Finsternis gewöhnt, doch irgendwie sahen im Dunkeln alle Felsen gleich aus: formlose Umrisse, die genauso gut Tiger, Wegelagerer, Drachen oder sonstige Monster sein konnten.

»Wohin gehen wir überhaupt?«, schniefte Ole. Nicht nur sein lädiertes Auge tränte, auch die Nase begann zu laufen. Na prima. Jetzt dachten die anderen bestimmt, er würde heulen.

»Egal, Hauptsache, weit weg von die Lager«, antwortete Lucienne.

»Bossi wird den Weg zurück schon finden«, sagte Nikolas zuversichtlich.

Ole schüttelte nur den Kopf, und es fühlte sich an, als würde ihm dabei das Auge herausfallen. »Keine Chance. Bossi hat genauso wenig Ahnung, wo wir sind, wie du oder ich.«

»Aber er ist Luciennes Fährte gefolgt!«, beharrte Nikolas.

Ole warf ihm einen schiefen Blick zu. »Mensch, Nikolas, du weißt ja sonst wirklich eine Menge, aber von Hunden hast du echt keine Ahnung. Bossi hatte doch nach der ersten Stunde schon die Spur verloren! Kein Hund der Welt kann einen ganzen Tag lang eine Fährte verfolgen. Ohne Samara würden wir immer noch kreuz und quer durch den Song Shan irren.« Obwohl – im Moment taten sie auch nichts anderes, wenn er es sich recht überlegte. Jetzt begann es auch noch wie aus Kübeln zu schütten. Das hatte gerade noch gefehlt!

»Wer ist Samara?«, erkundigte sich Lucienne und legte den Kopf in den Nacken, um mit offenem Mund die Regentropfen aufzufangen. Ah, wie gut das tat! Endlich etwas zu trinken.

»Eine Händlerin, die uns unterwegs begegnet ist. Sie hat Léis Lager entdeckt«, antwortete Nikolas mit eingezogenem Kopf, weil die eisigen Tropfen immer heftiger herunterklatschten. »Wenn Bossi einfach nur drauflosgerannt ist, war es im Grunde purer Zufall, dass wir dich gefunden haben.«

Lucienne blieb stehen und wischte sich über den Mund. Kleine Schlammpfützen umspielten ihre Füße. »Ich glaub nicht an Zufälle«, meinte sie. »Alles, was geschieht, hat eine Grund.«

Ole betastete vorsichtig sein zugeschwollenes Auge. »Soso«, murmelte er.

Lucienne seufzte. *Mon Dieu*, wie sollte sie es ihnen erklären, ohne dass sie sie für verrückt hielten?

»Es war keine Zufall, dass wir nach Shaolin gekommen sind«, sagte sie. »Wir sollen die heilige Drache finden. Irgendwer oder irgendwas hat uns ausgesucht, vielleicht die Schicksal, weiß ich nicht. Und heute Nacht – denkt nur an *le tigre*!«

»Gefährlich«, sagte Nikolas und schauderte. »Ich dachte echt, mir bleibt das Herz stehen! Wir hatten uns gerade bis zu diesem Steinhaufen vorgewagt, da taucht der Tiger wie aus dem Nichts auf und stürmt in das Lager!«

Ungeduldig schüttelte Lucienne den Kopf. »Habt ihr es denn nicht gesehen? Er hat niemanden angegriffen, er ist einfach gerannt in die Lager und hat gemacht eine große Durcheinander. Ohne *le tigre* wär ich nicht aus die Käfig gekommen. Und Léis Männer hätten uns sofort wieder gefangen.«

Ole nickte so heftig, dass er dem hinter ihm sitzenden Nikolas gegen die Nase stieß.

»Aua! Pass doch auf!«

»Tschuldigung, aber Lucienne hat recht, das mit dem Tiger war irgendwie merkwürdig. Selbst Lóngs Bruder hat sich nicht getraut, ihn anzugreifen.«

»Wer?« Lucienne glaubte sich verhört zu haben.

»Lóngs Bruder«, wiederholte Ole. »Ach, das weißt du ja noch gar nicht!«

»Ja, halt dich fest: Diese Schlange ist der Bruder von unserem Mönch«, erklärte Nikolas. Während sie sich weiter ihren Weg durch die Dunkelheit und den Regen suchten, berichtete er Lucienne von den Geschehnissen nach ihrer Entführung, auch von Xiès Geständnis und Lóngs übler Verletzung.

»Und stell dir vor, Shé, diese Schlange, hat den gestohlenen Drachen in Changan verkauft. Ich bin jedenfalls ziemlich sicher, dass es einer der beiden Shaolindrachen war. Willst du wissen, wieso?«

Lucienne verdrehte die Augen, aber das konnte Nikolas im Dunkeln nicht sehen. Natürlich wollte sie das!

»Ich hab mit meinem Handy ein Foto von deinem Drachen gemacht und es Samara gezeigt. Sie meinte, der andere Drache hätte ganz ähnlich ausgesehen.« Nikolas musste schreien, um sich verständlich zu machen, so laut hallte das Rauschen des Regens von den Felswänden wider. So ähnlich musste die Sintflut gewesen sein. Die Erde schwamm förmlich unter ihren Füßen davon.

»Und woher weiß Samara das?«, brüllte Lucienne zurück.

»Sie hat das Geschäft für Shé eingefädelt.«

Nicht zu fassen! Lucienne wünschte sich, sie wäre dieser geheimnisvollen Händlerin selbst begegnet und hätte sie ausfragen können.

Längst waren sie alle bis auf die Haut durchnässt. Nosie trottete nur noch widerwillig vorwärts und auch Bossi trödelte herum.

»Ein Gutes hat dieses Mistwetter immerhin«, meinte Ole. »Der Regen verwischt unsere Spuren.«

Lucienne hatte noch das Gehörte zu verdauen und achtete kaum darauf, wohin sie die anderen führte. Zu sehen war ja nicht viel, aber der Boden unter ihren Füßen fühlte sich etwas bequemer an als zuvor. Wie eine Art Weg.

»Was ist los, Nosie? Vorwärts!«, ermunterte Ole das Pferd, das plötzlich nicht mehr weiterwollte. Aber Nosie legte die Ohren an und rührte sich nicht vom Fleck. Auch Bossi war stehen geblieben und kniff den Schwanz ein.

»Was ist denn mit euch los?«, murmelte Ole ratlos.

»Hast du was gesagt?«, rief Nikolas hinter ihm. »Ich hör dich kaum, das ist hier ja ein Getöse wie …« Von einem Wasserfall, wollte er sagen, aber die Worte blieben ihm im Hals stecken. Was war das für ein Donnern und Grollen, das schon die ganze Zeit in der Luft lag? Es schien immer lauter zu werden. Es kam von vorn.

Nikolas überlegte. Der Weg … Die Bergwände … Um Himmels willen! Das war kein Pfad, auf dem sie sich hier befanden, sondern vermutlich das ausgetrocknete Bett eines Gebirgsbaches!

»Weg hier!«, brüllte er. »Den Hang hinauf! Los, beeilt euch, gleich kommt die Flut!«

Ausnahmsweise stellte niemand Fragen. Ole sprang ab, Nosie setzte sich wie von allein in Bewegung, alle anderen hetzten zwischen die Felsen, um so viel Höhe wie möglich zu erreichen. Keine Sekunde zu früh:

Donnernd wälzte sich eine gigantische Schlammlawine durch das enge Tal und peitschte eine meterhohe Flutwelle aus schmutzig braunem Wasser vor sich her. Mit Entsetzen erkannte Nikolas, dass Nosie noch nicht hoch genug geklettert war. Er stieg ab und wollte das Pferd führen, doch auf den glitschigen Felsen fand sein gesundes Bein keinen Halt. Die Krücke entglitt ihm, mit einem Schrei rutschte er aus und stürzte ab. Der Bach, der durch den Regen zu einem schäumenden Wildwasser geworden war, riss ihn sofort mit sich.

»Nikolas!« Lucienne schrie auf. Wie ein Echo hallte auch Oles Schreckensruf von den Felsen wider.

Verzweifelt griff Lucienne nach der Krücke. Sie musste Nikolas folgen und ihn irgendwie aus dem Wasser ziehen! Wo zum Teufel war er? In der Finsternis konnte sie kaum etwas erkennen, nur die Schaumkronen auf dem wild wirbelnden Wasser. »Nikolas!«

Nikolas hörte sie zwar rufen, aber er konnte nicht antworten. Er wurde umhergeschleudert wie in einer Zentrifuge, oben, unten, Wasser, Luft – es gab keinen Unterschied mehr. Er schluckte von der eisigen Brühe und erstickte fast, als er sie auch einatmete. Das ist das Ende, dachte er. Ich werde ertrinken oder jeden Moment an einem der Felsbrocken zerschmettert werden.

»Hier! Halt dich fest! – Beim Auge der Göttin, pack zu!«

Halb blind vom Wasser, versuchte Nikolas etwas zu erkennen. Eine Stange wurde ihm vor die Nase gehalten, gerade so weit entfernt, dass er sie erreichen konnte. Aber seine Arme waren bereits taub von der Kälte und wollten ihm nicht gehorchen.

»Los doch, streng dich an! Du schaffst es!«, feuerte die Stimme ihn an.

Mit letzter Kraft und unter enormer Willensanstrengung bekam Nikolas eine Hand aus dem Wasser. Festhalten! Und nicht mehr loslassen! Er musste das Kommando jedem seiner Finger einzeln geben, aber es klappte, und dann war plötzlich noch jemand da – Lucienne, dachte er erleichtert – und half. Wie ein Fisch an der Angel wurde Nikolas aus dem Wasser gezogen. Er schlug ein paar Mal gegen einen kantigen Felsen, aber das spürte er kaum. Erschöpft klappte er zusammen, als er endlich am rettenden Ufer lag.

»Wolltet ihr euch alle umbringen, oder was? Welcher Mensch von halbwegs klarem Verstand läuft denn bei solch einem Unwetter in einem Bachbett herum!«, schimpfte eine Frauenstimme.

»Seid Ihr das, Samara?«, konnte Nikolas gerade noch fragen, bevor er das Bewusstsein verlor.

Neuigkeiten vom Himmelssohn

Ben verwünschte sich selbst. Wie konnte man nur so doof sein? Er hätte darauf bestehen sollen, dass sie ihn mitnahmen. Jetzt war er an Lóng und Xiè und den blöden Karren gekettet und musste sich den ganzen Tag von diesem Mönch herumkommandieren lassen.

Was, wenn seine Freunde nicht zurückkamen? Wenn ihnen etwas zustieß? Zu allem Unglück braute sich auch noch ein Unwetter über dem Song Shan zusammen. Immer wieder zerschnitten Blitze den Himmel, der sich unheilvoll verdunkelt hatte. Armer Ole, er würde sterben vor Angst, dachte Ben. Hoffentlich fanden die anderen einen Unterschlupf.

Das wenigstens hatte Lóng gut hingekriegt. Noch bevor der Wolkenbruch so richtig losging, hatte er sie aus den Bergen herausgelotst und steuerte nun ein Bauernhaus an, das wie herbeigehext am Weg lag. Das heißt, Ben steuerte: Er lenkte den Karren, auf dem Lóng unter einer Decke lag und Anweisungen gab, während Xiè nebenherlief.

»Schneller, Junge, bevor uns das Unwetter erwischt«, stöhnte Lóng, denn das Gerumpel tat seinem Arm gar nicht gut. Mühsam hob er den Kopf: »Da vorn – das Hoftor – siehst du den Stall? – Aaah, pass doch auf, wohin du ...« Er keuchte, als der Wagen in ein Schlagloch sackte. Entkräftet sank Lóng wieder zurück. Seine Verletzung war doch schlimmer als zunächst vermutet, und trotz Xiès Teemischungen und heilender Umschläge quälte den Mönch das Wundfieber.

Ben lenkte den Karren auf das Anwesen zu. Xiè rannte vorweg und öffnete das Tor in der niedrigen Lehmmauer. Inzwischen platschten die ersten Tropfen herunter, kleine Fontänen aus Staub und Schlamm spritzten überall auf dem Hof auf.

Die Lehmmauer umschloss ein Haus, zwei kleinere Nebengebäude und einen Stall. Alle Gebäude waren aus Lehmziegeln errichtet und mit hölzernen Dachschindeln gedeckt. Das Haupthaus besaß eine anmutig nach außen geschwungene Dachrinne. Warmes Licht schimmerte durch die Fenster, in die gewachste Papierbögen eingesetzt waren. Auch der Hof wurde von einer Laterne erleuchtet.

Es sah ganz so aus, als ob hier recht wohlhabende Bauern lebten, dachte Ben.

Ihre Ankunft war nicht unbemerkt geblieben. Die Tür öffnete sich und zwei Männer traten heraus. Sie waren mit beeindruckenden Hakenschwertern bewaffnet. Ben machte sich bereit, den Wagen auf der Stelle zu wenden. Hier würde man sie gewiss nicht mit offenen Armen empfangen … Aber da irrte er sich.

Lóng hatte sich mühsam aufgerichtet. »Den Segen der Götter für Euch und Euer Haus, ehrenwerter Li Páo. Seid Ihr so gütig, uns für die Nacht aufzunehmen?«

Der ältere der beiden Männer ließ überrascht das Schwert sinken.

»Meister Lóng!«

»Verzeiht, dass wir Euch so überfallen«, brachte der Mönch hervor.

Der Mann drückte seinem Begleiter das Schwert in die Hand und eilte mit ausgebreiteten Armen auf die Neuankömmlinge zu. »Es ist mir eine Ehre! Mein Haus steht Euch jederzeit offen. Aber Ihr seid verletzt!«, stellte er besorgt fest. »Guanyin stehe Euch bei! Was ist passiert? – Nein, wartet, das könnt Ihr uns später berichten, jetzt kommt erst mal ins Haus. Eure Knechte können die Pferde versorgen und bei meinen Tieren im Stall unterbringen.«

Ben glaubte sich verhört zu haben. *Knechte*? So eine Frechheit! Er wollte schon den Mund aufmachen, aber Lóng kam ihm zuvor. »Es sind kleine Brüder, Li Páo, keine

Knechte«, sagte er mit einem beschwichtigenden Seitenblick zu Ben.

Der Bauer verbeugte sich entschuldigend vor ihnen, wobei er feierlich die rechte Hand zur Faust ballte und sie vor der Brust in die hochgereckte linke Handfläche legte. Xiè erwiderte den Gruß, während er vor Verlegenheit rot anlief.

»Wenn das so ist, wird sich natürlich mein Knecht um eure Tiere kümmern«, lächelte Li Páo. Auf seinen Wink hin schlurfte von irgendwoher ein uralter Mann in einem knittrigen braunen Kittel herbei. Mit zittrigen Fingern griff er nach der Leine.

Ben zögerte. Sollte der Opa mit seinem dünnen weißen Zöpfchen und dem ausgefransten Spitzbart nicht lieber bequem in einem Lehnstuhl sitzen und seine Glieder an einem netten Feuerchen wärmen?

»Nee, lasst mal«, murmelte Ben verlegen. »Das mach ich schon.«

»Wir gehen jetzt ins Haus. Und zwar alle«, sagte Lóng.

Zu Befehl. Ben wusste, wann er sich geschlagen geben musste. Lóngs Tonfall sagte ihm, dass er jetzt besser keinen Ärger riskieren sollte.

Li Páo und der jüngere Mann, der sich als sein Schwiegersohn herausstellen sollte, halfen Lóng ins Haus. Xiè blieb dem Meister dicht auf den Fersen, als traue er Lóngs Freunden nicht zu, dass sie den Verletzten umsichtig genug behandelten. Ben folgte ihnen und prüfte dabei unauffällig, ob der Drache und die Flöte nach wie vor wohlbehalten in der Tasche unter seinem Baumwollkittel steckten. Das waren die wichtigsten Dinge, die Ben besaß, und sie bedeuteten ihm noch mehr, seit er ohne seine Freunde durch dieses verrückte Land ziehen musste.

Drinnen knisterte ein warmes Feuer. Li Páo stellte ihnen seine Frau, seine Tochter und seine Enkelin vor. Alle lächelten miteinander um die Wette und verbeugten sich unaufhörlich. Als sie sich aufgeregt um Lóng scharten, betrachtete Ben sie neugierig. In das Haar der Hausherrin mischten sich erste Silbersträhnen und ihr fehlten einige Zähne. Sie trug ein schlichtes graues Kleid, das ihr bis zu den Waden reichte. Darunter hatte sie offenbar lange Baumwollhosen an, wie sie auch bei den Männern üblich waren. Das Kleid ihrer Tochter leuchtete himmelblau und war mit Lotusblüten bestickt, das kleine Mädchen war in Weiß gekleidet. Die Kleider hatten enge Stehkragen, deren bloßer Anblick Ben schon ein unangenehmes Gefühl am Hals verursachte.

Li Páo selbst und sein Schwiegersohn trugen lange schwarze Kittel. Ben musste sich ein Grinsen verkneifen, als er die weißen Gamaschen der Männer bemerkte, in denen die Pumphosen steckten. Komische Klamotten trugen die hier! Die Schuhe hatten Sohlen aus geflochtenem Bast und waren mit Stoff bezogen. Das Seltsamste war jedoch der schwarze Hut von Li Páo: Er hatte keine Krempe und war oben offen. Ben sah einen silbergrauen, mit einem Holzstäbchen befestigten Haarknoten herauslugen, als der alte Bauer sich bückte.

Die Einrichtung von Li Páos Haus war schlicht, zeugte aber von einem gewissen Wohlstand. Es gab sogar kleine Hocker, die um einen niedrigen rechteckigen Tisch herumstanden; soweit Ben unterwegs mitbekommen hatte, konnten die meisten Bauern schon froh sein, wenn sie eine Strohmatte zum Sitzen hatten.

Eine leichte Zwischenwand aus Holz und Papier teilte einen Bereich des Innenraums ab, vermutlich befanden sich dort die Schlafstätten. Das augenfälligste Schmuckstück im Wohnraum war ein reich geschnitzter Schrank. Der aufgeklappte obere Teil enthielt offenbar eine Art Altar. Dort hing die Tuschezeichnung eines wolkenverhangenen Berges. Zwei Räucherstäbchen glommen daneben und verbeiteten einen leicht herben, aber nicht unangenehmen Duft.

Ben blieb einen Moment vor dem Bild stehen und betrachtete es.

»Das ist der Wudang Shan, einer der heiligen Berge der Daoisten«, wisperte Xiè ihm ergriffen zu. »Der ehrenwerte Li Páo ist Daoist wie mein Meister, ich habe es gleich an seiner Kleidung erkannt.«

Ben wünschte sich nicht zum ersten Mal, dass Nikolas jetzt hier wäre. Der hätte ihm vermutlich erklären können, was das bedeutete.

»Und was heißt Dao?«, fragte er.

»Das weißt du nicht?«, flüsterte Xiè erstaunt zurück. »Ihr kommt aber wirklich aus einem sehr fernen Land, wenn man bei euch Dao nicht kennt!«

Li Páo hatte feine Ohren. Der leise Wortwechsel war ihm nicht entgangen. »Dao ist der bewusste Weg«, wandte er sich an Ben. »Wir Daoisten streben ein harmonisches Leben mit der Natur an und wehren uns nicht gegen den Lauf der Dinge. Wichtig ist vor allem, das richtige Maß zwischen Tun und Lassen zu finden und die Götter nicht zu verärgern.«

»Oh – ja, verstehe«, behauptete Ben. Sobald der alte Mann sich wieder abgewandt hatte, beugte er sich zu Xiè. »Und was ist mit Lóng und seinen buddhistischen Brüdern?«, erkundigte er sich leise.

»Ich glaube, sie werden nur geduldet. Im Reich des Himmelssohns sind nämlich fast alle Daoisten«, antwortete Xiè.

Na toll. Wenn sie es überhaupt bis in die Hauptstadt schafften, bekamen sie am Ende noch Scherereien, weil sie nicht die richtigen Naturgötter verehrten! Ben schüttelte den Kopf.

Geschäftig wuselten die Frauen umher und wollten Lóngs Verletzung behandeln. Zu Bens Überraschung wehrte der Mönch ab: »Mein heilkundiger kleiner Meister hier versorgt mich sehr gut.« Er schenkte Xiè ein freundliches Lächeln. Der Kleine zermürbte sich mit immer neuen Selbstvorwürfen. Das Lob tat ihm sichtlich gut. Er lief rosig an und senkte nicht mehr ständig den Blick, sobald ein Erwachsener ihn ansah.

»Noch ein, zwei Tage, dann werde ich das Schlimmste überstanden haben«, meinte Lóng und nahm dankend die dampfende Schale entgegen, die Li Páos Frau ihm reichte. Er war so schwach, dass seine Hand dabei zitterte. Auch vor Ben und Xiè wurden Schalen mit Essen gestellt, das die Tochter auf einem großen Tablett aus einem der Nebengebäude herbeitrug.

Ben schielte in seine Schale. Hoffentlich schwammen nicht irgendwelche Froschaugen oder Hühnerköpfe darin herum. Bestimmt wäre es schrecklich unhöflich, nichts zu essen. – Hm. Suppe mit Teigstreifen. Sah nicht schlecht aus. Und schmeckte auch gut, wie er erfreut feststellte.

Der nächste Gang war schon eher eine Herausforderung: durchsichtige dünne Fäden mit einer undefinierbaren Soße.

»Was in aller Welt ist das?«, flüsterte Ben Xiè zu. Der Junge sah aus, als könnte er sein Glück nicht fassen, und haute rein wie eine ganze Meute hungriger Wölfe.

»Glasnudeln aus Mungobohnenmehl«, nuschelte Xiè mit vollem Mund, »mit roter Soße.«

Glasnudeln, aha. Dass die Soße rot war, sah Ben selbst. Er probierte. Hölle, war das scharf! Gleich mussten Flammen aus seinen Ohren schlagen. Das kleine Mädchen, das ihn und Xiè schon die ganze Zeit nicht aus den Augen ließ, kicherte hinter vorgehaltener Hand. Mit Todesverachtung aß Ben die ganze Portion auf und stürzte drei Krüge Wasser hinterher.

Neue Schälchen wurden aufgetischt. Ben ließ nichts aus und nach den ersten Bissen schmeckte das meiste sogar. Gebackene Teigbällchen mit Kräuterfüllung, sauer eingelegte Kohlblätter, gebratener Reis mit Eiern – das müsste Ole sehen!

Der Reis in Bens Mund schien sich auf einmal zu verklumpen, als er an seine Freunde dachte. Ob sie Lucienne schon gefunden hatten?

Ben spürte einen Stich in seiner Brust, und erneut wurde ihm bewusst, dass er trotz der Menschen um ihn herum im Grunde ganz allein war. Ein Fremder aus einer anderen Zeit, aus einem anderen Land, von seinen Freunden getrennt, ohne zu wissen, ob er sie jemals wieder sehen würde.

Oder Aphra.

Warum musste er ausgerechnet jetzt an das Mädchen aus dem Mittelalter denken?

Verdammt noch mal, war das Essen scharf. Trieb einem glatt das Wasser in die Augen.

Das kleine Mädchen gluckste vor Vergnügen und feixte ihn jetzt offen an. Ben grinste zurück. Fang bloß nicht an zu heulen, du Idiot, dachte er.

Lóng, gebeutelt vom Fieber, aß nur eine Kleinigkeit. Obwohl ihn das Reden sichtlich anstrengte, unterhielt er sich leise mit Li Páo, und Ben bekam mit, dass die beiden sich seit Urzeiten kannten. »Ein Freund wiegt schwerer als ein Berg«, erklärte Li Páo gerade, »und diese Last zu tragen ist eine Ehre.«

Ben kapierte nicht so ganz, was er damit meinte, aber auf jeden Fall schien sich Li Páo für den Mönch verantwortlich zu fühlen.

Nach dem Essen legte Xiè dem Mönch einen neuen Verband an, die Frauen brachten Schlafmatten für die Gäste und zogen sich dann in den Nebenraum zurück. Xiè und Ben rollten sich auf ihren Plätzen zusammen, aber so müde Ben auch war, er konnte keinen Schlaf finden. Traurig presste er seinen Leinenbeutel an sich und drehte sich zur Wand. Der Flötenkasten drückte gegen seine Brust. Gern hätte er ein wenig gespielt und sich mit der Musik getröstet.

»Chrr–pff … chrr–pff …« Xiè neben ihm schnarchte leise. Ben wischte sich eine Träne ab und lauschte der gedämpften Unterhaltung zwischen Lóng, Li Páo und seinem Schwiegersohn.

»Wir bauen seit einigen Jahren Ginseng an«, erzählte der Bauer gerade. »Mit dem Segen der Götter gedeiht er bei uns in so besonderer Qualität, dass es sich sogar bei Hofe herumgesprochen hat. Jiàn hat in diesem Jahr das erste Mal den Himmelssohn beliefert.«

Jiàn war der Schwiegersohn, der bisher kaum den Mund aufbekommen hatte. Aber auf die Sache mit dem Himmelssohn war er offenbar stolz, denn er betonte, dass er den Kaiser persönlich gesehen habe, wenn auch nur aus der Ferne: »Er war auf dem Weg zum Tempel auf dem Drachenhügel und für die Dauer eines Wimpernschlags hat er genau in meine Richtung geblickt!«

Toll, Jiàn, wirklich toll, dachte Ben schläfrig. Der Kaiser schien Jiàns Lieblingsthema zu sein. Eifrig fuhr er fort: »Seit der rätselhaften Krankheit seiner Lieblingskonkubine …«

Was für einer Biene?

»… besucht Taizong täglich den Tempel und opfert den Göttern. Für keine seiner anderen Nebenfrauen hat er noch Augen.«

Ach, so einer war das. Eine Konkubine war also eine Nebenfrau. Der Kaiser hielt sich einen Harem … Ben gähnte. Vielleicht würde es ihm doch noch gelingen, einzuschlafen. »Chrr–pff … chrr–pff …«, schnorchelte es neben ihm.

»Was fehlt denn der Konkubine des Kaisers?«, stieß Lóng angestrengt hervor. Er lag unter einem Haufen Decken, weil ihn heftiger Schüttelfrost plagte.

»Sie leidet an einer Verdunkelung des Gemüts«, sagte Jiàn. »In der Kaiserstadt redet man von nichts anderem. Nichts bereitet ihr mehr Freude, weder die edelsten Speisen noch schimmerndste Seide oder die kostbarsten Schmuckstücke. Dichter und Musikanten tragen der Dame ihre neuesten Werke vor, aber keines, so heißt es, kann ihre Aufmerksamkeit auch nur für einen Moment fesseln.« Er seufzte.

»Ihr habt gewiss vom kaiserlichen Aufruf gehört, Meister Lóng«, schaltete sich der alte Bauer ein.

Was für ein Aufruf? Ben drehte sich wieder von der Wand weg.

»Wovon redet Ihr, ehrenwerter Li Páo?« Lóng klang erstaunt.

»Seid Ihr etwa nicht deswegen auf dem Weg nach Changan?«, fragte sein Freund. »Der Kaiser hat alle Weisen und Gelehrten um Hilfe gebeten. Und sogar das Volk ist dazu aufgerufen, den Beamten des Kaisers erprobte Hausmittel und Familienrezepte mitzuteilen.« Li Páo strich sich über die langen grauen Haarfäden an seinem Kinn, die mehr an ein Wollgespinst als an einen Bart denken ließen.

»Natürlich hat man sich auch auf uns Daoisten besonnen und unser Buch der Wandlungen.« Seine Stimme wurde leiser, aber Ben verstand sowieso nur Bahnhof. Der alte Mann erzählte irgendetwas von einem Lebenselixier, nach dem seit Jahrhunderten geforscht wurde. Hatte Xiè nicht behauptet, sein Meister besäße das Rezept oder zumindest einen Teil davon?

Ich könnte euch sagen, dass es auch tausendvierhundert

Jahre später noch nicht gefunden ist, dachte Ben. Er hörte erst wieder richtig zu, als Li Páo sagte: »Und Ihr, Lóng? Ich vermutete, Ihr würdet dem Himmelssohn ein machtvolles Heilmittel der Shaolin-Mönche überbringen.«

»Uns führen andere Geschäfte in die Hauptstadt«, wich Lóng aus.

Chrr–pff … chrr–pff … Was für einen Lärm Xiè machte! Ben wartete. Wie viel würde der Mönch dem Bauern verraten?

»Wir suchen den Meister des kleinen Xiè. Ein widriges Schicksal könnte ihn an den Kaiserhof verschlagen haben. Verzeiht, wenn ich Euch nicht mehr dazu sage, aber …«

Li Páo winkte lächelnd ab. »Sorgt Euch nicht, Meister Lóng, ein alter Mann weiß mancherlei und muss nicht noch mehr erfahren. Was nützt ihm das Wissen der ganzen Welt?«

Chrr–pff … chrr–pff …

Jiàn dagegen war immer noch beim Himmelssohn und seiner traurigen Geliebten. »Alle Heilmittel werden nichts nützen«, orakelte er. »Wisst Ihr, was man sich bei Hofe erzählt?« Jiàn machte eine Kunstpause, wohl, um sich die volle Aufmerksamkeit seiner Zuhörer zu sichern.

Ben spitzte die Ohren. Wenn Xiè bloß nicht so laut schnarchen würde!

Chrr–pff … chrr–pff …

»Sie sagen, die göttliche Harmonie sei aus dem Gleichgewicht geraten. Nur eine mächtige Magie vermag sie wieder in Ordnung zu bringen – heilige Drachen könnten das, wie wir Daoisten ja schon lange wissen«, fügte er selbstgefällig hinzu. Sein Schwiegervater räusperte sich missbilligend.

»Angeblich befindet sich ein solcher Drache im Besitz des Kaisers«, fuhr Jiàn fort. »Aber ich sage Euch, das nützt nichts. Es müssen zwei sein, ein Drachenpärchen, sonst wirkt ihre Kraft nicht.«

»Chrr–«

Das Schnarchen riss abrupt ab. Ben war wie elektrisiert. Er hielt jede Wette, dass Xiè wach war, auch wenn er die Augen fest zusammenkniff. Der Kaiser hatte den anderen Drachen! Hús Vermutung war also richtig gewesen. Ben wurde ganz kribbelig vor Aufregung. Xiè lag ebenso angespannt neben ihm.

Lóng spürte die geballte Aufmerksamkeit der Jungen und warf einen warnenden Blick in ihre Richtung. Es war besser, wenn ihre Gastgeber glaubten, dass die beiden schliefen.

»…pff …« Xiè nahm sein Geschnarche wieder auf und Ben klappte schnell die Augen zu. Unauffällig tastete seine Hand nach dem Drachen, der sicher verwahrt im Leinenbeutel an seiner Brust ruhte. Komisch, dass er überhaupt nichts fühlte, dachte Ben. Keine pulsierende Energie, wie Lucienne oder Lóng sie gespürt hatten. Für ihn war es einfach nur ein kleines Jadestück. Was würde geschehen, wenn Li Páo und seine Leute von dem Drachen erfuhren? Würden sie versuchen, die Figur in ihren Besitz zu bringen? Am Ende sogar Gewalt anwenden? Ben beschloss, niemandem zu trauen. Er krümmte sich um seinen Schatz zusammen und hielt ganz still.

»Ihr mögt es vielleicht für das Geschwätz eines alten

Mannes halten«, hörte er Li Páo bekümmert sagen, »aber die magischen Drachenfiguren sind auch ein Risiko, wenn sie in die falschen Hände geraten ... « Der Bauer seufzte. »Als es noch echte Drachen gab, waren alle Dinge in der Welt miteinander in Einklang. Kein Mensch hätte einen lebenden Drachen für seine Zwecke missbrauchen können.«

Ja, früher war sowieso alles besser, hat meine Oma auch immer gesagt, dachte Ben. Und wie ging es nun weiter? Taizong, der Herrscher, besaß also das Gegenstück zu Luciennes Drachen und wäre sicher hocherfreut, wenn sie ihm den anderen auch noch in die kaiserliche Hand drückten. Aber was dann?, überlegte er. Wie kommen wir zurück nach Hause? Diese unscheinbare kleine Jadefigur hatte sie nach China verfrachtet, also brauchten sie sie vermutlich auch, um wieder zurückzukommen. Es sei denn, Ole fiel der Spruch wieder ein, von dem sie nicht einmal wussten, ob es ein Reisezauber war. Was für eine verwickelte Situation!

Während allmählich Ruhe in der Bauernstube einkehrte und der Schlaf die Männer umfing, fuhren die Gedanken in Bens Kopf Karussell. Irgendwie hatte er den Überblick verloren. Warum reisten sie überhaupt nach Changan? Um dem Kaiser den Schicksalsdrachen zu bringen, damit seine Herzdame gesund wurde, oder ihm den seinen wegzunehmen, damit Hú sich darüber freuen konnte? Um Xiès Meister Yù zu finden? Oder gab es noch weitere Gründe? Das alles war mehr als genug, um die ganze Nacht herumzugrübeln. Wenigstens lenkte es Ben ein wenig von seinem Kummer ab.

Besuch

Es roch seltsam. Nach Mist. Brennendem Mist, um genau zu sein. Verwirrt schlug Nikolas die Augen auf. Er lag in einem Zelt unter warmen Decken, die ziemlich intensiv nach Kamel müffelten. In der Mitte des Zeltes knisterte ein Feuer – Kameldung, gut brennbar, meldete sein Gehirn. Ein eiserner Kessel hing an einem Dreibein über der Glut. Der Rauch zog durch eine kleine Öffnung in der Zeltplane ab. Nikolas sah ein Stückchen Himmel; es schien bedeckt zu sein. Es war noch früher Tag und schummrig im Zelt, nur das Feuer warf einen warmen Schein. Hatte er geschlafen? Wie kam er hierher? Und wieso hatte er unter diesen Decken nichts an? Seine Sachen baumelten an einer Leine, die zwischen zwei Zeltstangen aufgespannt war.

Nikolas hob den Kopf.

»*Bonjour*, Schlafmütze«, begrüßte ihn Lucienne. »Wie geht es dir?«

»Du hast uns vielleicht einen Schrecken eingejagt«, ergänzte Ole mit vollem Mund. Er füllte eine Schale aus dem Eisenkessel und reichte sie Nikolas. »Fleischsuppe. Nicht gerade dein übliches Frühstück, würde ich wetten, aber echt lecker. Bossi war ganz außer sich.«

Nikolas richtete sich auf. Gab es auch nur eine einzige Stelle an seinem Körper, die nicht wehtat? Er zog die Decken enger um sich. Allmählich kehrte seine Erinnerung zurück.

»Das war knapp, oder?«, murmelte er.

»Kannst du laut sagen! Aber Samara war toll, sie hat dich mit einer Zeltstange aus dem Wasser gefischt«, berichtete Ole begeistert.

Nikolas probierte die Suppe. Zu wenig Salz, dafür ziemlich fettig. Er zwang sich, ein paar Schlucke zu trinken und möglichst nichts von dem Fleisch in den Mund zu bekommen, das in Bröckchen darin herumschwamm. Was hätte er jetzt für eine Tasse Milchkaffee und ein paar Scheiben Toast mit Orangenmarmelade gegeben!

»Woher … Wieso war Samara so plötzlich zur Stelle?«, fragte Nikolas halblaut.

»Das würde ich auch gerne wissen«, sagte Lucienne.

Ole blinzelte entnervt mit seinem gesunden Auge. Das andere war völlig zugeschwollen und sah heute noch schlimmer aus als am Abend zuvor. »Warum seid ihr bloß immer so misstrauisch? Sie hat sich Sorgen gemacht, ob wir wirklich allein klarkommen, und ist zurückgeritten. Hat sie doch selbst gesagt!«, meinte er.

Lucienne machte ein skeptisches Gesicht. »Menschen sagen vieles.«

»Ach du, du bist ja schon genauso schlimm wie er!«, antwortete Ole mit einem heftigen Kopfnicken in Richtung von Nikolas. »Immer wisst ihr alles besser! Wir müssen dieses tun, wir lassen jenes, Ole beeil dich, Ole lass den Stein liegen …«

»Der Stein«, unterbrach ihn Lucienne, »den du auf *le tigre* schmeißen wolltest, war von ein Grab.«

Ole schaute sie verunsichert an. »Was für ein Grab?«

»Die Haufen Steine im Lager – neben mein Käfig, du weißt.«

»Ja, und?«

»Das war das Grab von diese Arzt.«

»Xiès Meister Yù?« Ole war entsetzt.

»*Oui*. General Léi hat ihn ermordet.«

»Genau wie der ehrwürdige Hú befürchtet hat«, sagte Nikolas leise und stellte seine Schüssel weg. Von der fettigen Brühe brachte er nun erst recht nichts mehr runter.

»Der arme Xiè! Wie sollen wir ihm das bloß beibringen?«, fragte Ole bekümmert.

Nikolas räusperte sich. »Mich beschäftigt noch eine ganz andere Sache.« Er senkte die Stimme. »Ich hab dir doch erzählt, dass Samara Geschäfte mit unserer Schlange gemacht hat. Sie hat in Shés Auftrag in Changan eine Drachenfigur verkauft.«

Lucienne nickte. »Das war der Drache, den Shé gestohlen hat.«

»Richtig«, sagte Nikolas. »Aber wer hat ihn gekauft?«

»Ist das wichtig?«, murmelte Ole, der in Gedanken immer noch mit Meister Yùs Schicksal beschäftigt war.

»Das frage ich mich allerdings auch.« Der Vorhang am Eingang wurde zurückgeschlagen und Samara betrat in gebückter Haltung das Zelt. Lucienne und Nikolas wechselten einen erschrockenen Blick. Hatte die Händlerin sie belauscht?

Samara warf Ole ein feuchtes Tuch zu, in das duftende Kräuter eingeknotet waren. »Leg es auf dein Auge, damit die Schwellung zurückgeht.« Die feinen silbernen Reifen an ihrem Arm klimperten, als sie sich die Hände trockenrieb.

»Warum interessiert euch der Drachenhandel so? Aber

bitte, wenn es euch weiterhilft: Mein Kunde war ein Händler aus der Stadt. Vielleicht hat er den Drachen weiterverkauft, vielleicht auch nicht. Ich habe ihn nicht gefragt, was er damit vorhat.« Sie griff nach den Turnschuhen von Nikolas, die an einer Zeltstange lehnten, und musterte sie. »Ihr besitzt aber auch recht interessante Dinge. Euer Schuhwerk ist mehr als ungewöhnlich. Ich bin sicher, die Schuhe ließen sich in Changan mit großem Gewinn verkaufen. Desgleichen dieses wundersame Bilderding, welches ihr mir gezeigt habt.«

Fotohandy, formte Ole lautlos mit den Lippen, als Lucienne ihm einen fragenden Blick zuwarf.

»Die Hofdamen des Kaisers würden es mir aus den Händen reißen«, überlegte Samara laut. »Stellt euch vor, was für eine Sensation das wäre: Ein Ding, mit dem sie Bilder von sich machen können! Oder von ihren Lieblingsschoßhündchen! Vielleicht könnte ich es sogar an den Kaiser persönlich verkaufen!« Dann fiel ihr Blick auf die Gehhilfe von Nikolas, die neben seiner Decke lag.

»Und deine Krücke, junger Mann – was ist das für ein Material? Es glänzt wie Metall und ist dabei leichter als Bambus. Verrate mir doch, wo ich solche Ware bekomme.«

Betretenes Schweigen. Ole kaute auf seiner Unterlippe herum. Sollten sie Samara die Wahrheit sagen? Aber dann konnten sie ja gleich mit einem Schild um den Hals herumlaufen: Zu Besuch aus der Zukunft. Im besten Fall würden sie ausgelacht. Den schlimmsten Fall wollte er sich lieber gar nicht erst vorstellen.

Nikolas brach schließlich das Schweigen. »Tja, ich

fürchte, Ihr müsstet eine sehr weite Reise auf Euch nehmen.«

»Wie weit?«

»Noch über das westliche Ende der Karawanenstraße hinaus.« Und fast eintausendvierhundert Jahre in die Zukunft, dachte Nikolas. Ein bisschen Strom bräuchtet Ihr außerdem auch, so ein Handy funktioniert nicht von allein. Ach, Ihr habt keine Ahnung, was Strom ist? Erklär ich Euch gern, im 21. Jahrhundert kommt man ohne nämlich gar nicht mehr aus … Nikolas wurde ganz schwindlig.

»Du vertraust mir nicht«, stellte Samara fest. »Und das, obwohl ich dir das Leben gerettet habe, Ni Ko-Las.« Verlegen senkte er den Blick.

Draußen begann Bossi auf einmal zu knurren. Samara horchte auf. Sie warf Nikolas seine Schuhe in den Schoß und verließ das Zelt. Einen Augenblick später kam sie mit dem sich sträubenden Bossi im Schlepptau zurück und stieß ihn zu Ole.

»Sorg dafür, dass der Hund still ist! Und auch von euch will ich keinen Laut hören!«, warnte sie.

»Aber was …« Ole zog den Kopf ein, als er ihren Gesichtsausdruck sah.

»Schweigt, wenn euch euer Leben lieb ist!« Mit diesen Worten verschwand sie wieder nach draußen.

Was ging da vor? Nikolas wagte nicht, unter der Decke in seine Kleider zu schlüpfen, aus Angst, ein Geräusch zu verursachen. Ole klemmte sich Bossis Schnauze unter den Arm. Sie lauschten angespannt und fuhren zusammen, als plötzlich ein bekanntes Zischen erklang.

Die Schlange!

Ole biss die Zähne zusammen, so fest er konnte, damit sie bloß nicht klappernd aufeinanderschlugen. Wenn Shé sie entdeckte, waren sie dran. Und wie sie dann dran waren!

Bossi schien zu begreifen, wie ernst die Situation war. Ergeben hielt er unter Oles Klammergriff still, obwohl die Fleischsuppe vor seiner Nase köstlich duftete. Ein Hundeseufzer wollte ganz hinten in seiner Kehle aufsteigen, durfte aber nicht hinaus. Hoffentlich war seinen Menschen klar, wie bewundernswert er sich beherrschte!

Nikolas begann trotz der warmen Kamelhaardecke zu zittern.

»Ein Mädchen mit weizengelben Haaren?«, hörte er Samara sagen. »Nein, nie gesehen. Und andere Kinder auch nicht.«

Ein unverständliches Zischen war die Antwort, gefolgt von Samaras spöttischem Lachen: »Eure Aussprache ist mit der Zeit nicht besser geworden, will mir scheinen.«

Alle im Zelt hielten den Atem an. Wie konnte Samara es wagen, die Schlange mit solchen Worten zu reizen?

»Ich wiederhole es gern noch einmal für Euch: Bei mir ist niemand«, sagte die Händlerin.

»Wenn Ihr gestattet«, zischte Shé, »sehe ich selbst nach.«

Lucienne wurde kreidebleich im Gesicht. Lautlos streckte sie die Hand nach einem glimmenden Holzscheit aus und erhob sich.

»Bitte sehr«, hörten sie Samara zu ihrem Entsetzen antworten. »Ich werde Euch nicht daran hindern, Eure Zeit zu vergeuden.« Der Vorhang vor dem Eingang hob sich ein Stück. War die Händlerin wahnsinnig geworden? Bossi setzte zu einem Knurren an, doch Ole hielt ihm warnend einen Finger vor die Nase.

»Was wird Euer General dazu sagen, wenn Ihr hier sinnlos herumschnüffelt, während Eure Beute entkommt?«, gab Samara zu bedenken.

»Zerbrecht Euch nicht den Kopf über Dinge, die Euch nichts angehen«, zischte Shé. Aber es klang zögernd.

Luciennes Fingerknöchel traten weiß hervor, so fest umklammerte sie das Holzscheit. Und Nikolas beschloss im gleichen Moment, Shé den brodelnden Suppenkessel entgegenzuschleudern, sollte er es wagen, sich in das Zelt zu schlängeln. Es war ihm egal, ob er sich selbst dabei verbrühen würde. Alles war besser, als dieser Kreatur zum Opfer zu fallen.

Der Vorhang wurde noch ein Stückchen gelupft.

»Nun, was ist?«, sagte Samara herausfordernd.

In diesem Augenblick hörten sie es alle: Nosie wieherte leise. In Oles Adern gefror das Blut.

»Sieh an, ein Pferd«, erklang Shés heiseres Flüstern. »Seit wann habt Ihr einen Gaul unter Euren Kamelen?«

»Seit gestern«, gab Samara gelassen zur Antwort. »Ist mir zugelaufen. Unten in der Schlucht am Wasserfall. – Was starrt Ihr so? Gehört das Pferd etwa diesen Kindern? Dann solltet Ihr da unten nach ihnen suchen. Aber den Gaul gebe ich nicht wieder her, dass Ihr es nur wisst! Gefunden ist so gut wie gekauft.« Samara sprach mit allerbester Gauner- und Betrügerstimme. Wäre die Situation nicht so ernst gewesen, hätte sie Nikolas damit zum Lachen gebracht.

Die Zeit dehnte sich endlos. Nichts geschah. Dann endlich fiel der Vorhang zu und die Stimmen entfernten sich.

»Übrigens schuldet Ihr mir noch etwas«, hörten sie Samara sagen. »Ungefähr einhundert Lochmünzen.«

Die Kinder warfen sich bange Blicke zu. Wenn sie den Bogen bloß nicht überspannte!

Shés Zischen klang schauerlich. »Da irrt Ihr Euch, Frau. Ich schenke Euch Euer elendes kleines Händlerinnenleben und damit sind wir mehr als quitt. Vergesst das besser nie.«

Schlächter und Schlange

General Léi hatte eine üble Laune. Die bekam zuerst der Koch zu spüren, der mit Nudelresten im Haar und nassem Kittel fluchtartig das Kommandeurszelt verließ. Dabei wollte er doch nur die Frühstückssuppe servieren!

»Erdreiste dich noch *einmal*, mir einen solchen Fraß vorzusetzen, und ich lasse dich köpfen!«, brüllte Léi, hochrot im Gesicht, und schleuderte eine Teeschale hinter dem Koch her. »Bring mir gebratene Ente! Und gedünsteten Karpfen!«

Schlechte Laune steigerte den Appetit des Generals. Nach den außergewöhnlichen Ereignissen des letzten Abends und der Flucht der Gefangenen war sein Hunger unbeschreiblich.

Zitternd rannte der Koch davon. Ente und Karpfen! Bei allen Göttern, woher sollte er die bekommen, mitten im

Gebirge? Es wurde Zeit, dass sie dieses Hochtal verließen und in der Ebene mal wieder ein paar Bauerndörfer plünderten, um ihre Vorräte aufzufüllen.

Der Nächste, den Léis Zorn traf, war der Soldat, der seit dem Angriff des Tigers vor dem Zelt Wache halten musste. Kein Auge hatte der Schlächter in dieser Nacht zugetan, aus Furcht, die Bestie könnte zurückkehren. War es da vielleicht ein Wunder, dass seine Nerven blanklagen und er den Anblick eines gähnenden Mannes nicht ertragen konnte? Der Soldat schaffte es nicht rechtzeitig, den Mund zuzuklappen, als der General aus seinem Zelt trat. Léis Hieb traf den Wachposten mitten im Gesicht und zerschmetterte ihm die Nase.

»Das wird dich lehren, unausgeschlafen deinen Dienst zu tun!«, brüllte der Schlächter und eilte in sinnloser Wut weiter. Jeder, der ihm in den Weg zu kommen drohte, drückte sich verängstigt beiseite.

Vor dem aufgebrochenen Käfig blieb Léi schnaufend stehen. Die Gesichtsfarbe des Generals ähnelte mittlerweile einem angefaulten Granatapfel: dunkelviolett mit bräunlichen Flecken. Die dichten Augenbrauen waren zu zwei schiefen Balken verrutscht.

Mit einem Brüllen fiel Léi über die Bambusstangen her, zertrat und zerschlug sie, ohne sich um die scharfen Splitter zu kümmern, die ihm die Hände aufrissen. Zuletzt griff er sich Steine von Yùs Grab und schleuderte sie auf die Trümmer des Käfigs. Die pure Erschöpfung zwang ihn schließlich innezuhalten. Schwer atmend wischte er sich mit der Hand den Schweiß aus dem Gesicht.

Sie führten ihn alle an der Nase herum!

Woher hatte ein Mädchen so viel Kraft, sich aus einem soliden Käfig zu befreien? Weshalb hatte niemand bemerkt, dass sich zwei weitere Kinder dem Lager näherten? Sein Späher hatte schmählich versagt. Léi knirschte vor Wut mit den Zähnen. Er traute diesem Schlangenkämpfer nicht, hatte ihm noch nie getraut. Was trieb den Kerl um? Was heckte er aus? Am Ende war Shé selbst auf den Zauberdrachen aus, den das Mädchen angeblich versteckt haben sollte.

Der General ballte die blutigen Hände zu Fäusten. *Er* würde den Drachen bekommen, er, den alle fürchteten und nur den Schlächter nannten! Und dann wären seiner Macht keine Grenzen mehr gesetzt.

Nachdenklich betrachtete Léi sein Zerstörungswerk. Sollte Shé auch diesmal mit leeren Händen zurückkehren, würde er sich dieser unnützen Kreatur ein für alle Mal entledigen.

Er wandte sich um. Schlagartig nahmen alle im Lager, die wie erstarrt seinen Wutausbruch verfolgt hatten, ihre Arbeit wieder auf und taten sehr beschäftigt. General Léi straffte sich und ging zurück, um den Befehl zum Aufbruch zu geben.

Unterdessen lag Shé weit weg auf einem warmen Felsen in der Sonne und dachte nach. Hatte er einen Fehler gemacht? Es war nicht diese Händlerin mit ihren offenkundigen Lügen, über die er sich den Kopf zerbrach. Er wusste genau, dass sie die Kinder in ihrem Zelt versteckt hielt, er hatte sie gewittert. Aber Shés Gefühl sagte ihm, dass keine dieser kleinen Ratten die begehrte Jadefigur bei sich trug. Der heilige Drache war irgendwo bei den anderen Kindern versteckt. Und bei Lóng. Shé hob den Kopf und blickte direkt in die Sonne. Seine Augen verengten sich zu messerschmalen Schlitzen.

Ich komme, Bruder, dachte er. Und diesmal wird es unsere letzte Begegnung sein.

Er würde diese kleinen Ratten nicht erledigen. Noch nicht. Vorerst brauchte er sie noch. Sie würden ihn geradewegs zu Lóng und dem Drachen führen.

Shé lachte zischend und gehässig. Lóngs ganzes Wissen und seine Fähigkeiten würden ihm nichts nützen. Am Ende musste die Schlange siegen. So weit, so gut.

Aber etwas anderes bereitete Shé Sorgen. War es ein Fehler gewesen, den gestohlenen Drachen zu verkaufen? Damals, als er mit seinem Diebesgut von Shaolin geflohen war, hatte er nur ein Ziel gekannt: so schnell wie möglich großen Reichtum zu erlangen, denn Reichtum bedeutete Macht. Was lag näher, als die hübsche Jadefigur zu Geld zu machen? Mit der Aussicht, vielleicht einmal beide Figuren zu besitzen, hätte er das nie getan. Jeder noch so geringe Wurm in China wusste von der Zauberkraft der magischen Drachen. Shé wäre unbesiegbar geworden, unsterblich!

Aber wie hätte er ahnen sollen, dass der zweite Drache jemals wieder auftauchen würde? Er galt seit Ewigkeiten als verloren. Es war mehr als merkwürdig, dass ausgerechnet dieses fremde Mädchen ihn gefunden hatte.

Shé züngelte. Nun, *ein* Drache war besser als keiner. Vielleicht gelang es ihm, auch den ersten wieder ausfindig zu machen. Und wenn er mit Lóng fertig war, würde er sich ein wenig ausführlicher mit dem weizenblonden Köpfchen beschäftigen. Die kleinen Ratten hatten ebenfalls ein Geheimnis, das spürte er.

Wolken schoben sich vor die Sonne und sofort wurde der Wind wieder kühl. Shés Muskeln zogen sich zusammen, ein kleines Zittern lief in Wellen über seinen Körper. Das Unwetter hatte die Erde aufgeweicht, alles war schlammig, und die Temperatur war um einige Grade gefallen – keine guten Bedingungen für eine Schlange. Widerstrebend glitt Shé von seinem Stein. Es wurde Zeit, sich auf den Weg zu machen und Samaras kleiner Karawane zu folgen.

Unterwegs

Nikolas hielt die Augen fest geschlossen. Wenn er nicht sehen musste, wie Bäume, Sträucher und Felsen an ihm vorbeischwankten, half das vielleicht, die Übelkeit in den Griff zu bekommen. Wie auf hoher See kam er sich vor auf seinem Wüstenschiff, hin und her, rauf und runter.

Wurden Kamele nicht so genannt? Treffender Name.

Die fettige Fleischsuppe rumorte in seinem Bauch. Hilfe, mir wird schlecht, dachte Nikolas und riss die Augen auf.

Vor ihm ritt Lucienne auf einem Kamel, als hätte sie ihr Lebtag nichts anderes getan, hinter ihm folgte Ole auf Nosie. Bossi lief in respektvollem Abstand nebenher. Die zottigen braunen Tiere waren dem Hund immer noch nicht ganz geheuer. Samara führte die Karawane an, zwei Lastkamele folgten ihr.

Sie hatte darauf bestanden, dass Lucienne und Nikolas auf Kamelen ritten. »So kommen wir viel schneller voran und auf einem Kamel sitzt du sicherer als auf einem Pferd«, hatte sie zu Nikolas gesagt.

Das stimmte zwar, der Sitz war bequem, und er schaffte es sogar, ohne Hilfe aufzusteigen. Aber alles, was danach kam, war grässlich. Erst einmal kippte er nach hinten, als das Kamel auf die Knie kam. Dann stürzte er fast vornüber aus dem Sattel, weil es sich auf die Hinterbeine erhob. Bis es auch auf den Vorderbeinen sicher stand, wäre Nikolas ein drittes Mal beinahe in den Staub geflogen. Und dann dieses ewige Gewiege und Geschaukel!

Sie verdankten Samara viel. Sie hatte nicht nur Nikolas das Leben gerettet, sondern sie alle davor bewahrt, Shé in die Hände zu fallen. Sie teilte ihr Essen mit ihnen und überließ ihnen außerdem zwei ihrer Kamele als Reittiere. Nikolas traute ihr trotzdem nicht recht. So gut, wie sie behauptete, schien ihr Geschäft gar nicht zu laufen. Warum sonst trugen zwei Kamele gar keine Waren? Aus der Nähe betrachtet, war Samaras dunkelblauer Kaftan schon ziemlich fadenscheinig und an einigen Stellen geflickt. Eine wohlhabende Händlerin stellte Nikolas sich anders vor. Andererseits war es vielleicht ganz klug, eigenen Reichtum auf einer langen und gefährlichen Reise zu verbergen.

Nikolas seufzte. Er wurde einfach nicht schlau aus dieser Frau. Aber das Nachdenken lenkte ihn wenigstens von seiner Übelkeit ab.

Immerhin kannte Samara den Weg nach Changan. Nikolas war froh, dass er sein Notizbuch mit den Berechnungen nicht hervorziehen musste. Wenn sie darauf genauso abfuhr wie auf sein Fotohandy und die Sportschuhe, hätten sie ein weiteres Problem.

Wann wurde im alten China eigentlich das Papier erfunden? Nikolas rieb sich gedankenverloren sein steifes Bein, das durch die Strapazen der letzten Tage ziemlich wehtat.

Papier, hm. So um das zweite Jahrhundert herum. Aber so fein und weiß wie das Papier in seinem Notizbuch war es bestimmt nicht. Und was für ein Staunen würde erst sein Kugelschreiber auslösen! Noch gab Samara sich mit der Erklärung zufrieden, dass die Dinge aus einem weit entfernten Land stammten. Die Frage war nur, wie lange das noch gut ging. Nikolas schickte einen stummen Dank an Großmeister Hú, der sie mit Jacken, Kitteln und Hosen ausgestattet hatte, wie sie hier fast jeder trug. Mit Jeans und Sweatshirts würden sie aussehen wie vom Himmel gefallen.

Das Song-Shan-Gebirge lag bereits hinter ihnen, doch sie ritten noch immer durch hügeliges Bergland. Die Erde sah merkwürdigerweise beinahe gelb aus. Lössboden, lieferte der Wissensspeicher in Nikolas' Kopf bereitwillig die Erklärung, gelbe Erde, typisch für diese Region, sehr fruchtbar. Wo hatte er das denn wieder gelesen? Manchmal war es ihm selbst ein bisschen unheimlich, wie sich alle möglichen Informationen in seinem Gehirn festsetzten. Tatsächlich tauchten schon bald die ersten bestellten Felder auf, immer wieder abgelöst von Lorbeerwäldchen, kleinen Pappelgehölzen und Maulbeerbäumen.

»Was meinst du, wann wir diese Ebene erreichen, von der Samara gesprochen hat?«

Nikolas zuckte zusammen, als dicht neben ihm Oles Stimme erklang. Er hatte nicht bemerkt, dass Nosie inzwischen Seite an Seite mit seinem Kamel lief.

»Keine Ahnung. Warum?«

Ole rieb sich unbehaglich die Nase. Mit seinem zugeschwollenen Auge sah er ziemlich verwegen aus, aber das konnte niemanden täuschen. Ole hatte Angst. Wie wir alle, dachte Nikolas.

»Na ja, ich hoffe, dass sich Shé dort schwerer verstecken kann als hier ...« Unbehaglich sah Ole sich um.

Nikolas verstand, was er sagen wollte. Hier gab es reichlich Deckung für einen geübten Verfolger. Samara hatte die Schlange zwar in eine andere Richtung geschickt, aber was bedeutete das schon? Nikolas hatte seine Krücke jedenfalls griffbereit vor sich auf dem Schoß liegen, um auf alles einzudreschen, was sich heranschlängelte.

»Ich hoffe, wir kommen bald wieder mehr unter Menschen«, murmelte Ole. »Samara hat gesagt, wir haben schon fast diese Nebenroute der Seidenstraße erreicht.«

»Ja, stimmt. Die Strecke, die von Luoyang nach Changan führt.«

Nikolas hütete sich, etwas von seinen Zweifeln an Samara verlauten zu lassen. Ole war immer noch völlig von ihr eingenommen, Samara ihrerseits behauptete nach wie vor, der Kleine erinnere sie an ihren Bruder, den sie schon so lange nicht mehr gesehen habe.

»Aber meinst du nicht auch, dass hier viel mehr los sein müsste?« Ole klang unsicher. Seit mehreren Tagen ritten sie nun schon durch diese Einöde, doch außer ein paar Bauern und einer Herde Wildschafe hatte niemand ihren Weg gekreuzt. »Wir haben noch nicht einen einzigen anderen Reisenden getroffen.«

»Keine Sorge, das kommt bestimmt noch. Die Richtung stimmt jedenfalls. Ach Ole – du hast nicht zufällig mal probiert, ob dir dieser Spruch wieder einfällt, den Aphra dir gesagt hat?«

Oles Blick verfinsterte sich. Er sah aus, als würde er gleich heulen.

»Ich tu fast nichts anderes!«, platzte er heraus. »Je mehr ich es versuche, desto weniger erinnere ich mich. Es ist so, als ob du ganz flüchtig aus dem Augenwinkel etwas siehst, aber sobald du genau hinguckst, ist es wieder weg.«

Nikolas seufzte. »Ich wette, das kommt von dem ganzen Stress, der hat wie ein Bettlaken alles zugedeckt. Aber der Spruch ist da, er liegt drunter. Irgendwo in deinem Kopf, du musst ihn nur rausholen. Probier's weiter, bitte! Den ersten Teil hast du dir ja schließlich auch gemerkt.«

Ole zuckte zusammen. Er traute sich kaum, Nikolas die ganze Wahrheit zu sagen, aber dann gab er sich einen Ruck.

»Äh, den ersten Spruch – durch den wir plötzlich Chinesisch können, nicht? – also, den weiß ich auch nicht mehr. Weg. Vergessen. Gelöscht.« Verzweifelt klopfte er sich an die Stirn. »Da ist nix mehr drin. – Das ist überhaupt nicht witzig!«, sagte er vorwurfsvoll, als Nikolas nur grinste.

Nikolas deutete auf seinen Leinenbeutel. »Nikolas

Wolfs Notizbuch, Seite zwei: Sprachzauberspruch von Marthe. Ich hab ihn aufgeschrieben, du Paniker. Der Teil geht uns jedenfalls nicht verloren.«

»Echt? Mann, das ist …« Ole wäre dem Freund am liebsten um den Hals gefallen. »Zeig mal her!«

Nikolas wehrte ab. »Samara muss das nicht unbedingt mitkriegen. Warte bis heute Nacht, wenn sie schläft.«

»Ja, natürlich, du hast recht«, nickte Ole. »Und ich werde nachdenken, bis mir der Schädel raucht«, versicherte er. »Sobald mir ein Bröckchen einfällt, schreibst du es sicherheitshalber gleich auf, ja? Ben wird schön blöd aus der Wäsche gucken, wenn wir uns wiedersehen!« Ole schwelgte bereits in der Vorstellung, wie er lässig den Spruch aus der Tasche ziehen und Ben damit überraschen würde.

Wenn wir uns wiedersehen, dachte Nikolas. Seit Tagen waren sie nun getrennt unterwegs. Ihm wurde ganz schlecht bei der Vorstellung, dass man ihr Verschwinden zu Hause – in der richtigen Zeit – inzwischen bemerkt hatte. Er stellte sich die Suchtrupps vor, die das Naturschutzgebiet rund um die Höhle durchkämmten – seine Eltern hatten unter Garantie Himmel und Hölle in Bewegung gesetzt. Nikolas spürte plötzlich einen bitteren Geschmack im Mund. Er schluckte krampfhaft. Ob es den anderen auch so ging? Eigentlich hatte er erwartet, schon längst auf Lóng, Ben und Xiè zu stoßen. Wo mochten sie jetzt sein? Ob sie es bis nach Changan schafften?

»Aber das geht nicht«, protestierte Ben. »Das können wir Ole nicht antun!« Lóng hatte doch tatsächlich vor, Dschingis auf der Ginsengfarm zurückzulassen!

Der Mönch legte ihm seine gesunde Hand auf die Schulter. »Sei vernünftig, kleiner Bruder. Dem Pferd geht es nicht gut, es hinkt wieder. Wir würden kaum vorankommen, selbst wenn es nur hinter dem Karren herliefe. Li Páo hat uns ein großzügiges Angebot gemacht. Wir bekommen von ihm ein frisches Pferd und einen leichteren Wagen noch dazu.«

Ben schwieg. Dummerweise hatte Lóng recht. Dschingis befand sich wirklich in keiner guten Verfassung. Der Gewaltmarsch am Vortag war dem Pferd schlecht bekommen. Sie hätten es einfach noch länger schonen müssen.

Lóng dagegen hatte sich sichtlich erholt. Das Fieber war zurückgegangen und sein Gesicht hatte etwas von der wächsernen Blässe verloren. Mit Hilfe von Páos Frau hatte ihm Xiè den verletzten Arm mit weichen Baumwollstreifen dicht an den Körper gebunden. Li Páo hatte sich sehr beeindruckt gezeigt von Xiès medizinischem Wissen.

»Dein Meister war dir wahrhaftig ein guter Lehrer«, hatte er gesagt. »Mögen die Götter es fügen, dass du ihn wiederfindest und er wohlauf ist.«

Zum Abschied gab er ihnen nicht nur eine Menge weiser Segenswünsche und reichlich Proviant mit auf den Weg, sondern auch seinen Schwiegersohn. Jiàn kannte eine Abkürzung durch die Felder, die sie schneller auf den

Weg von Luoyang nach Changan bringen sollte. Fast einen Tag würden sie dadurch sparen.

Jiàn ritt neben dem Karren her, den Ben lenkte. Lóng saß neben Ben auf dem Kutschbock, während Xiè auf der winzigen Ladefläche kauerte. Ganz hinten am Wagen baumelte ein kleiner Spiegel, ein weiteres Geschenk von Li Páo. »Er wird euch vor verborgenen Feinden schützen«, hatte der alte Mann erklärt. »Wenn sich ein Fremder nähert – und sei er auch freundlich und von angenehmem Äußeren –, so wird sein Spiegelbild die Wahrheit sagen und euch verraten, ob es sich nicht vielleicht um einen Dämon handelt. Im Spiegel gehen böse Geister rückwärts, merkt euch das. Aber ich glaube, ihr werdet keine unguten Begegnungen haben. Die alten Schriften haben mir gesagt, dass heute ein glückverheißender Tag für euren Aufbruch ist.«

Na, hoffentlich. Ben zog unbehaglich die Schultern hoch. Dämonen hätten ihm gerade noch gefehlt. Er wäre ja schon zufrieden, wenn der Spiegel Alarm schlug, sobald sich eine Schlange näherte. Im Moment zeigte die blanke Oberfläche allerdings nur das Bild der kleinen Fuchsstute, die hinter dem Karren angebunden war.

»Was ist, kleiner Bruder?« Lóngs Stimme riss Ben aus seinen Gedanken. »Du willst deine Gefährten doch so bald wie möglich wiedersehen. Also sei froh über die Hilfe, die uns zuteil wird.«

Sie kamen mit dem neuen Pferd und der Fuchsstute wirklich flott voran, obwohl die Erde nach dem Unwetter aufgeweicht war. Der Tag war wolkenverhangen und grau, über dem Boden waberten noch vereinzelte Nebelfetzen.

»Drachenatem«, murmelte Lóng.

Wie lange mochte es wohl bis Changan noch dauern? Würden die anderen vorher zu ihnen stoßen? Der Gedanke gab Ben Auftrieb. Mit neuem Interesse musterte er jeden Felsen, jeden Busch und jeden Baum, immer in der Hoffnung, Oles rundes Gesicht könnte dahinter auftauchen. Doch er entdeckte nichts außer einigen Schreinen und kleinen Steinpavillons, mit denen die Daoisten ihre Naturgötter ehrten, wie Xiè ihm erklärte.

Jiàn führte sie auf einem gewundenen Weg durch endlose Gemüsefelder. Ben erkannte Kohlköpfe, Zwiebeln und etwas, das aussah wie Gurken; Li Páo hatte ihnen davon reichlich mitgegeben. Zwischen dem Gemüse gab es immer wieder Streifen mit seltsamen niedrigen Büschen, die dunkelgrüne Blätter hatten und rote Beeren trugen. Ob man die essen konnte?

Auf seine Frage schüttelte Lóng amüsiert den Kopf. »Das Kostbare wächst nicht über, sondern unter der Erde. Ich meine die Wurzeln«, half er nach, als er Bens fragende Miene sah. »Kleiner Bruder, sag nicht, dass du noch nie Ginsengpflanzen gesehen hast!«

»Äh, nein. Nicht dass ich wüsste.« Woher zum Teufel sollte er das Zeug kennen!

Glücklicherweise stoppte Jiàn ihren kleinen Trupp, bevor Lóng zu einer klugen Predigt ansetzen konnte. »Hier enden die Ländereien meines ehrenwerten Schwiegervaters«, sagte er.

Li Páo schien ein richtiger Großgrundbesitzer zu sein. Ben war nun doch beeindruckt.

»Von hier aus haltet Euch immer in nordöstlicher Richtung, dann werdet Ihr Euer Ziel nicht verfehlen«, riet Jiàn. »Erlaubt mir, Euch zum Abschied im Namen von Li Páo noch ein besonderes Geschenk zu machen: allerbeste Ginsengwurzeln aus der neuen Ernte.«

Jiàn verneigte sich im Sattel, wobei er seine Nasenspitze unfreiwillig in der Mähne seines Pferdes versenkte, und überreichte Lóng einen blütenweißen Baumwollbeutel. Mit Erstaunen stellte Ben fest, dass es dem Mönch die Sprache verschlug.

»Sagt Eurem ehrenwerten Schwiegervater unseren untertänigsten Dank«, brachte Lóng schließlich hervor. »Wir stehen tief in seiner Schuld.«

Jiàn lächelte erfreut. Die Vorstellung, der Überbringer solcher Nachrichten zu sein, schien ihm zu gefallen. Würdevoll entbot er den daoistischen Gruß – die rechte Faust in die linke Hand –, dann wendete er sein Pferd und galoppierte davon.

Lóng reichte den Beutel an Ben weiter, der ihn neugierig aufschnürte und eine goldgelbe Ginsengwurzel herausfischte. Er konnte sich ein Grinsen nicht verkneifen, als er sie hin und her drehte. Das Ding sah aus wie ein Wurzelzwerg mit Rumpf, Armen und Beinen.

»Und was macht man damit?«, fragte er und ließ das Wurzelwesen spaßeshalber über seinen Arm marschieren. »He, was ist?«, protestierte er, als ihm Lóng mit einem raschen Griff seiner gesunden Hand die krumme Rübe entwand.

»Deine Respektlosigkeit ist eine Schande für die Götter!«, sagte der Mönch verärgert.

»Meine Güte, ist doch bloß so ein Wurzeldings.«

»Das Gewicht dieses *Wurzeldings*, wie du sagst, wird dreifach in Gold aufgewogen«, gab Lóng barsch zurück. Er hob den Leinenbeutel an. »Hier drin befinden sich mindestens fünf *Jin*.«

Ben schluckte. Zweieinhalb Kilo! Dann hatte Li Páo ihnen wohl ein kleines Vermögen geschenkt. »Ich weiß trotzdem nicht, was daran so besonders sein soll«, grummelte er.

»Ich kann es dir sagen«, meldete sich Xiè, der sich hinter den Kutschbock gekniet hatte. »Die Menschenwurzel ist eine heilige Pflanze und man muss sie mit Ehrfurcht behandeln. Die Götter haben sie nicht nur wie einen Menschen geformt, sondern ihr auch eine große Heilkraft verliehen.«

»Aha. Wogegen hilft sie?«, fragte Ben, nur um etwas zu sagen.

»Gegen den Tod«, antwortete Xiè.

»Das ist wohl etwas übertrieben, kleine Krabbe«, bemerkte der Mönch. »Ginseng besitzt lebensverlängernde Kraft, aber den Tod kann er nicht abwehren.«

»Kann er doch«, beharrte Xiè. »Mein Meister hat Ginseng für sein Lebenselixier benutzt. Ich weiß genau, dass gekochte Ginsengwurzel hineingehört!«

Lóng sah ihn erstaunt an. »Willst du damit sagen, dass du die Zutaten für dieses Elixier kennst?«

Xiè lief rot an, aber er nickte. »Fast alle. Zumindest die, die mein Meister herausbekommen hat. Er ist ein großer Gelehrter. Er wird das vollständige Rezept herausfinden und den Trank herstellen!«

»Na, dann Prost«, murmelte Ben.

»Wartet es nur ab, der Himmelssohn wird meinem Meister ewig dankbar sein«, phantasierte Xiè weiter. »Er wird in die Geschichte eingehen und ein göttliches Leben am Kaiserhof führen. Vielleicht hat er inzwischen das Geheimnis bereits gefunden, womöglich auch ein Mittel gegen die Seelenkrankheit der Lieblingsfrau des Kaisers, und alle liegen vor meinem Meister auf den Knien und danken ihm und …«

»Krabbe, es ist genug.« Lóngs ruhige Stimme brachte den Kleinen wieder zu sich. »Wir hoffen das Beste für deinen Meister, aber nur ein Narr malt sich die Zukunft in goldenen Farben aus und vergisst darüber die Gefahren der Gegenwart.«

Xiè biss sich auf die Lippen. »Meint Ihr … die Schlange?«

O nein, bitte nicht! Allein bei dieser Vorstellung verkrampfte Ben sich. Nervös knetete er die Leine zwischen seinen Fingern.

Lóng, der wachsam die Gegend im Auge behielt, nickte grimmig: »Wer weiß, was das Schicksal noch für uns bereithält.«

Wortlos kletterte Xiè wieder nach hinten, wo Li Páos Spiegel hin und her baumelte. Für den Rest ihrer Reise würde er ihn nicht mehr aus den Augen lassen.

Nach einer Weile stellte Ben die Frage, die ihm schon seit der vergangenen Nacht auf der Zunge lag: »Li Páo ist doch ein Freund von Euch, nicht wahr?«

Lóng nickte.

»Warum habt Ihr ihm dann nicht die Wahrheit über unsere Reise erzählt und nichts von dem Drachen gesagt?«

»Gerade *weil* er mein Freund ist«, antwortete der Mönch ernst. »Ich muss ihn schützen. Shé oder der Schlächter könnten unsere Spur bis zu Li Páo verfolgen. Dann ist es besser für ihn, nichts zu wissen.« Lóng wusste sehr wohl, dass das nur die halbe Wahrheit war. Ihre Feinde würden nicht zögern, den alten Bauern zu foltern, um ihm Informationen abzupressen. Aber wenn er nichts wusste, konnte er auch nichts verraten.

Auf der Drachenkopfebene

Die Sonne war noch nicht aufgegangen, als Kaiser Taizong seinen Privattempel im Großen Leuchtenden Palast verließ. Er hatte den Göttern Opfer und Gebete dargebracht, damit sie seiner Lieblingskonkubine wieder Lebensfreude schenkten. Seit sieben Tagen vollzog der Kaiser des chinesischen Reiches dieses Ritual nun schon, doch die Götter stellten sich taub.

Taizong hörte leise Schritte hinter sich und sah sich um. Sofort fielen die vier Hofbeamten, die neben dem Tempel gewartet hatten, auf die Knie und berührten mit der Stirn die Erde. Taizong stieß einen unwilligen Laut aus und scheuchte die Männer fort. Immer folgten sie ihm auf Schritt und Tritt, es war zum Verrücktwerden.

»Weg mit euch, lasst mich allein!«

Unter vielen Verbeugungen zogen sich die Hofbeamten zurück. Doch Taizong wusste, dass er immer noch von unzähligen unsichtbaren Augen beobachtet wurde. Selbst hier im Großen Leuchtenden Palast, wie das ausgedehnte Gelände mit den privaten Gemächern des Kaisers, den Empfangshallen, Pavillons, Bibliotheken und Archiven, den prachtvollen Gärten und kleinen Seen genannt wurde, war der Herrscher nie allein. Ständig umgaben ihn seine Berater und Beamten, die Diener und Hofdamen, die Gelehrten, Reisenden und Bittsteller, die um eine Audienz baten. Der Hofstaat war wie eine Krake mit tausend Armen.

Taizong seufzte. Manchmal hatte er das Gefühl, zu ersticken.

Umso kostbarer war diese frühe Morgenstunde, wenn die Geschäfte noch ruhten und der Himmelssohn für einen Moment durchatmen konnte.

Taizong wanderte mit langsamen Schritten zur Palastmauer und stieg hinauf. Er liebte den Ausblick, der sich ihm von hier aus bot: Unter ihm lag die größte Stadt der Welt – Changan! Mehr als eine Million Einwohner hatten die Beamten bei der letzten Erhebung gezählt, und jeden Tag durchschritten Neuankömmlinge das Tor der Leuchtenden Tugend mit der Absicht, sich in Changan niederzulassen oder hier Handel zu treiben.

Taizongs Augen schweiften über die riesige Stadtanlage, die von einer hohen Mauer umfriedet war und sich mehr als zwanzig *Lí* von Ost nach West erstreckte und vom Palastbezirk aus noch einmal sechzehn *Lí* nach Süden. Fünfundzwanzig breite Fahrstraßen teilten Changan in symmetrische Abschnitte. Taizongs Blick streifte die beiden großen Märkte im Osten und im Westen, die bereits zum Leben erwachten und auf denen alle Schätze des Reiches zum Verkauf angeboten wurden. Feinste Lackwaren aus dem Südwesten, Zuckerrohr, Lotuswurzeln und die besten Tees aus den südlichen Provinzen, Porzellan aus Hunan, Salz aus dem Osten, Haifischleder von der Küste, Reis und Bambussprossen, Limonen und Orangen, Pferdesättel und Jagdfalken aus dem Norden ... Taizong staunte manchmal selbst über die Warenlisten, die seine Beamten ihm vorlegten.

Zahlreiche Kanäle durchzogen die Stadt. Sie alle führten zum Wei, dem Fluss, der das Land fruchtbar machte und auf dem ein Großteil der Waren in die Hauptstadt transportiert wurde. Zwischen den Straßen und Kanälen lagen zahllose kleine Wohnviertel, die ebenfalls von Mauern umgeben waren. In dem Gewirr der engen Gassen konnte sich ein Fremder rettungslos verlaufen.

Fremde gab es viele in Changan: Reisende und Händler, die über die Karawanenstraße aus dem Westen kamen, auch Gelehrte und Künstler zog die Stadt des Himmelssohnes an.

Taizong sah zu, wie sich das rosenfarbene Licht der Morgensonne über Changan ergoss, und atmete tief durch. Er war stolz auf das, was er in den wenigen Jahren seiner Herrschaft bereits erreicht hatte. Unter ihm blühte das Land auf. Taizong förderte nicht nur den Handel, sondern auch Musik, Wissenschaften und Künste. Er hatte China zu einem großen Reich vereint und alle seine Widersacher unterworfen.

Nun ja – alle bis auf einen. Auf Taizongs Stirn zeigte sich eine steile Falte. Der abtrünnige General Léi wurde immer dreister und bereitete ihm zunehmend Verdruss. Um dieses Problem musste Taizong sich bald kümmern. Doch vorerst hatte er andere Sorgen. Seine Lieblingsfrau musste gesund werden – nicht nur, weil sie ihm sehr am Herzen lag, sondern auch, um den Gerüchten Einhalt zu gebieten. Böse Zungen lästerten bereits, dass es ein schlechtes Omen sei, wenn der Himmelssohn es nicht vermochte, ein Lächeln auf die Gesichter seiner Frauen zu zaubern. Kamen solche Worte dem Volk zu Ohren, würde es erst den Respekt verlieren, dann seine Zuversicht und Tatkraft. Mit dem Frieden und dem Wohlstand im Reich wäre es bald vorbei.

So weit durfte es unter keinen Umständen kommen. Taizong straffte sich. Höchste Zeit, sich mit den Tagesgeschäften zu befassen und die Listen der Bittsteller zu prüfen, die seine Beamten ihm vorlegen würden. Die Hälfte der Leute kam, um irgendetwas zu erbetteln, die anderen waren Hochstapler und würden behaupten, sie hätten das Heilmittel, nach dem der Kaiser im ganzen Reich suchen ließ. Taizong würde sie alle anhören, vielleicht war ja doch einer unter ihnen, der …

Taizongs Gedankenfluss stockte. Was war das? Am Rand seines Gesichtsfeldes hatte irgendetwas seine Aufmerksamkeit erregt. Er beschattete seine Augen. Nein, er hatte sich nicht getäuscht: Weit draußen im Osten, wo die heiligen Gipfel des Hua Shan im blauen Dunst zu erahnen waren, blinkte etwas auf. Eine verlorene Münze? Oder eine Waffe, auf die ein Sonnenstrahl fiel?

Taizong harrte noch eine Weile auf seinem Beobachtungsposten aus. Die Sonne stieg höher, das Blinken verschwand und irgendwann vernahm der Kaiser erneut die verstohlenen Schritte seiner Beamten hinter sich.

Seufzend drehte er sich um. Die Zeit der Ruhe war für heute endgültig vorbei.

Der sprechende Spiegel

Ole hatte jedes Gefühl dafür verloren, wie lange sie nun schon unterwegs waren. Lediglich an seinem Auge merkte er, dass die Zeit verging. Es öffnete sich allmählich wieder, war aber immer noch grün und blau angelaufen. Und ansonsten? Ein Tag glich dem anderen, nur das Wetter änderte sich ab und zu. Morgens brachen sie auf, wenn die letzten Sterne verblassten oder die Morgennebel golden zu leuchten begannen. Vor Einbruch der Abenddämmerung kamen sie nicht aus dem Sattel, und dann hieß es erst mal, das Lager aufzuschlagen und die Tiere zu versorgen. Samara kannte kein Erbarmen und ließ sie schuften, als wären sie ihre Leibeigenen. Aber dafür durften sie schließlich auch auf ihren Kamelen reiten und von Samaras Vorräten essen; sie hatten nachts ein Zeltdach über dem Kopf und fühlten sich in dieser fremden Landschaft wenigstens nicht ganz so allein. Zumindest Ole ging es so. Nikolas dagegen schien Samara immer noch nicht zu trauen. Er beobachtete sie, wenn er glaubte, dass sie es nicht merkte.

Mit einem leisen Stöhnen richtete Ole sich im Sattel auf. Sein Hinterteil schmerzte höllisch und dabei war es noch früh am Tag. Wenn nur erst diese Reiterei ein Ende hatte! – Und wenn sie bloß schon wieder zu Hause wären. Ob man sie wohl schon vermisste? Ole wurde ganz elend bei der Vorstellung. Seine Eltern waren bestimmt längst von ihrem Wochenendausflug zurück. Was für eine Panik da jetzt herrschen mochte! Sicher hatte Lasse erzählt, dass sie auf dem Weg zur Höhle im Naturschutzgebiet gewesen waren.

Und dann die Jensen-Brüder. Zum ersten Mal seit Tagen dachte Ole an seine Erzfeinde. Was war wohl mit ihnen passiert? Er konnte Lutz und Lothar nicht ausstehen, aber etwas wirklich Schlimmes sollte ihnen bitte, bitte auch nicht zugestoßen sein. Oles Magen krampfte sich zusammen und er versuchte seine Gedanken wieder einzusammeln. Im Moment hatte er wahrhaftig genug Probleme.

Hoffentlich würden sie in Changan endlich Ben, Lóng und Xiè wiedersehen. Samara hatte angekündigt, dass sie die Stadt spätestens am nächsten Tag erreichen würden, vorausgesetzt, sie hielten ihr Tempo. Seit ihre kleine Karawane auf der Nebenroute der Seidenstraße unterwegs war, wirkte die Händlerin zunehmend angespannt, was vielleicht daran lag, dass sie inzwischen nicht mehr allein unterwegs waren. Immer wieder begegneten ihnen einzelne Reisende und kleine Gruppen; gestern sogar eine große Karawane, die aus der Hauptstadt kam und nach Osten zog, vielleicht sogar bis zum ostchinesischen Meer, wie Nikolas vermutete. Samara hatte es jedenfalls fast so eilig wie die Kinder, Changan zu erreichen.

»Was trödelt ihr dahinten? Die Karawane muss zusammenbleiben!«, schimpfte die Händlerin jetzt, als hätte sie Oles Gedanken gelesen. Schuldbewusst trieb Ole, der tatsächlich ein wenig zurückgefallen war, sein Pferd an die Seite von Luciennes Kamel.

»Irgendwie ist sie anders als sonst, findest du nicht auch?«, flüsterte er.

»*Oui*, Madame hat schlechte Laune«, gab Lucienne ebenso leise zurück. »Ich hab kein Ahnung, warum.«

»Aber ich«, sagte Nikolas und zügelte sein Kamel, so dass sie nun zu dritt nebeneinanderritten. »Eigentlich kann es nur drei Gründe geben. Sie bereut, dass sie uns mitgenommen hat. Oder sie hat Angst, dass hier Wegelagerer lauern und ihre Waren rauben könnten.«

»Und die dritte Grund?«, fragte Lucienne.

»Vielleicht hat sie eine Verabredung in Changan und ist spät dran, weil sie durch uns Zeit verloren hat.«

»Also, ich wäre dann an ihrer Stelle auch gestresst«, sagte Ole. »Warum bist du so misstrauisch?«

Nikolas schwieg.

»Sie hat uns freiwillig geholfen«, verteidigte Ole die Händlerin, »warum sollte sie jetzt …«

»Ole, nicht so laut!«, warnte Lucienne.

Samara sah sich nach ihnen um und schimpfte los: »Wieso ballt ihr euch da zusammen wie ein Knäuel Schafswolle! In einer Reihe, habe ich gesagt, könnt ihr euch das nicht merken? Ihr bringt die ganze Karawane in Unordnung!«

Eilig nahmen sie wieder ihre Plätze ein, doch jetzt ritt Nikolas vor Ole. Samara nahm es mit einem missbilligenden Kopfschütteln hin.

Niedergeschlagen dachte Ole darüber nach, wie sehr ein Schokoriegel oder ein Schälchen Vanillepudding, am besten noch lauwarm, seine eigene Laune verbessern würde. Hätte er wenigstens ein paar von diesen Honig-Zimt-Kügelchen aufgehoben!

»Ole! Psst! Ole!«

Verwirrt sah er auf. Nikolas machte ihm Zeichen: »Guck mal zu den Bergen. Siehst du das auch?«

Was sollte er sehen? Oles Blick wanderte in Richtung des Hua-Shan-Gebirges, dessen Ausläufer sich links von ihnen im Süden erstreckten, während im Norden die fruchtbare Ebene des Gelben Flusses lag. Der Hua Shan hatte fast senkrecht abfallende Felswände, in die hier und da Stufen geschlagen waren. An manchen Stellen bildeten Eisenketten eine Art Klettersteig. Ole war heilfroh, dass sie nicht irgendwo durch die Felswände kraxeln mussten. Dieses Gebirge war ja noch schlimmer als der Song Shan! Die Stufen und Ketten waren der einzige Weg, der zu einem berühmten Einsiedler führte, wie Samara ihnen erklärt hatte. Man musste ganz schön verrückt sein, um freiwillig in einem Adlerhorst über dem Abgrund zu hocken, fand Ole. Und was bitte sollte er sich jetzt unbedingt angucken? Nikolas starrte immer noch wie gebannt auf einen Punkt am Fuß des Hua Shan.

»Da blinkt was«, stellte Ole schließlich fest. Was war daran so aufregend? Aber dann saß er auf einmal kerzengerade im Sattel. Das Blinken kam in regelmäßigen Abständen! Als wollte jemand ein Zeichen geben.

Auch Lucienne hatte es bemerkt. »Was ist das?«

Lóng ging es wieder besser, für Bens Geschmack sogar fast schon zu gut: Der Mönch überlegte ernsthaft, einem sagenumwobenen Einsiedler in den Bergen einen Besuch abzustatten.

»Das ist doch wohl nicht Euer Ernst!«, protestierte Ben, als sie vor den schwindelerregend steilen Stufen standen, die in den nackten Fels gehauen waren. Der Weg, auf dem sie angehalten hatten, war gerade breit genug, dass der Karren auf allen vier Rädern auf der Erde stand. Eine Handbreit daneben gähnte der Abgrund. »Wie wollt Ihr da hochklettern mit Eurem verletzten Arm? Seid Ihr lebensmüde?«

Auch Xiè sah beklommen an den hohen Felswänden hinauf.

Lóng ließ sich nicht beirren: »Man muss die Gunst der Stunde nutzen. Ich werde vielleicht nie wieder die Gelegenheit haben, den heiligen Mann zu sehen und mit ihm zu sprechen. Nicht einmal der ehrwürdige Großmeister Hú ist in seinem langen Leben in dieses Gebirge gekommen.«

Ein verrückter Mönch, so viel hatte Ben verstanden, lebte seit Jahrzehnten ganz allein irgendwo hier in den Bergen, auf einem Felsvorsprung, der nicht größer als ein Adlerhorst war. Alle Buddhisten verehrten den heiligen Mann.

»Man gelangt nur über den Grat des Schlafenden Drachens dorthin.« Lóng geriet beinahe ins Schwärmen, als er den haarsträubenden Weg beschrieb: »Der Grat ist so schmal, dass man rittlings darauf sitzen kann, es ist eine einmalige Herausforderung, ihn zu überwinden.«

»Einmalig, ja, weil Ihr vermutlich nach den ersten Schritten schon abstürzt!« Ben schüttelte den Kopf.

«Wir schaffen das«, sagte Lóng.

»*Wir?*«, wiederholte Ben ungläubig. »Ich hör wohl nicht richtig! Ich kraxele doch nicht mit Euch …«

»Ohne deine Hilfe kann ich das aber nicht«, unterbrach Lóng ihn sanft. »Xiè wird hier mit dem Karren auf uns warten.«

Ben verpasste der Felswand einen wütenden Hieb, was er sofort bereute. »Vergesst es! Euer Ausflug würde uns nur wertvolle Zeit kosten. Wir haben doch eine Verabredung! Xiè, sag du doch auch mal was!« Frustriert rieb er sich die schmerzende Hand.

Aber Xiè war mit etwas anderem beschäftigt. Er fummelte an dem Spiegel herum, der immer noch hinten am Karren hing, und versuchte ihn ins Tal auszurichten. Was hatte er entdeckt?

Ben kniff die Augen zusammen. Eine kleine Ameisenkolonne krabbelte da unten durch die Landschaft. So sah es von hier oben aus; in Wirklichkeit waren es … Räuber? Soldaten?

Jetzt beschattete auch Lóng seine Augen, um besser sehen zu können.

Hektisch drehte Xiè den Spiegel hin und her.

»Meister Li Páo hat gesagt, alle Geistwesen bewegen sich rückwärts im Spiegel. Er hat gesagt, der Spiegel zeigt die Wahrheit! Der Spiegel kann sprechen.« Die Stimme des Jungen zitterte vor Angst.

»Xiè, stell dich nicht so an! Was immer das für Leute sind, sie sind viel zu weit weg, um uns etwas zu tun. Und überhaupt, was ist das für ein Blödsinn, Spiegel sprechen nicht!« Doch auch Ben war verunsichert. Konnten es Soldaten von General Léi sein? Oder Shé, der sich Verstärkung geholt hatte?

Xiè mühte sich immer noch mit dem Spiegel ab.

»Das ist eine kleine Karawane«, stellte Lóng fest. »Ich erkenne Kamele.«

Ben starrte auf die schwarzen Punkte, die allmählich größer wurden. Rannte da ein Hund? Ein ziemlich großer Hund sogar, wenn man ihn im Vergleich zu den Kamelen betrachtete. Einer der Reiter hatte sich entweder ein helles Tuch um den Kopf geschlungen – oder er hatte blondes Haar. Und der andere da, auf dem Pony …

»Ole!« Bens Ausruf hallte von den Bergwänden zurück. »Ich werd verrückt, das ist doch Ole! Und Bossi und Lucienne, und Nikolas, der muss auch dabei sein – HALLO!« Ben formte mit den Händen einen Trichter, rief und winkte. »OLE! NI-KO-LAS! HALLO!«

»Sie sind zu weit weg, kleiner Bruder«, sagte Lóng. »Sie können dich nicht hören.« Er seufzte. »Also gut, reisen wir weiter, vielleicht holen wir sie ein. Die Götter haben es offenbar nicht vorgesehen, dass ich den Einsiedler besuche.«

»Das gibt's doch nicht, sie schwenken ab!« Fassungslos sah Ben, wie die Karawane ihren Kurs ein wenig änderte und sich jetzt parallel zu dem Gebirgszug bewegte. Sie kamen nicht näher.

Ben riss Xiè den Spiegel aus den Händen und prüfte den Stand der Sonne. Ja, das müsste gehen …

»Was hast du vor, kleiner Bruder?« Der Mönch war hinter ihn getreten.

»Ich bringe den Spiegel zum Sprechen! Wenn Nikolas das Blinken sieht, weiß er sofort, dass wir hier sind. Dieses Signal kennt hier sonst garantiert keiner.«

Dreimal kurz, dreimal lang, dreimal kurz … Verblüfft starrte Nikolas auf das helle Licht. Etwa dreißig Sekunden vergingen, dann wurde das Signal wiederholt.

»Ich werd verrückt«, murmelte er. »Da gibt uns einer Notrufsignale!«

»Wieso? Woher weißt du das?«, fragte Ole.

»SOS«, sagte Nikolas. »Das sind ganz eindeutig die Morsezeichen für SOS.«

»Aber …« Lucienne stockte. Ein Lächeln breitete sich auf ihrem Gesicht aus. »Denkst du, was ich denke, Nikolas?«

»Und ob! Das muss Ben sein.«

Ole sah misstrauisch von einem zum anderen. »Ihr wollt mich auf den Arm nehmen, oder?«

»*Non.* Ole, denk nach«, antwortete Lucienne ungeduldig. »Wir sind in die siebte Jahrhundert in China. Wie viele Menschen kennen wohl die Mors… Nikolas, wie heißt?«

»Morsealphabet.«

»*Oui.* Wie viele kennen diese Alphabet und diese Notruf?«

»Äh … keiner?«

»*Très bien!* Also muss es sein Ben, nicht wahr?«

»Aber das ist ja furchtbar«, entfuhr es Ole. »Dann ist er in Schwierigkeiten! Er oder Xiè oder Meister Lóng.«

Nikolas zog sein Handy aus der Tasche. »Werden wir

gleich wissen«, sagte er. Das helle Metallgehäuse blitzte in der Sonne auf.

Samara, der natürlich nicht entgangen war, dass die Kinder wieder angehalten hatten, fragte ungeduldig: »Was ist denn nun schon wieder los?« Stirnrunzelnd sah sie zu, wie Nikolas Lichtsignale gab.

»Eins, zwei, drei …«, zählte Ole laut mit. »Noch mehr?«, fragte er verwundert.

»Dreimal kurz, einmal lang, einmal kurz, das Zeichen für ›Verstanden‹«, sagte Nikolas.

»Hättet ihr die Güte, mir zu erklären, was das soll?« Samara wurde zunehmend ungehalten.

»Ja, gleich«, sagte Nikolas abwehrend. »Da, sie antworten! O Mist – wieder SOS.«

Ole kaute nervös auf seinem Daumennagel herum. »Worauf warten wir dann noch? Wir müssen ihnen helfen!«

»Und wem, wenn ich fragen darf?«, fragte Samara.

Nikolas deutete zu den Bergen. »Da oben sind Freunde von uns. Wir haben uns von ihnen getrennt, um Lucienne zu suchen. Wir müssen zu ihnen.«

Samaras Gesicht verfinsterte sich. Sie lehnte sich vor und packte Nikolas am Kittel. »Wer sagt mir denn, dass ich dir trauen kann, Ni Ko-Las? Vielleicht lauern in den Bergen Räuber, mit denen du gemeinsame Sache machst. Du versuchst doch schon die ganze Zeit, mich auszuspionieren!«

Bossi, der die Pause genutzt hatte, um sich hechelnd im Schatten eines der Lastkamele auszuruhen, kam knurrend näher. Samara beachtete ihn nicht. Sie war auf ihren Reisen schon mit ganz anderem fertig geworden als mit bissigen Hunden.

»Aber … aber das ist ein Missverständnis«, brachte Nikolas erschrocken hervor. »Ich hab Euch nicht ausspioniert!« Wer misstraute hier wem? War Samara die ganze Zeit so schlecht gelaunt, weil sie einfach um ihre kostbare Ware fürchtete?

»Was du nicht sagst«, erwiderte die Händlerin erbost. »Und warum lässt du mich dann kaum aus den Augen, hm?«

Ole legte ihr eine Hand auf den Arm. »Bitte, Samara«, flehte er, »Ihr müsst uns glauben! Das ist keine Falle.«

Ein milderer Ausdruck trat in die Augen der Händlerin. »Also gut, Junge. Aber nur, weil du mich an meinen Bruder erinnerst.«

Sie seufzte.

»Tut, was ihr nicht lassen könnt. Dann trennen wir uns hier. Ich will Changan auf jeden Fall erreichen, bevor die Stadttore für die Nacht geschlossen werden. Ich überlasse euch die beiden Kamele und vertraue darauf, dass ihr sie mir zurückbringt.«

»Ganz bestimmt«, versicherte Nikolas. »Wo sollen wir Euch treffen?«

»Kommt morgen um die Mittagszeit auf den westlichen Markt. Ich werde schon sehr früh dort sein, um meine Waren zu verkaufen. Noch sind uns keine wirklich großen Karawanen begegnet, diesen Vorsprung muss ich nutzen. Wenn die Stadt erst mit Waren überschwemmt wird, verdiene ich nichts mehr.«

Deshalb hatte sie es so eilig! Das konnte Nikolas verstehen. Er versprach, dass sie morgen am vereinbarten Treffpunkt sein würden.

»Hoffentlich mache ich keinen Fehler«, murmelte Samara mit einem letzten Blick auf ihre beiden Kamele.

Wieder vereint

Wie lange dauerte das denn noch! Ole rutschte so unruhig im Sattel hin und her, dass Nosie ganz irritiert mit den Ohren zuckte. Der Karren mit den Freunden schien überhaupt nicht näher zu kommen. Schließlich hielt Ole es nicht mehr länger aus und drückte seinem Pferd die Fersen in die Flanken.

»Los, Nosie, zeig, was du kannst!« Und Nosie galoppierte los, als gelte es, ein Wettrennen zu gewinnen. Bossi jagte mit hängender Zunge hinterher, Nikolas und Lucienne folgten im sanft wiegenden Rhythmus der Kamele.

Sie trafen sich ungefähr auf der halben Strecke.

»Na bitte, es hat funktioniert«, sagte Ben zu Lóng und strahlte über das ganze Gesicht. Ole brachte Nosie mit einer Vollbremsung zum Stehen, die jeden Cowboy vor Neid hätte erblassen lassen.

»Wie geht es dir?«, rief er seinem Freund entgegen. »Bist du verletzt? Oder Xiè? Oder Lóng?«

»Immer noch das alte Leiden«, sagte Lóng trocken und deutete auf seinen verbundenen Arm. »Neue haben wir uns in der Zwischenzeit nicht zugelegt.«

Ben sprang vom Karren und grinste. »Was dachtest du denn?«

Oles Gesicht verdüsterte sich. »Na, was würdest du wohl denken, wenn dir jemand einen Notruf schickt? Wo ist Dschingis, warum ist er nicht bei euch?«

»Du hast dir Sorgen gemacht!« Ben hätte es nie zugegeben, aber das war ein schönes Gefühl. Ihm wurde ganz warm. »Wer hat dir denn das Veilchen verpasst?«

»Lucienne.«

»Lucienne? Habt ihr euch geprügelt, oder was?«

»Nicht direkt. Ist ’ne lange Geschichte. Aber lenk nicht ab, ich will wissen, wo Dschingis ist!«, beharrte Ole.

»Nun guck nicht so sauer. Dschingis ist gut untergebracht, aber das ist *auch* eine lange Geschichte. – Jetzt steig doch endlich ab!«

Als Nikolas und Lucienne die Gruppe erreichten, zerrte Ben den protestierenden Ole gerade aus dem Sattel, um ihn freundschaftlich durchzuklopfen. Bossi, der vor Wiedersehensfreude außer Rand und Band war, sprang bellend um sie herum.

»Mensch, Ben, du hast uns wirklich einen Mordsschrecken eingejagt«, bemerkte Nikolas und mühte sich aus dem Sattel.

Ben gab Ole endlich frei. »Tut mir leid«, sagte er unbekümmert. »Das SOS-Signal ist einfach das einzige Morsezeichen, das ich kenne. Du könntest natürlich eine ganze Unterhaltung in Lichtsignale übersetzen, nehme ich an.« Er puffte Nikolas in die Seite und ging dann vorsichtig einen Schritt näher an dessen Reittier heran, das brav auf dem Boden kniete.

»Kamele, wow! Wo habt ihr die denn her?«

»Samara – also, das ist eine Händlerin, mit der wir gereist sind – hat sie uns geliehen«, klärte Nikolas ihn auf. »Wir haben uns vorhin getrennt, aber für morgen sind wir mit ihr verabredet.«

Lucienne hatte sich inzwischen zu Lóng gesellt, der noch auf dem Karren saß. Der Mönch lächelte ihr zu. »Wie ich sehe, ist es deinen Freunden gelungen, dich zu befreien. Ich bin sehr froh, euch alle wohlbehalten wiederzusehen.«

»Wie geht es Eurem Arm, Meister?«

»Viel besser, kleine Schwester, dank der kundigen Pflege von Krabbe.«

Luciennes Blick fiel auf Xiè, der bisher geschwiegen hatte. Ihr Gesicht wurde ernst.

Xiè schrumpfte in sich zusammen. Ob sie ihm immer noch böse war?

»Schlechte Nachrichten, Xiè«, sagte Lucienne mit leiser Stimme. Hinter ihr verstummte der Begrüßungslärm. Die anderen traten näher.

»Dein Meister ...«

»Der weise und hochvermögende Gelehrte Yù«, nickte Xiè.

»Ja, also ... was ich sagen will ... er ist ...« Lucienne stockte. *Mon Dieu*, war das schwer.

»Yù ist tot«, vollendete Nikolas ihren Satz. »Wir haben sein Grab gesehen. General Léi hat ihn umgebracht.«

Ein dunkler Schatten fiel plötzlich über die fröhliche Runde.

»Verdammt«, murmelte Ben. Sonst sagte niemand etwas. Xiè wurde weiß wie eine Gespensterkrabbe. Er wankte hin und her. Da schwang sich Lóng nach hinten auf die Ladefläche, hockte sich neben den Jungen und nahm ihn in seinen gesunden Arm.

Xiè begann bitterlich zu weinen. »Was soll ich denn jetzt machen?«, schluchzte er in Lóngs Kittel. Ole sah aus, als ob er gleich mitweinen würde. Wie ihm der Kleine leid tat! Es musste sich schrecklich anfühlen, so mutterseelenallein auf der Welt zu sein – ohne Familie, ohne irgendeinen Menschen.

Auch Ben schluckte. Er musste daran denken, wie hoffnungsvoll Xiè von seinem Meister gesprochen und sich dessen glanzvolles Leben bei Hofe ausgemalt hatte.

»Vergangenes ist spiegelhell, aber Zukünftiges dunkel wie schwarzer Lack, das weißt du doch, kleine Krabbe«, sagte der Mönch. »Es ist nutzlos wie verschüttetes Wasser, sich über die Zukunft zu sorgen. Hab Geduld, Xiè. Dein Weg wird sich dir mit jedem neuen Schritt enthüllen.«

Ben wischte sich unauffällig die Augen.

Sie beschlossen, etwa zwei Reitstunden von den Stadtmauern Changans entfernt ihr Lager aufzuschlagen. Der Tag war schon weit fortgeschritten, und es hatte keinen Sinn mehr, die Stadt noch erreichen zu wollen; sie würden vor verschlossenen Stadttoren stehen und abgewiesen werden.

Am Fuß eines bewaldeten Hügels, wo es einen kleinen Bachlauf und genug frisches Gras für die Tiere gab, richteten sie sich für die Nacht ein. Alle waren erschöpft von den Strapazen der Reise und den Aufregungen des Tages.

Sie mussten sich endlich mal ausruhen und außerdem hatten sie einander mehr als genug zu erzählen.

Gebannt lauschte Ben Luciennes Schilderung von ihrer abenteuerlichen Flucht aus dem Lager, von dem geheimnisvollen Tiger, von ihrem nächtlichen Umherirren im Song-Shan-Gebirge und von Nikolas' Sturz in das Wildwasser, der ihn um ein Haar das Leben gekostet hätte.

»Ohne Samara wäre ich erledigt gewesen«, sinnierte Nikolas. »Und dabei habe ich sie die ganze Zeit verdächtigt, ein falsches Spiel mit uns zu treiben! Immerhin hatte sie Kontakt zur Schlange und das fand ich …«

»Was sagst du da?«, unterbrach ihn Lóng. Eine steile Falte stand plötzlich zwischen seinen Augenbrauen. »Sie kennt Shé?«

»Ja, aber es ist nicht so, wie Ihr denkt«, versicherte Nikolas. Er schilderte ihm Samaras erste Begegnung mit dem Schlangenkämpfer und wie Shé die Händlerin beim Verkauf des Drachens um ihren Anteil betrogen hatte. Er verschwieg auch nicht, dass Shé plötzlich vor ihrem Zelt aufgetaucht war und mit welcher Kaltblütigkeit Samara sie gerettet hatte.

Lóng starrte in die Flammen des Lagerfeuers. »Er verfolgt euch«, murmelte er.

Die ersten Fledermäuse flatterten lautlos durch die Dämmerung, und Ole warf nervöse Blicke in die dunklen Schatten, die unter Bäumen und Büschen hervorwuchsen. Keine schöne Vorstellung, dass Shé irgendwo in der Nähe sein konnte. Bei jedem kleinen Geräusch krampfte sich Oles Magen zusammen. Ihm fiel auf, wie laut die Stille war: Der Bach gluckerte unablässig über sein Bett aus blanken Kieseln. In den Zweigen der Bäume säuselte der Nachtwind und pflückte die ersten raschelnden Herbstblätter herunter. Irgendwo trat ein Nachttier auf einen trockenen Zweig, der mit einem Knacken zerbrach, und eines der Kamele rülpste leise.

»Aber meint Ihr nicht, dass diese Samara ihn abgewimmelt hat?«, fragte Ben.

Im Schein der Flammen durchzogen plötzlich tiefe Sorgenfalten das Gesicht des Mönchs. »Ich hoffe es, kleiner Bruder«, sagte er. »Ich hoffe es.«

»Jedenfalls hattet Ihr wohl recht, Meister«, bemerkte Ben. Die respektvolle Anrede ging ihm inzwischen schon ganz glatt über die Lippen, vorausgesetzt, der Mönch hatte ihn nicht gerade erst geärgert. »Euer Bruder hat den Drachen aus dem Kloster gestohlen und in Changan verkauft. Aber wie hat er Wind davon bekommen, dass der zweite Drache wieder aufgetaucht ist?«

»Er muss uns schon im Kloster beobachtet haben«, mutmaßte Lucienne und zog fröstelnd die Schultern hoch. War das alles unheimlich!

»Apropos Drachen ...« Ben holte seine Tasche hervor. »Du brennst doch bestimmt schon darauf, ihn wieder in die Finger zu kriegen.«

Als Ben ihr die kleine Figur reichte, fühlte Lucienne sich sofort besser. Ein verklärtes Lächeln stahl sich auf ihr Gesicht. Der Drache fühlte sich noch immer so warm und so lebendig an, wie sie es in Erinnerung hatte.

Ben wollte seinen Beutel gerade wieder verstauen, als Lóng ihn fragte: »Kleiner Bruder, was trägst du eigentlich noch alles mit dir herum?«

Die eckige Form des Flötenkastens zeichnete sich deutlich unter dem Stoff ab. Ben hielt einen Moment inne. Früher war es ihm stets peinlich gewesen, wenn andere davon erfuhren, dass er Flöte spielte. Das hatte er längst hinter sich gelassen. Nun war es viel eher die Frage, ob er damit ihre Herkunft aus einer anderen Zeit verriet. Eine silberne Querflöte hatte hier bestimmt noch kein Mensch gesehen.

Lóng wartete und die anderen schwiegen. Sie überließen Ben die Entscheidung.

»Da ist meine Flöte drin«, antwortete er.

»Du spielst Flöte? Wie schön.« Der Mönch lächelte. »Da hast du etwas mit dem ehrenwerten Li Páo gemein.«

»Der alte Daoist, der Euch Unterschlupf gewährt hat?«, fragte Nikolas.

»Ja, genau der. Li Páo war früher ebenfalls Mönch«, erklärte Lóng. »Zum daoistischen Mönchtum gehört die Ausbildung im Schwertkampf und im Flötenspiel. – Schade, dass du an jenem Abend deine Flöte nicht hervorgeholt hast. Li Páo hätte sich bestimmt gefreut«, sagte er zu Ben.

Der begann nach kurzem Zögern, die einzelnen Teile seines Instrumentes zusammenzusetzen. Lóng sah aufmerksam zu.

Als der erste klare Flötenton durch die Nacht schwebte, weiteten sich die Augen des Mönchs überrascht. Was für ein wunderbarer Klang! Wie silberne Tautropfen fielen die Töne in die Stille.

Alle lauschten, Bossi legte entspannt den Kopf auf die Pfoten. Lucienne kannte die Stücke nicht, die Ben spielte, nur eines davon erinnerte sie an das alte französische Lied, das er einmal für Aphra gespielt hatte. Wie heute hatten sie in einer dunklen Nacht in einer fernen Zeit beisammengesessen und der seltsam tröstlichen Musik zugehört.

Aphra. Natürlich dachte auch Ben an das Gauklermädchen. In gewisser Weise spielte er jetzt erneut für sie, zugleich aber für sich selbst, für Lóng, Ole, Nikolas, Lucienne – und für Xiè. Der saß da wie in Trance, nachdem er den ganzen Abend völlig teilnahmslos gewesen war. Als der letzte Ton verklang, rollten dicke Tränen über sein Gesicht und hinterließen Spuren in der tagealten Schmutzschicht, aber wenigstens sah Xiè endlich wieder lebendig aus.

»Danke, kleiner Bruder. Das hat uns allen gutgetan«, sagte der Mönch und sah zu, wie Ben seine Flöte auseinandernahm, sorgfältig trocknete und wieder in den Kasten legte. »Du hast ein sehr schönes Instrument. Ich verstehe, dass du es immer bei dir trägst.« Er stellte keine Fragen und Ben verstaute seinen Leinenbeutel erleichtert wieder unter seinem Kittel.

Niemand verspürte noch große Lust, sich zu unterhalten. Manchmal, dachte Ole schläfrig und schob Bossi behutsam von seinen Knien, schien es tatsächlich das Beste zu sein, einfach zu schweigen. Wie es weitergehen sollte, wenn sie Changan endlich erreicht hatten, darüber konnten sie morgen nachdenken.

Als Lucienne vor dem Schlafengehen nach ihrem Kamel sah und ihre wattierte Jacke holte, trat Lóng leise neben sie.

»Der Tiger, der dir im Lager des Generals zu Hilfe kam – weißt du, dass du da etwas ganz Besonderes erlebt hast?«

Ernst erwiderte Lucienne seinen Blick. »*Oui*, Meister, das weiß ich. Und ich hoffe, dass er nicht allzu schwer verletzt worden ist.«

Schlangengedanken

Die fremdartige Musik hatte auch Shé in einen traumähnlichen Zustand versetzt. Zusammengerollt ruhte er auf einem Felsen weit oberhalb des Baches. Niemand aus dem Lager konnte ihn sehen, aber er selbst hatte alles im Blick. Zumindest so lange, bis diese Musik begann. Denn sie war schuld daran, dass sich Shés gelbe Augen schläfrig schlossen. Eben war er noch hellwach und gereizt gewesen, weil keine der kleinen Ratten von dem Drachen sprach. Dann hatte der Flötenjunge die Figur plötzlich hervorgezaubert und sie dem Mädchen ausgehändigt, und Shés ganzer Körper war geballte Spannung. Fieberhaft suchte er nach einer Möglichkeit, den Jadedrachen und, wenn nötig, erneut auch das Mädchen in seine Gewalt zu bekommen. Doch dann erklangen auf einmal diese fremdartigen Melodien.

Shé wünschte sich, die ganze Nacht lang einfach so liegen zu bleiben und halb schlafend, halb wachend an nichts zu denken, nur zu lauschen.

NEIN.

Die Willenskraft war wie ein Muskel, der nicht verweichlichen durfte. Shé spannte diesen Muskel an. Die Flöte schwieg und die Schlange richtete sich auf. Die Kälte der Nacht hatte seinen Körper steif und träge gemacht, doch Shé zwang sich, den Felsen zu verlassen und näher an das Lager heranzugleiten.

Vorsichtig, vorsichtig ... Nicht zu weit vorwagen. Der verhasste Bruder würde seine Anwesenheit spüren. Shé züngelte. – Müde ... – Bald würden die kleinen Ratten schlafen.

Ohne Lóng wäre alles so einfach: Shé würde mitten zwischen die Kinder gleiten und sich den Drachen holen.

Aber das ging nicht. Auch mit einem verletzten Arm war sein Bruder ein ernstzunehmender Gegner. Shé zischte wütend. Die Zeit der Abrechnung nahte. Er oder sein Bruder, Schlange oder Drachenkämpfer, nur einer konnte am Leben bleiben.

Shé wartete noch ein Weilchen, aber weder die Ratten noch Lóng machten Anstalten, über ihre Pläne zu sprechen.

Wenn sie ihm nicht verraten wollten, was sie in Changan vorhatten, musste er eben vor ihnen dort sein. Es raschelte leise, als Shé über einen Teppich aus welkem Laub davonglitt.

Changan

Es war … schlichtweg überwältigend. In ihren kühnsten Träumen hätte sich Lucienne nicht ausmalen können, wie riesig diese Stadt war! Die größte Stadt der Welt, wie Lóng betonte, das glanzvolle Zentrum des chinesischen Reiches.

Schon von weitem sahen sie Changans Mauern am südlichen Ufer des Wei-Flusses. Changan bedeutete »Langer Frieden«. Und tatsächlich konnte sich Lucienne nicht vorstellen, dass irgendwelche fremden Eroberer, Kriege oder Naturkatastrophen in der Lage sein würden, diese Stadt zu zerstören.

Sie näherten sich Changan von Süden. Vor ihnen dehnten sich Felder und sorgfältig angelegte Parks aus, in denen sich Tempel und Schreine verbargen. Der Strom der Reisenden nahm unaufhörlich zu, und als sie schließlich auf das Tor der Leuchtenden Tugend zuritten – Hauptzugang zur Stadt und das einzige Tor, das für Fremde geöffnet war, wie Lóng ihnen erläuterte –, kamen sie nur noch im Schritttempo voran. Und fast ebenso viele Leute, wie nach Changan hineinwollten, kamen auch wieder heraus.

Stumm vor Staunen sah Lucienne Menschen aus aller Herren Länder. Viele konnte sie gar nicht einordnen, aber einige erkannte sie an ihrer typischen Kleidung wieder. Es war ein verrücktes Gefühl, Gestalten, die sie aus dem Kino oder aus ihren Geschichtsbüchern kannte, plötzlich leibhaftig vor sich zu sehen: Das da waren vermutlich persische Kaufleute, die dort hinten sahen aus wie indische

Mönche; eine Gruppe von Tibetern bahnte sich mit ihren zotteligen Yaks einen Weg an byzantinischen Reisenden vorbei, gefolgt von mongolischen Pferdezüchtern und arabischen Händlern, die dunkelhäutige Sklaven mit sich führten. Es gab sogar einige Männer mit blonden Haaren, wie Lucienne feststellte, also bestand keine Notwendigkeit, ihr eigenes auffälliges Haar zu bedecken. Außerdem waren da noch all die Chinesen aus den verschiedenen Regionen des Reiches mit ihrer unterschiedlichen Kleidung. Über den Köpfen der Menschenmassen schwirrte ein babylonisches Sprachgewirr.

»Kein Wunder, dass uns jeder bloß für Besucher aus einem anderen Land hält«, wisperte Nikolas ihr zu. In der Tat fielen sie unter dem kunterbunt gemischten Volk überhaupt nicht auf. Die Wachen am Tor winkten sie gleichgültig durch.

»Was ist das denn?«, entfuhr es Ben bei dem Anblick, der sich ihnen bot. »Eine Landebahn für Außerirdische? Wofür braucht man so viel Platz?«

Die Straße, die sich vor ihnen erstreckte, hatte gigantische Ausmaße; Ben schätzte sie auf mehr als hundert Meter breit. Rechts und links wurde sie abwechselnd von hohen Ulmen und prachtvollen Pagoden gesäumt.

»Die Hauptstraße von Changan, die Straße des Roten Sperlings«, sagte Lóng mit einem Anflug von Stolz in der Stimme, als hätte er sie selbst gebaut. Schnurgerade führte sie nach Norden und ihr Ende war kaum abzusehen. Nur wenn Ben die Augen zusammenkniff und ihm gerade niemand den Blick versperrte, konnte er weit entfernt die respekteinflößenden Mauern der Kaiserstadt aufragen sehen, die laut Lóng wie eine Stadt in der Stadt angelegt war. In der äußeren Mauer war ein prachtvolles Tor zu erkennen.

»Und da wohnt der Kaiser?«, erkundigte sich Ole.

Lóng lachte. »Nein, das ist nur der Regierungsbezirk. Man betritt ihn durch das Tor des Roten Vogels. Die Palaststadt liegt dahinter. Der eigentliche Kaiserpalast mit den Privatgemächern des Himmelssohnes ist davon noch einmal abgegrenzt und befindet sich auf der Drachenkopfebene oberhalb der Stadt – ich schlage vor, dass wir der Straße des Roten Sperlings folgen und dann nach rechts abbiegen, damit wir zum östlichen Markt kommen.«

Ole grinste. Komische Namen hatten die hier. »Wieso kennt Ihr Euch so gut aus, Meister Lóng?«, fragte er, während sie sich geduldig ihren Weg durch die Menschenmenge bahnten. Bossi war wieder auf den Wagen verfrachtet worden, damit er nicht verloren ging. Er saß neben Xiè und leckte ihm ab und zu die Hände, als ahnte er, dass der Junge immer noch traurig und durcheinander war.

»Es hat sich natürlich einiges verändert«, antwortete Lóng. »Trotzdem erkenne ich die Stadt wieder, in der ich als Kind gelebt habe.«

»Im Ernst?« Ben glitt vor Überraschung beinahe die Leine aus der Hand. »Ihr stammt aus Changan?«

Der Mönch nickte.

»Warum habt Ihr davon nie etwas gesagt?«, fragte Nikolas, der mit seinem Kamel neben dem Karren ritt.

Lóng zuckte die Achseln. »Ist das wichtig? Meine Kindheit liegt lange zurück.«

Ach komm, so lange doch auch wieder nicht, dachte

Nikolas. Sehr alt konnte der Mönch noch gar nicht sein. Lóng hatte erzählt, dass er nach dem Tod seiner Eltern ins Kloster gekommen war. Aber wenn er nicht darüber reden wollte, musste man ihn in Ruhe lassen.

Nach einer Weile bogen sie von der Prachtstraße in eine schmalere Straße ab. Immer wieder überquerten sie Kanäle. Schiffer stakten ein mit Fischen und Krebsen beladenes Boot unter einer Brücke hindurch, die Fischschuppen glitzerten silbern in der Morgensonne. Und wer wohl in der Sänfte saß, die von vier Männern getragen wurde? Die Vorhänge waren zugezogen, aber die Eskorte aus schwer bewaffneten Soldaten deutete auf eine hochgestellte Persönlichkeit.

Nikolas musterte neugierig die Wohnviertel, die sie nun durchquerten. Sie waren von Mauern umgeben, deren Tore des Nachts sicherlich verschlossen wurden. Schmale Gassen kreuzten von links und von rechts, überall herrschte große Geschäftigkeit. Wasserträger schleppten schwere Holzeimer an langen Schulterstangen, Packesel wurden von ihren Besitzern energisch vorwärtsgetrieben und ab und zu erhaschte Nikolas durch ein offenes Tor einen Blick auf die Auslagen eines kleinen Geschäftes.

»Mmhh, riecht ihr das auch?« Ole schnupperte genießerisch.

In den verschiedenen Garküchen wurde eifrig gekocht, und der Duft, der aus den Pfannen und Töpfen aufstieg, war verlockend. »*Baozi*, hier die leckersten *baozi*!«, pries eine dicke Chinesin lautstark ihre gefüllten Teigklöße an. Mit glänzend rotem Gesicht schwenkte sie einen Korb aus Bambusgeflecht im Wasserdampf, der aus einem riesigen

Kessel aufstieg. Oles Magen begann laut vernehmlich zu knurren.

Lóng drehte sich lächelnd um. »Noch ein wenig Geduld, kleiner Bruder, wir werden auf dem Markt speisen.«

»Haben wir denn überhaupt Geld?«, fragte Ole.

»Notfalls können wir den Ginseng verkaufen«, sagte Xiè. Es war das erste Mal seit Stunden, dass er den Mund aufmachte.

»Wir werden sehen«, sagte Lóng.

»Tausendjährige Eier, hier die besten tausendjährigen Eier!«, rief eine hohe Stimme.

Ben sah sich angewidert um. »Wollen die sich umbringen? Wer isst denn so uraltes Zeugs?«

Lucienne gluckste vergnügt. »Die heißen doch bloß so! In Wahrheit sind die Eier nur hundert Tage alt.«

»Ach so, na dann.« Ben machte eine wegwerfende Handbewegung. »Das ist ja so gut wie frisch aus dem Nest geholt.«

»Blödmann! Sie werden natürlich eingelegt in irgendwas.«

»In Salzlake mit feingemahlener Holzkohle«, ergänzte Lóng. »Sehr empfehlenswert.«

Im großen Kessel einer anderen Köchin brodelte Suppe vor sich hin. »Stärkt euch mit meiner Herbstsuppe!«, rief sie den Passanten zu. Oles Hals wurde immer länger.

»Ich glaube, dass du lieber tausendjährige Eier essen würdest als diese Suppe hier, kleiner Bruder«, bemerkte Lóng.

»Wieso? Woraus wird sie denn gemacht?« Ole dachte an Karotten oder Rüben.

»Schlangenfleisch in Hühnerbrühe«, sagte Lóng.

Ole wurde blass. Nur Gemüse, schwor er sich. Ich ess nur noch Gemüse.

Endlich erreichten sie den Markt. Doch ihre anfängliche Freude wich rasch einer bangen Unsicherheit. Wie sollten sie Samara in diesem Gewühl jemals finden? Enge Gassen teilten den riesigen Platz wie ein Schachbrett in viele kleine Verkaufsviertel auf, die jeweils einer bestimmten Berufsgruppe zugeordnet waren. Dort, wo Lóng und seine Begleiter anhielten, wimmelte es von Gemüsehändlern, die auf dem Boden große Pyramiden von Obst und Gemüse aufgetürmt hatten. Etwas weiter hatten sich Schmiede niedergelassen, einer pries lautstark Eisenkessel in allen Größen an, der nächste hatte Dutzende von Hakenschwertern ausgestellt. In der übernächsten Gasse wimmelte es von Geflügel, in Bambuskäfigen gackerten aufgeregte Hühner, es gab Enten und sogar Pfauen.

Wo um Himmels willen sollten sie anfangen zu suchen? »Vielleicht finden wir Samara bei den Gewürzhändlern«, meinte Ole. Aber wo waren die? Und wo gab es jetzt endlich was zu essen? Seine hungrigen Augen hielten vergeblich Ausschau nach einer Garküche. Hätte er vorhin doch bloß ein paar dieser Teigtaschen …

Ein Pfandleiher, der in einem winzigen hölzernen Verschlag saß, fing Oles Blick auf und bot sofort seine Dienste an: »Braucht Ihr Geld, junger Herr? Günstigere Zinsen als bei mir findet Ihr nirgends!« Sein Haifischlächeln entblößte eine Reihe tabakbrauner Zähne. Hastig schüttelte Ole den Kopf.

Lóng hatte sich inzwischen stirnrunzelnd umgesehen.

»Hier kommen wir nie durch«, meinte er. Die Gassen waren so schmal, dass sie mit ihren Tieren und dem Karren stecken bleiben würden. »Wir versuchen es außen herum.«

Sie hatten sich gerade an einer Karawane vorbeigedrängt, die ihre Waren ablud, als eine Frauenstimme nach ihnen rief.

»O-Le! Lu Si-Yen! Hier drüben!«

Suchend wandten sie die Köpfe in die Richtung, aus der die Stimme kam.

»Oh, seht nur!«, rief Lucienne überrascht. Der große Marktplatz war von prächtigen gemauerten Kaufmannshäusern umgeben. Kostbare Schnitzereien schmückten Türen und Fensterläden und über den Eingängen hingen große rote Seidenballons. Erst auf den zweiten Blick erkannte Lucienne, dass es Laternen waren. Die Häuser strahlten einen stolzen Wohlstand aus. Einige Besitzer hatten ihr Geschäft gleich vorn an der Eingangstür hinter einer Art Tresen. Und hinter einem solchen Tresen hatte sich Samara aus einem mit gelber Seide bezogenen Sessel erhoben und winkte ihnen zu.

Den Freunden blieb vor Verblüffung der Mund offen stehen. Samara war keine abgerissene Karawanenreisende mehr, sondern eine gepflegte und ganz offenkundig wohlhabende Kauffrau. Statt ihres fadenscheinigen Kaftans trug sie ein hochgeschlossenes Gewand aus pflaumenblauer Seide, die mit feinen Silberfäden durchwirkt war. Die Haare waren zu einem strengen Zopf geflochten und wie eine Krone auf dem Kopf festgesteckt.

»Da seht ihr es!«, sagte Ole triumphierend, als wären damit alle Fragen und Zweifel an Samaras Person erledigt. Er stieg ab, um Nosie durch das Gedränge zu führen. Hinter ihm folgten Lucienne und Nikolas mit den Kamelen.

Die Händlerin klappte lächelnd das Tresenbrett in ihrem Hauseingang hoch – Nikolas bemerkte flüchtig, dass keine Waren darauf lagen – und trat auf die Gasse, um sie zu begrüßen. Doch plötzlich hielt sie inne und starrte über Nikolas' Schulter hinweg auf den Karren, der herangerumpelt kam.

Samaras Augen weiteten sich. Und dann schrie sie auf.

Ein Geschenk Guanyins

Samaras Schrei ließ alle in der Nähe erstarren. Die Träger einer Sänfte machten vorsichtshalber einen weiten Bogen um die Gruppe.

Auch Ole, Nikolas und Lucienne wichen erschrocken zurück. Was war denn auf einmal los? Schon stürmten zwei der kaiserlichen Wachsoldaten herbei, die auf dem Markt patrouillierten.

»Was ist passiert, Frau? Ein Überfall?«

»N-ein, nur ein … Missverständnis«, brachte Samara mühsam hervor, nachdem sie sich einigermaßen gefangen hatte. »Ich bitte Euch, steckt Eure Schwerter wieder zurück. Ich war nur so … überrascht.«

Die Soldaten tauschten einen Blick, der ziemlich klar sagte, was sie vom Geisteszustand dieser Händlerin hielten. Sie senkten ihre Waffen und stapften zurück auf den Markt.

»Also wirklich, Samara, Ihr tut ja gerade, als hättet Ihr ein Gespenst gesehen!«, sagte Nikolas unsicher.

»Kein Gespenst«, sagte Samara und schaute immer noch an Nikolas vorbei auf den Karren. Ein glückseliges Lächeln breitete sich auf ihrem Gesicht aus. »Meinen kleinen Bruder!«

Alle Köpfe flogen herum. Lóng und Ben tauschten einen erstaunten Blick. Von ihnen konnte ja wohl keiner gemeint sein.

»Xiè?«, sagte Ole verdutzt. Aber Samara hatte doch immer behauptet, er, Ole, würde sie an ihren kleinen Bruder erinnern! Was, bitte schön, hatte er denn mit der mageren und struppigen Krabbe gemeinsam? Er überlegte, ob er beleidigt sein sollte.

Xiè hockte stocksteif auf dem Karren. Er begriff überhaupt nicht, was los war. Samara, die zunächst vor Überraschung wie angewurzelt dagestanden hatte, eilte auf ihn zu.

»Oh, was für ein Geschenk, Guanyin sei Dank!«

Xiè duckte sich hinter Lóngs Rücken, als die Händlerin die Arme nach ihm ausstreckte. Samara lachte und weinte gleichzeitig. »Aber Xiè, kleiner Bruder, erkennst du mich denn nicht? Ich bin es doch, Yún!«

Xiè zögerte noch immer. »Yún?«, wiederholte er fragend.

»Aber ja, mein Kleiner«, lachte die Händlerin und zeigte auf ihre Zahnlücke. »Erinnerst du dich nicht? Den Zahn hast du mir mit einem Holzschwert ausgeschlagen, als du unbedingt Soldat spielen wolltest.«

Xiè nickte wie betäubt.

»Ich würde dich immer wieder erkennen«, sagte Samara. »Und ich kann es auch beweisen. Mein Bruder hat ein niedliches kleines Muttermal auf dem Bauch, wie eine Krabbe sieht es aus. Deshalb hast du ja diesen Namen bekommen.« Und schon schnappte sie sich den Kleinen und lupfte seinen Kittel, und Xiè versuchte völlig verwirrt und schamrot, ihre Hände abzuwehren.

»Komm schon, Xiè«, lachte Ben, »zier dich nicht! Das gehört zur Erkennungsshow.«

Auch die anderen feixten.

»Da, bitte!«, sagte die Händlerin triumphierend. Tatsächlich, auf Xiès Bauch prangte ein heller Fleck, der sehr nach einer Krabbe aussah. Samara drückte ihren Bruder jubelnd an sich und küsste ihn ab. Xiè hörte auf, sich zu sträuben, und versteckte sein rotes Gesicht in Samaras Kleid.

Selbst Ben packte jetzt so etwas wie Rührung. »Große Schwester!«, hörte er den Kleinen murmeln.

Es schien, als wolle Samara ihn nie wieder loslassen. »Wo warst du nur die ganze Zeit? Wie ist es dir ergangen? Oh, du musst mir alles erzählen, und ich verspreche dir, ich werde gut auf dich aufpassen, jetzt, wo ich dich endlich wiederhabe!«

»Wie heißt Ihr denn nun wirklich?« Ole war ganz durcheinander. »Samara oder Yún?« Yún bedeutete Wolke. Das klang eigentlich ganz nett.

»Yún ist mein erster Name«, antwortete die Händlerin, während sie ihre Freudentränen trocknete. »Der reiche Händler, an den ich als Mädchen verkauft wurde, nannte mich Samara. Mit der Zeit habe ich mich so an den Namen gewöhnt, dass ich ihn weiterhin trage. In Changan und auch in meiner zweiten Heimat am Tigris kennt man mich nur als Samara.«

Lóng hatte sie die ganze Zeit schweigend beobachtet. Das war also die Frau, die mit Shé Geschäfte gemacht hatte. Konnte man ihr wirklich trauen? Andererseits hatte sie sich um die Kinder gekümmert, als sie in Not waren.

»Das Schicksal scheint Euch trotz allem wohlgesonnen zu sein, wenn Ihr heute solch ein Haus Euer Eigen nennt«, sagte der Mönch, der sein Misstrauen nicht ganz verbergen konnte. Er deutete auf den Giebel des Hauses, auf dem in Goldfarbe die Schriftzeichen für Glück und Frieden prangten.

Samara nickte. »Da habt Ihr recht, Meister …?«

»Lóng.« Der Mönch deutete eine Verbeugung an.

»Es ist eine lange Geschichte. Ich will sie Euch gerne erzählen, wenn Ihr so lange meine Gäste seid. Bitte, kommt herein! Ihr alle könnt gewiss eine gute Mahlzeit gebrauchen. Und anschließend ein heißes Bad«, sagte sie mit einem Blick auf ihren kleinen Bruder, der vor Schmutz starrte. Liebevoll fuhr sie ihm durch das wirre Haar.

Samara rief einen Diener herbei, der sich um die Tiere kümmern sollte.

Durch ein reich verziertes Tor betraten die Gäste den Hof, auf dem die Kamele der Händlerin untergebracht waren. Eine hohe Mauer schirmte den kleinen Platz zur Straße hin ab.

»Bist du einverstanden, wenn auch dein Hund hier versorgt wird?«, fragte sie Ole. »Ich lasse ihm Wasser und einen schönen Napf voll Fleisch bringen.«

Bossi entschied die Sache selbst, indem er mit einem Satz vom Karren sprang.

»Das wäre geklärt«, lachte Samara. »Folgt mir bitte.«

Solch einen Reichtum hatte noch keiner von ihnen gesehen. Staunend schauten Nikolas, Ben, Ole und Lucienne sich um. Das Haus, in das Samara ihnen mit Xiè an der Hand voranging, schien einem Märchen aus Tausendundeiner Nacht zu entstammen. Von außen hatte es sich nicht von den anderen Häusern rings um den Markt unterschieden, doch die Inneneinrichtung wirkte überhaupt nicht chinesisch, sondern strotzte vor orientalischem Luxus. Überall lagen wertvolle Teppiche mit arabischen Mustern und weiche Kissen, die dazu einluden, es sich gemütlich zu machen. Üppige Brokatvorhänge teilten die Räumlichkeiten voneinander ab. Samara führte sie in ein Zimmer, das sich auf einen kleinen begrünten Innenhof öffnete. Wasser plätscherte leise aus einem Quellstein, und in Tontöpfen wuchsen Mandarinenbäumchen. Ein großer Tulpenbaum spendete Schatten.

In einer Ecke des Raumes sah Nikolas eine Wasserpfeife; auf dem kleinen Tisch daneben lag ein Brettspiel, das an ein Schachspiel erinnerte, nur die Spielsteine waren anders. Auf dem Boden standen eine Mokkakanne und ein kleines Tässchen.

Samara, die seinem Blick gefolgt war, erklärte: »Daraus trinkt man Kaffee. In Persien, wo ich lange gelebt habe, ist er sehr beliebt. Ihr kennt wahrscheinlich nur Tee. Ich würde euch ja ein Tässchen Kaffee anbieten, aber das ist nichts für Kinder.«

Nikolas verkniff sich den Hinweis, dass sie alle ab und zu Kaffee tranken, wenn auch mit viel Milch. Bei der Vorstellung, wie es zu Hause duftete, wenn ihre Haushälterin Frau Hanbach das Frühstück zubereitete, überkam ihn urplötzlich so heftiges Heimweh, dass er vorübergehend nichts sagen konnte.

Samara bemerkte es nicht, denn sie war vollauf damit beschäftigt, es ihrem kleinen Bruder bequem zu machen: »Setz dich hierhin, Xiè, neben mich!«

Dann klatschte sie in die Hände. Ein Diener, der offenbar schon hinter einem der Brokatvorhänge gewartet hatte, nahm die Essenswünsche der Hausherrin entgegen. Kurz darauf wurden ihnen nach Kräutern duftende feuchte Tücher gereicht, mit denen sie sich die Hände reinigen konnten.

Samara bemerkte Lóngs Verletzung. »Benötigt Ihr einen Arzt, Meister?«

»Ich habe bereits einen sehr guten gefunden«, erklärte der Mönch mit einem Blick auf Xiè.

Samara strahlte und legte den Arm um den Bruder. »Dann ist es also wahr, was mir zu Ohren kam? Die kleine Krabbe wurde an einen heilkundigen Gelehrten verkauft!«

Ach Mist, dachte Ole, jetzt fällt ihm bestimmt wieder ein, was mit seinem Meister passiert ist.

Doch Xiè war viel zu überwältigt von all dem Neuen, um traurig zu sein. Er blinzelte nur verlegen.

»Erlaubt mir eine Frage, ehrenwerte Schwester«, sagte Lóng. »Wie kommt es, dass Ihr heute eine freie Händlerin seid?«

Doch bevor Samara antworten konnte, wurden die

Speisen aufgetragen. In der Küche mussten Zauberer am Werk sein, denn innerhalb kürzester Zeit trugen die beiden Diener große Tabletts mit einer Fülle von Schüsseln und Schälchen herein.

»Meine Küche ist immer auf Gäste eingerichtet«, erklärte Samara schmunzelnd nach einem Blick in Oles tellergroße Augen. »Schließlich bekomme ich oft unerwarteten Besuch von Geschäftspartnern und Kunden.«

Töpfe mit gekochter Hirse und dampfendem Reis wurden vor den Kindern abgestellt, dazu verschiedene köstlich duftende Soßen, eine Platte mit kross gebratenen Fleischstücken, appetitlich angerichtetes Gemüse ... Allen lief das Wasser im Mund zusammen, selbst Lóng schien sich nur noch mühsam zu beherrschen.

»Bitte, greift zu!«, forderte ihre Gastgeberin sie auf. Das ließ sich keiner zweimal sagen. Während sie wie ausgehungerte Wölfe über die Köstlichkeiten herfielen – Lóng als buddhistischer Mönch rührte das Fleisch nicht an, sondern hielt sich an gebratenes Gemüse –, berichtete Samara, was ihr widerfahren war.

Ihre und Xiès Eltern waren arme Bauern gewesen, die nach zwei Missernten in Schulden geraten waren. Sie hatten sich nicht mehr anders zu helfen gewusst, als ihre beiden Kinder zu verkaufen. Sieben Winter war das nun her. Xiè war damals gerade drei Jahre alt gewesen, seine Schwester zehn Jahre älter.

»Sie haben Euch tatsächlich verkauft«, wiederholte Ole fassungslos, obwohl er die Geschichte von Xiè bereits kannte.

Das kam gar nicht so selten vor, wie Samara der schockierten Runde erklärte. Lóng nickte bestätigend. Schicksale wie die von Samara und Xiè waren ihm nicht fremd.

»Seid Ihr etwa auch verkauft worden, Meister?«, traute Ole sich zu fragen. Der Mönch schüttelte den Kopf.

»Meine Eltern starben an einem Fieber«, sagte er. »Li Páo war damals in Changan unser Nachbar. Er kümmerte sich um meinen Bruder und mich und brachte uns ins Kloster. Damit folgte er dem Wunsch unseres Vaters, der ein sehr frommer Mann war.«

»Ach, daher kennt Ihr den alten Daoisten«, stellte Ben fest. »Aber wenn Ihr gekonnt hättet, wärt Ihr dann nicht lieber in Changan geblieben?«

Lóng ließ sich Zeit mit der Antwort. »Manchmal muss man ein dunkles Tal durchwandern, um zu erkennen, dass der Weg ins Licht führt«, sagte er schließlich. »Es war nicht einfach, von einem Tag auf den anderen ein Shaolin-Schüler zu werden. Doch heute bin ich Li Páo dankbar für alles, was er für mich und meinen Bruder getan hat.«

Ben dachte an die Härte, mit der die Schüler im Kloster erzogen wurden, und an die Hiebe, die sie einstecken mussten. Er selber wäre vermutlich sofort abgehauen, wenn man ihn dorthin geschleppt hätte. Da war es doch viel besser, wie Samara die Seidenstraße rauf- und runterzuziehen.

Dann erzählte Samara weiter. Sie hatte als Erste einen neuen Herrn. Natürlich wäre sie gern mit ihrem Bruder zusammengeblieben, doch ihr Käufer hatte für einen kleinen Jungen keine Verwendung.

»So wurden wir getrennt«, sagte Samara und drückte Xiè an sich. »Ich hatte Glück im Unglück. Mein neuer Herr war ein reicher arabischer Händler vom Tigris, der regelmäßig auf der Karawanenstraße reiste. Er behandelte mich gut, fast so, als wäre ich seine leibhaftige Tochter. Er unterwies mich in seinen Geschäften und lehrte mich die arabische Sprache. Je älter er wurde, desto mehr Arbeit nahm ich ihm ab. Kurz vor seinem Tod schenkte er mir sein Haus hier in Changan und eine Summe Gold, die ausreichte, dass ich mich selbständig machen konnte.«

»Yún?« Xiè sah zu seiner Schwester auf. »Hast du jemals versucht, unsere Eltern zu finden?«

Samaras Züge verhärteten sich. »Nein. Ich weiß, dass sie in Not waren, aber ich kann es ihnen trotzdem nicht verzeihen, dass sie uns verkauften. Ich habe lange gebraucht, um sie zu vergessen.«

»Aber …«

»Das ist Vergangenheit, Xiè.« Samara strich ihm über das schmutzige Gesicht. »Ich will nicht mehr daran erinnert werden. Ich habe ein neues Leben und du jetzt auch.«

»Wir wussten auf dem Markt gar nicht, in welchem Viertel wir nach Euch suchen sollten«, sagte Ole mit vollem Mund. »Handelt Ihr nun mit Gewürzen oder mit Weihrauch und Schminke?«

Samara lachte. »Kleiner Bruder, ich verschmähe natürlich auch diese Kleinigkeiten nicht, wenn man sie mir anbietet. Aber tatsächlich mache ich meine Geschäfte mit anderen Waren. Meine Kunden wissen das. Ich brauche keinen Verkaufsstand auf dem Markt. Wer etwas von mir will, kommt zu meinem Haus und spricht mich dort an.« Sie rief ihrem Diener etwas zu und der brachte ihr kurz darauf zwei Holzkästen.

Samara klappte den ersten auf. Dic fast faustgroßen Brocken, die darin lagen, sahen aus wie durchsichtiges Glas.

»Bergkristalle«, stellte Nikolas fest.

»Jawohl, aus Samarkand. Ich habe dort einen Händler, der für mich einkauft und den ich regelmäßig in Lop Nor treffe, wenn ich Salz kaufe. Kennt Ihr die Stadt?«

»Wir haben schon davon gehört«, sagte Nikolas.

»Haben wir?« Ben sah ihn mit hochgezogenen Augenbrauen an.

»Eine der reichen Handelsstädte an der Seidenstraße, es gibt dort einen riesigen Salzsee. Ich glaube, das hat Hausmann mal erzählt«, erklärte Nikolas leise, während Samara das zweite Kästchen öffnete. Es war viel kleiner als das erste und mit blauer Seide ausgeschlagen. Feinste Perlen schimmerten darin, einige in der Farbe des Mondes, andere meergrün oder grau wie Rauch.

»*Magnifique!*«, sagte Lucienne, die neben ihr saß, bewundernd und fuhr behutsam mit einem Finger darüber. »Woher habt Ihr die?«

»Von der ostchinesischen Küste. Auch dort habe ich einen Vertrauensmann, von dem ich sie kaufe.«

»Also Bergkristall aus dem Westen, Perlen aus dem Osten, Umschlagplatz ist Changan«, fasste Nikolas zusammen. »Und Ihr selbst reist nie die ganze Strecke, weil das vermutlich Ewigkeiten dauert.«

Samara nickte anerkennend. »Du besitzt die Gabe, die Dinge auf den Punkt zu bringen, Junge mit dem lahmen Bein.«

Nikolas überlegte. Perlen nahmen nicht viel Platz in Anspruch. Kein Wunder, dass einige von Samaras Kamelen unbeladen gewesen waren. Ihr schäbiger Kaftan sollte vermutlich vortäuschen, dass es bei der armen kleinen Händlerin nichts zu holen gab.

»Ich reise natürlich so einfach wie möglich und immer allein, das ist unauffälliger«, sagte Samara, als hätte sie seine Gedanken gelesen. »Damit Wegelagerer gar nicht erst auf die Idee kommen, mich oder meine Waren als lohnende Beute zu betrachten.«

»Ihr habt uns ganz schön hinters Licht geführt«, sagte Ole etwas vorwurfsvoll.

»Was willst du, kleiner Bruder? Ihr habt mir schließlich auch nicht die ganze Wahrheit gesagt«, konterte Samara. »Also: Woher kommt ihr und was wollt ihr wirklich in Changan?«

»Tja …«, begann Nikolas, doch Lucienne fiel ihm ins Wort: »*Non*, lass mich erzählen. Irgendwie ist es doch meine Geschichte, *n'est-ce pas?* – Also, wir waren zu Besuch im Shaolin-Kloster im Song Shan«, begann sie mit einem Blick auf ihre Freunde. Wie sie dorthin geraten waren, musste Samara nicht wissen. Aber von dem, was danach kam, ließ Lucienne nichts aus.

Xiè schniefte leise. Samara drückte ihn an sich und hörte mit wachsendem Ernst zu. »Jetzt verstehe ich euer Interesse an diesem Drachen, den ich verkauft habe«, sagte sie, als Lucienne geendet hatte. Mit einem Blick zu Lóng fuhr sie fort: »Ich versichere Euch, dass ich seitdem keine Geschäfte mehr mit Eurem Bruder gemacht habe. Und seit seinem unerwarteten Erscheinen in unserem Lager in den Bergen habe ich ihn auch nicht mehr gesehen.«

Sie zögerte. »Er kann allerdings trotzdem in der Nähe sein.«

»Was?« Nikolas fuhr auf. »Aber Ihr habt doch gesagt, dass er Euch damals angeheuert hat, weil er sich mit seinem Aussehen nicht in die Stadt traute!«

»Nein, er wagte es nur nicht, mit den Händlern zu reden«, berichtigte Samara.

Lóng nickte düster. »Ich kenne meinen Bruder. So leicht wird ihn nichts aufhalten.«

»Ihr meint, Shé könnte in der Stadt sein?« Nikolas fiel das Schlucken auf einmal schwer, der eben noch köstliche Reis schmeckte auf einmal nicht mehr. Auch Ole schob seine Schale beiseite, er war auffallend blass.

»Wir müssen jedenfalls weiterhin auf der Hut sein«, antwortete Lóng und Samara gab ihm recht.

»Ich bin mir übrigens ziemlich sicher, dass der Mann, der damals den Drachen erwarb, einer der kaiserlichen Einkäufer war«, sagte sie dann. »Es ist also gut möglich, dass sich die Jadefigur im Besitz des Kaisers befindet.«

Lóng nickte ernst. »Das hoffen wir.«

»Aber was wollt ihr tun?«, fragte Samara. »Die Suche nach Xiès Meister ist beendet, eigentlich könnt ihr umkehren. Ihr habt doch nicht etwa vor …«

Prüfend sah sie in die Runde, und was sie in den Gesichtern ihrer Gäste las, gefiel ihr überhaupt nicht.

»Wir müssen zum Kaiser«, sagte Lucienne mit Nachdruck.

»Aber, Mädchen, was dann? Willst du fragen, ob er dir seinen Drachen wieder verkauft? Bei allen Göttern, du musst verrückt sein!«

Samara schüttelte entschieden den Kopf. »Das ist unmöglich.«

»Nicht unmöglicher, als ganz allein als Händlerin durch das Land zu ziehen«, beharrte Lucienne.

»Unsinn, das ist doch etwas ganz anderes!«

»Zu beidem braucht man Mut und Entschlossenheit, oder nicht?« Lucienne ballte kämpferisch die Fäuste. »Ich *muss* die beiden Drachen zum Kloster zurückbringen!« Sie tastete nach dem Jadedrachen in ihrer Tasche. Seit sie ihn von Ben zurückbekommen hatte, spürte sie seine ruhige, gleichmäßige Wärme und wusste, dass sie auf dem richtigen Weg war.

Samara schwieg einen Moment. Dann lächelte sie. »Kleine Schwester, ich vermute, es lohnt die Mühe nicht, dir deinen Plan ausreden zu wollen. Genauso gut könnte ich versuchen, meine Perlen zum Sprechen zu bringen.«

»Äh, wo Ihr gerade den Plan erwähnt …«, Nikolas drehte unschlüssig seine Teeschale in den Händen. »Da gibt es ein kleines Problem.«

»Lasst mich raten: Ihr habt noch gar keinen Plan«, sagte die Händlerin.

»Tja, also … nein.« Nikolas stellte die Schale vorsichtshalber ab. Das schlichte weiße Porzellan sah ziemlich kostbar aus, und zu seinem Unwillen bemerkte er, dass seine Hände feucht wurden. Er war nervös, weil er einfach nicht wusste, wie es weitergehen sollte. Keiner von ihnen wusste es. So weit waren sie gekommen und so dicht vorm Ziel! Aber der Weg zum Kaiser schien eine unüberwindbare Hürde.

»Ach Yún, große Schwester«, ließ sich plötzlich Xiès vertrauensvolle Stimme vernehmen. »Wisst Ihr nicht Rat?«

Ben beugte sich über seine Teeschale. Die kleine Krabbe war ein wertvoller Verbündeter. Der Blick, mit dem Xiè seine Schwester anhimmelte, hätte selbst ein Herz aus Bergkristall zum Schmelzen gebracht.

Samara starrte eine Weile vor sich hin, dann meinte sie: »Ich muss nachdenken. Ihr braucht jetzt erst mal eine gründliche Wäsche, und mit Verlaub, ehrenwerter Meister, Ihr ebenfalls. Die Badebecken sind hergerichtet.«

Vier Krüge für den Kaiser

Samara ließ sich Zeit bis zum nächsten Morgen. Sie sahen sich erst beim Frühstück wieder, das aus ofenwarmem arabischem Fladenbrot, Honig, frischen Früchten und viel schwarzem Tee bestand. Trotz der üppigen Mahlzeit vom Vortag aßen alle mit großem Appetit, selbst Lóng vergaß seine übliche Zurückhaltung.

Der Mönch hatte seinen Kopf frisch geschoren, wie er es immer tat, wenn der volle Mond wieder abnahm. So war es im Kloster üblich. Xiè hatte ebenfalls Haare lassen müssen. Beim Anblick seines verfilzten Schopfes hatte Samara kurzerhand zur Schere und dann zum Rasiermesser gegriffen. Blankgeschrubbt und mit sauberer Hose und einem neuen Kittel sah Xiè nun aus wie eine Miniaturausgabe von Lóng.

»Na, Mademoiselle, wäre es nicht auch bei Ihnen Zeit für eine frische Schur?«, neckte Ben und zupfte an einem von Luciennes kurzen Löckchen.

»Lass das!« Lucienne bedachte ihn mit einem bösen Blick. Glücklicherweise ergriff Samara nun das Wort. Mit einem Räuspern stellte sie ihre Teeschale ab. Alle Gesichter wandten sich ihr erwartungsvoll zu.

»Ihr wolltet einen Vorschlag von mir. Ich habe gleich drei, aber nur einer davon ist vernünftig.« Sie seufzte.

»Dann fangen wir mit dem vernünftigen an«, sagte Nikolas. »Was ratet Ihr uns?«

»Das, was ich allen empfehlen würde, die einigermaßen bei Verstand sind: Vergesst den Drachen und kehrt nach Hause zurück, wo immer das auch sein mag.«

»Abgehakt«, sagte Ben. »Nummer zwei, bitte.«

Samara seufzte erneut. »Ersucht den Kaiser um eine Audienz. Am besten bestecht ihr einen der niederen Hofbeamten. Es kann allerdings Wochen oder gar Monate dauern, bis ihr vorgelassen werdet, und – schon gut, schon gut, ich weiß, was du sagen willst«, meinte sie mit einem Blick auf Nikolas. »Ich vermute, so viel Geduld habt ihr nicht.«

Es war weniger eine Frage der Geduld, dachte Nikolas, als der dahinrasenden Zeit. Wie lange waren sie jetzt schon von zu Hause fort? Wenn er sich vorstellte, welche Panik inzwischen bei seinen Eltern herrschte – und sicher auch bei Bens Vater und Oles Familie –, dann fühlte er sich richtig elend. Über Luciennes Eltern wusste er nicht viel, sie schienen sich nicht besonders um ihr einziges Kind zu kümmern. Aber Oles Eltern, bei denen Lucienne während ihres Austauschjahres wohnte, hatten sie bereits so lieb wie eine eigene Tochter. Und all diese Menschen waren vermutlich schon halb verrückt vor Sorge.

Schon deshalb durften sie nicht noch mehr Zeit verlieren. Sie mussten diese Drachengeschichte erledigen und dann so schnell wie möglich zurückreisen. Wie sie das allerdings schaffen sollten, war Nikolas ein Rätsel. Ole hatte immer noch einen Blackout, was den seltsamen Spruch anging; all seine Bemühungen, sich zu erinnern, waren bislang fehlgeschlagen.

»Und der letzte Vorschlag?«, fragte Lucienne. »Ihr sagtet, Ihr habt drei.«

Samara erhob sich von ihrem Kissen. »Folgt mir.«

Sie gingen hinaus auf den ersten Hof, wo die Kamele und Pferde untergebracht waren. Dort stand ein neuer Karren, größer als der von Li Páo. Hinter dem Kutschbock lagen säuberlich zusammengefaltet ihre Decken. Gleich dahinter standen in einem Polster aus Stroh vier große Tonkrüge mit Deckeln aus geflochtenen Bambusfasern.

»Was sollen denn die Gefäße da?«, erkundigte sich Ole. Über Nikolas' Gesicht huschte dagegen ein Lächeln des Verstehens. »Die sind vermutlich für die Palastküche«, sagte er.

Samara nickte ernst. »Ja. Aber das ist kein Kinderspiel, Ni Ko-Las. Wenn ihr entdeckt werdet ...«

»Wieso?« Ole kapierte immer noch nicht. »Wir sind doch hier!«

»Ja, noch«, sagte Ben. »Aber du sollst dich da drin verstecken.«

»Was? Ich?«

»Wir alle.« Lucienne ging langsam um den Karren herum. »Die Töpfe sind groß genug für uns. – Aber du, Nikolas? Mit deinem Bein könnte es ein Problem geben.«

»Er muss sich unter den Decken verbergen«, sagte Samara. »Wird das gehen?«

Nikolas nickte.

»Der Topf ganz links ist mit geschältem Reis gefüllt«, erklärte Samara. »Ihr, Meister Lóng, müsst dafür sorgen, dass die Wachen nur diesen einen Topf untersuchen. Ihr werdet auch den Karren lenken. Erlaubt Euer Arm das? – Gut. Am besten wählt Ihr eines der kleineren Tore, durch die auch die Pilger eingelassen werden. Wo viel los ist, sehen die Wachen nicht so genau hin.«

»Äh, und falls sie es doch tun?«, fragte Ole.

»Wie du siehst, tragen alle Töpfe mein Namenszeichen. Es ist am Kaiserhof bekannt und sollte euch den Weg wohl ebnen. Meister Lóng, Ihr müsst sagen, dass Ihr mit einem Geschenk von der Händlerin Samara kommt. Ein Geschenk, keine Lieferung, hört Ihr? Das ist wichtig!«

Lóng nickte aufmerksam, auch wenn er nicht ganz begriff, warum Samara auf den Unterschied so großen Wert legte.

»Die Wachen haben eine Liste mit den Waren, die bestellt sind und erwartet werden«, erklärte die Händlerin. »Sie würden sofort merken, dass Ihr nicht auf der Liste steht. Geschenke dagegen gibt es immer mal wieder. Bei den reichen Händlern von Changan ist es üblich, den Kaiser in gewisser Weise an erfolgreichen Geschäftsabschlüssen zu beteiligen, indem sie ihm etwas schenken. Damit erhalten wir uns das kaiserliche Wohlwollen.«

Der Mönch sah sie ernst an. »Und das wollt Ihr für uns aufs Spiel setzen? Man wird Euch der Mitwisserschaft beschuldigen, wenn unser Unterfangen fehlschlägt.«

»Macht Euch keine Sorgen um mich. Ich kann notfalls beteuern, dass Ihr mir die Krüge gestohlen habt. Mein Ruf ist so gut, dass mir jeder glauben wird.« Sie lächelte verlegen.

»Verstehe«, murmelte Lóng. Sie durften einfach nicht scheitern.

»Noch eine Frage«, meldete sich Ole erneut. »Wie geht es denn weiter, wenn wir es tatsächlich bis in den Palast schaffen?« Er sah in die Runde. Ein kurzes Schweigen folgte.

Nikolas antwortete schließlich. »Du kennst doch den Satz: Kommt Zeit, kommt Rat.«

»Also wirklich, Nikolas, langsam mache ich mir Sorgen um dich!«, stöhnte Ben. »Wir sollten die Sache so schnell wie möglich hinter uns bringen, sonst verlernst du am Ende noch, wie ein normaler Mensch zu reden. Deine weisen Sprüche sind echt ätzend.«

Xiè hatte still dagestanden; nun sah er mit gerunzelter Stirn zu Samara auf. »Große Schwester?«

»Ja, Krabbe?«

»Je ein Topf für Ben, O-Le und Lu Si-Yen, und einer für den Reis, nicht wahr?« Er zählte an seinen Fingern ab. »Das sind vier.«

»Richtig.«

»Und wo ist der fünfte? Der für mich?«

Samara lächelte nachsichtig. »Du glaubst doch nicht im Ernst, dass ich dich mitfahren lasse! O nein, das kommt gar nicht in Frage! Das ist viel zu gefährlich!« Energisch schüttelte sie den Kopf. »Du wirst schön hierbleiben.«

Xiè stampfte wütend mit dem Fuß auf. »Ich *will* aber

mit! Sie sind meine Freunde, ich kann sie nicht im Stich lassen!«

Die anderen wechselten betretene Blicke. Natürlich gehörte Xiè irgendwie zu ihnen, andererseits war der Besuch beim Kaiser ausschließlich ihr Problem, damit hatte er nichts zu tun. Sein Meister war tot, er musste nicht länger nach ihm suchen.

»Hör mal, Xiè«, begann Ben vorsichtig, »es ist echt nett von dir, dass du uns helfen willst, aber …«

»Wir dürfen dich nicht unnötig in Gefahr bringen«, ergänzte Nikolas.

»Schon gar nicht jetzt, wo du endlich wieder mit deiner Schwester zusammen bist«, sagte Ole.

Xiès Augen füllten sich mit Tränen. Zornig sah er von einem zum anderen. »Das sagt ihr nur, weil ihr Angst habt, dass Samara euch sonst nicht hilft!«

Samara legte ihrem Bruder beschwichtigend die Hand auf die Schulter, doch er riss sich los. »Du bist gemein!«, schrie er seine Schwester an, machte auf der Stelle kehrt und rannte davon.

»Ich hatte ganz vergessen, wie halsstarrig er sein kann«, seufzte Samara.

Nun trat der Mönch vor. »Ehrenwerte Schwester, es ist vielleicht nicht der beste Zeitpunkt, doch bitte erlaubt mir, Euch dies hier zum Geschenk zu machen. Es ist nur eine kleine Gabe angesichts Eurer Großmütigkeit, aber vielleicht findet Ihr doch Verwendung dafür.« Er überreichte ihr den Beutel mit Li Páos bestem Ginseng.

Samara freute sich ehrlich. »Meister Lóng, ich danke Euch! Oh, ich bin sogar sicher, dass Euer Geschenk auch

Xiè trösten wird. Er träumt davon, dieses Lebenselixier herzustellen, an dem sein Meister gearbeitet hat. Soviel ich weiß, gehört Ginseng hinein.« Dann fiel ihr Blick plötzlich auf Ole, der zunehmend nervös den Hof absuchte.

»Junge, was hast du?«, fragte Samara. »Ist alles in Ordnung?«

»Also – nein, nicht wirklich«, sagte Ole, der schon seit einer Weile Bossi vermisste. Im Hof stand nur der leere Napf. »Habt Ihr meinen Hund gesehen? – Bossi! Wo bist du? Komm zu mir, komm!« Ole pfiff und spähte in alle Richtungen, aber Bossi war nirgends zu sehen.

»Er wird weggelaufen sein. Vergiss ihn einfach, er stört bei eurem Vorhaben nur«, sagte Samara.

»Ohne Bossi gehe ich nirgendwohin!«, erklärte Ole mit fester Stimme.

Samara hob die Augen zum Himmel: »Ihr Götter, gebt mir Geduld! Noch so ein Starrkopf!«

»Es wird schon nicht schaden, wenn wir den Hund mitnehmen«, sagte Lóng begütigend. »Habt Ihr vielleicht eine Ahnung, wo er sein könnte?«

Statt einer Antwort erklang lautes Gebell. Samara wurde blass. »Bei meinen Shar Peis!« Sie ließ den Ginsengbeutel fallen, raffte ihr Gewand und stürmte auf die Straße.

»Ich züchte diese Hunde«, rief sie ihren Gästen über die Schulter zu, während sie schon durch das nächste Tor rannte.

Shar Peis waren Hunde? Übersetzt hieß das *Haifischhaut*. Ich muss mich verhört haben, dachte Ole.

Samara befand sich in heller Aufregung. »Wehe, wenn euer Bo Si … Oh, ich will gar nicht daran denken!«

Sie stoppte so abrupt, dass Ole beinahe in sie hineingerannt wäre. Keuchend kamen Nikolas und die anderen nach. Vor ihnen breitete sich eine saftige Wiese mit ein paar Ginkgobäumchen und einem kleinen Teich aus. Mitten auf der Wiese stand ein geöffneter Bambuskäfig, und um den Teich tollte Bossi mit einer Horde halbwüchsiger junger Hunde, die aussahen, als hätte sie jemand liebevoll geknuddelt und nicht wieder glattgestrichen. Ihr kurzes Fell warf lauter Falten.

»Guckt euch die an«, gluckste Ben. Jetzt ging Ole ein Licht auf. Natürlich, Shar Peis waren Faltenhunde! Von denen hatte er schon mal gehört.

In Bossis tiefes Bellen mischte sich begeistertes Kläffen aus vier, sechs, nein, sogar sieben Hundekehlen.

»Nicht ins Wasser!«, schrie Samara, doch da platschte und spritzte es schon.

»Es ist hoffentlich nicht tief?«, fragte Ole besorgt.

Aber der Teich war so flach, dass sogar die Welpen darin stehen konnten. Eine erwachsene Hündin, offenbar die Mutter der Jungschar, lag im Schatten eines Ginkgos und beobachtete das Treiben mit Gelassenheit. Von Zeit zu Zeit schleckte sie sich mit einer kleinen rosa Zunge über ihre Nase.

»Die schönen Falten!«, ächzte Samara. Nun klebte grüne Entengrütze darin. »Es ist so mühsam, sie alle einzeln zu reinigen und zu trocknen!«

Die Balgerei im Wasser ging munter weiter. Samara rang die Hände.

»Bossi! Komm auf der Stelle her!« Ole wagte Samara kaum anzusehen. »Ich weiß auch nicht, was mit ihm los ist«, sagte er entschuldigend, »so hartnäckig hat er schon lange nicht mehr weggehört.« Schließlich musste Ole in den Teich steigen und den großen Hund an seinem Halsband herauszerren. Die Welpen folgten, sichtbar enttäuscht, dass das Spiel zu Ende war.

»Wie hast du es bloß geschafft, ihren Käfig zu öffnen, hm?« Ole war hin- und hergerissen zwischen Ärger und Stolz auf seinen schlauen Hund.

Jetzt kam endlich auch der Diener angerannt, der für die Hunde zuständig war. Samara stampfte wütend mit dem Fuß auf, als er vor ihr auf die Knie fiel.

»Wie war der Name für diese Hunde? Shar Peis? Sie sind niedlich!«, versuchte Lucienne die Wogen zu glätten. »Ihr habt uns nicht gesagt, dass Ihr sie züchtet. Verkauft Ihr sie an den Kaiser?«

Samara nickte matt, während ihr Diener unter tausend Verbeugungen und Entschuldigungen versuchte, die Kleinen wieder einzusammeln. Ole bückte sich, um einen der Welpen zu streicheln, und begriff, was es mit dem Namen Haifischhaut auf sich hatte: Das raspelkurze Fell fühlte sich ganz rau an.

»Ich verkaufe sie an den Kaiserhof und an die Adligen hier in der Stadt. Shar Peis sind gerade sehr in Mode, vor allem als Tempelhunde«, sagte Samara. »Ich hoffe nur, dass dieser Riesenhund sich nicht an meine Mai Li herangemacht hat!« Mai Li lag immer noch gleichgültig an ihrem Platz.

Lóng konnte sich nur mit Mühe zusammenreißen. In

seinem Gesicht arbeitete es, seine Schultern zuckten. Ole sah ihn unsicher an, doch dann begriff er, dass der Mönch vor unterdrücktem Lachen beinahe platzte. Ben biss sich verzweifelt auf die Lippen, um nicht loszuwiehern, und auch Nikolas und Lucienne schienen sich gerade noch beherrschen zu können.

»Äh, sollten wir uns nicht langsam auf den Weg machen?« Unauffällig trat Ole mit dem widerstrebenden Bossi im Schlepptau den Rückzug an.

Glücklicherweise gehörte Samara nicht zu den Menschen, die ihren Ärger lange warm halten. Als Ben, Ole und Lucienne in ihre Tonkrüge hineinstiegen, war sie so freundlich wie immer.

Die Krüge waren gerade groß genug, dass die Kinder darin kauern konnten. Nikolas hatte es sich unter den Steppdecken hinter dem Sitz von Lóng einigermaßen bequem gemacht.

Zum Abschied klopfte Samara aufmunternd gegen die großen Gefäße. »Viel Glück auf eurem Weg! Ich erwarte euch wohlbehalten zurück. Habt ihr verstanden? Das ist ein Befehl! – Das gilt auch für dich, du schlimmer Hund«, sagte sie zu Bossi, der ohne eine Spur von schlechtem Gewissen neben Lóng hockte.

Mit einer tiefen Verbeugung verabschiedete Samara sich schließlich von Lóng. »Gebt gut auf alle Acht, Meister.«

Der Mönch versprach es.

Überraschung

Langsam rumpelte der Karren voran und ließ den östlichen Markt hinter sich. Lóng behielt aufmerksam seine Umgebung im Auge, während er Nosie und die Fuchsstute lenkte. Seit Samara am Vorabend den Verdacht geäußert hatte, dass Shé möglicherweise in der Stadt war, ließ ihn dieser Gedanke nicht los. Jeden, der ihm entgegenkam, musterte Lóng mit scharfem Blick. Würde Shé inmitten all dieser Menschen einen Überfall wagen, noch dazu, wo kaiserliche Wachsoldaten überall in den Straßen patrouillierten? Nein, wohl kaum, versuchte Lóng sich zu beruhigen. Andererseits – wo konnte sich ein Mann, selbst wenn er so unheimlich aussah wie der Schlangenkämpfer, besser verstecken als unter all den Reisenden, Besuchern, Händlern und Einheimischen?

Und die Zahl der Menschen nahm noch zu, je weiter Lóng nach Nordosten fuhr. Für viele Chinesen war die Reise nach Changan so etwas wie eine Pilgerfahrt. Mit beinahe religiöser Andacht näherten sie sich dem Kaiserpalast und hofften darauf, den Himmelssohn wenigstens aus der Ferne einmal zu sehen.

Als Lóng schließlich zu der Prachtstraße kam, die geradewegs zur Drachenkopfebene führte, vergaß er für einen Moment seine Sorgen.

Wie schade, dass die Kinder in ihren dunklen Krügen diesen Anblick nicht genießen konnten! Lóng nahm das Bild in sich auf wie etwas, das er lange entbehrt und immer geliebt hatte. Vor ihm schimmerte die Straße wie ein geheimnisvoller Fluss, denn ihr Pflaster bestand aus einem blau leuchtenden Gestein. Stetig ansteigend führte sie auf die Hügel im Nordosten zu, zwischen denen sich die Mauern des Großen Leuchtenden Palastes erhoben. Gut, dass Samara beide Pferde vor den Karren hatte spannen lassen, dachte Lóng. Nosie allein hätte die schwere Last kaum geschafft. Die Pferde wurden immer langsamer, je steiler die Straße anstieg.

Eine gewaltige rote Mauer umschloss den gesamten Palastbereich. Zur Stadt hin gab es gleich mehrere Tore, das größte und schönste jedoch war das Tor des Roten Phönix. Aber sie sollten ja eines der kleineren Tore nehmen, hatte Samara …

»Guanyin!« Bestürzt stellte Lóng fest, dass bis auf das Phönix-Tor alle anderen Durchgänge geschlossen waren. Was jetzt? Vielleicht war das Phönix-Tor nur dem Kaiser persönlich oder Beamten von hohem Ansehen vorbehalten, und er würde sich eine Menge Ärger einhandeln, wenn er es wagte, dort vorzufahren. Lóng überlegte, was er tun sollte.

Wie lange dauerte das denn noch? Ben taten bereits alle Knochen weh. Diese Rumpelei war schon schlimm genug, wenn man auf dem Karren saß. In dem grässlichen Tonkrug war sie kaum auszuhalten.

Am schlimmsten jedoch war das Alleinsein. Er wusste, dass die anderen nur ein paar Handbreit neben ihm das Gleiche durchmachten. Wenn sie wenigstens miteinander hätten reden können, wäre alles viel leichter zu ertragen gewesen.

Ob der Kaiserpalast schon in Sichtweite war? Vielleicht sollte er mal einen Blick riskieren …

Ganz, ganz vorsichtig hob sich der geflochtene Deckel. Ben spähte über den Rand des Kruges – und sah direkt in Luciennes Augen, die es ebenfalls nicht mehr ausgehalten hatte. Wie zwei Verschwörer grinsten sie sich an.

Ein merkwürdiges Gefühl zwischen den Schulterblättern sagte Lóng, dass er sich mal umdrehen sollte.

Beide Deckel klappten wieder zu.

»Wagt es bloß nicht!«, drohte der Mönch und wandte sich wieder der Straße zu.

Nein, bestimmt nicht, dachte Ole in seinem Krug, ich wage gar nichts. Ich bleibe hier schön sitzen, und wer weiß, vielleicht vergessen sie mich einfach …

Er hatte Angst. Und schlecht war ihm auch. Dieses Gerumpel und die Enge hier drin, nicht auszuhalten! Außerdem roch sein Krug nach sauren Gurken. Es gab wenig, was Ole nicht mochte, aber saure Gurken standen ganz oben auf seiner Igitt-Liste. Warum neigte sich der Tonkrug eigentlich so merkwürdig nach hinten? Wenn er nun umkippte? Ole sah sich schon polternd die Straße hinunterrollen, er würde sich alle Knochen brechen, bevor sein Krug in tausend Stücke zersprang und er selbst zerschmettert am Boden lag …

Hilfe, mir wird schlecht. Ole presste sich verzweifelt die Hand vor den Mund. Nikolas hatte es gut! Der lag bequem unter seinen Decken, hatte frische Luft, bekam mit, was vor sich ging und konnte notfalls abspringen.

Aber da täuschte Ole sich. Nikolas hatte zwar seine Decken ein wenig angehoben, weil er darunter fast erstickte, aber erkennen konnte er kaum etwas. Durch eine Ritze in den Karrenbrettern sah er lediglich das Pflaster der Straße unter sich vorbeiziehen, rätselhafterweise war es blau wie Wasser.

Was war denn jetzt los? Der Karren war langsamer geworden und hielt an. Nikolas riskierte es, sich etwas aufzurichten. Sie standen vielleicht hundert Meter vor einer hohen Mauer mit einem gigantischen Tor. Nikolas' Blick wanderte nach oben. Fünf rote Seidenlampions hingen unter dem Tordach. Darüber leuchtete auf goldenem Hintergrund das Bild eines Feuervogels. Seine Federn sahen aus, als stünden sie in Flammen. Sie waren aus winzigen Schmucksteinchen in allen erdenklichen Tönen von Rot, Orange und Gelb zusammengesetzt. Das musste der Phönix sein, dachte Nikolas, der sagenhafte Vogel, der aus seiner eigenen Asche immer wieder neu erstand. Furchterregend sah er aus.

Die Torflügel standen weit offen, doch vier Wachen in der Rüstung der kaiserlichen Soldaten versperrten den Durchgang. Ihre Schwerter und Lanzen hatten sie vor sich aufgepflanzt.

Kaum jemand wagte sich vor das Tor des Roten Phönix. Die Pilgermassen waren demütig vor den kleineren Toren in der Mauer stehen geblieben und warteten, bis man ihnen dort Einlass gewähren würde. Und obwohl die Tore nicht geöffnet waren, wurde jedes von ihnen von einem weiteren Soldaten bewacht.

»Meister Lóng, fahrt durch das große Tor!«, raunte

Nikolas dem wie versteinert dasitzenden Mönch eindringlich zu.

Lóng schreckte hoch. »Was fällt dir ein! Versteck dich!«

Gehorsam zog Nikolas die Decken höher. »Ihr müsst trotzdem durch das große Tor, Meister. Tut so, als sei das ganz selbstverständlich. Schließlich bringt Ihr eine wichtige Lieferung für den Kaiser. Denkt an das Zeichen von Samara. Gebt Euch selbstbewusst. Die Wachen müssen glauben, dass Ihr alles Recht der Welt habt, durch dieses Tor zu fahren.«

»Still jetzt, Ni Ko-Las!«, grollte Lóng. War es schon so weit gekommen, dass ein Grünschnabel ihm Mut machen musste? »Wer hat denn hier schließlich die Verantwortung«, murmelte er. Bossi hechelte verständnisvoll.

Ein Pilger, der vorbeiging, warf dem Mönch auf dem Karren einen belustigten Blick zu. Lóng stöhnte innerlich. Am Ende glaubten die Leute noch, er führe Gespräche mit einem Hund.

Er schnalzte mit der Zunge, die Pferde zogen an und der Karren rollte auf das Tor zu.

»Halt!«, erklang der Befehl des vordersten Wachpostens.

Lóng lächelte den Mann liebenswürdig an, aber der verzog keine Miene. Sein Gesicht schien aus Granit zu sein.

»Wo wollt Ihr hin?«, fragte er barsch und trat einen Schritt vor. Die drei anderen Wachen rührten sich nicht.

»Zur kaiserlichen Palastküche«, antwortete Lóng. »Ich habe eine Ladung Reis abzuliefern. Ein Geschenk der Händlerin Samara.«

Der Wachsoldat schritt langsam einmal um den Karren

herum. Er klopfte gegen die Krüge. »Aufmachen!«, verlangte er.

Lóng stieg ab und nahm schwungvoll den Deckel vom linken Krug.

»Beste Qualität aus Yunnan«, pries er die Ware – und erstarrte. Ja, es war Reis im Krug, wie Samara es gesagt hatte. Doch zwischen den silbrig schimmernden Körnern lugte unverkennbar ein hohles Bambusrohr hervor. Lóng glaubte, das Herz würde ihm stehen bleiben. Sein Blick schoss zum Wachposten. Hatte der Soldat es auch gesehen?

In diesem Moment erhob sich aufgeregtes Geschrei an einem der kleinen westlichen Tore. Frauen kreischten und hoben ihre Kinder auf die Arme. Der Wachsoldat war abgelenkt und Lóng stülpte rasch den Deckel wieder auf den Krug.

»Was ist dahinten los?«, brüllte der Soldat, der offenbar so etwas wie der oberste Wächter war. Ein anderer Posten antwortete: »Jemand behauptet, er habe ein Ungeheuer gesehen! Eine riesige Schlange!«

Ein eiskalter Ring legte sich um Lóngs Herz. Das konnte nur eines bedeuten: Shé war hier, irgendwo ganz in der Nähe. Zu allem Unglück bewegte sich jetzt auch noch der Deckenstapel.

»Leg dich da drauf, Bo Si«, befahl Lóng leise. »Ja, so ist's brav.« Wenigstens einer, der gehorchte.

Nikolas unterdrückte ein Ächzen. Ole musste diesen Hund dringend auf Diät setzen. Hätte er sich bloß nicht gerührt! Aber beim Wort Schlange war er unwillkürlich zusammengezuckt, und jetzt musste er nicht nur unter dicken Decken schwitzen, sondern wurde auch noch von diesem vierbeinigen Schwergewicht plattgedrückt.

Der oberste Wächter am Phönix-Tor pochte unterdessen gereizt mit dem Schaft seiner Lanze auf den Boden. »Schlangen, so ein Unsinn! Hier gibt's keine Schlangen«, brummte er und schickte die drei anderen Soldaten zum kleinen Tor: »Sorgt für Ruhe, verflucht noch mal! Und schickt die Leute nach Hause! Heute wird niemand eingelassen, Befehl des Kaisers!« Seine Miene verriet, dass das mehr als ungewöhnlich war. An anderen Tagen herrschte auf dem Drachenhügel Hochbetrieb.

Lóng saß bereits wieder auf seinem Karren. »Also, was ist nun? Kann ich meinen Reis abliefern?«

Nach einem letzten Blick auf das Namenszeichen von Samara winkte der Soldat ihn gelangweilt durch: »Hinter dem Tor haltet Euch links. Küche und Vorratslager findet Ihr im südwestlichen Palastbereich. Der Verwalter ist anwesend.«

Aus den Krügen entwich ein einziger großer Stoßseufzer, als der Karren endlich weiterfuhr. Lucienne war schweißgebadet. Für einen Moment hatte sie geglaubt, sie kämen nicht durch. Lóngs Stimme hatte plötzlich ganz angespannt geklungen. Was war das mit dieser Schlange, die jemand gesehen haben wollte? Konnte das Shé gewesen sein?

Und wenn schon. Sie hatten es jedenfalls erst einmal geschafft. *Dieu merci!* Lucienne fand, dass der Schlangenkämpfer im Moment ihr geringstes Problem war. Denn wie sollte Shé unbemerkt durch eines der kaiserlichen Tore kommen?

»Guanyin sei Dank!«, flüsterte Lóng erleichtert. Sie hatten die Drachenkopfebene erreicht. Die Hügellandschaft oberhalb der Stadt offenbarte sich als riesiger, raffiniert angelegter Park mit bizarr gewachsenen Bäumen, kleinen Tempeln, künstlichen Seen, sprudelnden Brunnen in Form von Drachenköpfen und Bachläufen, über die sich zierliche Holzbrücken spannten. Auf dem höchsten Hügel thronte der Palast des Himmelssohnes. Hier unten versperrten allerdings ausladende Ulmen, deren Zweige bis auf den Boden reichten, den Blick. Aber Lóng hatte jetzt ohnehin kein Auge für die prachtvolle Anlage übrig. Er lenkte den Karren ein Stück nach links, um schnell aus dem Blickfeld des Wachpostens zu kommen. Natürlich hatte er keineswegs vor, den Verwalter aufzusuchen. Erst einmal musste er ungestört den linken Krug untersuchen. Eine kleine Pagode, die etwa hundert Schritte von der Mauer entfernt lag, bot sich dafür an. Zur Mauer hin und an den beiden Seiten war sie von Fransenbäumen und Wacholdersträuchern umstanden.

Lóng brachte den Karren hinter dem Gebäude zum Stehen.

»Können wir raus?«, klang es dumpf durch eine Tonwand.

Ben wartete die Antwort nicht ab, sondern kletterte erleichtert aus seinem Versteck. »Freiwillig mache ich das nicht noch mal, das sage ich Euch!«

Lucienne nickte mit zusammengepressten Lippen, während sie ebenfalls herauskletterte und dann Ole aus seinem Krug zog. Oles Gesichtsfarbe ging inzwischen leicht ins Grünliche.

»Geht es?«, fragte Lucienne mitfühlend.

Ben schnupperte. »Hier riecht's irgendwie nach sauren Gurken.«

Ole stöhnte nur.

Bossi lag immer noch gemütlich auf den bequemen Decken, als das weiche Polster unter ihm heftig zu zappeln begann. »Gehst du jetzt endlich von mir runter, du dusseliger Hund!« Japsend und hochrot im Gesicht, kämpfte Nikolas sich frei.

»Was war das eben für eine Schlangengeschichte?«, wandte sich Ben an Lóng.

O Gott, die Schlange! Ole stöhnte erneut und übergab sich hinter einen Wacholderstrauch. Bossi sah ihm besorgt zu.

»Lass das, geh weg«, sagte Ole schwach, als Bossi seine Hände lecken wollte. Was für ein Segen, dass einer dieser künstlichen Wasserläufe an der Pagode vorbeiführte! Ole spülte sich den Mund aus und trank dann durstig. Als er wieder auftauchte, standen alle um den Mönch herum, der mit ernstem Gesicht und verschränkten Armen den vierten Krug musterte.

»Ist sie … er … da drin?«, fragte Ole entsetzt. Statt einer Antwort riss Lóng den Deckel herunter. Unwillkürlich traten alle einen Schritt zurück. Es gab ein dumpfes Geräusch, als Lóng dreimal mit der Faust an den Krug schlug. »Nun komm schon raus.«

Etwas Rundes, Glattes tauchte auf im Reismeer, silbrige Körner rieselten über den Krugrand und dann strahlte Xiès kleines Gesicht sie an. Triumphierend kletterte er aus dem Krug.

Hund nach Art des Küchenmeisters

Sie waren sprachlos, und je länger das Schweigen andauerte, desto mehr wich Xiès Grinsen einem unsicheren Lächeln. In einer Hand hielt er das Bambusrohr, durch das er geatmet hatte, in der anderen einen leicht schmuddeligen Leinenbeutel.

»Mann, da wird Samara aber sauer sein«, brachte Ole schließlich hervor. Xiès Lächeln erstarb vollends.

Nikolas interessierte sich mehr für die praktische Seite. »Du hast dich da drin versteckt, als wir bei den Shar Peis waren, stimmt's? Aber wo hast du den überflüssigen Reis gelassen?«

Verlegen nestelte Xiè an seinem Bambusrohr herum. »Rausgeschaufelt und in den Kameltrog gekippt, mit dem leeren Hundenapf«, gestand er.

»Und *wie* sauer Samara sein wird«, bemerkte Ole düster. Xiès Unterlippe fing an zu zittern.

»Heul nicht«, sagte Lucienne schroff. »Nun bist du hier und wir müssen das Beste daraus machen«, fügte sie etwas freundlicher hinzu.

Xiè hielt beflissen seinen Beutel in die Höhe: »Ich habe den Ginseng mitgebracht.«

»Toll. Und was sollen wir damit?«, fragte Ben.

Jetzt ergriff Lóng zum ersten Mal wieder das Wort. »Wir werden sehen.« Er streckte die Hand nach dem Beutel aus. »Gib ihn mir, Krabbe.« Doch Xìe presste seinen Schatz entschlossen an die Brust.

»Nein! Er gehört mir, ich passe selbst darauf auf.«

»Der Ginseng gehört genau genommen deiner Schwester«, mahnte der Mönch.

»Sie hätte ihn mir geschenkt, das weiß ich«, beharrte Xiè trotzig.

»Sagt mal, habe ich irgendwas in seiner Entwicklung nicht mitgekriegt?«, erkundigte sich Ben bei Nikolas. »Seit wann hat der Kleine so eine große Klappe?«

Lóng stieß einen abgrundtiefen Seufzer aus. »Ihr Götter, das ist wirklich eine harte Prüfung! Vier Kinder, ein Ausreißer und ein ... Wo ist der Hund?«, fragte er plötzlich alarmiert.

»Bossi?« Ole stöhnte auf. »O nein! Er ist schon wieder abgehauen! Und ich bin schuld, ich hab ihm gesagt, er soll verschwinden!« Schon holte er Luft, um lauthals nach Bossi zu rufen, doch Lucienne presste ihm geistesgegenwärtig die Hand auf den Mund.

»Du kannst hier nicht rumbrüllen! Willst du, dass sie kommen und uns verhaften?«

Ole blinzelte erschrocken. »Ja, aber was machen wir denn jetzt?«, flüsterte er. »Mein armer Bossi!«

»Ist doch ganz einfach«, sagte Nikolas. »Das Gleiche wie Bossi. Immer der Nase nach, dann finden wir ihn schon. Riecht ihr denn nichts?«

Der Duft von gebratenem Fleisch zog durch den Park und mischte sich mit anderen appetitlichen Aromen. In der Palastküche hatten offenbar die Vorbereitungen für das kaiserliche Mittagsmahl begonnen. »Jede Wette, dass Bossi sich dort irgendwo herumtreibt«, sagte Nikolas.

Lóng nickte widerstrebend. »Also gut. Aber wir müssen vorsichtig sein!«

»Und was ist mit den Pferden?« Ole streichelte Nosie und die Fuchsstute, die allmählich zutraulich wurde. »Sollen die ganz allein hierbleiben?«

»Warum nicht? Es gibt Gras, es gibt Wasser, weit und breit keine störenden Zweibeiner, sie können eine Party feiern«, meinte Nikolas.

Der Mönch warf ihm einen ernsten Blick zu. »Das ist kein Spaß, was wir hier vorhaben, Ni Ko-Las. Aber du hast recht, den Karren können wir jetzt nicht mitnehmen. Wir sehen uns erst einmal um und wir werden dabei sehr vorsichtig sein. Ich gehe vor.«

Lóng mied den weißen Kiesweg, der sich zwischen kleinen Gruppen von Goldlärchen hindurchschlängelte. Die Bäume hatten bereits ihre Herbstfärbung angenommen und leuchteten gelb vor dem wolkenlosen Himmel.

Sie umrundeten eine steinige Anhöhe mit einem in den Fels gehauenen Drachenkopf, aus dessen Maul ein Rinnsal in einen Teich plätscherte. Auf der Wasseroberfläche schwammen die tellergroßen grünen Blätter einer Seerose. Sie scheuchten einen Frosch auf, der mit einem lauten Platsch ins Wasser sprang, und dann kamen schon die Gebäude in Sicht, von denen der Wächter gesprochen hatte.

»Das da vorn muss das Vorratslager sein«, flüsterte Lóng, während die Kinder sich hinter ihm zusammendrängten. Ein vierstöckiges Speicherhaus war halb in den Hang hineingebaut, der sich am östlichen Ende des Parks erhob. Dunkle Holzgitter schützten die vielen kleinen Fensteröffnungen.

Ob hinter einer davon der Verwalter hockte und sie schon im Visier hatte?

Ein überdachter Gang verband das Speicherhaus mit einem weiteren Gebäude, von dessen Dach mehrere Rauchsäulen aufstiegen.

»Dann ist das daneben die Küche«, mutmaßte Ole. »Und dahinter ... Oh, seht doch nur!«

Zum ersten Mal hatten sie freie Sicht auf den Kaiserpalast. Der höchste Punkt Changans, der Wohnsitz des Himmelssohnes!

»Puh!« Ben kniff die Augen zusammen.

»Wunderschön«, flüsterte Lucienne.

»Ja, ganz hübsch, nur ... ziemlich rot, meinst du nicht? Kennen die hier eigentlich keine anderen Farben?«

»Rot ist die heilige Farbe des Lebens«, sagte Lóng leise, während sein Blick über das Anwesen glitt. Die Palastmauern und alle anderen Gebäude im kaiserlichen Park waren in leuchtendem Zinnober gestrichen. Das geschwungene Dach glänzte dagegen in einem frischen Grün. Die röhrenförmigen Ziegel waren so kunstvoll glasiert, dass es aussah, als hätte ein Morgenregen sie eben erst blankgewaschen. Friedliche Stille lag über dem Palast und den Häusern, die zu seinen Füßen kauerten. Nichts regte sich.

Man könnte glauben, die ganze Drachenkopfebene wäre unbewohnt, dachte Nikolas. Aber er wusste, dass die Stille trügerisch war.

»Seht Ihr die Wachtürme, Meister Lóng?«, fragte er. Eine steinerne Treppe, die von Osten her auf den Drachenhügel führte, lief direkt daran vorbei.

Der Mönch nickte.

»Wir müssen einen anderen Weg finden – von der Küche aus gibt es bestimmt einen direkten Zugang zum

Palast«, überlegte Nikolas halblaut. Doch bevor er weiter darüber nachsinnen konnte, drängte Lóng ihn und die anderen zurück.

»Duckt euch!«

In das stille Bild war plötzlich Bewegung gekommen. Eine zornig schimpfende Gestalt zerrte etwas aus der Küche.

»Warte, du Biest! Dir werde ich das Stehlen schon austreiben!«, schallte es bis zu ihrem Versteck. Das Etwas winselte.

»Bossi!«, entfuhr es Ben und schon schoss Ole wie ein Kugelblitz an ihm vorbei.

»Lasst den Hund los! Bossiiiii!«

Die Gestalt – ein Mann mit einer langen Schürze und einer Kappe auf dem Kopf, es musste der Koch sein – hielt verdutzt inne. Bossi nutzte den winzigen Moment der Unachtsamkeit, entwand sich dem festen Griff und hetzte in großen Sprüngen zu Ole zurück. Der Koch war nur kurz überrumpelt, dann zog er ein grauenhaft langes Messer unter seiner Schürze hervor und nahm die Verfolgung auf.

Da hechtete Lóng von der anderen Seite los. Xiè klebte ihm an den Fersen, die anderen folgten dichtauf.

Bossi hatte Ole gerade erreicht und sich hinter ihm verschanzt, da war Lóng auch schon bei ihnen und stellte sich schützend vor die beiden. Der Koch kam näher, das Messer drohend erhoben. Bossi klemmte den Schwanz ein.

»Ehrenwerter Meister, bitte verzeiht, wenn etwas Ungebührliches vorgefallen ist«, sagte Lóng und streckte begütigend die Hände aus.

Der Koch musterte ihn mit finsterer Miene. Sein Atem ging heftig, im Gesicht hatte er braune Spritzer von irgendeiner Soße und seine Schürze war blutbefleckt.

»Etwas Ungebührliches? Wollt Ihr mich zum Narren halten?«, stieß er hervor. »Euer Hund hat zwei meiner frisch gefüllten Wachteln verschlungen!«

»Himmel, doch nicht etwa mit Knochen?«, rutschte es Ole heraus.

»O doch, mit Knochen und der leckersten Füllung, die in dieser Küche je zubereitet wurde«, schäumte der Koch. »Sie waren für die Lieblingsfrau des Kaisers bestimmt! Wie soll ich das erklären, hm? Man wird mich verdächtigen, sie unterschlagen zu haben! Mich, den kaiserlichen Küchenmeister!«

»Aber, Meister Koch«, wagte Nikolas sich vor, »zwei Wachteln … Meint Ihr wirklich, dem Kaiser fällt es auf, wenn die fehlen?«

Der Koch machte ein Gesicht, als wäre er von einer Küchenschabe angesprochen worden. Als das Messer in Nikolas' Richtung schwenkte, trat Lóng blitzschnell einen Schritt vor. Auch Lucienne bewegte sich unauffällig ein Stück nach vorn.

»Dem Kaiser nicht, aber dem neuen Verwalter«, knurrte der Koch. »Er zählt jedes Reiskorn!«

»Das ist sicher nicht einfach für Euch«, meinte Lóng verständnisvoll. Der Mönch wirkte völlig harmlos und entspannt, aber Lucienne wusste, dass er kampfbereit war und im Bruchteil einer Sekunde reagieren würde. Der Koch warf ihm einen misstrauischen Blick zu.

»Wer seid Ihr überhaupt? Was treibt Ihr Euch hier

herum? Heute dürfen keine Pilger auf den Drachenhügel, der Kaiser will mit seiner kranken Konkubine allein sein!«

Lóng hielt immer noch die Hände erhoben. »Das wissen wir. Wollt Ihr nicht erst einmal dieses Messer wegstecken? Ich versichere Euch, wir haben keine bösen Absichten.«

»Ach nein? Und was ist mit meinen Wachteln?« Der Koch lächelte gemein. »Ich könnte stattdessen Hundebraten servieren. Mit Pfefferkörnern gespickt und in Reiswein gegart, dazu vielleicht Streifen von zarten Frühlingszwiebeln mit einem Hauch Knoblauch. Der da«, er wedelte mit dem Messer Richtung Bossi, »würde Kaiser und Konkubine jedenfalls gleich für zwei Tage sattmachen.«

Bossi schien plötzlich auf Dackelgröße zu schrumpfen.

»Wagt es bloß nicht!«, rief Ole entrüstet.

»Und warum nicht?«, entgegnete der Koch.

»Weil Ihr Euch dann um ein gutes Geschäft bringen würdet, Meister Koch«, mischte sich eine helle Stimme ein.

Der Blick des Kochs fiel auf einen kahlköpfigen Jungen, der sich zwischen den anderen nach vorn schob. Noch so eine Küchenschabe, sagte der Gesichtsausdruck des kaiserlichen Küchenmeisters.

Lóng versuchte Xiè rasch wieder nach hinten zu drängen, doch Samaras kleiner Bruder stand wie festgewachsen.

Der Koch wurde neugierig. »Was hast du mir anzubieten, du Wurm?«

»Etwas ganz Besonderes, und nur für Euch! Ihr müsst schließlich sehen, wo Ihr bleibt, wenn Euer Verwalter

Euch nichts gönnt«, schmeichelte Xiè. »Wann habt Ihr das letzte Mal echten Ginseng zubereitet? Und zwar zu Eurem persönlichen Gebrauch?«

Ben und Lucienne tauschten einen raschen Blick. Raffiniert, dieser Xiè, wirklich raffiniert!

»Ginseng?« Die Augen des Küchenmeisters wurden schmal. »Den erhält nur der kaiserliche Leibarzt, um daraus seine Arzneien zu brauen. Ich weiß kaum noch, wie Ginseng aussieht.«

»Dann schaut her«, sagte Xiè und öffnete den Beutel. Das Gesicht des Kochs hellte sich auf und das Messer sank endlich nach unten. Begierig streckte er die Hand aus, doch da stellte sich ihm Lóng in den Weg.

»Der gesamte Inhalt des Beutels gehört Euch – unter einer Bedingung.«

»Und die wäre?«

»Ihr habt nichts gesehen oder gehört«, sagte Lóng freundlich.

Nikolas warf einen zweifelnden Blick zu den Wachtürmen. Und was war mit den Wachen?

Der Koch musste nur kurz überlegen, dann stimmte er zu. »Ihr habt Glück, dass heute niemand hier ist«, sagte er und schnappte sich den Beutel. »Nicht einmal die Türme sind um die Mittagsstunde besetzt. Der Kaiser hat alle angewiesen, für seine kranke Lieblingsfrau zu beten und Opfer zu bringen.« Dann wurden seine Augen schmal. »Aber wer sagt mir, dass Ihr nicht etwa vorhabt, den Kaiser zu überfallen? Am Ende bin ich schuld, wenn der Himmelssohn ermordet wird!«

»Von einer Handvoll Kindern und einem kranken

Mann?« Lóng deutete auf seinen verbundenen rechten Arm und ließ ihn betont schlapp herabhängen. Macht Euch doch nicht lächerlich, sagte seine Miene. »Ich versichere es Euch noch einmal: Wir sind in guter Absicht hier. Wir müssen nur sehr dringend mit dem Kaiser sprechen, in einer Angelegenheit, die keinen Aufschub duldet.«

Mit einem Schulterzucken gab der Küchenmeister endlich Ruhe.

»Von mir aus. Mir soll es egal sein, wenn der Himmelssohn seine Torwachen reihenweise köpfen lässt, weil Ihr an ihnen vorbeigekommen seid. Ich bin bloß ein unbedeutender kleiner Koch, ich sehe nichts als den Dampf, der aus meinen Töpfen aufsteigt.«

Er warf einen letzten Blick zu den Türmen und vergewisserte sich, dass man ihn nicht beobachtet hatte, dann stapfte er ohne ein weiteres Wort zurück zu seiner Arbeit.

»*Mon Dieu*, das war knapp«, sagte Lucienne erleichtert.

Ben klopfte Xiè auf den Rücken. »Wie gut, dass wir darauf bestanden haben, dich mitzunehmen!«

Oles Knie zitterten so sehr, dass Nikolas ihn festhalten musste. Bossi lag am Boden und machte ebenfalls den Eindruck, als ob seine Beine ihn im Moment nicht tragen konnten.

»Ich hab's nicht so gemeint, als ich gesagt habe, du sollst weggehen«, sagte Ole zu ihm. »Und musstest du gleich beide Wachteln fressen? Eine hättest du mir ruhig mitbringen können.«

Ben prustete los. »Du bist einfach unglaublich, Ole!«

Auch Lóng konnte sich ein Lächeln nicht verkneifen. Xiè stand daneben und war sehr zufrieden mit sich. Wenn

Samara ihn hätte sehen können! Sie wäre ihm ganz bestimmt nicht mehr böse.

»Wie geht's jetzt weiter?«, fragte Nikolas.

»Wir wollen nachprüfen, ob der Küchenmeister wirklich taub und blind geworden ist«, sagte Lóng.

Sie erreichten das Küchengebäude, ohne vom Verwalter oder von kaiserlichen Soldaten gestellt zu werden. Im Gänsemarsch – Lóng vorweg, Xiè dicht dahinter, gefolgt von Ben, Nikolas und Ole, der Bossi am Halsband festhielt, und Lucienne als Schlusslicht – schlichen sie an der rechten Schmalseite vorbei. Lóng atmete auf: Endlich waren sie vom Speicherhaus aus nicht mehr zu sehen.

Vorsichtig schob er seinen Kopf um die Ecke. Wie Ni Ko-Las es vermutet hatte, führten einige überdachte Stufen vom Kücheneingang zu einem Durchlass in der Palastmauer und von dort wahrscheinlich direkt in den Speisesaal.

Lóng zuckte zurück, als plötzlich ein paar Diener auf der Treppe erschienen und in der Küche verschwanden.

»Was seht Ihr, Meister Lóng?«, wisperte Xiè hinter ihm.

»Die Diener des Kaisers holen das Essen«, gab er ebenso leise zurück. Schon eilten sie mit zugedeckten Schüsseln und Platten in den Palast zurück.

Als die Diener verschwunden waren, gab Lóng das Zeichen zum Aufbruch. Mit pochenden Herzen näherten sie sich dem Durchlass. Wunderbarerweise war weit und breit kein Wächter zu sehen. Der Kaiser musste sich wirklich sehr sicher fühlen auf seinem Drachenhügel, dachte Lucienne, wenn er seine Soldaten einfach alle zum Beten schickte. Aber wahrscheinlich konnte er sich auf die Wachsamkeit seiner Leute an der großen Mauer verlassen.

Die Flügeltür zur Küche stand weit offen. Lucienne und Ole riskierten einen Blick. Vor einem dampfenden Kessel stand der Küchenmeister und wandte der Tür entschlossen den Rücken zu. Hinten im Raum arbeiteten noch zwei weitere Köche, in Dampfschwaden gehüllt und von Geschirrgeklapper umgeben.

Lautlos huschten die Freunde weiter.

Das Lächeln der Konkubine

Vor ihnen erstreckte sich ein kunstvoll bemalter Gang, der am Ende nach links abknickte. Dort verschwand gerade der letzte Diener mit einem Tablett.

Fasziniert betrachtete Nikolas die unwirklich anmutenden Landschaften an den Wänden. Durch Fensteröffnungen in der Außenmauer fiel helles Tageslicht herein und beleuchtete die Szenen: Phantasietiere tummelten sich zwischen seltsamen Bäumen und Blumen vor ungeheuer spitzen Berggipfeln, vornehme Damen in langen Seidengewändern und mit hochaufgetürmten schwarzen Haaren gingen spazieren, andere saßen vor einem kleinen Pavillon und tranken Tee, während über ihnen am hellblauen Himmel vergoldete Wolken segelten. Erst auf den zweiten Blick waren Türen zu erkennen, die sich perfekt in diese Wandmalereien einfügten.

Lucienne fühlte, wie der Drache in ihrer Tasche zu

neuem Leben erwachte. An seine sanfte Wärme hatte sie sich schon fast gewöhnt, doch was sie jetzt spürte, ließ ihr Herz schneller schlagen: Die Figur wurde so heiß, dass Luciennes Haut davon brannte.

Er weiß es, dachte Lucienne. Er fühlt die Nähe des anderen Drachens.

»Wohin jetzt?«, fragte Ben leise und strich mit der Hand über eine der verdeckten Türen.

»*Le dragon* wird uns die Weg zeigen«, erwiderte Lucienne und präsentierte ihnen den Drachen auf ihrer ausgestreckten Handfläche. Die grüne Jade schien förmlich zu glühen, Luciennes Haut rötete sich bereits.

»Folgt mir einfach.« Zuversichtlich ging sie voraus, ohne Lóngs Reaktion abzuwarten.

»Aber das ist die Richtung, in der die Diener verschwunden sind!«, flüsterte Ole. »Da laufen wir dem Kaiser direkt in die Arme!«

»Na ja – genau genommen wollen wir das auch«, erinnerte ihn Nikolas.

Ich nicht, dachte Ole. Seine Knie zitterten schon wieder. Ein Blick auf Xiè verriet ihm, dass es dem Jungen nicht anders ging. Der Kleine schluckte.

»Vielleicht hätte ich doch lieber bei Samara …« Bevor Xiè den Satz vollenden konnte, brach plötzlich ein höllischer Lärm los.

»Was um Himmels willen ist das?«, ächzte Ben und hielt sich die Ohren zu.

Lóng sah ihn erstaunt an. »Musik natürlich.«

Musik? Für Ben klang es eher wie das Kreischen einer Katze, untermalt von dem dumpfen Dröhnen eines

Gongs. Ole warf einen kurzen Blick auf Bossi und hielt ihm schnell die Schnauze zu.

»Die kaiserlichen Musikanten spielen auf, um dem Himmelssohn und seiner Konkubine eine Freude zu machen«, vermutete Lóng.

Ben zuckte zusammen, als das kreischende Streichinstrument von einer quäkenden Flöte abgelöst wurde. »Eine Freude? Er sollte sie allesamt entlassen!«

Inzwischen hatten sie die Stelle erreicht, an der der Gang nach links abbog. Der Drache in Luciennes Hand leuchtete nun so stark, dass er fast weiß aussah. Luciennes Handfläche brannte, doch sie spürte es kaum. Und als sie um die Ecke trat, gab es kein Zurück mehr.

Die großen Flügeltüren zum kaiserlichen Speisesaal standen weit offen, rechts und links davon hatten sich mit wichtigen Mienen zwei Hofbeamte aufgebaut, die ihre Hände abwartend in den langen Schleppenärmeln ihrer Gewänder verbargen. Einige Hofdamen warteten in ehrfurchtsvollem Abstand.

Im Saal spielten sich fünf Musiker die Seele aus dem Leib. Einer hatte ein Saiteninstrument vor sich, das wie eine Zither aussah, ein anderer bearbeitete ein Glockenspiel aus Stein. Verschieden große dreieckige Kalksteinstücke hingen in einem Gestell und gaben beim Anschlagen einen spröden Ton von sich. Zum Orchester gehörten noch eine Bambusflöte, ein Bronzegong und ein ganz merkwürdiges Instrument aus einem Flaschenkürbis, in dem mehrere Schilfrohre steckten. Alles zusammen verursachte einen höllischen Lärm.

Die Diener, die soeben das Essen serviert hatten, knieten auf der Erde und berührten mit der Stirn den Boden. Für einen Moment glaubte Lucienne, dass ein Unglück passiert sei, bis ihr aufging, dass die Diener in dieser demütigen Haltung Befehle erwarteten.

Alle Aufmerksamkeit war auf das große grüne Podest in der Mitte des Raumes gerichtet. Dort ruhten auf üppigen Seidenkissen der Himmelssohn und seine Konkubine, zwischen ihnen stand ein langer niedriger Lacktisch mit mindestens zwei Dutzend verschiedener Speisen.

Lucienne spürte kaum, wie die anderen sich neben sie drängten. Sie selbst kam sich vor wie in einem Traum.

Vor ihr saß der allmächtige Kaiser von China! Der zweite Kaiser der Tang-Dynastie, Taizong, der Himmelssohn, über den sie schon so viel gelesen hatte. Stets wurde er als großherziger und weiser Herrscher beschrieben. Lucienne konnte nur hoffen, dass die Schriften sich nicht irrten und er ihnen freundlich gesonnen war.

Ihre Augen versuchten alles gleichzeitig zu erfassen: Taizong schien nicht besonders groß zu sein, sondern etwas untersetzt, obwohl man das schlecht sagen konnte, solange er halb saß und halb lag. Sein leuchtend gelbes Seidengewand war auf den Schultern und der Brust mit blauen Drachen bestickt. Um die Taille trug der Kaiser einen Gürtel aus rotem Leder mit verschnörkelten Bronzebeschlägen, seine Füße steckten in wattierten schwarzen Baumwollstiefeln. Taizongs Haar war unter einem schwarzen Gazetuch verborgen, dessen Enden hinten wie bei einem Kopftuch zusammengeknotet waren. Dünne Bartfransen hingen von seinem Kinn herab, der Schnurrbart war zu festen schwarzen Enden gezwirbelt.

Taizong beachtete die leckeren Speisen nicht, die vor ihm auf dem niedrigen Tisch standen, und er schien sich auch nicht für die laute Musik zu interessieren. Der Kaiser hatte nur Augen für seine Lieblingsfrau, die ihm gegenüber saß und schwermütig vor sich hin starrte.

Auch die reich bestickte Robe der Konkubine war aus edler Seide; mit Perlen besetzte Haarnadeln hielten ihr Haar, das zu einem schweren Knoten gedreht war. Verblüfft sahen die Freunde, dass die kaiserliche Geliebte ihre Augenbrauen froschgrün gefärbt hatte. Das Gesicht verschwand fast unter einer dicken Schicht Puder, nur Lippen und Wangen leuchteten rot. Die Schminke konnte jedoch nicht über die Schatten hinwegtäuschen, die sich auf das Gemüt der Konkubine gelegt hatten. Ihre dunklen Augen blickten ausdruckslos ins Leere.

War es eine unwillkürliche Bewegung von Luciennes Hand, in der der Drache glühte? Irgendetwas erregte ganz plötzlich die Aufmerksamkeit eines der Hofbeamten an der Tür. Er wandte sich um und stieß einen überraschten Ruf aus, als er die Eindringlinge erblickte. Blitzschnell ließ Lucienne den Drachen in ihrer Tasche verschwinden, dann wurden sie und Ben, der ebenfalls ganz vorne gestanden hatte, auch schon gepackt. Die Hofdamen wichen kreischend zurück.

»Wehrt euch nicht!«, rief Lóng ihnen zu. »Seid biegsam wie junger Bambus!«

Ben biss die Zähne zusammen. Biegsam sein wie Bambus, das hatte ihm gerade noch gefehlt. Sein Fuß zuckte, und am liebsten hätte er den ersten Typen, der ihm zu nahe kam, vors Schienbein getreten. Aber es waren einfach zu viele Wachen, die auf einmal von allen Seiten herbeieilten. Ben beherrschte sich mühsam, während Lucienne erst mit Verzögerung zu begreifen schien, dass man sie wegzerren wollte.

»Nein!«, rief sie, so laut sie konnte. »Lasst mich los! Ich muss zum Kaiser!«

Auch Nikolas widersetzte sich der Umklammerung, in der man ihn abführen wollte. »Finger weg!«, beschimpfte er den Soldaten, der offenbar beim Mittagessen gestört worden war und ganz fettige Hände hatte. »Iiih, fass mich nicht an!«

Obwohl die Musik immer noch kreischte und der Gong dröhnte, war nun auch der Kaiser auf den Tumult aufmerksam geworden.

»Bitte, ehrwürdiger Kaiser, hört uns an!«, rief Lucienne über die Schulter des Beamten, der sie grob wegschubste. Sie wusste, dass jetzt alles auf dem Spiel stand: Wenn die Soldaten sie verhafteten, würden sie den Drachenhügel womöglich nicht mehr lebend verlassen.

Der Kopf der Konkubine hob sich leicht – die Dame schien hoffnungsvoll, dass sich hier eine Abwechslung im höfischen Einerlei ankündigte.

Der Kaiser bemerkte es mit freudiger Überraschung.

»Lasst die Eindringlinge los!«, erhob sich seine Stimme über den Lärm. Mit einem Wink befahl er den Soldaten, sich ein Stück zurückzuziehen. Die beiden Beamten sahen aus, als wollten sie protestieren, aber sie besannen sich rechtzeitig. Dem Himmelssohn widersprach man nicht. Unter Verbeugungen und rückwärtsgehend entfernten sie sich ein paar Schritte. Die Hofdamen, die wie Kopien der

Konkubine aussahen und genauso seltsam geschminkt waren, drängten sich verstört zusammen und tuschelten aufgeregt.

Lucienne wagte sich ein paar Schritte in den Raum hinein, bevor sie ratlos stehen blieb. Wie näherte man sich einem Kaiser? Musste sie sich auch niederwerfen?

Die Miene Taizongs legte nahe, dass er das eigentlich erwartet hatte. Seltsame Besucher waren das!

Die Diener lagen immer noch am Boden und trauten sich nicht aufzusehen. Die Musikanten spielten unverdrossen weiter.

Am meisten ging Ben die jammernde Zither auf die Nerven. »Um Himmels willen, kann man diesen Lärm nicht mal abstellen!«, fauchte er. Kaum war der Satz draußen, hätte Ben sich am liebsten die Zunge abgebissen.

Lóng schloss die Augen. Das ist das Ende, dachte er. Man wird uns hinrichten für diese Unverschämtheit.

Alle hielten die Luft an, nur die Hofbeamten tuschelten empört. Wie konnte der Junge es wagen!

Die Konkubine jedoch sah ihn amüsiert an. Leise sagte sie etwas zu ihrem Kaiser, der darauf sehr überrascht wirkte. Offenbar war schon lange kein Wort mehr über die Lippen der jungen Frau gekommen.

Mit einem Wink brachte er die Musiker zum Schweigen.

Ben atmete auf. Und wenn er sich nicht sehr täuschte, wirkte auch die Konkubine erleichtert, als endlich Stille herrschte.

Der Kaiser hatte sich inzwischen erhoben. Durch die Bewegung schienen die Drachen auf der fließenden Seide für einen Moment zum Leben zu erwachen.

Jetzt, dachte Lucienne, jetzt muss ich ihm sagen, warum wir hier sind, und ihn nach dem zweiten Drachen fragen.

Doch sie brachte keinen Laut heraus. Taizong runzelte die Stirn. Seine Stimmung konnte jeden Moment umschlagen.

»Nun? Wollt ihr mir nicht gütigerweise euer Eindringen in meine Privatgemächer erklären?«, sagte er. »Welche meiner Wachen muss ich dafür hinrichten lassen?« Er hatte eine dunkle Stimme, die drohend klang, wenn er leise sprach.

Lóng trat vor und verneigte sich.

»Ehrwürdiger Himmelssohn, Eure Leute trifft keine Schuld. Wir haben uns unter einem Vorwand Zugang verschafft.«

Taizong musterte ihn abwägend. »Edel gesprochen, Fremder«, bemerkte er schließlich. Auf Lucienne wirkte er sehr viel weniger furchteinflößend, als sie es erwartet hätte.

Ole empfand offenbar ähnlich, denn er traute sich tatsächlich, den Mund aufzumachen.

»Entschuldigt bitte, dass wir Euch beim Mittagessen stören«, sagte er höflich.

Ben biss sich auf die Lippen, um nicht loszulachen. Er registrierte, dass die Mundwinkel der Konkubine ebenfalls zuckten.

Der Kaiser glaubte sich verhört zu haben. »Wie bitte?«

Lóng räusperte sich. »Wir …«

Doch Ben fiel ihm einfach ins Wort: »Wir dachten, wir können Euch vielleicht helfen!«

»Spinnst du? Was ist denn in dich gefahren?«, flüsterte Nikolas ihm von hinten zu. Aber Ben war sich ganz sicher:

Bevor hier über irgendwelche Drachen geredet wurde oder darüber, wie eine Horde Fremder überhaupt in den Palast eindringen konnte, mussten sie für gute Stimmung sorgen. Und nach einem Blick auf die Lieblingsfrau des Kaisers wusste er auch schon, wie.

Taizong schob einen seiner langen Schleppenärmel zurück und winkte dem Jungen, näher zu kommen. Mit einer Mischung aus Faszination und Abscheu sah Ben die überlangen Fingernägel an Ringfinger und kleinem Finger des Kaisers, die sich wie Krallen krümmten.

»Wir haben gehört, dass es Eurer – Lieblingsfrau nicht gutgeht«, sagte Ben.

»Wu Chaos Seele trauert«, bestätigte Taizong, obwohl seine Konkubine mit jeder Minute munterer wirkte. »Die Musikanten sollten ihr Zerstreuung bringen, und diese Speisen hier waren dazu gedacht, ihren Gaumen zu erfreuen. Beides habt ihr verhindert.« Er klang zunehmend irritiert, als frage er sich, warum er die Kinder nicht längst hatte verhaften lassen.

Ben ließ sich davon nicht beeindrucken. Er packte seine Flöte aus.

»Ich habe einen Vorschlag, ehrwürdiger Kaiser. Macht es Euch wieder bequem, genießt das Essen, bevor es völlig kalt wird, und hört einfach zu, ja?«

»Ben, du bist verrückt!« Lucienne hatte endlich ihre Sprache wiedergefunden. Er warf ihr einen beruhigenden Blick zu und sah dann kurz in die Runde. In den Gesichtern seiner Freunde las er Zweifel und Furcht, aber auch Neugier.

»Vertraut mir«, bat er.

Bei dem Lärm, den sie bis eben gehört hatten, musste man ja krank werden. Ben war ziemlich gespannt, wie die empfindsamen Ohren der Konkubine auf seine Musik reagieren würden.

Erneutes Getuschel und Geflüster ging durch die Reihen der Hofbeamten und Wachen. Der Kaiser klatschte einmal in die Hände – nur ein einziges Mal – und es wurde totenstill.

Ben hob das Instrument an die Lippen, er sammelte sich einen Moment und schloss die Augen. Ein leiser, hauchzarter Flötenton schwebte durch den Raum. Wu Chao horchte auf. Wie fremdartig das klang! Der Ton wurde kräftiger, machtvoller – und verstummte. Ben schöpfte einmal tief Atem, und dann entstieg seiner Flöte eine liebliche Melodie, die alle im Raum verzauberte. Immer neue Tonfolgen formten sich in verschlungenen Bögen, jubelnd, singend, und wurden zu einem Lied, wie es hier noch niemand gehört hatte.

Wu Chaos Blick hellte sich auf. Sie hatte den Kopf zur Seite geneigt und lauschte mit einem selig entrückten Lächeln. Selbst der allmächtige Kaiser sah verwundert aus. Langsam sank er in seine Kissen zurück und lauschte.

Die knienden Diener wagten es, ihre Köpfe ein Stückchen zu heben. Die Musiker hörten zunächst mit abschätziger Langeweile zu, dann zunehmend erstaunt.

Woher nahm Ben die Ruhe und die Zuversicht? Er hätte es nicht sagen können, aber er wusste, dass er noch nie so gut und so sicher gespielt hatte, ohne einen einzigen Fehler, wie in dieser Mittagsstunde des Jahres 638 vor dem Kaiser von China und seiner Lieblingsfrau Wu Chao.

Mit geschlossenen Augen spielte Ben alles, was er auswendig konnte, und ganz zum Schluss auch noch das französische Wiegenlied, das er für Aphra gespielt hatte.

Als der letzte Ton verklungen war, herrschte vollkommene Stille. Niemand im Saal rührte sich.

Zögernd setzte Ben die Flöte ab und schlug die Augen auf. Ein flaues Gefühl machte sich auf einmal in seinem Bauch breit. Warum sagte keiner was?

Doch da perlte ein neuer Klang durch den Saal: Wu Chao lachte und klatschte dabei sogar in die Hände. Sie war so vergnügt wie schon seit langem nicht mehr, Taizong konnte es kaum glauben. Wie ihre Augen unter den grünen Brauen auf einmal leuchteten!

Auch Lucienne, Nikolas und Ole strahlten. Es hatte funktioniert! Xiè wirkte noch völlig entrückt, und Lóng wartete mit Spannung, wie es weitergehen würde.

»Das war wunderbar«, sagte Wu Chao. »Wie goldener Morgentau auf jungem Bambus, wie das Spiel des Windes in den Federn des Phönix, wie … wie … wie das Funkeln im Auge eines Drachen! Er soll noch mehr spielen!«

Ein zärtliches Lächeln legte sich auf das Gesicht des Kaisers. »Aber gewiss wird er das. Er wird hierbleiben und uns jeden Tag mit seiner Kunst erfreuen. Ich behalte ihn als Hofmusikanten.«

»Nein!« Ole konnte einen Aufschrei nicht unterdrücken. »Das … das geht nicht!«, stammelte er. Lucienne und Nikolas tauschten einen erschrockenen Blick. Die Sache drohte plötzlich entsetzlich schiefzulaufen. Der Himmelssohn konnte doch Ben nicht einfach zu seinem Diener machen und für immer hierbehalten!

Ben war blass geworden. Die Flöte in seinen Händen verriet, dass er genauso zitterte wie Ole.

Belustigt musterte der Kaiser den dicken Jungen mit dem struppigen Hund an seiner Seite. »Nein, sagst du? Und warum nicht?«

Bevor Ole antworten konnte, trat Lucienne vor. »Wir sind eigentlich aus einem anderen Grund hier, *Monsieur.*«

»Du sprichst seltsam.« Taizong wandte sich Lucienne zu und betrachtete nachdenklich ihr blondes Haar. »Aus welchem Teil meines Reiches kommst du?«

»Keiner von uns ist von hier.« Nikolas humpelte näher heran. »Wir haben eine weite Reise zurückgelegt, weil Ihr vielleicht etwas habt, das für uns sehr wichtig ist.«

Lucienne holte den Drachen aus ihrer Tasche hervor und präsentierte ihn dem Kaiser auf ihrer Handfläche.

Das Glühen war womöglich noch stärker geworden. Weißgrün pulsierendes Licht strahlte von der Jadefigur aus. Auf Luciennes Handfläche bildete sich eine Brandblase, aber sie spürte es kaum.

Die Augen des Kaisers weiteten sich und durch seinen Hofstaat ging ein Raunen:

»Ein heiliger Drache! Das Mädchen besitzt einen heiligen Drachen!«

Wu Chao wirkte, als könne sie ihr Glück gar nicht fassen. So viel herrliche Zerstreuung auf einmal! Vergnügt wartete sie, was weiter geschehen würde. Taizong dagegen sah sehr nachdenklich aus.

»*Pardon*, ehrwürdiger Kaiser, ist es möglich, dass Ihr den zweiten Drachen besitzt?«, fragte Lucienne.

Statt einer Antwort erhob sich Taizong und stieg von

seinem Podest. »Komm mit«, befahl er Lucienne knapp. Die Diener am Boden rutschten hastig zur Seite.

Lóng spannte sich an. Er konnte Lu Si-Yen doch nicht einfach allein gehen lassen! Schließlich hatte Hú ihn zum Schutz der Kinder ausgewählt, er war für sie verantwortlich.

»Bitte erlaubt mir, das Mädchen und Euch zu begleiten«, wandte er sich an den Kaiser.

Ben, Ole, Nikolas und Xiè drängten sich enger zusammen. Sollten sie etwa allein zurückbleiben?

Taizong sah die Angst in den fremden Gesichtern. »Der Himmelssohn gibt euch sein Wort, dass euren Freunden nichts geschehen wird. Du, Junge mit der Flöte, spielst unterdessen weiter.«

»O ja!« Erfreut klatschte Wu Chao in die Hände.

Mit flattrigen Händen hob Ben das Instrument an die Lippen und begann noch einmal von vorn, während Lóng und Lucienne unter den aufgeregten Blicken der Hofbeamten und Diener dem Kaiser durch eine verborgene Tür folgten. Diesmal spielte Ben nicht mehr ganz so traumwandlerisch sicher, aber Frau Schönbein wäre immer noch stolz auf ihn gewesen.

Luciennes Entscheidung

Der Kaiser führte sie durch einen bemalten Gang, ähnlich dem, durch den sie gekommen waren. Undeutlich nahm Lucienne Diener wahr, die wie Schatten aus irgendwelchen Ecken auftauchten und sich zu Boden fallen ließen, sobald der Himmelssohn an ihnen vorüberschritt.

Keiner von ihnen sprach. Lucienne hatte nicht die geringste Ahnung, was sie erwartete, sie spürte nur, dass der Drache in ihrer Hand allmählich außer Kontrolle geriet. Aber hatte sie ihn überhaupt je unter Kontrolle gehabt? Er besaß einen eigenen Willen. Jetzt sprühte er förmlich vor Energie und begann wild zu zucken, so dass sie die Finger fest um ihn schließen musste, um ihn nicht zu verlieren. Die goldene Schicksalslinie auf der Drachenbrust schien Blitze zu schleudern.

Lóng warf einen besorgten Blick auf ihre Hand.

»Es geht schon«, sagte Lucienne leise. Lóngs Miene verriet ihr, dass auch der Mönch nicht wusste, was auf sie zukam. Trotzdem war allein schon seine Anwesenheit beruhigend.

Endlich öffnete sich vor ihnen eine Tür. Was wartete dahinter? Lucienne rechnete schon fast mit einer Schatzkammer, wo sich zwischen unermesslichen Reichtümern und Kunstgegenständen aus allen Teilen Chinas vielleicht auch der zweite Drache befand, den der Kaiser ihnen präsentieren würde. Lóng dagegen überkam flüchtig die Vision einer Folterkammer, wo lauter haarsträubende Instrumente nur darauf warteten, dass man sie an dreisten Eindringlingen erprobte.

Doch stattdessen betraten sie einen lichtdurchfluteten kleinen Raum, der sich mit einer Schiebetür nach Osten hin zum Park öffnete und in seiner Schlichtheit so gar nicht zu einem Kaiser zu passen schien.

Keine luxuriösen Möbel, sondern nur ein kleiner Lacktisch mit einem Bronzebuddha darauf. Orangefarbene Blüten waren vor der Statue ausgestreut, auf dem Boden lag ein dickes rundes Meditationskissen mit einer aufgestickten Lotusblüte. Wenn der Kaiser sich darauf zur Andacht niederließ, saß er auf jeden Fall bequemer als ein Shaolin-Mönch, dachte Lucienne. Ansonsten war der Raum leer bis auf …

Sie schrie auf. Schlagartig war der Schmerz in ihrer Handfläche so unerträglich geworden, dass sie den Drachen um ein Haar fallen gelassen hätte. Lóngs Hand schoss vor, aber Lucienne konnte die Jadefigur gerade noch auffangen. Der Kaiser wollte etwas sagen, doch er verstummte angesichts dessen, was nun geschah.

An der Wand gegenüber vom Buddha stand auf einer rot lackierten Holzsäule wahrhaftig das Drachenweibchen, nach dem sie so lange gesucht hatten. Es sah genauso aus wie auf der Zeichnung, die Hú Lucienne gezeigt hatte: kleiner, zierlicher und aus dunklerer Jade als der Drache mit der goldenen Schicksalslinie. Auch das Drachenweibchen war in einen Strahlenkranz aus Licht gehüllt, mehr noch, es schien förmlich Funken zu sprühen, genauso wie sein Gegenstück, das Lucienne in ihren Händen wie in einer Schale hielt.

Atemlos verfolgte sie den Lichtbogen, der sich quer durch den Raum von Drache zu Drache spannte. Wie von einer unsichtbaren Kraft gezogen, bewegte Lucienne sich auf die rote Säule zu. In ihren Ohren rauschte es, und sie nahm nichts anderes mehr wahr als das Licht, in dem der kleine dunkle Drache stand. Ohne darüber nachzudenken, was sie tat, stellte sie ihre Jadefigur dazu. Ein grellgrüner

Blitz zuckte durch den Raum. Lucienne glaubte ihren Augen nicht zu trauen: Die beiden Drachen waren keine Einzelfiguren mehr, sondern hatten sich ineinander verschlungen – so, wie die alte Schriftrolle in Hús Bibliothek es überliefert hatte. Ruhig und still standen sie da, auf den ersten Blick nichts weiter als ein wunderschönes Kunstwerk aus Jade.

Lucienne blickte auf ihre leeren, von Brandblasen übersäten Hände und fühlte auf einmal eine tiefe Trauer in sich aufsteigen.

»Du tust das Richtige«, hörte sie den Kaiser sagen.

Ja, aber was war denn richtig? Lucienne war schwindelig. In ihrem Kopf jagten sich die Gedanken. War es nicht ihre Aufgabe, den zweiten Drachen zu finden und nach Shaolin zurückzubringen? Jetzt musste es so aussehen, als ob sie vorhätte, das heilige Drachenpaar dem Kaiser zu überlassen.

Taizong wandte sich an Lóng.

»Ihr seid ein Wushu-Meister, habe ich recht? Auch wenn Ihr die orangefarbene Robe nicht tragt, sieht man es an Euren Bewegungen und Eurer Haltung.«

Lóng verbeugte sich. »Euer Blick ist scharf und unbestechlich. Ich komme aus dem Shaolin-Kloster im Song Shan.«

»Ah, Shaolin! Ist der ehrwürdige Großmeister Hú immer noch Abt?«, erkundigte sich Taizong. »Wie geht es ihm? Ich schätze ihn sehr. Ihr wisst sicher, dass er mir einmal sehr geholfen hat.«

Wieder verneigte sich Lóng: »Ich hörte davon, als ich selbst noch ein Kind war.«

Lucienne tauchte aus ihren Grübeleien auf und lauschte den Worten des Kaisers. Er sprach zwar zu Lóng, aber es gab keinen Zweifel, dass das, was er sagte, eigentlich für Lucienne bestimmt war. Sie kannte die Geschichte bereits, doch sie hörte aufmerksam zu.

»Als ich noch Li Shimin hieß und ein junger Mann war«, erzählte Taizong, »musste ich um die Nachfolge auf den Thron meines Vaters kämpfen. Es gab einen mächtigen Kriegsherrn, der die Macht an sich reißen wollte. Eine verwickelte Angelegenheit, ich will Euch die Einzelheiten ersparen. Nur so viel: Es gelang mir, einen Boten mit einem Hilferuf zu Eurem Kloster zu senden. Von den Kampfkünsten der Shaolin-Mönche hatte ich schon gehört. Sie waren meine letzte Hoffnung. Hú zögerte nicht und eilte mir mit zwölf Kämpfern zu Hilfe. Dreizehn Mönche schafften es, eine Armee in die Flucht zu schlagen!«

Taizongs Stimme hatte sich verändert; Lucienne spürte, dass er noch immer über das Wunder staunte. Und sie erinnerte sich an Hús Worte: Ich habe dem Himmelssohn einmal einen Gefallen getan …

Lóngs Blick streifte den kleinen Bronzebuddha. »Ihr meditiert hier?«

Taizong nickte. »Ich bin Buddhist, aber das muss das Volk auf der Straße nicht unbedingt wissen. Mein Vater hing noch dem alten Glauben an die Naturgeister an, und dafür wurde er verehrt. Wenn er in einer heiligen Zeremonie um Regen bat, ließ der Himmelsdrachen es regnen. Bat er um freundliches Wetter für die Aussaat, dann schien die Sonne.«

Lucienne überlegte, ob der Kaiser vielleicht hoffte, die

heiligen Drachen würden ihm selbst solche Zeremonien ersparen. Als könnte er Gedanken lesen, wandte sich Taizong nun an Lucienne:

»Ich schweife ab. Was mein Vater tat und wofür ihn das Volk liebte, ist jetzt nicht wichtig. Ich fühle mich Großmeister Hú immer noch zu großem Dank verpflichtet. Niemals würde ich ihm etwas wegnehmen, was sein Eigen ist. – Beantworte mir eine Frage, Mädchen: Gehören die Drachen ihm?«

Sie sind älter als die Zeit, hörte Lucienne den alten Abt sagen und erinnerte sich an die Nacht, als sie mit Hú am Klosterbrunnen gesessen und ihm den Drachen mit der goldenen Schicksalslinie gezeigt hatte. *Der Drache ist niemandes Eigentum, so wie auch die Sonne oder das Feuer keinem Menschen allein gehören können.*

In Luciennes Kopf summte es. Wie lautete die richtige Antwort auf die Frage des Kaisers? *Niemand weiß, woher die Drachen stammen oder wer sie einst gefunden hat*, hörte sie Hús Stimme. *Sie waren in unserem Kloster, seit es Shaolin-Mönche gibt.*

Älter als die Zeit … sie gehören niemandem … sie gehören dem Kloster …

»Bitte, kann ich für einen Moment allein sein?«, fragte Lucienne.

Der Kaiser senkte zustimmend den Kopf. »Ein kluger Wunsch.« Er schob die Holzgittertür zum Park beiseite und ein Schwall Herbstluft strömte herein.

»Kühle Luft und klare Gedanken sind die Wiege der Seelenruhe«, sagte er und ließ Lucienne hinaustreten.

Die Wachtürme waren inzwischen wieder besetzt. Lucienne registrierte, dass der Kaiser einem der aufmerksamen Posten ein Zeichen gab, dass alles in Ordnung sei. Sie konnte ungehindert in den Park gehen.

Ohne es zu wissen, suchte sie den gleichen Platz auf, der auch Taizong der liebste war. Sie stieg auf die Mauer des Kaiserpalastes und blickte über den Palastbezirk bis zur großen Mauer mit dem Phönixtor und darüber hinweg auf das Häusermeer, das sich unter der Drachenkopfebene ausbreitete.

Was für eine reiche und zufriedene Stadt! So viele Menschen unterschiedlichster Herkunft lebten hier friedlich miteinander. Lucienne seufzte. Sie wünschte sich, dass es immer so bleiben würde.

Drachen sind die machtvollsten Glücksbringer, die es gibt, sie sind die Sammler der Wolken, sie bringen den Regen, sie machen die Erde fruchtbar, sie sorgen für gute Ernten, für Wohlstand und Frieden unter den Menschen, sprach Hús Stimme in ihrer Erinnerung.

Lucienne versuchte, sich an jedes Wort ihrer nächtlichen Unterhaltung mit dem Abt zu erinnern und an das, was er später in der heiligen Höhle zu ihnen allen gesagt hatte. Verwundert wurde ihr klar, dass er sie nie direkt dazu aufgefordert hatte, die Drachen nach Shaolin zurückzubringen. Ihre Aufgabe war es einzig und allein gewesen, den zweiten Drachen zu finden und mit seinem Partner zu vereinen.

Und nun? In wessen Händen waren die heiligen Drachen am besten aufgehoben? Nein, verbesserte sie sich, sie musste anders fragen: Für wen waren sie wichtiger, wer brauchte sie dringender?

Auf den Schultern des Kaisers lastete die Verantwortung für ein ganzes Reich. Allmählich stieg in Lucienne die Gewissheit auf, dass sie die Antwort längst kannte.

Der mächtige Himmelssohn tat etwas, was er noch nie gemacht hatte: Er verbeugte sich tief vor einem ganz gewöhnlichen Mädchen.

»Du hast eine weise Entscheidung getroffen«, sagte er.

Lucienne selbst war die Reaktion von Lóng viel wichtiger. Was hielt er als Shaolin-Mönch davon? Ängstlich schaute sie zu ihm auf.

Er hatte ihrer Erklärung ernst und schweigend zugehört. »Hú wird stolz auf dich sein«, sagte er schließlich. »Es ist richtig, dass die Drachen hierbleiben.«

Lucienne atmete auf. »Aber ich habe noch zwei Bedingungen«, erklärte sie dem Kaiser. »Ben – der Junge mit der Flöte – muss mit uns kommen.«

Taizong lächelte. »Schade, sehr schade. Wenn er wirklich nicht bleiben will, werde ich ihn nicht dazu zwingen. Und was ist deine zweite Bedingung?«

»Da draußen in Eurem Reich gibt es einen grausamen General.«

Taizong nickte ernst. »Léi, der Schlächter.«

»Ihr müsst ihn fangen und einsperren«, sagte Lucienne.

»Meine Berater arbeiten bereits einen Plan aus«, sagte der Kaiser. »Léi wird noch vor dem Winter mein Gefangener sein. Ich gebe dir mein Wort darauf.«

Lucienne verabschiedete sich von dem Drachen. Ein letztes Mal fuhr sie mit dem Finger über die goldene Schicksalslinie. Die Jade fühlte sich kühl und glatt an und die beiden Figuren wirkten wie ein ganz gewöhnliches Kunstwerk: wunderschön, aber einfach grüner Stein. Nur Lucienne und eine Handvoll weiterer Menschen kannten ihr Geheimnis.

Als sie zurück zu den anderen gingen, ergriff Lóng ihre Hand und strich behutsam über die wunde Haut. »Du warst tapfer, Lu Si-Yen. Xiè kann sich um deine Hand kümmern, wenn wir zu Hause sind.«

Zu Hause. Ein eisiger Schreck durchfuhr Lucienne. Daran hatte sie überhaupt nicht mehr gedacht! Wie sollten sie ohne den grünen Drachen wieder nach Hause kommen, in die richtige Zeit? Oh, sie hörte schon die Vorwürfe der anderen …

Abrechnung

»Das darf doch wohl nicht wahr sein!«, rief Ben, während sie zurück zu der Pagode und zu ihrem Karren liefen. Sie hatten den Kaiserpalast auf dem gleichen Weg verlassen, auf dem sie gekommen waren, nachdem Taizong sie ohne große Worte entlassen hatte.

»Du hast den Drachen hergegeben? Aber das Ding hat uns hierhergebracht! Sollen wir jetzt vielleicht für immer in China bleiben?«

»Ben, beruhige dich«, keuchte Nikolas, der Mühe hatte, mit den anderen Schritt zu halten. »Wir werden schon einen Weg finden. Der Spruch …«

»Ach, lass mich doch in Ruhe mit diesem Spruch! Der hängt irgendwo in Oles Hirnwindungen fest, das ist aussichtslos.«

»Was habt ihr denn nur immer mit diesem Spruch?«, erkundigte sich Xiè. »Einen Reisesegen können wir im Tempel …«

»Halt dich da raus, Krabbe«, fuhr Ben ihn an.

»Du bist unfair«, wies Ole ihn zurecht. »Xiè versucht uns zu helfen. Und außerdem, was hätte Lucienne tun sollen? Dich im Austausch für den Drachen beim Kaiser lassen?«

Ben presste die Lippen zusammen. Verflixt noch mal, Ole hatte ja recht. Er war heilfroh, dass Wu Chao ihn nicht gleich an die Leine gelegt und an ihr Lacktischchen gekettet hatte. Die Konkubine hätte ihn am liebsten nicht mehr von ihrer Seite gelassen. Na ja, alles in allem war es aber ganz nett gewesen, er hatte vor einem wirklich begeisterten Publikum gespielt, die Musiker hatten sich nach einer Weile zu ihnen gesellt und sein Instrument bewundert, und Bossi war vermutlich der erste Hund der Welt, der größer als ein Pekinese war und trotzdem von Wu Chao persönlich die feinsten Leckerbissen zugesteckt bekam. Trotzdem überlief Ben ein Schauer, wenn er sich vorstellte, für den Rest seines Lebens am chinesischen Kaiserhof gefangen zu sein.

Aber war sein anderes Leben, das richtige, wirklich so viel besser? Er bekam ein flaues Gefühl im Bauch, wenn er an sein Zuhause und seinen Vater dachte, der immer so viel trank. Er braucht mich, dachte Ben. Und seine Freunde würden ihm fehlen, Nikolas und Ole und Lucienne. Sogar die langweiligen Flötenstunden bei Frau Schönbein. Außerdem: Wie sollte er Aphra jemals wiederfinden, wenn er im alten China festsaß?

Ben wusste, dass Lucienne richtig gehandelt hatte. Trotzdem schwieg er, bis sie unter den aufmerksamen Blicken der Turmwächter die Pagode erreicht hatten. Dann gab er sich einen Ruck.

»Sieht schlimm aus«, meinte er mit einem unsicheren Blick auf Luciennes Hand. »Tut's sehr weh? Xiè weiß bestimmt, was man da machen muss.«

Das war als Entschuldigung gemeint.

»Geht schon«, sagte Lucienne.

»Kühles Wasser und Sauerampfer«, sagte Xiè.

Entschuldigung angenommen. Ben entspannte sich.

Hinter der Pagode erklang ein freudiges Schnauben und Wiehern und dann trabten Nosie und die Fuchsstute um die Ecke.

»Ihr seid noch da!« Erleichtert lief Ole auf die Pferde zu. »Ihr Braven! Und jetzt bringt ihr uns schnell zu Samara zurück, ja?«

»Du hast es aber eilig«, meinte Nikolas, als er bei den anderen angekommen war. Xiè war schon dabei, Luciennes Hände im klaren Wasser hinter der Pagode zu baden und mit Sauerampferblättern zu umwickeln.

»Mein Bedarf an Abenteuern ist für heute gedeckt.« Ole schnüffelte an seinem Kittel. »Außerdem will ich endlich diesen Saure-Gurken-Mief loswerden.«

Der Wächter im Phönix-Tor zuckte mit keiner Wimper, als neben den Tonkrügen auf dem Karren plötzlich fünf Kinder saßen. Natürlich hatten ihn seine Leute inzwischen unterrichtet. Es freute ihn nicht gerade, so hinters Licht geführt worden zu sein, aber wenn der Kaiser milde war und ihn nicht zur Rechenschaft zog, dann wollte er ebenfalls Gnade vor Recht ergehen lassen. Außerdem hatte er heute schon genug Ärger mit dieser verdammten Schlange gehabt. Die ganze Gegend war in Aufruhr. Die Menschen redeten von nichts anderem, aber niemand hatte das Biest wirklich gesehen.

Mit erschöpfter Miene verfolgte der Wachposten, wie der Karren die Straße hinunterrumpelte und verschwand. Er war jedenfalls froh, wenn endlich seine Ablösung kam.

Über Changan lag der Geruch von Herbstfeuern und leichter Nebel zog in den Straßen auf. Es war noch nicht ganz dunkel, als sie Samaras Haus erreichten, doch im Torbogen brannte schon der rote Lampion und verbreitete ein anheimelndes Licht.

Lóng lenkte den Karren auf den Hof, wo die Kamele angepflockt an ihren Plätzen lagen und wiederkäuten. Von den beiden Dienern war keiner zu sehen, auch Samara ließ sich nicht blicken.

»Seltsam, wo sind sie denn alle?« Nikolas sah sich um, während er mühsam vom Karren kletterte. Sein Bein schmerzte und er freute sich auf ein weiches Polster.

»Bestimmt beim Abendessen«, meinte Ole. »Ich kümmere mich um die Pferde, ihr könnt ja schon reingehen. –

Nein, Bossi, du nicht. Samara will dich nicht so gern im Haus haben, das weißt du doch.«

Schmollend legte sich Bossi in den Staub.

Ben bot Ole seine Hilfe an. »Aber ihr lasst uns was zu essen übrig, klar?«

Xiè war schon ins Haus gestürmt. »Große Schwester!«, hörten sie ihn rufen. »Große Schwester, wo bist du? Ich muss dir was erzählen, du glaubst ja nicht, was wir …« Offenbar hatte er völlig vergessen, dass er sich am Morgen heimlich davongeschlichen hatte. Nikolas und Lucienne folgten ihm mit gemischten Gefühlen. Hoffentlich gab es jetzt kein Donnerwetter.

»Xiè! Guanyin sei Dank, du lebst!«, hörten sie Samara rufen. Irgendwie klang ihre Stimme seltsam.

Das fiel auch Lóng auf. Zwei rasche Schritte, und er war bei Nikolas und Lucienne, die gerade den großen Wohnraum betreten wollten. Mit seinem gesunden Arm schob er die beiden hinter sich.

»Aber was …«, setzte Nikolas an und verstummte, als er Xiè wie angewurzelt mitten im Raum stehen sah. Samara ruhte auf den Polstern, so sah es zumindest aus. Aber warum lief sie Xiè nicht entgegen? All diese Fragen schossen Nikolas im Bruchteil einer Sekunde durch den Kopf und dann schrie Samara auch schon: »Lauft weg! Lauft alle weg!« Verzweifelt zerrte sie an dem Lederriemen herum, mit dem ihre Hände auf den Rücken gefesselt waren.

Xiè wirbelte herum, doch bevor er sich zu Lóng flüchten konnte, glitt ein Schatten aus der dunklen Ecke hinter dem Durchgang und umschlang ihn.

»*Mon Dieu*, die Schlange!«, keuchte Lucienne entsetzt. Der Schlangenkämpfer war tatsächlich in die Stadt gekommen und jetzt hatte er Samara und Xiè in seiner Gewalt!

Lóngs Stimme war brüchig wie Eis. »Lass den Jungen los, Bruder.«

Shés tätowiertes Gesicht verzog sich zu einer grinsenden Fratze. »Warum sollte ich?«

Langsam kam Lóng näher. »Er ist ein Kind, Shé.«

»Er ist eine Geisel. – Halt! Bleib stehen! Noch einen Schritt, und er ist tot!« Shés Unterarm drückte auf Xiès Kehle. Der Junge lief bereits blau an.

Mit erhobener Hand – der verletzte Arm hing schlaff herunter – signalisierte Lóng seinem Bruder, dass er nicht näher kommen würde.

»Was willst du?«

»Das Mädchen. Sie soll herkommen.«

»Lu Si-Yen, bleib, wo du bist«, befahl Lóng über seine Schulter, doch Lucienne löste sich von der Wand und trat neben ihn.

Unter Shés Arm begann Xiè verzweifelt zu zappeln, er bekam keine Luft mehr.

»Hier bin ich«, ergriff Lucienne das Wort. »Lasst ihn frei.«

Wie konnte sie bloß so ruhig bleiben! Nikolas überlegte fieberhaft, was er tun sollte. Shé schien ihn nicht weiter zu beachten. Das war seine Chance! Er musste Ole und Ben warnen. Unauffällig schob er sich an der Wand ein Stückchen rückwärts.

Für einen Moment sah es so aus, als wollte der Schlangenkämpfer verächtlich ausspucken, aber dann war es doch nur wieder seine gespaltene Zunge, die aus dem fast lippenlosen Mund fuhr.

»Hier bin ich doch«, wiederholte Lucienne, »also könnt Ihr Xiè jetzt freilassen!«

Shé lachte. »Du irrst dich, kleine Ratte. Ich will nicht dich, sondern die Drachen. Gib sie mir!«

Leise, ganz leise zog Nikolas sich weiter Richtung Hof zurück.

»Sie hat die Drachen nicht, Bruder«, sagte Lóng.

Shé züngelte. »Für wie dumm hältst du mich? Ich weiß, dass Ihr beim Kaiser gewesen seid, um den zweiten Drachen zu holen.«

»Lu Si-chrrhh …«, röchelte Xiè. Samara stöhnte auf und zerrte wütend an ihren Fesseln.

»Ich hab die Drachen nicht mehr«, erklärte Lucienne. »Sie gehören jetzt dem Himmelssohn.« Sie zog ihren Leinenbeutel hervor und ließ ihn durch die Luft zu Boden segeln. »Seht Ihr? Leer.«

»Ole? Hast du eine Ahnung, wo das Zaumzeug hinkommt?« Ben stolperte fast über die lange Leine. Auf dem dunklen Hof konnte er kaum erkennen, wo er hintrat. Die Laterne neben dem Brunnen spendete nur wenig Licht.

»Häng's über den Balken da drüben«, meinte Ole. Ben tastete sich zu den Futtertraufen vor. Die Kamele lagen ruhig auf ihren Plätzen.

Ein dumpfes Gurgeln ließ ihn zusammenzucken. Diese Viecher machten ihn nervös. In ihrer Nähe rechnete er ständig damit, angespuckt zu werden.

Als Ben sich zu dem Balken hinaufreckte, begann die dunkle Masse in der Traufe darunter zu wogen. Er erstarrte und wich zurück. Als sich ihm röchelnd ein Gesicht entgegenreckte, schrie er auf und ließ das Zaumzeug fallen.

Ole kam angeschossen. »Was ist denn los?«

»Da ist einer drin!« Mit zitternder Hand deutete Ben auf die Gestalt. Bossi drängte sich neben ihn und schnüffelte neugierig.

»Das ist einer von Samaras Dienern!«, sagte Ole überrascht. Es war der Mann, der sich um die Kamele und die Hunde kümmerte. »Was macht der im Trog?«

»Kann ich hellsehen? Hilf mir, ihn da rauszuholen.«

Mit vereinten Kräften zerrten sie den Mann aus dem Trog. Er war an Hand- und Fußgelenken gefesselt und zudem noch geknebelt, damit er nicht schreien konnte. Als sie ihn endlich auf den Beinen hatten, klappte er vor ihren Füßen zusammen.

»Ohnmächtig geworden«, stellte Ben fest. Er nahm ihm den Knebel aus dem Mund.

»Ich werd verrückt, da ist noch einer!« Ole hatte den zweiten Diener hinter einem Futtersack entdeckt. Auch er schien bewusstlos zu sein.

»Verdammt noch mal, was ist denn hier los?«, knurrte Ben und schnellte herum.

»Psst! Ole! Ben! Kommt her, schnell!« Nikolas war im Eingang erschienen und winkte ihnen zu.

Shés Gesicht verzerrte sich. Er wischte den leeren Beutel mit einem Fuß beiseite.

»Versuch nicht, mich hereinzulegen! Wo sind die Drachen?« Seine Stimme war jetzt nur noch ein gefährliches Zischen, eine letzte Warnung, bevor die Schlange zustieß. Luciennes Mund wurde trocken.

»Das Mädchen sagt die Wahrheit, Bruder«, sprang Lóng ihr bei. »Lu Si-Yen hat dem Kaiser den Drachen mit der goldenen Schicksalslinie geschenkt. Nun sind die heiligen Drachen wieder vereint. Denn Taizong hatte bereits das Drachenweibchen, das du unserem Kloster gestohlen hast! Finde dich damit ab, Shé. Du bist gescheitert. Erinnerst du dich, was Hú über die Schlange gesagt hat? Ihr edelstes Merkmal ist ihre Weisheit. In dir dagegen sind nur Niedertracht und Verderbtheit.«

Shé begann seinen Oberkörper langsam hin- und herzuwiegen wie eine Schlange, die den Schwachpunkt ihres Gegners sucht, kurz bevor sie zustößt. Lucienne überlief es eiskalt. Am liebsten wäre sie davongestürzt, aber sie harrte an Lóngs Seite aus. Mit seinem verletzten Arm würde er nicht richtig kämpfen können. Sie ahnte, dass er dennoch bis in jede kleinste Faser seines Körpers angespannt und sprungbereit war.

»Und du bist natürlich der edle Mönch«, höhnte Shé, »der großartige Drachenkämpfer, den Hú schon immer bevorzugt und gehätschelt hat!«

»Jeder von uns ist gleich behandelt worden, das weißt du genau«, erwiderte Lóng ruhig. »Es ist unklug, die Schlange gering zu achten, nur weil sie keine Hörner hat, denn auch aus ihr kann noch ein Drache werden. Auch das hat Hú uns gelehrt. Gib endlich auf, Bruder, und finde zu dir selbst!«

Shé hielt abrupt in seiner Bewegung inne. Sein Mund verzog sich zu einem hässlichen Grinsen.

»Du kommst mir vor wie ein abgerichteter Affe, Bruder. Schon wieder so ein weiser Satz vom alten Hú. Trotzdem wird es am Ende nur einen von uns geben. Was meinst du, wer wird es sein, Schlange oder Drache?«

Ein paar Herzschläge lang geschah gar nichts. Der Moment des gegenseitigen Belauerns dehnte sich in die Ewigkeit.

Plötzlich schleuderte Shé seine Geisel mit einem Wutschrei beiseite und stieß mit ausgestreckten Armen auf Lóng zu, die Finger so stahlhart wie Dolche. In Lóng erwachte der Drache zum Leben. Bevor ihn auch nur ein Luftzug der Bewegung seines Bruders streifte, drehte sich der Mönch blitzschnell einmal um die eigene Achse und fegte den Angreifer mit seinen Beinen wie mit einem peitschenden Drachenschwanz von den Füßen. Lucienne konnte gerade noch zur Seite springen. Xiè krabbelte schluchzend auf Samara zu.

Der eigene Schwung hatte Lóng umgeworfen, mit einem Schmerzensschrei stürzte er auf seinen verletzten Arm.

Shé hingegen war schon wieder auf den Beinen. Ein triumphierender Glanz breitete sich auf seinem Gesicht auf, als er sich zum vernichtenden Schlag bereitmachte. Mehr denn je ähnelte sein Körper dem einer riesigen wütenden Schlange.

Lóng rollte sich zur Seite, doch er war nicht schnell genug. Shé griff an – und wurde plötzlich mit solcher Wucht von einem Stoß getroffen, dass er zwei Meter seitwärts durch die Luft flog und gegen Samaras Wasserpfeife krachte.

»Du, kleine Ratte?«, keuchte er verblüfft, als er wieder genug Atem hatte. Lucienne hatte all ihre Kraft in einen Tritt gegen seine Rippen gelegt. Mit einem Schrei hechtete sie über ihn hinweg, machte eine Rolle vorwärts, um hinter ihm sofort wieder auf den Beinen zu stehen. Shé schnellte herum und wehrte ihren Schlag ab. Angewidert wischte er sich die zermatschten Sauerampferblätter ab, die sich von Luciennes Händen gelöst hatten.

Lucienne wich einen Schritt zurück und stieß gegen die Wand. O nein! Entsetzt erkannte sie, dass sie in der Falle saß. Das Fenster über ihrem Kopf war zu hoch, als dass sie hätte fliehen können. Shé glitt züngelnd auf sie zu.

Lóng war wie betäubt von den Schmerzen, die in seinem Arm tobten. Nur mühsam gelang es ihm, sich aufzurichten. Da fiel sein Blick auf das runde Gesicht von O-Le, das in der Fensteröffnung erschien.

»He, Schlange, fang das!« Ein kleines Päckchen flog direkt auf Shé zu. Im Bruchteil einer Sekunde erkannte Lucienne die Zündschnur, die an ihr vorbeizischte. »In Deckung!«, schrie sie Lóng zu.

Shés Reaktion war ein einziger Reflex: Er streckte die Hände aus und fing das Päckchen auf.

Lucienne hatte gerade noch Zeit, sich zu Boden zu werfen und die Arme schützend über den Kopf zu halten, als ein gleißender Blitz aus Shés Händen schoss und eine Detonation die Wände erzittern ließ. Shés Aufschrei ging in dem gewaltigen Knall unter. Dichter Rauch breitete sich aus.

Wo war er? Luciennes Augen tränten, sie konnte kaum etwas sehen. Taumelte da ein schlangenhafter Schatten im Raum umher? Plötzlich war Lóng bei ihr.

»Lu Si-Yen! Bist du verletzt?«

Sie schüttelte den Kopf. »Was ist mit Samara und Xiè?«

»Wir sind hier«, erklang es aus der anderen Ecke des großen Raumes. Samaras Stimme zitterte. »Bei allen Göttern, was war das?«

Draußen kletterte Ole ungelenk von Bens Schultern, während Nikolas alle Hände voll zu tun hatte, den jaulenden Bossi zu halten.

»Pass auf die Laterne auf!«, warnte er, als Ole zur Erde plumpste. Bossi versteckte sofort seinen Kopf unter Oles Arm. Er hasste diese Knallerei.

»Das klang, als hätte es funktioniert«, sagte Ben.

Ole hielt beide Daumen hoch und Nikolas klopfte ihm erleichtert auf die Schulter. »Ich finde, die Jensens sollten den Nobelpreis bekommen«, meinte er. »Ihre Knaller sind fast so gut wie Dynamit.«

»Was für ein Segen, dass du zwei davon eingesackt hast«, meinte Ben und nahm die Laterne auf, die sie vom Brunnen mitgebracht hatten.

Ole nickte stolz. Die Knaller waren die ganze Zeit in seinem Leinenbeutel gewesen, aber er hatte überhaupt nicht mehr daran gedacht. Bis eben.

Hoffentlich war die Schlange jetzt endgültig außer Gefecht gesetzt! Sie tasteten sich vorsichtig um die Hausecke zurück zum Eingang.

Ben spähte ins Haus.

»Was siehst du?«, flüsterte Ole nervös.

»Nur Rauch.«

Doch der Qualm legte sich allmählich. Samara und Xiè kauerten eng umschlungen in einer Ecke, Lóng war bei Lucienne. Ihre Gesichter waren rußbedeckt, und Samaras schöner Wohnraum glich einem Schlachtfeld. Die Wasserpfeife lag zerbrochen auf dem Boden, die weiß gekalkten Wände trugen hässliche Rauchspuren. Doch von der Schlange war nichts zu sehen. Shé war verschwunden.

Aufbruch in die Zukunft

»Wie hat er es nur geschafft, deine Diener zu überwältigen, große Schwester?« Xiè zitterte bei dem bloßen Gedanken daran.

Es war der nächste Morgen und alle saßen müde und blass vor ihren Teeschalen. Sie hatten das Geschehene immer und immer wieder durchgesprochen und waren trotzdem noch völlig durcheinander.

Shé war es offenbar gelungen, die beiden Diener Samaras niederzustrecken und zu fesseln, ohne dass jemand etwas davon mitbekommen hatte.

»Eine Schlange gleitet lautlos heran«, antwortete Lóng an Samaras Stelle. Er hatte tiefe Schatten unter den Augen, was nicht nur an seinem Arm lag, in dem der Schmerz noch immer wie Feuer brannte. Die Wunde in seinem Inneren tat viel mehr weh, denn trotz allem war die Schlange Lóngs Bruder. Es war schwer, mit einem Verrat zu leben.

»Der Rest ist *Dianxue*«, fuhr Lóng fort. »Du weißt doch, Shé ist ein Meister in der Kunst der tödlichen Berührung.«

Xiè senkte den Kopf. Er erinnerte sich nur ungern an seine eigene Erfahrung.

Außer den beiden Dienern und Samara war niemand zu Hause gewesen. Der Koch hatte – nach getaner Arbeit – einen Freund besucht und war erst spät in der Nacht heimgekehrt.

»Shé stand ganz plötzlich hinter mir«, berichtete Samara schaudernd, »und bevor ich wusste, wie mir geschah, hatte er mich auch schon gefesselt.«

»Warum habt Ihr nicht um Hilfe gerufen?«, fragte Nikolas. »Eure Nachbarn hätten Euch doch bestimmt gehört.«

Samara drückte Xiè an sich. »Shé behauptete, er sei nicht allein. Er sagte, draußen warteten seine Leute, sie hätten meinen kleinen Bruder und würden ihn sofort töten, wenn ich nur den leisesten Laut von mir gäbe.« Traurig sah sie auf. »Xiè war doch schon seit dem Morgen verschwunden, ich wusste nicht, wo ich noch suchen sollte. Ich habe Shé geglaubt.«

»Dieser Mistkerl«, sagte Ben wütend. Dann hellte sich sein Gesicht wieder auf. »Aber wir haben's ihm so richtig gezeigt! Unsere Idee war echt explosiv, oder? Na ja, eigentlich war es Oles Idee.«

Lóng nickte. »Wer weiß, wie der Kampf ohne eure Hilfe ausgegangen wäre. Das hast du gut gemacht, O-Le.«

Ole lief rosig an. »Ich hab noch einen von den Knallern, soll ich Euch noch mal zeigen, wie …«

»Steck das weg!«, wehrte Lóng hastig ab. »Woher hast du diese Blitzpäckchen überhaupt?«

»Ach, die habe ich zwei Jungs weggenommen, die mich nicht besonders gut leiden können«, sagte Ole ausweichend. »Die machen das Zeug selbst.«

»Erstaunlich«, sagte Lóng. »Es erinnert mich an das Schwarzpulver, mit dem man Feuerblumen an den Himmel zaubert.«

»Ja, Feuerwerk! Feine Sache«, bekräftigte Ole. »Aber man kann mit dem Pulver auch …«

»Behalt's für dich, Ole«, unterbrach ihn Nikolas leise. »Feuerwerk reicht.«

Ole stutzte einen Moment, dann begriff er. Die Chinesen hatten zwar schon das Feuerwerk erfunden, aber auf die Idee mit dem Schießpulver waren sie im Jahr 638 wohl noch nicht gekommen. Vielleicht besser so, dachte er.

»Was habt ihr denn nun vor, nachdem ihr die Drachen beim Kaiser gelassen habt?«, wollte Samara wissen.

»Unsere Aufgabe ist erfüllt«, antwortete Lucienne. »Wir müssen zurück zum Kloster.«

Lóng nickte bestätigend. »Und Ihr?«, fragte er. »Geht Ihr wieder auf Reisen?«

Die Händlerin schüttelte den Kopf. »Der Winter naht, da ist es besser, zu Hause zu bleiben. Außerdem ist Xiè jetzt bei mir und ich muss mich um seine Ausbildung kümmern.«

Der blickte nicht gerade begeistert zu ihr auf. »Aber du hast mir noch was versprochen!«, erinnerte er sie.

Samara lächelte. »Ich werde nach unseren Eltern suchen lassen«, erklärte sie den anderen. »Xiè hat mich darum gebeten. Und vielleicht hat er recht. Man muss vergeben und nach vorn in die Zukunft schauen.«

Ach ja, die Zukunft. Wie sah die eigentlich aus? Ihre Zukunft war genau genommen ihre Vergangenheit, überlegte Nikolas, als sie sich von Samara verabschiedeten. Dahin wollten sie zurück. Aber wie sollten sie das bloß schaffen?

Samara drückte jeden Einzelnen von ihnen an sich, als wären sie alle verlorene und eben erst wiedergefundene Geschwister, die sie nun schweren Herzens wieder ziehen lassen musste. Nach kurzem Zögern schloss sie auch Lóng in ihre Arme. Nikolas und Ben blinzelten sich zu. Es war das erste Mal, dass sie den Mönch rot werden sahen.

Ole musste sich außerdem noch von Nosie und der Fuchsstute verabschieden, denn Samara wollte ihnen anstelle der Pferde Kamele geben.

»Mit Kamelen kommt ihr schneller voran«, sagte sie, »und vor allem braucht ihr die Tiere unterwegs nicht auszuwechseln. Sie schaffen die Strecke ohne größere Pausen.«

Es war ein großzügiger Tausch: Ein alter Karren und zwei Pferde gegen fünf Reitkamele und zwei Lasttiere, die ein Zelt, Proviant und ein Fleischpaket für Bossi trugen.

»Eine richtige Karawane!«, stellte Nikolas fest. Er und Lucienne besaßen bereits Routine im Aufsteigen und Reiten, doch für Lóng, Ole und Ben waren die Kamele eine neue Herausforderung. Es dauerte eine Weile, bis endlich alle im Sattel saßen und in geordneter Reihenfolge vom Hof reiten konnten. Xiè und Samara standen im Tor und winkten ihnen nach. Dicke Tränen rollten über Xiès Wangen.

»Ihr müsst uns bald wieder besuchen!«, hörten sie ihn rufen, als sie schon fast außer Sicht waren.

Lucienne senkte traurig den Blick. Sie alle ahnten, dass sie Changan nie wieder sehen würden. In diesem Bewusstsein ritten sie durch die belebten Straßen, blickten auf die golden glänzenden Pagoden, die Häuser, Brücken und Menschen, passierten die prächtige Straße des Roten Sperlings und verließen die stolze Stadt wieder durch das Tor der Leuchtenden Tugend.

Als sie vielleicht zwei *Lí* weit geritten waren, warf Lucienne einen letzten Blick zurück. Über den Mauern von Changan erhob sich die Drachenkopfebene. Im Morgendunst waren die Umrisse des Palastes nur zu erahnen. Ob Taizong wohl auf der Palastmauer stand und auf seine Stadt blickte?

»Bringt dem Reich Glück, ihr heiligen Drachen«, sagte Lucienne leise.

Der Tag war kalt und windig, trotz der blassen Sonne, die niedrig am Himmel stand. Es stimmte, was Samara gesagt hatte: Der Winter war nicht mehr fern.

Sie verkrochen sich in ihre dicken Jacken, versuchten dem Wind so wenig Angriffsfläche wie möglich zu bieten und hingen ihren Gedanken nach.

Irgendwann brach Nikolas das Schweigen.

»Meister Lóng?«

Der Mönch wandte sich um.

»Was, glaubt Ihr, ist mit Shé geschehen?«

»Ich weiß es nicht, kleiner Bruder.«

»Jedenfalls habt Ihr gewonnen, Meister Lóng. Ihr seid

der Stärkere, der Drache«, meinte Nikolas. »Die Sache ist entschieden.«

Lóng erwiderte nichts.

Das Ende einer Schlange

General Léi hatte sein Lager in einem Wald am Fuße des Hua-Shan-Gebirges aufschlagen lassen. Näher wagte er sich an die Kaiserstadt nicht heran. Seine Spione hatten herausgefunden, dass Taizong bereits zum großen Schlag gegen ihn ausholte.

Léi durfte nicht allzu lange bleiben. Im Süden gab es einige Dörfer, die er noch plündern wollte, dann musste sich seine Armee zurückziehen und einen sicheren Ort für das Winterlager finden. Den Befehl zum Aufbruch würde er geben, sobald seine Häscher ihm gebracht hatten, worauf er wartete.

Es sah aus, als wäre es nun so weit. Zwei Soldaten näherten sich mit einem Mann in ihrer Mitte. Er schien verletzt oder völlig entkräftet zu sein und nicht selbst gehen zu können. Vor dem General ließen sie ihn fallen.

»Shé, alter Freund, so sieht man sich wieder«, sagte Léi mit falscher Freundlichkeit.

Die Schlange hob den Kopf.

»Oh, ich fürchte, du kannst mich gar nicht sehen? Was ist mit deinen Augen passiert?« Die Stimme des Generals heuchelte Teilnahme.

Ein böses Zischen war die Antwort. Seit der Explosion

war der Schlangenkämpfer geblendet. Hell und dunkel konnte er zwar noch unterscheiden, er nahm auch vage Umrisse wahr, doch seine Augen waren nicht mehr scharf genug, um den Häschern des Schlächters zu entgehen. Er war in ihre Falle getappt wie ein Kaninchen.

»Schade, schade«, sagte Léi bedauernd. »Wir hätten so erfolgreich sein können, wenn du nicht alles verdorben hättest. Nicht nur, dass du es versäumt hast, mir den grünen Drachen mit der Schicksalslinie zu beschaffen; ich musste auch noch erfahren, dass du das Drachenweibchen in deinem Besitz hattest und so dumm warst, es zu verkaufen.«

Shé zuckte zurück, als der General seine Stiefel direkt vor seinem Gesicht in den Staub setzte.

Léi ließ sein donnerndes Lachen ertönen.

»Ja, ich weiß alles, da staunst du! Du hast doch nicht etwa geglaubt, du wärst mein einziger Spion? Das ist nun das Ergebnis deiner jämmerlichen Arbeit: Der Kaiser hat beide heiligen Drachen. Ich bin enttäuscht, Shé. Und ich mag es nicht, enttäuscht zu werden.«

Mit einem Handwedeln schickte Léi seine Soldaten fort.

»Ihr könnt gehen. Ich kümmere mich um ihn.«

Weit weg vom Hua Shan hob Lóng den Kopf und lauschte in sich hinein, als hörte er ein fernes Echo.

Ach, Bruder.

Nun war es entschieden.

Der Drache von Shaolin

Sie kamen zügig voran und machten auch keinen Umweg zu Li Páo mehr, was Nikolas insgeheim bedauerte. Er hätte den alten Daoisten gern kennen gelernt. Aber sie mussten das Kloster erreichen, bevor der Winter sie in den Bergen überraschte.

Es wurde immer kälter. Als sie am Morgen des letzten Reisetages aus ihrem Zelt krochen, lag auf den Höhen des Song Shan der erste Schnee.

Lóng schwieg, in sich gekehrt, die Kinder spürten, dass eine dunkle Trauer auf ihm lastete. Doch als sich am Nachmittag endlich das Tal von Shaolin vor ihnen öffnete, hob er den Kopf und die Augen in seinem blassen Gesicht leuchteten.

Als sie nur noch ein oder zwei *Lí* vom Kloster entfernt waren, kündigte die große Trommel mit drei Schlägen ihre Ankunft an. Bei diesem Klang wurde nicht nur Lucienne ganz feierlich zumute. Es fühlte sich tatsächlich ein bisschen so an, als würden sie nach Hause kommen.

Auf dem Platz vor der Übungshalle trainierte eine Gruppe von Mönchen den Stockkampf und aus der Halle dröhnte das synchrone Stampfen unzähliger Füße.

»Der Küchenmeister bereitet bestimmt schon das Abendessen vor«, meinte Ole hoffnungsvoll. Doch nicht nur vom Küchengebäude stieg eine Rauchsäule auf, sondern auch vom Dach des bescheidenen kleinen Hauses, in dem der Großmeister wohnte. Lóng runzelte die Stirn, als er es sah.

Die kleine Karawane war sofort von mehreren Mönchen umringt. Die Schüler lachten und schnatterten durcheinander, bestaunten die Kamele und bestürmten die Reisenden mit Fragen.

»Ich vermisse die starke Hand der Disziplin«, stellte Lóng fest, doch er lächelte dabei. Selbst seine Mönchsbrüder waren wieder so aufgeregt wie Schüler.

Luciennes Blick glitt suchend über die vielen Gesichter. Eines fehlte. »Wo ist Hú?«, flüsterte sie Lóng zu.

Ein Mönch trat vor. »Es wurde Zeit, dass du zurückkommst, Bruder. Der ehrwürdige Großmeister wartet schon seit Tagen auf dich. Es geht ihm nicht gut.«

Bestürzt wandte sich Lóng den Kindern zu. »Ich muss sofort zu ihm.«

»Lasst uns mitkommen«, flehte Lucienne. »Bitte!«

Lóng nahm sich keine Zeit für eine Antwort. Mit Riesenschritten eilte er zum Haus des Großmeisters. Er hatte doch geahnt, dass etwas nicht stimmte! Es war kein gutes Zeichen, wenn am helllichten Tag ein Feuer bei Hú brannte, auch wenn es schon fast Winter war. Der Abt war so abgehärtet wie jeder andere Shaolin-Mönch.

Vor dem Eingang zögerte er kurz. Hinter ihm versammelten sich die Freunde.

»Ob Hú krank ist?«, fragte Ole besorgt. Lucienne hatte einen Kloß im Hals. Nikolas ahnte, woran sie dachte. Auch er hatte auf einmal wieder die Nacht im Lager des Generals vor Augen.

»Wir werden ganz bestimmt nicht stören«, versicherte er Lóng, der sie zweifelnd musterte. »Aber wir müssen ihn sehen, bitte!«

Leise betraten sie das dämmrige Hausinnere, das nur aus einem kleinen Vorraum und einem einzigen Zimmer bestand.

An der Wand gegenüber dem Fenster stand ein niedriges Bett mit einem Lager aus Decken. Lucienne sah erleichtert, dass Hú nicht lag, sondern im Lotussitz darauf saß. Er hatte eine wärmende Decke um seine Schultern gelegt und hielt eine Meditationskette mit großen Holzperlen in den Händen. Bei ihrem Eintreten waren seine Augen geschlossen gewesen, doch nun sah er die Besucher an.

Lóng ging ein paar Schritte auf ihn zu, dann tat er etwas, was die Kinder noch nie bei ihm gesehen hatten. Er kniete vor dem Großmeister nieder. Das hatte er nicht einmal vor dem Kaiser getan! Zuerst berührte seine rechte Hand den Boden, dann die linke, schließlich die Stirn, während sich seine Handflächen wieder nach oben drehten. Diese Haltung musste ihm mit seinem verletzten Arm sehr schwer fallen. Sie wirkte ehrerbietig und zugleich ganz selbstverständlich, so dass Lucienne ebenfalls niederkniete. Nikolas senkte voller Respekt den Kopf. Wenn nur sein steifes Bein nicht gewesen wäre! Ben und Ole blieben etwas verlegen stehen.

Hú schenkte allen ein Lächeln und machte Lóng und Lucienne ein Zeichen, sich wieder zu erheben.

»Mein Herz ist froh, euch alle wiederzusehen. Meister Lóng, was ist mit Eurem Arm?«

»Nichts, was nicht bald wieder verheilt wäre«, sagte der Mönch wegwerfend. »Aber Ihr, ehrwürdiger Abt, Ihr seid nicht wohlauf?«

Was für eine Untertreibung, dachte Nikolas. Er konnte deutlich den Verband unterhalb von Hús Rippen erkennen. Wie hielt der alte Mönch es mit seiner Wunde nur aus, so aufrecht und noch dazu mit untergeschlagenen Beinen zu sitzen?

Hú zog die Decke enger um sich. »Auch meine Verletzung wird heilen«, sagte er beruhigend. »Ich muss allerdings zugeben, dass ich mein Alter unterschätzt habe. Ich bin nicht mehr der kraftvolle junge Tiger, der ich einmal war.«

Lucienne konnte sich nicht länger zurückhalten. »Ehrwürdiger Großmeister, ich weiß, was Ihr getan habt. Ich … die Soldaten … der Speer … Oh, es tut mir so leid!«

Hú winkte sie näher, und als Lucienne vor seinem Bett kniete, strich er ihr begütigend über das Haar.

»Danke, ehrwürdiger Abt«, murmelte Lucienne. »Ohne Eure Hilfe …«

»Nein«, unterbrach der alte Mönch sie, »ich danke dir, kleine Schwester. Du hast eine große Aufgabe auf dich genommen und sie gelöst. Ihr alle wart sehr mutig und sehr klug.«

Ben folgte der Unterhaltung mit einiger Verwirrung. Woher wusste Hú Bescheid? Und was sollten diese Anspielungen auf den Tiger? Anders als Nikolas und Ole war er ja nicht dabei gewesen, als Lucienne die Flucht aus dem Käfig und dem Lager gelang. Sie hatte ihm die Geschichte zwar erzählt, aber die Sache mit dem Tiger fand er doch ein bisschen merkwürdig. Glaubte sie ernsthaft, dass der alte Hú sich in eine Raubkatze verwandelt hatte und ihr zu Hilfe geeilt war?

Ben fühlte den Blick des Großmeisters auf sich ruhen und sah ihm in die Augen. Wieso war ihm auf einmal so seltsam zumute? Sonst war er nie um einen frechen Spruch verlegen und normalerweise hätte er nur gelacht. Aber unter diesem ruhigen Blick ging das nicht. Überhaupt: Was war denn schon normal? Ihre Zeitreise vielleicht?

Wenn das so weitergeht, glaube ich am Ende auch noch an sprechende Hamster und so 'n Zeug, dachte er.

»Ehrwürdiger Großmeister, Ihr hattet recht mit Eurer Befürchtung«, hörte er Lóng sagen. »Meister Yù war bereits tot, als wir zu unserer Reise aufbrachen.«

»Aber wir haben den zweiten Drachen gefunden«, erklärte Lucienne. »Und beide Drachen sind jetzt vereint.«

Hú nickte. »Du hast sie dem Kaiser überlassen? Das war eine kluge Entscheidung. Die heiligen Drachen werden dem Reich viel Segen bringen.«

»Ihr seid nicht böse?«, fragte Lucienne unsicher. »Aber was ist mit Eurem Kloster?«

»Shaolin ist jung. Es hat noch eine lange Geschichte vor sich und wird auch in einer fernen Zukunft Bestand haben. Doch für mich wird es nun allmählich Zeit, die Geschicke des Klosters in jüngere Hände zu legen.«

Lóng rührte sich besorgt. »Ehrwürdiger Großmeister, Ihr seid der Abt von Shaolin, solange Ihr lebt!«

»Oh, keine Sorge, Bruder Lóng, ich habe auch nicht vor, an dieser Wunde zu sterben«, schmunzelte Hú. »Aber es ist klug, wenn ich selbst meinen Nachfolger auswähle. Die Zeit des Tigers neigt sich ihrem Ende zu. Die Zeit des Drachen wird bald beginnen.«

Auf Lóngs Gesicht zeigte sich ein ungläubiger Ausdruck. Bevor er etwas erwidern konnte, wandte sich Hú an die Kinder. Er klang erschöpft; seine Wunde, das lange Sitzen und das Sprechen hatten ihn angestrengt.

»Seid so freundlich und lasst mich mit Meister Lóng allein. Ihr werdet hungrig sein und ein Bad wünschen. Der Küchenmeister wird für alles sorgen. Ach, und noch etwas: Es ist an der Zeit, dass ihr wieder eure eigene Kleidung tragt. Morgen früh werdet ihr weiterreisen.«

»Weiterreisen?«, echote Ole.

»Nach Hause«, half Hú nach.

»Aber ich … meint Ihr …« Ole spürte die Aufregung wie eine Welle über sich zusammenschlagen. Er konnte sich immer noch nicht an diesen elenden Spruch erinnern. Kannte Hú ihn etwa?

Der alte Mönch lächelte nur. »Vertraut mir, kleine Brüder.«

Ole fühlte sich am Arm gepackt. »Nun kommt schon«, sagte Nikolas leise und stupste Ben mit seiner Krücke an. Lucienne verneigte sich noch einmal und folgte ihnen. Aufgewühlt und verwirrt verließen sie das Haus des Großmeisters. Der Drachenkämpfer blieb als Einziger zurück.

Erst in der Andachtshalle sahen sie ihn wieder. Alle Mönche und Schüler waren nach dem Abendessen von der großen Trommel zusammengerufen worden. In feierlichem Schweigen betraten sie nacheinander die Halle. Die Wushu-Meister trugen jetzt nicht mehr ihre grauen oder braunen Alltagsgewänder, sondern festliche Roben in leuchtendem Orange. Sie verneigten sich dreimal tief vor der Buddha-Statue und knieten dann auf kleinen Kissen nieder, die in dichten Reihen ausgelegt waren. Die Schüler kamen nach den Meistern und versammelten sich auf der rechten Seite der Halle. Sie hatten keine Kissen, wie Lucienne bemerkte, sondern kauerten auf dem harten Boden. Es war bestimmt nicht leicht, ein Shaolin-Schüler zu sein. Und trotzdem träumte Lucienne immer noch davon.

Was für ein merkwürdiges Gefühl, wieder Jeans und Pulli zu tragen. Sie vermisste die bequeme Shaolin-Kleidung jetzt schon. Aber immerhin waren ihre Sachen wieder sauber und zeigten keine Spur mehr von Schlamm und Matsch. Sie waren während ihrer Abwesenheit gewaschen worden.

Öllämpchen und Kerzen flackerten im kühlen Luftzug, der durch die offene Eingangstür kam. Von den unzähligen Räucherstäbchen neben dem glänzenden Buddha stiegen duftende Schwaden zur dunklen Holzdecke hinauf.

Den Freunden hatte man einen Ehrenplatz hinter den Meistern zugewiesen. Sie hatten ebenfalls Kissen bekommen und für Nikolas stand ein Hocker bereit. Er rückte damit ein bisschen weiter nach hinten und sorgte unauffällig dafür, dass Bossi auf seinem Platz hinter einer der mächtigen Holztruhen liegen blieb, in denen Kissen und Opfergefäße aufbewahrt wurden.

Neben dem Buddha-Altar saß Großmeister Hú auf einer kleinen Holzbank, die wohl ein Zugeständnis an seine Verletzung war. Er hatte sich der Eingangstür zugewandt und schien auf jemanden zu warten.

»Da kommt Lóng!«, flüsterte Ole.

Die Schüler steckten die frisch rasierten Köpfe zusammen und tuschelten miteinander. Auch die Reihen der knienden Mönche gerieten in Bewegung. Offenbar kannte keiner der Anwesenden den genauen Grund für die überraschend einberufene Versammlung.

»Wieso bekommt Lóng diesen Sonderauftritt?«, wisperte Ben.

Lucienne ahnte den Grund, aber sie behielt ihre Vermutung für sich.

Unter dem dumpfen Klang einer Trommel und dem Scheppern eines Metallbeckens stimmten die Mönche einen monotonen Sprechgesang an. Lóng schritt langsam auf den Großmeister zu. Sein rechter Arm war frisch verbunden und sein schmales Gesicht war blass vor Anspannung. Vor dem Altar wandte er sich der Buddha-Statue zu, kniete dreimal nieder und berührte dabei jedes Mal mit der Stirn den Boden. Dann verbeugte er sich ehrerbietig vor Hú.

Unter einem Trommelwirbel verstummte der Gesang. Erwartungsvolle Stille breitete sich aus.

Der Großmeister hatte sich mit einiger Mühe von seiner Bank erhoben. Ein roter Seidenschal fiel von seinen Schultern fast bis auf den Boden. Die Seide war über und über mit winzigen goldenen Zeichen bestickt. Mit feierlicher Geste nahm der alte Mönch den Schal von seinen Schultern und hängte ihn Lóng um. Ein überraschtes Raunen lief durch die Reihen der Mönche.

»Ehrwürdiger Bruder Lóng«, Hús Stimme klang so ruhig und beherrscht wie immer, »dem Großmeister von Shaolin kommt es nach altem Brauch zu, seinen Nachfolger selbst zu bestimmen. Ich möchte, dass Ihr nach meinem Tod die Geschicke unseres Klosters lenkt.« Hú drückte sich etwas anders aus als am Nachmittag in seinem Haus, doch alle begriffen, dass Lóng ein Auserwählter war.

»Lange Zeit wachte ein Tiger über Shaolin«, sagte Hú. »Ihr alle kennt die Stärken eines Tigerkämpfers. Sein hervorstechendstes Merkmal ist die Kraft. Kraftvoll und zielsicher wehrt er alle Schläge ab, mit einem Sprung stößt er um, was im Wege steht, unnachgiebig umklammert er, was ihn angreift. Doch meine Kraft, ehrwürdige Brüder, lässt nach. Die Zeit des Tigers neigt sich ihrem Ende zu.«

Erneut verbreitete sich Unruhe in der Andachtshalle, die leisen Stimmen der Mönche drückten Protest aus. Hú gebot ihnen zu schweigen.

»Ihr sorgt Euch, was danach kommt«, fuhr er fort. »Bald schon wird eine neue Zeit beginnen und sie steht im Zeichen des Drachen. Im Drachen finden geistige Stärke und schnelles Handeln ihr Gleichgewicht. Unter der Führung eines Drachenkämpfers kann Shaolin mit Zuversicht in die Zukunft blicken. Der zukünftige Großmeister Lóng hat alle Prüfungen bestanden, die ich ihm auferlegt habe.«

Mit diesen Worten verneigte sich der alte Abt vor seinem Nachfolger.

Lucienne hatte einen ganz trockenen Mund vor Aufregung. Dies war ein so feierlicher Moment, aber immer noch herrschte Unruhe im Saal. Waren die Mönche nun für oder gegen die Wahl von Lóng?

Lóng wartete. Er rührte sich nicht.

Der große Gong wurde ein Mal angeschlagen und dann verneigte sich ein Mönch nach dem anderen und berührte mit der Stirn den Boden.

Lóng hatte es geschafft, er war angenommen worden. Hú lächelte.

Unruhig rutschte Ben hin und her und versuchte, eine bequemere Position zu finden. Von dem anstrengenden Knien schliefen ihm allmählich die Beine ein.

»Guckt doch mal, was haben die denn jetzt vor?«, flüsterte er.

Der Abt hatte sich wieder auf seiner Bank niedergelassen. Lóng kniete nieder, seinen Brüdern zugewandt. Ein älterer Mönch trug einen schmalen, niedrigen Tisch herbei, den er neben Lóng hinstellte. Mit einer Verbeugung ging er zurück zu seinem Platz. Unter den aufmerksamen Blicken des Großmeisters brachte ein Schüler eine Schüssel mit Wasser und Tücher, stellte alles auf dem Boden neben dem Tisch ab, verneigte sich ebenfalls und zog sich zurück.

Die Mönche warteten schweigend. Ein dritter Shaolin-Mönch ging nach vorn. Er trug ein Tablett mit kleinen Gefäßen, einem Hämmerchen und länglichen Gegenständen, die wie chirurgische Instrumente aussahen.

»Was wird das denn?«, raunte Ben. Nikolas bekam plötzlich eine Gänsehaut, und daran war nicht nur der kühle Luftzug schuld, der ihn an seinem Platz immer wieder streifte. Auf dem Tablett lagen Tätowiernadeln.

Der Mönch verneigte sich erst vor Hú, dann vor Lóng,

stellte sein Tablett ab und kniete sich auf die andere Seite des Tischchens.

Lóng schob seine Robe zurück, entblößte den linken Arm und legte ihn auf dem Tischchen ab.

»Ich kann da nicht hinsehen«, sagte Ole und hielt sich die Hände vors Gesicht. Auf ein unsichtbares Kommando hin setzte die kleine Trommel erneut ein und die Mönche nahmen ihren Gesang wieder auf.

Ole spähte zwischen seinen gespreizten Fingern hindurch. »Blutet es schon?«

Ben musterte angestrengt die geflochtenen Schuhsohlen seines Vordermannes. Er fühlte, wie Lucienne seinen Arm packte und fest umklammerte, und schielte zu ihr hin. Nicht zu fassen, sie guckte sich das wirklich an! Ben konzentrierte sich lieber wieder auf die Schuhsohlen.

Auch Nikolas litt mit Lóng. Wie lange diese Prozedur dauerte! Unermüdlich stanzte der Mönch mit winzigen Stichen ein Muster in die Haut. Blut floss und wurde abgewischt, der Stapel der beschmutzten Tücher wuchs, aber es ging immer noch weiter. Das musste doch gemein wehtun! Nikolas atmete jedes Mal auf, wenn der Mönch die Tätowiernadel aus der Hand legte und nach einem der kleinen Gefäße griff. Dann rieb er einen Farbstoff in die Wunden – Grün, Blau und einmal auch Rot. Ob das brannte? Lóng zuckte kein einziges Mal zusammen, er verzog nicht einmal das Gesicht, während unter den geübten Händen des Mönches allmählich das kunstvolle Abbild eines Drachen entstand. Nikolas bewunderte Lóng für seine Selbstbeherrschung.

Endlich verebbte der Gesang der Mönche.

Ben riskierte einen Blick. Oh, wie grässlich! Lauter blutige Tücher und ein sehr blasser Lóng.

Ole hielt sich immer noch hinter seinen Händen verschanzt. Nikolas stupste ihn mit seiner Krücke an: »Du kannst wieder hinsehen.«

Lóng war aufgestanden und präsentierte den Mönchen das Zeichen des zukünftigen Großmeisters: einen hochaufgerichteten Drachen mit grünen Schuppen, blauen Flügeln und Krallen, roten Augen und einer roten Zunge, die wie eine Flamme aus seinem Maul schoss.

»Jetzt hat er zwei kaputte Arme«, murmelte Ben.

»Das heilt doch wieder«, gab Lucienne leise zurück. Ihr gefiel der Drache. Er sah fast so aus wie der kleine Jadedrache, den sie jeden Tag vermisste.

»Aber es geht nie wieder weg! Dieses Tattoo behält er für immer und ewig!«

Nikolas zog amüsiert die Augenbrauen hoch. »Ich glaube, das ist auch Sinn der Sache.«

Ben schüttelte sich.

Die Zeremonie war beendet. Schweigend und nur von Trommelschlägen begleitet, verließen Lóng und Hú gemeinsam die Halle. Dann erhoben sich die ersten Mönche.

Auch die Freunde standen auf. Nikolas gähnte. Es war die Doppelstunde der Ratte, also kurz vor Mitternacht. Höchste Zeit, sich noch etwas Schlaf zu holen. Oder zumindest so zu tun, als ob. Denn in Wahrheit war keinem von ihnen nach Schlafen zumute, zu lebendig waren die Eindrücke dieses Abends. Außerdem war es voraussichtlich ihre letzte Nacht in einer fremden Zeit. Was würde morgen geschehen?

Die Rückkehr

Ein weiterer Morgen dämmerte über Shaolin. Das Kloster lag in tiefer Stille, bis auf einmal das trockene Geräusch von Holz auf Holz erklang. Der Fischgong wurde angeschlagen. Dann ein zweites Mal, schließlich immer rascher, in immer kürzeren Abständen, und während das Tageslicht zögernd an Kraft gewann, erwachte das Kloster zum Leben.

Auf den hohen Gipfeln des Song Shan war über Nacht noch mehr Schnee gefallen. Lucienne stampfte mit den Füßen, um sich warm zu halten. Es war so kalt, dass sich die Luft beim Ausatmen sofort in weiße Wölkchen verwandelte, und es wollte einfach nicht richtig hell werden. Über den Bergen zogen unheilverkündend dunkle Wolken auf, die noch mehr Schnee oder eisigen Regen bringen würden.

Ben, Ole und Nikolas sahen genauso müde und verfroren aus wie Lucienne, aber sie fühlten sich vor Anspannung hellwach. Hú hatte ihnen noch in der Nacht die Nachricht überbringen lassen, dass sie sich vor Sonnenaufgang in der heiligen Höhle einfinden sollten.

Eine klare Anweisung; trotzdem standen sie noch zögernd unter dem Ginkgobaum auf dem Platz vor der Übungshalle herum. Sollten sie sich nicht wenigstens von Hú und Lóng und dem Koch verabschieden?

Keiner der Mönche ließ sich blicken, obwohl sie längst alle wach sein mussten.

Ob das Absicht war?

»Wir müssen jetzt gehen«, sagte Nikolas leise. Lucienne nickte. Schweren Herzens wandte sie sich um.

Das Tor in der Klostermauer war nicht verschlossen. Ben schickte einen Blick hinauf zu den beiden fünfstöckigen Türmen, die den Eingang zu Shaolin bewachten. Im linken Turm – von ihm aus gesehen – befand sich die große Trommel, deren mächtige Töne für gewöhnlich alle wichtigen Ereignisse verkündete, doch der Mönch, der sonst Wache hielt und die Trommel schlug, war nicht zu sehen.

Leise verließen sie das Klostergelände und näherten sich dem steilen Hang. Tausendzweihundertfünfundsechzig Stufen. Nikolas seufzte. Heute würde er Flügel brauchen, um da hinaufzukommen. Er zog den Reißverschluss seiner Jacke bis zum Hals zu. Brrr, war das kalt. Und es schien immer dunkler zu werden statt heller. Was für ein scheußlicher Morgen. Kein Wunder, dass niemand draußen herumlief. Doch dann kniff Nikolas überrascht die Augen zusammen.

Eine einsame Gestalt, zum Schutz gegen die Kälte in einen langen wollenen Umhang gehüllt, wartete auf sie.

»Großmeister Hú!«, rief Lucienne erleichtert. »Ich bin so froh, Euch noch einmal zu sehen!«

Hús Lächeln glitt über die Kinder wie ein wärmender Sonnenstrahl. Durch den Umhang war von seiner Verletzung nichts zu bemerken. Der alte Mönch hielt sich sehr aufrecht, und nur der Stab in seiner linken Hand verriet, dass er sich aufstützen musste.

»Wer eine weite Reise vor sich hat, braucht jemanden, der ihm den Weg weist«, sagte Hú.

Das war doch mal ein guter Spruch! Ben nickte zustimmend. »Habt Ihr eine Idee, wie wir wieder nach Hause kommen?«

»Großmeister Hú«, sagte Nikolas, »Ihr wisst, dass wir nicht einfach nur aus einem anderen Land stammen, sondern …«

»Ja«, sagte Hú. »Ich weiß.«

»Unser Problem ist …«

»ICH bin das Problem«, brach es aus Ole heraus. »Ich sollte mir einen magischen Spruch merken, aber ich habe ihn vergessen! Mehr als die ersten Worte fallen mir nicht mehr ein.«

Hú lächelte nachsichtig. »Alle Dinge besitzen eine innere Ordnung. Wo der Mensch unbedacht eingreift, entsteht Chaos. Lasst das Sein gewähren und alles findet seinen Platz.«

Nicht nur Ole sah ratlos aus. »Äh – wie, gewähren? Meint Ihr, dass ich gar nicht versuchen soll, mich zu erinnern?«

»Ich meine, dass ihr Vertrauen haben sollt. Alles ist vorbereitet. Meister Lóng erwartet euch oben in der Höhle. Es wird Zeit, dass ihr euch auf den Weg macht.«

Einer nach dem anderen verbeugten sie sich ehrerbietig vor dem alten Mann. Selbst Ben hatte keine Probleme mehr damit, obwohl er für seinen Geschmack in letzter Zeit ein wenig zu oft aufgefordert wurde, Vertrauen zu haben. Hú verabschiedete jeden von ihnen mit einer leichten Neigung seines Kopfes und seinem unvergesslichen Lächeln, das viele kleine Fältchen in sein freundliches Gesicht zeichnete. Feierlich legte er die rechte Faust in die linke Handfläche. Zum Schluss streckte er die Hand nach Bossi aus, der schwanzwedelnd näher kam und sich das struppige Fell streicheln ließ.

»Ach bitte, ehrwürdiger Großmeister«, sagte Ole. »Werdet Ihr auch für Samaras Kamele sorgen?«

Hú schmunzelte. »Ich gebe dir mein Wort darauf, kleiner Bruder. Und nun geht.«

»*Au revoir*«, sagte Lucienne leise. »Auf Wiedersehen«, kam es auch von den anderen.

»Mögen die Götter euren Weg segnen«, antwortete Hú. »Lebt wohl.«

Nach der tausendsten Stufe hielten sie noch einmal inne und sahen sich um. Hú war verschwunden. Wie seltsam, im Kloster war immer noch alles ruhig. Nur aus der offenen Tür der großen Andachtshalle fiel ein Lichtschein.

Die Höhle lag dunkel und abweisend vor ihnen. Schwer atmend sah Nikolas hinauf. Nicht einmal eine Kerze schien zu brennen. Er straffte sich. Ben hatte ihn zwischendurch wieder ein Stück getragen, aber die letzten Stufen wollte er allein bewältigen. Entschlossen ging er weiter.

Mit Wehmut blickte Lucienne auf die roten Mauern des Klosters, die selbst an diesem düsteren Morgen warm leuchteten. Die Bäume ringsum hatten bereits einen Teil ihres Laubes verloren, doch der große Ginkgo auf dem Klosterplatz strahlte noch in hellem Gelb. Zwischen dem dunklen Grün der Schirmkiefern erhob sich die große Pagode, die sie sich so gern einmal näher angeschaut hätte. Luciennes Blick schweifte über die Felder, die das Kloster umgaben, hinaus in das Tal und weiter in die Ferne, wo das unermessliche Reich Taizongs unter einem tief hängenden grauen Himmel verschwand. Trotz der dunklen Wolken war es schön, so schön, dass ihr fast die Tränen kamen.

»Ich weiß, wie du dich fühlst«, sagte eine leise Stimme hinter ihr.

Überrascht sah sie zu Ben auf.

»Du fragst dich, ob alles nur ein Traum war und ob du diesen Traum jemals wieder träumen wirst«, sagte er. »Du möchtest am liebsten hierbleiben.«

Lucienne nickte, unfähig zu einer Antwort, weil ihr ein dicker Kloß die Kehle zuschnürte.

»He, wo bleibt ihr denn?«, rief Ole, der mit Nikolas und Bossi weiter aufgestiegen war.

»Wir kommen ja schon«, gab Ben zurück. Er streckte Lucienne seine Hand hin. »Na los. Sonst reisen sie am Ende noch ohne uns.«

Als sie das kleine Plateau vor der Höhle endlich erreicht hatten, trat Lóng ihnen entgegen. Über Nacht schien er älter geworden zu sein, er wirkte gereift. Zwei feine Linien zogen sich von den Nasenflügeln zu den Mundwinkeln. Sein Gesicht war schmal und blass und unter seinen Augen lagen immer noch dunkle Schatten, doch er strahlte eine ruhige Kraft aus, die keiner von ihnen zuvor an ihm bemerkt hatte.

»Möge dieser Tag euch eurem Ziel näher bringen!«, begrüßte Lóng sie.

»Nicht bloß näher, bitte«, meinte Ole und schielte zu Lóngs linkem Arm. Die Tätowierung war jedoch unter dem langen Ärmel seines Gewandes verborgen. »Ich möchte nach Hause!«

»Nun, wir werden tun, was wir können, aber bedenkt: Das Ende einer langen Reise ist stets auch der Anfang einer neuen. Folgt mir.« Lóng wandte sich um und betrat die Höhle.

Nikolas humpelte hinter ihm her. »Eine Frage, Meister Lóng …« Er wurde verlegen. »Wir haben Euch nie gesagt, woher wir wirklich kommen. Seit wann wisst Ihr Bescheid?«

Lóng wartete, bis alle in der Höhle standen. »Seit dem Morgen eurer Ankunft. Großmeister Hú hat mich unterrichtet.«

Er hatte es die ganze Zeit gewusst!

»Und … und wie geht's nun weiter?«, wagte Nikolas zu fragen.

Lóng lächelte. »Die Meister von Shaolin vereinen in dieser Stunde vor dem großen Buddha ihre Geisteskraft und all ihr Wissen, um euch nach Hause zu geleiten.«

»Sie versuchen, uns wegzumeditieren?«, fragte Ben ungläubig. »Einfach so?«

»Nein, einfach ist es gewiss nicht«, sagte Lóng. »Es erfordert höchste Kontrolle und Konzentration, und zwar von jedem einzelnen Mönch.«

»Aber wie funktioniert es genau?«, wollte Nikolas neugierig wissen.

Lóng schüttelte den Kopf. »Shaolin-Meister kennen Wege, die Grenzen von Raum und Zeit aufzuheben. Aber dieses Geheimwissen ist nicht dazu bestimmt, vor Uneingeweihten offengelegt zu werden. Ihr müsst Vertrauen haben und auch selbst euren Teil beitragen, damit es gelingt.«

Schon wieder Vertrauen! Ben stöhnte innerlich.

»Ich habe noch einen Knaller«, sagte Ole. »Ihr wisst schon, so ein Blitzpäckchen. Wie wäre es, wenn ich …«

»O nein! Das ist keine gute Idee, kleiner Bruder.«

Aber diese Dinger haben den Erdrutsch ausgelöst und anschließend waren wir plötzlich hier, wollte Ole sagen. Er sah Nikolas an, der offenbar auch schon daran gedacht hatte.

»Könnte doch sein, dass es auch umgekehrt funktioniert, oder?«, flüsterte Ole ihm zu.

»Und wenn nicht? Wer weiß, was dann passiert!«, gab Nikolas ebenso leise zurück. »Lass uns lieber auf Lóng hören.«

»Was sollen wir tun?«, fragte Lucienne.

»Setzt euch vor den Schatten des großen Da Mo und wendet dem Ausgang den Rücken zu.«

Sie folgten der Aufforderung des Meisters. Für Nikolas stand wiederum ein kleiner Hocker bereit. Bossi legte sich zwischen Ole und Ben.

In der Höhle war es so dämmrig, dass das Abbild Da Mos kaum zu erkennen war. Aber das spielte ohnehin keine Rolle, denn jetzt verlangte Lóng, dass sie die Augen schlossen. »Konzentriert euch auf euren Atem. Tut nichts anderes, denkt auch an nichts.«

Damit hatte Lucienne keine Schwierigkeiten, das hatte sie schon früher geübt. Sie saß ganz entspannt mit gekreuzten Beinen, die offenen Hände auf die Knie gelegt, und atmete ruhig ein und aus. Sie vertraute Lóng voll und ganz. Über das Geheimwissen der alten Shaolin-Mönche hatte sie genug gelesen und gehört, um grundsätzlich erst mal alles für möglich zu halten. Nikolas war skeptischer, aber wenn es helfen könnte, würde auch er aufhören zu denken. Ausnahmsweise.

Ole wandte sich noch einmal zu Lóng, der am Höhlenausgang stand. »Und was macht Ihr?«

»Ich helfe euch.«

Dann wurde es still. Nach einer Weile waren nur noch Atemgeräusche zu hören und Bossi gähnte laut.

Ich kann das nicht, dachte Ole mit wachsender Verzweiflung. In seinem Kopf waren immer irgendwelche Gedanken, wie sollte er die wegkriegen?

Und was war überhaupt mit Bossi? Der würde weder die Augen schließen noch aufhören zu denken … Dachten Hunde überhaupt?

Tempus fugit, tempus fugit … Wenn ihm doch nur dieser verdammte Spruch einfallen würde! Er kniff noch fester die Augen zusammen und bemühte sich, nichts zu tun, außer ruhig zu atmen. Jetzt fing es an zu regnen, er hörte das Platschen der Tropfen.

Wie lange saßen sie hier schon? Eine Stunde? Er könnte anfangen, seine Atemzüge zu zählen, und …

Ole, konzentrier dich, ermahnte er sich streng. Wenn die ganze Sache nicht funktionierte, war er am Ende wieder schuld.

Der Regen fiel heftiger. Und jetzt begann auch noch Oles Magen zu knurren. Ein Frühstück hätten sie uns wirklich noch gönnen können … Jetzt hab ich schon wieder was gedacht! Ich muss aufhören zu denken, ich muss aufhören zu denken, ich muss …

»Ole, wach auf«, sagte Nikolas.

»Ich schlaf doch gar nicht!«, verteidigte sich Ole und kniff die Augen noch fester zusammen.

Jemand lachte nervös. Hörte sich an wie Lucienne. »Du sollst einfach nur die Augen aufmachen.«

Mann, wie das regnete, Lucienne war kaum zu verstehen. Ole riskierte ein Blinzeln. Immer noch ziemlich düster. Obwohl … genau genommen war es sogar noch dunkler geworden. Nicht einmal der Umriss von Bodhidarmas Schatten war mehr zu erkennen. Stattdessen …

»Das gibt's doch nicht!« Verblüfft riss er die Augen auf.

In einer anderen Zeit

»Ich glaub, ich träume! Kneif mich mal«, rief Ben und sprang auf.

»Wo sind wir?«

Jedenfalls nicht in der Höhle im Naturschutzgebiet, wo alles begonnen hatte, so viel war klar. Über ihren Köpfen ragte ein Felsvorsprung in die Dunkelheit. Vor ihnen rauschte der Regen herunter, so dicht wie ein Vorhang. Nikolas tastete mit der Hand nach der Sitzfläche unter sich. Da war kein Hocker mehr, sondern nur ein Stein. Benommen stand er auf. Nur Bossi schnüffelte unbekümmert herum.

Es war vollkommen finster, doch nachdem ihre Augen so lange geschlossen gewesen waren, hatten sie sich an die Dunkelheit gewöhnt und nahmen zumindest Umrisse und Abstufungen in den Schatten wahr.

»Da sind Bäume«, sagte Lucienne. »Eine Berghang oder so. Viel Wald.«

»Sind wir nun gereist oder nicht?« Ben trat einen Schritt vor und spähte über die Kante, ob das Kloster vielleicht noch da unten lag. Doch bevor er etwas sehen konnte, wurde er an der Jacke gepackt und zurückgezogen. »Spinnst du? Komm von der Kante weg!«, schimpfte Ole. »Da geht's tief runter!«

»Woher willst du das wissen?«, fragte Ben, trat aber sicherheitshalber doch einen Schritt zurück.

»Weil ich weiß, wo wir sind. Ich kenn mich hier aus.«

»Dann weih uns mal ein«, meinte Nikolas. Er tastete mit seiner Krücke den Boden ab, um herauszufinden, wie groß die Fläche war, auf der sie standen. Sie war beängstigend klein.

»Wir sind im Naturschutzgebiet«, erklärte Ole, »im Felshang am Schattenberg. Die Höhle liegt ein ganzes Stück unter uns, bestimmt hundert Meter.«

Dann waren sie tatsächlich wieder in der richtigen Zeit angekommen!

»Jaaaaaaaa!« Nikolas legte den Kopf zurück und brüllte seine Erleichterung in die Nacht. »Wir haben es geschafft!«

»Nicht wir, die Mönche«, erinnerte ihn Lucienne.

»Egal, jedenfalls sind wir wieder hier! Alles in Ordnung!«

»In Ordnung? Also, ich weiß nicht«, meinte Ole skeptisch. »Erst mal müssen wir zu Hause sein.«

Zu Hause. Nikolas' Freude verpuffte. Er mochte gar nicht daran denken, was ihn dort erwartete. Wie lange waren sie fort gewesen? Vielleicht hatte man wochenlang nach ihnen gesucht, mit Polizei und Sonderkommandos und Suchhunden, und seine Mutter hatte längst einen Nervenzusammenbruch und ... Was für ein Albtraum! Wie sollten sie das alles nur erklären?

Durch das Rauschen des Regens war plötzlich ganz schwach ein anderes Geräusch zu vernehmen.

»Was war das?«, fragte Lucienne.

Ben horchte auf. »Da unten ruft jemand um Hilfe!«

»Ja, ich hab's auch gehört«, sagte Nikolas. »Bloß, wie kommen wir hier runter?«

»Es gibt einen schmalen Pfad, aber der ist durch den Regen bestimmt total rutschig«, meinte Ole mit einem zweifelnden Blick auf Nikolas' Bein.

Wieder war ein ferner Hilferuf zu hören.

Ben bückte sich. »Steig auf, Nikolas.«

»Aber ...«

»Jetzt zier dich nicht so, die Nummer machen wir ja nicht zum ersten Mal.«

»Ich nehm die Krücke«, sagte Lucienne.

Vorsichtig tasteten sie sich durch die Dunkelheit. Der Pfad war völlig aufgeweicht und mit tückischen Stolperfallen gespickt; Baumwurzeln und glatte Steine waren im Dunkel kaum zu erkennen. Rutschend und schlitternd schafften sie es dennoch heil bis nach unten.

»Verdammt noch mal, wo steckt ihr?«, gellte es aus der Höhle. »Das könnt ihr doch nicht mit uns machen! Helft uns endlich!«

Verdutzt blieben sie stehen und Ben setzte Nikolas ab.

»Klingt nach der Stimme von Lutz Jensen«, meinte Nikolas. Bossi hatte sich knurrend dem dunklen Höhleneingang genähert. Auf einmal bellte er wütend. Die Höhlenwände warfen den Laut vielfach zurück.

»Haltet bloß die Töle fest!«, schrie Lutz Jensen aus dem Inneren.

»Ich fass es nicht, er ist es tatsächlich!« Kopfschüttelnd sah Ben zu Ole. »Was macht der hier?«

Ole zuckte die Schultern. »Wir müssen wohl nachgucken.«

Lucienne war bereits ein paar Schritte in den Höhleneingang vorgedrungen, da stieß sie in der Finsternis unsanft gegen einen Widerstand.

»Au!« Schimpfend hielt sie sich das schmerzende Knie. Ein riesiger Felsbrocken war aus der Decke gestürzt und versperrte den Weg. Der Spalt zwischen Fels und Höhlendecke war so eng, dass höchstens eine Krabbe wie Xiè hindurchgepasst hätte. Aber der war Jahrhunderte entfernt.

»Zu blöd, dass wir keine Taschenlampe haben«, meinte Nikolas und tastete mit seiner Krücke herum. Da flammte hinten in der Höhle ein Feuerzeug auf. Im Schein der winzigen Flamme erkannten sie den Wall aus Schlamm und Geröll, den der Erdrutsch aufgetürmt hatte. Und davor hockte mit schmutzigem Gesicht und schlammverschmierten Klamotten Lutz Jensen.

»Na endlich! So eine Sauerei, uns hier so lange schmoren zu lassen! Wo habt ihr euch den ganzen Nachmittag rumgetrieben?«

Entgeistert sahen sie sich an. Wieso Nachmittag?

»Jetzt steht nicht rum wie die Ölgötzen! Ihr müsst den

Eingang irgendwie verbreitern, dieser blöde Felsbrocken versperrt alles.«

Ben fasste Ole, der fast automatisch in Aktion treten wollte, am Arm und hielt ihn zurück.

»Solange du hier so rumblökst, Lutz Jensen, tun wir gar nichts«, erwiderte er kalt. »Erst wollen wir wissen, was passiert ist.«

»Komm schon, das wisst ihr doch genauso gut wie ich! Zugegeben, das mit den Knallern war vielleicht keine so tolle Idee, aber wir wollten nur ein bisschen Spaß haben, war echt nicht böse gemeint. Ihr seid doch nicht etwa sauer, oder?« Lutz sah sie lauernd an. »Über welchen Geheimgang seid ihr eigentlich abgehauen?«

Er hatte genug Zeit zum Überlegen gehabt und war zu dem Schluss gekommen, dass Ole und seine komischen Freunde irgendeinen Weg aus der Höhle kennen mussten, der jetzt wahrscheinlich verschüttet war. Und für den Drachen, den Lutz flüchtig am Himmel gesehen zu haben glaubte, hatte er sich inzwischen auch eine Erklärung zurechtgelegt. Das konnte nur der Rauch gewesen sein, den Lothars Mordsknaller verursacht hatten. Alle anderen Überlegungen hatte Lutz in einer tiefen, dunklen Schublade in seinem Kopf abgelegt und war entschlossen, sie nie mehr hervorzuholen. Drachen, pah, lächerlich! Wenn er seinem Bruder das erzählte, würde der behaupten, die vielen Computerspiele hätten ihm das Hirn aufgeweicht.

»Wie kommst du darauf, dass es einen Geheimgang gibt?«, fragte Ole.

»Olli-Molli, Denken war noch nie deine Stärke«, knurrte Lutz. »Ihr seid da draußen, wir hier drin, das ist doch wohl eindeutig, oder?« Seine Stimme bekam etwas Weinerliches, als er seine aufgeschürften Hände hochhielt.

»Euch ist nichts passiert, aber Lothar steckt hinter diesem verdammten Wall und ich buddel mir seit Stunden die Pfoten wund!« Der Haufen aus Erdklumpen und Steinen neben ihm bezeugte, dass er ganz schön geschuftet hatte. Aber der Wall, den der Erdrutsch aufgetürmt hatte, schien nicht die Spur geschrumpft zu sein.

»Ist Lothar was passiert?«, fragte Ole.

»Nee, dem geht's gut, er ist bloß eingesperrt.« Lutz hämmerte mit einem Stein gegen die Felswand. »Los, Lothar, sag mal was!«, brüllte er.

»Hol mich hier endlich raus, du Idiot«, kam gedämpft die Antwort.

»Bekommt er genug Luft dahinter?« Ole war gegen seinen Willen in Sorge.

Nikolas musterte den Erdwall. »Ich glaube schon. Guck doch, es gibt ein paar Ritzen zwischen den Steinen und der Höhlendecke.«

»Wie nobel von euch, dass ihr euch Sorgen macht«, lästerte Lutz. »Dann steht nicht so blöd rum, sondern tut endlich was!«

»Warum hast du denn nicht längst Hilfe herbeigerufen?«, fragte Ben verächtlich. »Du hast doch bestimmt dein Handy dabei.«

Lutz tippte sich an die Stirn. »Spinnst du? Du weißt ganz genau, dass das Betreten der Höhle verboten ist. Da ruf ich doch nicht die Polizei oder die Feuerwehr und die Ranger schon gar nicht! Diese Naturschutzheinis flippen aus, wenn sie uns hier erwischen. Außerdem hab ich gedacht, dass ihr wiederkommt. War echt fies von euch, so lange wegzubleiben! – Was gibt's da zu glotzen?«, fragte er plötzlich misstrauisch.

Nikolas räusperte sich. »Sag mal, Lutz, wann haben wir uns eigentlich das letzte Mal gesehen?« Er hielt die Luft an vor Spannung.

Lutz warf ihm einen wachsamen Blick zu. Wenn das eine Fangfrage sein sollte, begriff er nicht, was dahintersteckte.

»Machst du Witze? Vor fünf, sechs Stunden, keine Ahnung.«

Triumphierend sah Nikolas seine Freunde an. »Ich kapier's zwar nicht, aber offenbar gehen die Uhren im alten China anders als hier«, sagte er so leise, dass nur sie es hören konnten. Jetzt hatten sie doch noch eine Chance, ihr Abenteuer zu vertuschen und nach Hause zurückzukehren, ohne dass jemand Verdacht schöpfte.

Lutz leuchtete seine Uhr an. »Mann, schon so spät! Lothar und ich kriegen einen Höllenärger, wenn wir nicht pünktlich sind. Macht endlich den Eingang frei und helft mir, diesen Schutt hier wegzuräumen.«

Das Feuerzeug erlosch. Hektisches Klicken verriet, dass Lutz vergeblich versuchte, ihm noch einen Funken zu entlocken. Nach einer Weile wurde es still.

»Seid ihr noch da?«

»Ja«, antwortete Ben bedächtig. »Und weißt du was, Lutz? Wir haben eine gute und eine schlechte Nachricht für dich.«

»Lass hören«, kam es misstrauisch aus der Dunkelheit.

»Wir sorgen dafür, dass Hilfe kommt.«

»*Oui*, die Ranger sind bestimmt ganz schnell hier«, ergänzte Lucienne fröhlich.

»Nein!!! Nicht die Ranger, ihr Idioten!«

Nikolas pochte mit seiner Krücke gegen den Fels. »Ich muss doch sehr bitten. Unsere Hilfsbereitschaft nimmt übrigens mit jedem weiteren Schimpfwort rasant ab.«

Lutz stieß ein Knurren aus, das alles Mögliche bedeuten konnte. »Und was ist die gute Nachricht?«

»Das war die gute«, ließ sich jetzt Ole vernehmen. »Die schlechte Nachricht ist: Den Höllenärger bekommt ihr so oder so. Die Ranger werden auf jeden Fall sauer sein, wenn sie rausfinden, dass ihr die Höhle mit illegalen Sprengsätzen verwüstet habt.«

Lutz lachte verächtlich. »Das kriegen die nie raus, der Regen hat die Reste längst weggeschwemmt, du Depp!«

Ole zog etwas aus seiner Hosentasche und deponierte es gut sichtbar vor dem Felsbrocken im trockenen Höhleneingang. Das letzte Blitzpäckchen, wie Lóng es genannt hatte.

Lutz konnte nicht viel sehen, aber er hatte etwas knistern gehört. »Was treibst du da?«, fragte er nervös.

»Er manipuliert Beweismittel«, gab Nikolas vergnügt zur Antwort und schlug Ole auf die Schulter. »So ist er, unser Ole. Kaltblütig und abgebrüht geht er bis zum Äußersten.«

Ben und Lucienne krümmten sich vor Lachen.

»Macht's gut, ihr zwei, und langweilt euch nicht«, rief Nikolas, als sie abzogen. »Leider hat mein Handy keinen Saft mehr, aber zu Hause hängen wir uns sofort ans Telefon, versprochen!«

Das grüne Tuch

Schäumend vor Wut stürzte Lutz Jensen zu dem Felsbrocken und versuchte nach dem Sprengkörper zu angeln, aber in dem schmalen Spalt zwischen Fels und Decke blieb er stecken und sein Arm war nicht lang genug. Sein Gezeter übertraf alles, was die Freunde je an Flüchen gehört hatten. Ole hätte sich am liebsten die Ohren zugehalten.

»Das wird nicht lustig, wenn ich denen das nächste Mal begegne«, meinte er beklommen.

Ben legte ihm den Arm um die Schulter. »Keine Angst, wir sind doch zu viert. Wir werden … huch, was ist das denn?«

Bens Fuß hatte sich in etwas Weichem verfangen. Ein alter Lappen oder so etwas. Im ersten Moment wollte Ben ihn wegkicken, doch dann zögerte er. Er bückte sich. Als er sich wieder aufrichtete, hatte er ein dunkles Stück Stoff in seiner Hand. Es war dreckig von der Erde, aber trocken, weil es im Höhleneingang gelegen hatte.

»Was hast du da?«, rief Nikolas, der mit Lucienne schon auf den Waldweg zusteuerte.

»Weiß nicht«, sagte Ben zögernd und hielt sich den Stoff dichter vor die Augen. Ein hauchzarter Duft stieg davon auf, er erinnerte Ben an …

»Aphras Tuch«, sagte er ungläubig. »Ich hab ihr Halstuch gefunden!«

Ole kam näher. »Zeig mal. – Tatsache, das ist es! Sie muss es verloren haben, als Feuerstern durchging.«

Er sah Ben an. Dessen Gesichtsausdruck war im Dunkeln schwer zu deuten, aber seine Stimme klang froh und wütend zugleich.

»Wir sollten diese Mistkerle noch viel länger in ihrer Höhle schmoren lassen!«, stieß Ben hervor. »Sie sind an allem schuld! Ohne diese verfluchten Jensen-Brüder wäre Aphra … wären wir …«

Er fuhr herum. »Lutz Jensen, wenn du jetzt nicht endlich die Klappe hältst, stopf ich dir eigenhändig das Maul mit Erde!«, brüllte er zu ihrem Widersacher hinüber, der immer noch zeternd über seinem Felsbrocken hing und sich abmühte, an den Knallkörper zu kommen. Lutz verstummte.

»Sie wäre trotzdem nicht mehr hier, Ben.« Nikolas kam angehinkt. »Aphra wollte zurück nach Hause und keiner von uns hätte sie aufhalten können.«

»Ja, aber …«

»Du hast wenigstens etwas von ihr«, erinnerte ihn Lucienne leise. »Ich wünsch mir, ich hätte ein Zeichnung von mein Drachen.«

»Mensch, das Foto!«, rief Nikolas plötzlich. »Ich hab doch ein Foto gemacht mit meinem Handy! Das überspiel ich auf meinen Computer und druck es dir aus. Wie findest du das?«

Lucienne wäre ihm beinahe um den Hals gefallen. »Oh, *formidable*! Toll!«

Ben steckte das Tuch sorgfältig unter seinen Pullover und zog die Jacke darüber. »Dann lasst uns mal zusehen, dass wir nach Hause kommen«, sagte er.

Der Bauernhof von Oles Familie lag im Dunkeln, nur das Licht an der Eingangstür brannte.

»Sieht tatsächlich so aus, als wär keiner da«, meinte Ole, nachdem sie den Hof eine Weile von der Einfahrt aus beobachtet hatten. »Waren wir echt nur ein paar Stunden weg und es ist immer noch Freitag?« Fragend sah er zu Nikolas auf.

Der kratzte sich müde am Kopf. »Frag mich was Leichteres. Ich versteh's ja auch nicht.«

Lucienne holte den Hausschlüssel hervor, den Lasse ihr in die Hand gedrückt hatte, bevor er mit seinem Mofa weggefahren war.

»Wir müssen die Ranger anrufen. Wer macht?«

»Übernehm ich«, sagte Nikolas. Sein Blick fiel auf den nagelneuen Schlafsack, der gleich hinter der Haustür lehnte. Hatte er den tatsächlich erst heute Nachmittag hiergelassen? Bossi drängte sich an ihm vorbei in die große Wohnküche und stellte sich erwartungsvoll vor seinen Fressnapf. Ganz so, als hätte er einfach nur einen anstrengenden, aber sehr befriedigenden Spaziergang hinter sich und dürfte jetzt sein Abendessen verschlingen.

»Du hast es gut«, murmelte Ole und füllte Bossis Napf auf. »Für dich scheint wahrscheinlich alles ganz normal zu sein. Ist dir überhaupt klar, dass du der am weitesten gereiste Hund der Welt bist?«

Bossi interessierte das kein bisschen. Er versenkte die Schnauze im Futter und hob den Kopf erst wieder, als der Napf blitzblank geschleckt war.

Oles Blick fiel auf die Datumsanzeige des Küchenweckers. Da stand in roter Leuchtschrift: Freitag, 5. November. Ole wurde ganz komisch zumute, so wie nach einer Achterbahnfahrt. Die Welt sah noch aus wie vorher, aber das war nur ein Trick, in Wirklichkeit war alles auf den Kopf gestellt.

Nikolas stöpselte den Akku seines Handys an die Steckdose an, unterdrückte seine Rufnummer und schaffte es, den Anruf bei der Naturschutzbehörde zu erledigen, ohne seinen Namen zu nennen oder auf brisante Fragen einzugehen.

»Ja, genau, die Höhle am Schattenberg. Da muss irgendwas explodiert sein. – Wie bitte? Nein, wir waren ziemlich weit weg, aber der Knall war eindeutig … Und dann haben wir auch Stimmen gehört. – Was? Tut mir leid, aber die Verbindung ist so schlecht, ich versteh Sie nicht!« Nikolas zog den Stecker raus. »Tja, und jetzt ist sie leider ganz zusammengebrochen.«

Ole starrte immer noch den Küchenwecker an. »Ich möchte, dass was passiert«, sagte er plötzlich.

»Und woran denkt der ehrenwerte Bruder Ole dabei?«, erkundigte sich Ben. Er fühlte sich eigentlich ganz zufrieden. Seit er Aphras Tuch hatte, breitete sich ein wunderbar warmes Gefühl in seinem Bauch aus. So ähnlich musste es Lucienne mit ihrem Schicksalsdrachen gegangen sein.

Ole zuckte traurig die Schultern. »Irgendwas. Ich will bloß nicht einfach rumsitzen und mich fragen, ob ich am Ende alles nur geträumt habe.«

»*Oui*«, sagte Lucienne. »Mir geht auch so. Meint ihr, wir hatten alle zusammen so eine Art … ah, ich weiß nicht die Wort dafür.« Sie tippte sich an die Stirn.

»Eine Wahnvorstellung?« Nikolas stöpselte sein Handy

wieder ein. Die Schnur war lang genug, um sich zu den anderen an den Tisch zu setzen. »Nein. Wir können sogar beweisen, dass wir in China waren. Ich hab doch die Bilder.« Er rief die Fotoliste auf. Erwartungsvoll beugten sich alle über das Display. Doch bis auf ein paar Schnappschüsse, die er auf dem Schulhof gemacht hatte, war der Speicher leer.

»Versteh ich nicht«, murmelte Nikolas und drückte auf den Tasten herum. »Ich hab doch den Drachen fotografiert und uns in der Kleiderkammer!« Aber die Bilder waren nicht mehr da.

»Mist. Tut mir leid, Lucienne. – Nein, warte – hier ist doch was!«

Lucienne riss ihm das Handy fast aus der Hand. Ein verschwommener Umriss war darauf zu erkennen, wie der Schatten von etwas Großem, das sich im Nebel verbarg.

»Hm«, machte Ole. »Sieht aus, als wär Bossi ins Bild gelaufen.«

»Nein, das hier ist eindeutig ein Drachenschwanz«, behauptete Nikolas. »Erkennt ihr das? Und das hier?«

»Vielleicht«, sagte Lucienne zweifelnd. »Aber schaut doch nur!« Sie legte das Handy auf den Tisch, so dass alle es sehen konnten: Das Bild verblasste immer mehr.

»Oh. Jetzt ist es weg«, meinte Ole bekümmert.

Niedergeschlagen kratzte Lucienne in ihrer Handfläche herum. Da rutschte Ben auf einmal näher zu ihr, nahm ihre Hand und drehte die Innenseite nach oben. Mit dem Finger fuhr er leicht über die Narbe, die die große Brandblase hinterlassen hatte.

»Von wegen gar nichts! Hier haben wir doch unseren Beweis!«, sagte er triumphierend. »Wahnvorstellungen machen schließlich keine Narben, oder? Und Oles Veilchen ist auch noch zu erkennen!«

Ole tastete nach dem dunklen Fleck unter seinem Auge.

»*Oui*, du hast recht«, antwortete Lucienne zögernd. Aber ihre Narbe und Oles blauer Fleck würden irgendwann ebenso verblassen wie das verschwommene Foto. Sie hätte furchtbar gern ein Bild von ihrem Drachen oder wenigstens von Lóng gehabt.

Plötzlich ging das Flurlicht an. Keiner von ihnen hatte darauf geachtet, dass ein Wagen auf den Hof gefahren war. Ein Schlüssel drehte sich im Schloss, die Haustür ging auf und im nächsten Augenblick stand Oles Mutter in der Küche.

»Mama!« Überrascht sprang Ole auf. Ben ließ sofort Luciennes Hand los, doch Oles Mutter hatte es natürlich bemerkt und interpretierte es prompt falsch. In ihren Mundwinkeln zuckte ein Lachen.

»Na, lasst euch mal nicht stören«, meinte sie und legte ihre Handtasche ab. »Tut mir leid, wenn wir euch so überfallen, aber unsere Theaterkarten sind erst für nächsten Freitag und das Hotel ist auch erst für das kommende Wochenende gebucht. Ich habe keine Ahnung, wie ich so durcheinandergeraten konnte.« Sie ließ ihren Blick über die Kinder schweifen, die still auf der Bank saßen. »Was ist denn los? Ihr seht ja aus wie nach drei Tagen Regenwetter! Habt ihr Hunger?«

»Hunger? Ja klar«, sagte Ole und setzte sich wieder.

Seine Mutter öffnete den Kühlschrank, wo das Essen stand, das sie vorbereitet hatte. »Na, kein Wunder, ihr habt ja auch gar nichts angerührt.«

Ole fuhr sich verlegen durchs Haar. »Ja, weißt du … wir waren unterwegs … wir hatten noch gar keine Zeit, in den Kühlschrank …«

»Macht nichts, das können wir morgen noch essen«, sagte eine gemütliche Bassstimme. Oles Vater, ganz fremd aussehend in seinem besten Anzug, hatte die Küche betreten und trug einen Stapel Styroporschachteln vor sich her. »Heute Abend gibt's was Besonderes. Wir dachten, wenn wir schon unterwegs sind, bringen wir was vom Chinesen mit.«

Er verteilte die Schachteln, während seine Frau Teller und Besteck auf den Tisch stellte. Plötzlich sah er Ole scharf an.

»Was ist mit deinem Auge passiert?«

»Bin gegen einen Ast gelaufen«, murmelte Ole. Lucienne studierte angestrengt ihren Teller, als hätte sie so etwas noch nie gesehen. Ben versuchte, nicht zu grinsen, während sich Oles Mutter das Auge ihres Sohnes genauer besah.

»Wo du auch immer deine Gedanken hast! Na, scheint nicht so schlimm zu sein«, meinte sie. »Ich tu dir nachher ein bisschen Salbe auf den Fleck.«

»Gute Idee.« Oles Vater setzte sich und lockerte seine Krawatte. »Und jetzt: Guten Appetit! Lauter verschiedene Gerichte. Oder mögt ihr nichts davon?«

»D-doch«, stotterte Ben. Ihm war nur gerade aufgefallen, dass er die chinesischen Schriftzeichen auf den Schachteln nicht mehr entziffern konnte. Ob es den anderen auch so ging? Ein rascher Blick zu Nikolas und Lucienne bestätigte seinen Verdacht. Ihre Fähigkeit, die fremde Sprache zu verstehen, war genauso verschwunden wie die Bilder auf Nikolas' Handy.

»Ich liebe die chinesische Essen«, sagte Lucienne höflich und rettete die Situation. »Gibt es auch Stäbchen?«

Oles Vater verteilte die einfachen Essstäbchen, die der Imbiss mitgeliefert hatte. Sie begannen zu essen.

Es schmeckt nicht schlecht, aber längst nicht so lecker wie bei Samara oder auch beim Bruder Küchenmeister, dachte Ole.

»Wieso könnt ihr so gut mit den Dingern umgehen?«, fragte sein Vater und gab es auf, mit den Stäbchen Reis und Gemüse aufzunehmen. Er griff zu dem Löffel, den die Mutter ihm hinhielt.

»Na, wir haben doch jeden Tag … äh … ich meine …« Ole biss sich auf die Lippen.

»Ole wollte nur sagen, dass Reiskörner schließlich auch nicht vom Himmel fallen«, erklärte Nikolas liebenswürdig. »Übung macht den Meister, nicht wahr, Ole?«

»Das wollte ich eigentlich überhaupt nicht … ach, na klar, du hast recht!« Ole nickte erleichtert.

Seine Eltern wechselten einen raschen Blick. Irgendwie fanden sie die Kinder heute merkwürdig.

»Hier, zum Nachtisch gibt's Glückskekse.« Oles Mutter stellte eine ganze Schachtel auf den Tisch.

»›Ein guter Freund wiegt schwer wie ein Berg, aber Freundschaft trägt jede Last‹«, las Nikolas den Spruch vor, der in seinem Glückskeks steckte. »Hab ich irgendwo schon mal gehört«, meinte er.

»Bei mir steht: ›Nützlich ist Geduld gegenüber Unwissenden‹«, las Ole. »Ha, das schreib ich für Hausmann über die nächste Geschichtsarbeit. Und du, Lucienne? Was für einen Spruch hast du erwischt?«

»›Wer seine Mitte nicht verliert, ist unüberwindlich.‹« Sie nickte ernst.

Dann nahm auch Ben sich einen Keks heraus, knackte ihn und faltete den kleinen Zettel auf. Gespannt glitten seine Augen über die Buchstaben. Auf einmal war ihm, als könnte er durch die Zeiten hinweg die Stimme des zukünftigen Großmeisters von Shaolin hören.

»Lies vor!«, sagte Ole.

Ben räusperte sich. »›Nur ein Narr setzt sich zur Ruhe, wenn er sein Ziel erreicht hat. Das Ende einer Reise ist immer auch der Anfang einer neuen.‹« Er sah in die Runde. Luciennes Augen leuchteten auf.

Ole blieb der Mund offen stehen. »Das steht da? Genau das Gleiche hat Lóng gesagt!«

»Wer ist Lóng?«, erkundigte sich Oles Vater ohne echtes Interesse.

»Ach, äh …«

»Ein chinesischer Mönch, der vor vielen hundert Jahren gelebt hat«, fiel Nikolas ein. Immer schön dicht an der Wahrheit bleiben, das war das Einfachste.

»Tss, was ihr heutzutage so in der Schule lernt! Wozu das wohl gut sein soll.« Kopfschüttelnd schob Oles Vater seinen Stuhl zurück. »Ich seh im Stall noch nach dem Rechten.«

»Aber erst ziehst du dich um!«, sagte seine Frau energisch und folgte ihm aus der Küche.

Ben strich verträumt über den kleinen Zettel. Es gab Augenblicke, da konnte das Leben richtig schön sein. Hier neben ihm saßen seine besten Freunde. Die Lampe über dem Tisch tauchte ihre Gesichter in einen warmen Lichtschein. Sie waren satt, sie waren müde, und sie hatten ein Abenteuer hinter sich, das sie nie vergessen würden. Außer ihnen hatte niemand auch nur die geringste Ahnung, was sie erlebt hatten, und es würde auch nie jemand etwas herausbekommen. Sie waren um viele Erfahrungen reicher und um ein neues Versprechen.

Ben fühlte unter seinem Sweatshirt nach dem grünen Tuch. Er sah Ole, Nikolas und Lucienne an und wusste, dass sie alle das Gleiche dachten.

Eine neue Reise. Irgendwann.

© privat

Ilka Sokolowski

Ilka Sokolowski, geboren 1965, wuchs in Stadthagen/Niedersachsen auf. Sie studierte Germanistik, Anglistik und Philosophie in Hannover; danach arbeitete sie mehrere Jahre in einem Verlag. Heute lebt sie als freischaffende Autorin in Hannover. Bei Beltz & Gelberg erschienen bereits der erste Roman aus der Serie *Die Zeitreisenden: Verschwörung auf Burg Wulfingstein* sowie – zusammen mit Claudia Toll – mehrere Reiseführer für Kinder.

Ilka Sokolowski

Die Zeitreisenden: Verschwörung auf Burg Wulfingstein

Der erste Band aus der Serie »Die Zeitreisenden«

Roman, 288 Seiten (ab 11), Gulliver TB 74011

Der Besuch des Mittelaltermarktes unterhalb von Burg Wulfingstein wird für Nikolas, Ole, Ben und Lucienne zum gefährlichen Abenteuer: Durch ein Zeitloch geraten sie unversehens ins 13. Jahrhundert, wo sie der Hexerei und des Diebstahls bezichtigt werden. Mit Hilfe des Gauklermädchens Aphra und der alten Marthe versuchen die Freunde zu fliehen.

Tonke Dragt

Das Geheimnis des siebten Weges

Mit Bildern von Tonke Dragt
Aus dem Niederländischen von Liesel Linn
Abenteuer-Roman, 408 Seiten (ab 11), Gulliver TB 78063

Und dann? Was passierte dann? Jeweils fünf Minuten vor halb vier beginnt Lehrer Franz seinen Schülern Geschichten zu erzählen: von Kriegern und Krummsäbeln, von einem finsteren Schloss, von Schiffbruch und einer unbewohnten Insel. Kaum zu glauben, dass eine seiner phantastischen Geschichten plötzlich Wirklichkeit wird! Mitsamt seinen Schülern wird er in ein geheimnisvolles Komplott verwickelt.

GULLIVER
www.gulliver-welten.de
Beltz & Gelberg, Postfach 10 01 54, 69441 Weinheim